Elise Title

CIRCE

Thriller

W0407498

Aus dem Amerikanischen
von Ulrike Wasel
und Klaus Timmermann

Fischer Taschenbuch Verlag

Veröffentlicht im Fischer Taschenbuch Verlag,
einem Unternehmen der S. Fischer Verlag GmbH,
Frankfurt am Main, Oktober 2006

Die amerikanische Originalausgabe erschien 2004
unter dem Titel ›Conviction‹
im Verlag St. Martin's Press, New York

Published by arrangement with Linda Michaels Limited,
International Literary Agents
Für die deutsche Ausgabe:

Gesamtherstellung: Ebner & Spiegel, Ulm
Printed in Germany
ISBN-13: 978-3-596-16773-9
ISBN-10: 3-596-16773-6

PROLOG

12. September, 19 Uhr

»Wie ich sehe, ist es ein Weilchen her.« Sie lächelt, während ihre Finger über seine nackte Brust gleiten.

Seine Miene verfinstert sich. Er mag es nicht, so durchschaubar zu sein. Macht sie sich nun auch noch über ihn lustig? Das mag er erst recht nicht. Außerdem, was denkt sie denn? Dass er Geld drucken kann? Vielleicht haben einige ihrer anderen »Kavaliere« Geld wie Heu, aber ihr Preis ist ihm entschieden zu hoch. Nicht, dass er sich davon aufhalten ließe.

»Entspann dich, Süßer. Ich bin schon ganz aufgeregt«, flüstert sie ihm ins Ohr, nimmt seine Hand, führt sie zwischen ihre Beine. »Da siehst du, was du mit mir machst.«

Er lächelt sie an. Sein erstes Lächeln, seit er hier ist. Er ist froh, dass das Licht gedämpft ist. Er schämt sich nämlich ein bisschen wegen seiner Zähne. Nach über dreißig Jahren Nikotin und Koffein sind sie furchtbar gelb. Seine Frau liegt ihm ständig in den Ohren, sich die Zähne aufhellen zu lassen. Bei sich selbst hat sie es letzten Monat machen lassen. Aber er ist im Sechseck gesprungen, als die Zahnarztrechnung über elfhundert Dollar ins Haus flatterte. Und das nachdem er im Monat davor fast zwei Riesen für die Kronen seines Sohnes berappt hatte, dank einer Schlägerei, bei der die beiden Vorderzähne des Jungen auf dem dreckigen Boden einer Bar im South End landeten. *Junge*, von wegen! Sean wurde bald sechsundzwanzig, verhielt sich aber längst nicht so. Schön, Sean hatte hoch und heilig versprochen, ihm alles bis auf den letzten Cent zurückzuzahlen. Na toll. Ob er das noch erleben würde?

»Hey, mein Lieber, du bist ja mit den Gedanken ganz woanders.« In ihrem Lächeln liegt ein leichter Vorwurf.

»Bist *du* nicht dafür zuständig, das zu verhindern?«, zischt er sie an. Er ist sauer auf sie, aber noch mehr auf sich selbst. Wieso muss er ausgerechnet jetzt an Zahnarztrechnungen denken?

»Hoppla, ein Mann mit Temperament. Das gefällt mir.« Sie nimmt seine Hände und legt sie auf ihre üppigen Brüste. Er fragt sich, ob das Manöver nicht vor allem dazu dient, seine Hände beschäftigt zu halten. Damit sie sich nicht zu Fäusten ballen. Ob sie auch schon mal an Typen geriet, die sie schlugen? Ihr richtig Angst einjagten?

Die Möglichkeit, dass sie Angst haben könnte, erregt ihn. Natürlich hat er nicht vor, ihr wehzutun. Er hat noch nie eine Frau geschlagen. Ihm gefällt nur einfach das Machtgefühl, das er verspürt. Männer sollten stärker sein als Frauen, sollten sagen, wo's langgeht.

Als ihre Hand sich um seine Erektion schließt, ist er schnell wieder bei der Sache. Er mag es, wie sie ihn anfasst. Er mag es, wie sich ihre harten Brustwarzen in seine Handflächen drücken. Er mag es, dass ihre Titten echt sind. Wären sie mit Silikon gefüllt, hätte er das Interesse verloren. Trotzdem, so erregt ist er noch nicht, um nicht mit einem Anflug von Enttäuschung zu registrieren, dass ihre Brüste nicht so fest und prall sind wie bei einer Zwanzigjährigen.

Wie alt mag sie sein? Fünfundzwanzig? Vielleicht ein paar Jahre älter. Aber ein Rasseweib, keine Frage. Und was ihm noch mehr gefällt: Sie hat Ausstrahlung. Wie versprochen. Selbst ohne die Designerklamotten und die teure Spitzenunterwäsche strahlt sie Klasse aus. Da ist es egal, dass ihr seidenweiches, blondes Haar aussieht wie eine Perücke. Die Farbe ihrer Schamhaare hätte ihm einen Hinweis liefern können, aber sie ist da unten rasiert, glatt wie ein Baby. Das gefällt ihm. Gefällt ihm sehr. Er mag so ziemlich alles an ihr, sogar die gepflegten Nägel, das matt schimmernde Grauschwarz des Nagellacks. Ganz anders als seine Frau, die eine Vorliebe für schrille Farben wie Feuerwehrrot oder knalliges Pink hat.

Selbstverständlich hat er Dana nie erzählt, wie sehr ihn diese Farben abturnen. Erstens hätte es sie nur gekränkt, und zweitens hätte es sowieso nichts geändert, weil im Bett zwischen ihnen schon seit gut fünf Jahren kaum noch was lief. Schön, etwa einmal im Monat lässt ihn Dana noch an sich ran, aber er spürt genau, dass es ihr keinen Spaß macht. Er fragt sich, ob es ihr je Spaß gemacht hat. Ob es ihm selbst Spaß gemacht hat. Das heißt mit ihr. Nicht, dass er Dana nicht liebt. Das tut er. Und er liebt seine beiden Kinder, obwohl beide Jungs, jeder auf seine Weise, eine Riesenenttäuschung für ihn sind.

»Noch ein Schlückchen Champagner?«

»Was? Oh ... ja, bitte«, sagt er, obwohl er weiß, dass er schon ein bisschen betrunken ist. Zuerst die trockenen Martini – waren es zwei? Oder drei? Er kann es nicht genau sagen, weil sie dafür gesorgt hat, dass sein Glas nie leer wurde. Und dann, als sie schon nackt waren, hat sie den Champagner aufgemacht. Den sie schon fast geleert haben. Genauer gesagt, den *er* fast allein geleert hat, denn sie hat kaum einen Tropfen angerührt. Was soll's. Er braucht den Alkohol wohl dringender als sie. Braucht ihn, um sich zu entspannen. Was nicht heißen soll, dass er sich noch nie was nebenher gegönnt hätte. Mann, er hat jede Menge Nutten gehabt.

Aber das hier ist was anderes. Kein Vergleich. Hier ist nichts, aber auch gar nichts irgendwie schäbig. Sehr professionell. Alles erstklassig. Das wunderbare Sandsteinhaus auf der Joy Street im Schickimickiviertel Beacon Hill mit der angebauten Garage, in die er einfach reinfahren konnte, ohne gesehen zu werden, das erstklassige Gesöff, die klassische Musik und vor allem – diese Frau. Genevieve. Scheiße, sogar der Name klingt nach Klasse. Unwichtig, ob es ihr richtiger Name ist. Er glaubt es eigentlich nicht. Er ist jedenfalls nicht Phil Mason. Übrigens ein kleiner Insiderscherz. Phil Mason ist der Zahnarzt seiner Familie.

Sie greift zum Nachttisch, nimmt einen halb vollen Champagnerkelch und lässt die perlende Flüssigkeit langsam über ihre samtige Haut träufeln. »Na los«, raunt sie. »Lass es dir schmecken.«

Er will sich über sie beugen, doch sie packt sein Haar und reißt so fest daran, dass ihm die Augen brennen.

»Du hast vergessen, danke zu sagen«, flüstert sie.

16. Oktober, 17 Uhr

Nach der Besprechung mit dem Leiter der Strafvollzugsbehörde, Commissioner Warren Miller, war sein Stellvertreter, Deputy Commissioner Steven R. Carlyle, verstimmt. Miller war einer von der alten Schule, was Carlyle im Grunde gut fand. Aber es hatte auch einige Nachteile. Miller versuchte dauernd, es allen recht zu machen. Da versprach er seinen Mitarbeitern beispielsweise, das Gefängnis mit harter Hand zu leiten, und im nächsten Augenblick erklärte er, dass die Überbelegung der Zellen ein schwerwiegendes Problem darstelle und man für innovative Ansätze offen sein müsse.

Heute hatte Carlyle mitbekommen, wie Miller nickte, als Deputy Commissioner Russell Fisk die mögliche Erweiterung der Entlassungsvorbereitungszentren zur Sprache brachte. Diese Zentren stellten eine Verbindung zwischen Gefängnis und dem Leben draußen dar. Häftlinge, bei denen man von einem geringen Rückfallrisiko ausging und die nur noch zwischen sechs Monaten und einem Jahr vor sich hatten, ehe sie entweder auf Bewährung entlassen werden konnten oder ihre Strafe komplett abgesessen hatten, wurden in ein Entlassungsvorbereitungszentrum verlegt, wo man ihnen einen Job außerhalb der Einrichtung verschaffte. Abgesehen von der Arbeit in einer regelmäßig kontrollierten Umgebung und dem Besuch genehmigter Therapiekurse – wie beispielsweise Zornbewältigung – mussten die Insassen sich im Zentrum aufhalten und waren somit praktisch weiter inhaftiert. Jeder Verstoß gegen die Regeln zog eine Anhörung im Disziplinarausschuss nach sich und führte in den meisten Fällen letztlich zu einer Rückverlegung in eine geschlossene Haftanstalt.

Insgesamt gab es im Staat Massachusetts acht solcher Zentren. Das neueste war das Horizon House im South End von Boston. Und es war Fisks Liebling. Vor über drei Jahren hatte er den Commissioner überredet, im Horizon House den Versuch zu wagen, männliche und weibliche Insassen gemeinsam unterzubringen – was bei Carlyle auf heftige Ablehnung gestoßen war. Noch stärkere Bedenken hatte Carlyle erhoben, als der Commissioner die Stelle des Superintendents mit einer Frau besetzte. Schon wieder Fisks Einfluss. Carlyles Widerstand gegen das gemischte Zentrum im Allgemeinen und gegen Superintendent Natalie Price im Besonderen hatte sich als überaus berechtigt erwiesen. Innerhalb von zwei Jahren war es im Horizon House zu zwei schwerwiegenden Zwischenfällen gekommen, und beide Male hatte die Presse an dem ganzen Projekt kein gutes Haar gelassen. Und nach Carlyles Ansicht trug Superintendent Price in beiden Fällen die Hauptverantwortung. Aber aus irgendeinem für Carlyle unerfindlichen Grund war Price nicht nur nicht entlassen worden, sondern Miller stand auch weiterhin voll hinter dem Horizon House. Und hinter ihr.

Selbst jetzt noch, wo die Besprechung längst zu Ende war, merkte Carlyle, dass es in ihm rumorte. Er spürte, wie ihm die Galle überlief. Er musste sich zusammenreißen. Mehr noch. Er musste sich entspannen, bei der göttlichen Genevieve. Möglichst noch heute Abend. Es spielte keine Rolle, dass er erst gestern bei ihr gewesen war. Und es war ihm egal, was es kostete. Seit er im August das erste Mal zu ihr gegangen war, traf er sich mindestens einmal alle zwei Wochen mit ihr. Was nicht ganz einfach für ihn war. Sie war teuer. Sehr teuer. Er hatte ein paar Konten frisieren müssen, in Töpfe greifen, die er besser nicht angerührt hätte. Aber egal. Mittlerweile waren seine Abende mit dieser erotischen und einfallsreichen Prostituierten unerlässlich für seine psychische Stabilität. Natürlich hatte er auch mal ein paar andere ausprobiert, wenn Genevieve nicht frei war. Auch die waren gut gewesen, zumindest hatte er keine von denen von der Bettkante gestoßen. Aber es störte ihn, dass er sich mit ihnen in Hotelsuiten treffen musste statt im Sandsteinhaus. Das war ihm zu riskant. Und sie waren nun mal nicht

Genevieve. Genevieve war einzigartig, war das Warten wert und auch das viele Geld. Falls sie heute noch Zeit für ihn hatte, würde er seine Frau anrufen und ihr sagen, dass er am Abend noch eine Besprechung hätte. Wahrscheinlich würde Dana ihm zwar nicht glauben, aber er bezweifelte, dass es ihr viel ausmachen würde.

Er war in seinem Büro und zog gerade sein Handy aus der Tasche, als ihm der große Umschlag auf dem Schreibtisch auffiel. Keine Briefmarke. Wahrscheinlich wieder so ein behördeninterner Mist – ständig wurde man mit irgendwelchen Mitteilungen und Memos überschüttet. Er hätte den Umschlag wahrscheinlich erst mal liegen lassen, wenn sein Blick nicht auf den Absender in der oberen linken Ecke gefallen wäre. Nur ein Name ohne Adresse. Ein Vorname. Genevieve.

Er war wie vom Donner gerührt. Wie zum Teufel hatte sie herausgefunden, wer er war? Man hatte ihm absolute Anonymität zugesichert. Ein Mann in seiner Position musste schließlich vorsichtig sein.

Er zog ein Foto aus dem Umschlag.

Seine Sekretärin klopfte leise an seine Tür und kam unaufgefordert herein. »Deputy Carlyle? Ich hab Ihnen eine Tasse Tee gekocht und ordentlich Zucker reingetan. Sie haben ein bisschen erschöpft ausgesehen nach der Besprechung.« Als sie sich seinem Schreibtisch näherte, schob er rasch einen Aktenordner über das Foto.

»Bitte sehr«, sagte sie munter und stellte die Tasse vor ihm hin.

Der Kragen seines weißen Hemdes fühlte sich zu eng an, sein ganzer Körper war feucht vor Schweiß. Das Herz hämmerte ihm in der Brust. Waren das die Zeichen für einen Herzinfarkt? Die Sekretärin hatte gesagt, er habe vorher schon erschöpft ausgesehen. Dann musste er jetzt aussehen wie ausgekotzt.

Keine noch so große Portion Zucker würde ihm wieder Auftrieb geben, doch weil die Frau ihn so besorgt ansah, würgte er ein paar Schlucke des widerlich süßen Tees herunter.

»Schmeckt Ihnen der Tee, Deputy?«

Er blickte sie aus glasigen Augen an. Er hatte Angst, tot umzufallen. Vielleicht sogar noch mehr Angst vor dem, was das Foto bedeutete.

»Ja, Grace«, krächzte er mühsam. Zum Beweis leerte er die Tasse in einem Zug. Und um Grace wieder loszuwerden.

»Schön. Dann geht's Ihnen bestimmt gleich wieder besser. Brauchen Sie noch was für die Besprechung morgen im Bewährungsausschuss?«

»Nein. Nein, danke.« Dann riss er sich ein bisschen zusammen und sagte: »Ach doch. Auf ... meinem Schreibtisch lag ein Umschlag ...«

»Ja, den hat ein Junge abgegeben, als Sie noch in der Besprechung mit dem Commissioner waren.«

»Hat er ... irgendwas gesagt?«

»Nein.« Die Sekretärin zögerte. »Ist wirklich alles in Ordnung mit Ihnen, Deputy?«

Er spürte, wie ihm Galle in die Kehle stieg. Er musste seine ganze Selbstbeherrschung aufbieten, um nicht vor dieser armen Frau zusammenzubrechen. »Ein stressiger Tag ... mehr nicht«, murmelte er. »Wie üblich.«

Die Sekretärin nickte. Grace Lowell, eine große, dralle Frau mit unmodisch kurz geschnittenem Haar, zu viel Make-up und dem falschen Lidschatten für ihren olivefarbenen Teint, arbeitete erst seit zwei Wochen für den Deputy Commissioner. Sie konnte nicht wissen, dass dieser Tag für ihn so ziemlich der unüblichste war, den er sich vorstellen konnte.

Zehn Minuten später starrte Carlyle das Foto wieder düster an. Die Schmerzen in seiner Brust waren verschwunden. Er war zu betäubt, um irgendwas zu spüren.

Gott, dachte er müde, wie unglaublich hässlich der Sexualakt doch aussehen konnte. Das Bild hatte nichts mit diesen retuschierten Fotos in den Pornoheften zu tun, mit deren Hilfe er sich schon unzählige Male einen runtergeholt hatte. Zugegeben, die Männer auf den Fotos hatten ihn nie sonderlich interessiert. Aber auch die waren nackt.

Das Bild zeigte einen Steven Carlyle, der genauso aussah wie der übergewichtige, untrainierte siebenundfünfzigjährige

Mann, der er nun mal war. Er kniete auf dem Bett. Eine unansehnliche Spreckrolle warf tiefe Falten quer über seinen Bauch. Die Zellulitisrunzeln auf seinem Hintern und den Hüften waren abstoßend deutlich. Die Kamera hatte sogar die Pockennarben auf der linken Schulter eingefangen, die bleibende Erinnerung an seine üble Pubertätsakne.

Genevieves schlanker, nackter Körper dagegen sah großartig aus. Sie würde auf dem Cover von jedem Sexheft eine gute Figur machen. Aber war es purer Zufall, dass ihr Gesicht durch eine blonde Haarwolke größtenteils verdeckt war? Er glaubte es nicht. Ihre Identität blieb unklar, zumindest auf dem Foto.

Und seine? Er studierte die Aufnahme. Sein Gesicht war im Profil zu sehen. War er wirklich genau zu erkennen? Vielleicht nicht. Zumindest bezweifelte er, dass sich anhand des Fotos eine eindeutige Identifizierung vornehmen ließe.

Aber Steven Carlyle war sich darüber im Klaren, dass dieses Foto bestimmt nicht das einzige war. Sein Magen krampfte sich zusammen, als sein Zorn den Siedepunkt erreichte. Man hatte ihm eine Falle gestellt. Er war reingelegt worden. Das hier war ein Erpressungsversuch, keine Frage. Und er war ihnen auf den Leim gegangen wie ein brünstiger Bauerntölpel und hatte im wahrsten Sinne des Wortes die Hose runtergelassen.

Und jetzt, was wollte dieses erpresserische Miststück von ihm? Geld? Da sie offensichtlich wusste, wer er war, wusste sie ja wohl ganz bestimmt auch, dass Staatsdiener selbst auf seiner Ebene hundsmiserabel bezahlt wurden.

Er knallte das Foto mit dem Gesicht nach unten auf den Tisch. Und in dem Moment sah er, dass auf der Rückseite etwas stand.

Sein Körper erstarrte. Ihm stockte der Atem.

Die Nachricht war kurz. *Du musst mir einen Gefallen tun. In Liebe, wie immer, Genevieve.*

Die Stimme seiner Sekretärin tönte zwitschernd aus der Sprechanlage. »Deputy, ich mache nur noch ein paar Briefe fertig, dann bin ich weg. Schönen Abend noch.«

Er hörte sie, antwortete aber nicht. Die Aussichten, dass er heute oder irgendwann in nächster Zeit einen schönen Abend haben würde, waren gleich null. Seine Wut kochte über.

Er würde sie umbringen. Verdammte Scheiße, er würde sie umbringen.

17. Oktober, 11.30 Uhr

»He, he, wo bleibt dein Feuer, Süße? Ist doch noch früh. Ich dachte, wir könnten noch ein, zwei Nummern schieben.«

»Tut mir Leid, Billy. Heute nicht.«

»Hast du noch einen Termin?«

»Nein. Aber eines von den anderen Mädchen müsste jeden Moment aufkreuzen.«

Billy Thomson – der Deckname, den der angesehene Anwalt Jerry Tepper sich zugelegt hat – schlägt die Decke zurück und zeigt ihr auffordernd seine Erektion, die nur zum Teil von einem Damenslip aus rotem Satin bedeckt ist. »Kann ich dich wirklich nicht überreden? Du darfst mir auch wieder Handschellen anlegen.«

Sie lächelt. »Ich *darf*?« Sie geht ins Badezimmer und lässt die Tür dabei offen.

Widerwillig steigt er aus dem Bett, zieht den Satinschlüpfer aus und greift nach seinen seidenen Boxershorts. »Was ist mit nächster Woche? Selber Ort? Selbe Zeit?«

»Selbe Zeit, aber wir müssen uns drüben in der Hotelsuite treffen«, ruft sie ihm zu.

»Ach Mist, du weißt doch . . .«

Sie kommt nackt zurück ins Schlafzimmer, ein beschwichtigendes Lächeln auf den Lippen. »Nur nächste Woche, Süßer. Eine unglückliche Terminüberschneidung. Kommt nicht wieder vor.«

Sie reicht ihm seine Hose und hilft ihm dann, sich anzuziehen. Sie muss ihn loswerden, damit sie weg kann.

»Du siehst gut aus, Billy«, sagt sie zu ihm und drückt ihm die schütteren Haare fest, die er vergeblich so kämmt, dass sie seine kahle Stelle verdecken sollen. Männer sind ja so eitel, denkt sie. Von ihrer Blindheit mal ganz zu schweigen.

Er ergreift ihren Arm und lächelt. »Hören wir auf mit der Schauspielerei, Genevieve. Für die anderen kann ich ruhig Billy sein, aber bei dir, Jessica –«

Sie küsst ihn voll auf den Mund. »Die Schauspielerei macht doch erst richtig Spaß. Bis nächste Woche, Billy.«

Ein Schatten der Verärgerung huscht über sein Gesicht.

Sie übersieht es geflissentlich.

11.40 Uhr

Sobald er durch die Tür ist, fliegt die blonde Perücke vom Kopf. Sie springt rasch unter die Dusche, trocknet sich ab, fährt sich mit den Fingern durch das kurze kastanienbraune Haar und nimmt die smaragdgrünen Kontaktlinsen heraus.

Ein kurzer Blick auf die Uhr, und sie hastet zurück ins Schlafzimmer, nimmt ihre Kaschmirhose mit dem passenden Blazer aus dem ansonsten leeren Schrank und zieht sich an. Sie ist spät dran.

Er wird sich Sorgen machen. Er macht sich immer Sorgen, wenn sie zu spät kommt. Aber jetzt wird er sich noch mehr Sorgen machen als sonst. Vielleicht hätte sie nichts sagen sollen, als er gestern Abend anrief. Sie hatte es auch nicht vorgehabt, sondern wollte warten, bis sie ihn persönlich sehen würde.

Aber er hatte die leichte Anspannung in ihrer Stimme gehört und wollte wissen, was los war. Sie hätte ihm versichern können, dass alles bestens sei. Aber in Wahrheit wollte sie *von ihm* beruhigt werden, wollte sie *von ihm* getröstet werden.

Stattdessen wurde er noch nervöser, als sie es war. Und zornig. Und – ja – verängstigt. Immer und immer wieder sagte er, dass das Timing schlechter nicht hätte sein können. Als ob sie das nicht selbst wüsste. Aber es war schließlich nicht ihre Schuld. Ja, sie hatte einen Fehler gemacht, war ein ganz kleines bisschen nachlässig gewesen. Aber sie hatte es wieder gutgemacht. Sie war sicher – na ja, fast sicher –, dass sie ihre Trümpfe nicht aus der Hand gegeben hatte. Von jetzt an würde sie vorsichtiger sein. Alles würde nach Plan laufen. Das hatte sie ihm am Telefon gesagt. Hatte ihre eigenen Bedenken vergessen, weil sie ihn beruhigen wollte. Und gehofft, dass er ihr glaubt.

Einen Moment denkt sie an »Billys« Verärgerung, weil sie ihm nicht mehr Zeit gewidmet hat. Sie hat ihm den Wunsch nicht gern abgeschlagen. Schließlich weiß gerade sie, wie wichtig es ist, die Kunden bei Laune zu halten. Vor allem, wenn die Kunden zu den einflussreichsten Männern in Boston gehören. Männer, die man bitten konnte – und es häufig auch tat –, gewisse Beziehungen spielen zu lassen, gewisse Gefälligkeiten zu gewähren. Manchmal lief so was freiwillig, manchmal war ein bisschen Aufmunterung vonnöten. Bei Jerry Tepper war weniger Aufmunterung erforderlich gewesen als bei anderen.

Jessica ist es lieber, wenn kein Druck ausgeübt werden muss. Das soll nicht heißen, dass sie davor zurückscheut, wenn es nötig ist. Und sie muss zugeben, dass es ihr wirklich ein Gefühl von Macht gibt, wenn sie einen mächtigen Mann dazu bringt, etwas zu tun, was er nicht unbedingt tun will.

Natürlich wäre ihre Chefin nicht begeistert, wenn sie dahinter käme, dass ihre Spitzenkraft Schwarzarbeit macht. Aber wie sollte sie schon dahinter kommen? Und was sie nicht wusste, würde ihr auch nicht schaden.

Würde keinem schaden.

11.55 Uhr

Als Jessica Asher über die Straße zu ihrem neuen, silberglänzenden Porsche lief, warf sie einen kurzen Blick auf ihre brillantenbesetzte Rolex. Aus den Augenwinkeln heraus sah sie einen weißen Geländewagen um die Ecke biegen und in ihre Richtung kommen, aber sie dachte nicht weiter darüber nach, weil sie die Fahrbahn schon fast überquert hatte und kurz vor ihrem Auto war. Sie drückte gerade auf die Fernbedienung ihrer Zentralverriegelung, als der Geländewagen einen plötzlichen Schwenk nach links machte. Erschrocken sah Jessica auf.

Der Wagen kam auf sie zugerast. Ihre Augen weiteten sich vor Entsetzen. Der Fahrer musste betrunken sein. Oder er hatte einen Herzanfall. Eine andere Erklärung gab es nicht.

Doch dann sah sie das Gesicht des Fahrers. Und wusste mit grauenvoller Gewissheit, dass es doch eine andere Erklärung gab. Ihr Mund wollte einen Namen formen. Aber sie kam nicht mehr dazu, ihn hinauszuschreien.

Als der Geländewagen sie erfasste, wurde sie regelrecht vom Boden gehoben und wäre ein gutes Stück durch die Luft geschleudert worden, wenn ihr eigenes Auto die Flugbahn nicht blockiert hätte. Ihr Körper krachte mit unglaublicher Wucht auf die Fahrerseite des Porsches, ihr hübsches Gesicht zersplitterte die Seitenscheibe, ihr geschmeidiger Körper drückte das Metall ein. Der Aufprall wäre furchtbar schmerzhaft gewesen, doch Jessica Asher hatte Glück im Unglück. Sie war auf der Stelle tot.

Trotzdem setzte der Geländewagen noch einmal nach.

1

Als ich mein Büro betrete, steht ein wundervoller Strauß mit einem Dutzend langstieliger gelber Rosen auf dem Schreibtisch. Ich freue mich nicht darüber, obwohl ich nicht ganz sicher bin, wer sie geschickt hat. Aber ich habe eine starke Vermutung. Oder zwei starke Vermutungen. Die Sache ist die, ich hatte gehofft, dass sich keiner diesen Tag rot im Kalender angestrichen hätte. Ich stehe nicht auf Geburtstage, jedenfalls nicht auf meine eigenen. Sie deprimieren mich. Und zwar nicht wegen des Älterwerdens – in meinem Beruf verleiht mir das Alter mehr Gewicht, mehr Glaubwürdigkeit –, sondern weil ich an einem Punkt in meinem Leben bin, an dem ich nie sein wollte.

Dieses Jahr bildet da keine Ausnahme. Ich bin noch immer geschieden, habe noch immer eine Beziehung zu einem Mann, der sich nicht binden will, mache noch immer Fehler mit einem anderen Mann, an den ich mich wohl nie binden werde. Ich arbeite viel zu viel. Ich bin öfter einsam als nicht, vermisse noch immer schmerzhaft meine beste Freundin Maggie, obwohl sie schon fast zwei Jahre tot ist. Ich mache mir immer viel zu viele Sorgen – wegen meiner Mitarbeiter, meiner Häftlinge, meiner Schwester, die so naiv ist zu glauben, ihr pädophiler Ehemann wäre geheilt. Sogar Hannah, mein Hund, macht mir Sorgen. In letzter Zeit wirkt sie so schlapp und müde und hat gar keinen Appetit.

Ach so, ja, seit neuestem gibt es noch was, weswegen ich mir Sorgen machen kann. Meine Periode ist drei Wochen überfällig. In den letzten Tagen war ich schon sechsmal im Drugstore, um mir einen Schwangerschaftstest zu kaufen, der mich endlich von der quälenden Ungewissheit befreien soll. Aber jedes

Mal habe ich dann doch irgendwas anderes gekauft. Das sieht mir so gar nicht ähnlich. Bis jetzt war ich immer der Überzeugung, dass ich zumindest eines bin, nämlich entschlussfreudig. Ich reiß mich nicht um Probleme, bestimmt nicht, aber ich stecke auch nicht den Kopf in den Sand, wenn ich welche habe.

Das hier ist allerdings was anderes. Es ist ein Problem, das ich am liebsten einfach verschwinden lassen würde. Aber ich kann nicht. Verdrängung funktioniert bei vielen Menschen – meine Schwester Rachel ist ein Paradebeispiel –, aber bei mir eben nicht. Sosehr ich auch versuche, nicht an die Möglichkeit einer Schwangerschaft zu denken, es geht mir nicht mehr aus dem Kopf.

Aber heute ist Schluss damit. Wenn sich bis Feierabend immer noch nichts getan hat, besorge ich mir auf dem Weg nach Hause einen Schwangerschaftstest. Damit das Elend ein Ende hat. Oder erst richtig anfängt . . .

Kaum vorstellbar, dass es mal eine Zeit gegeben hat, in der ich mir ein Baby gewünscht habe. Aber zu der Zeit hätte ich auch mit Bestimmtheit sagen können, wer der dazugehörige Vater war.

Es klopft an der Tür. Sharon Johnson, meine Berufsberaterin, steckt den Kopf herein. »Herzlichen . . .«

»Schon gut, schon gut«, murmele ich.

Sie betrachtet mich mitleidig, kommt herein und schließt die Tür hinter sich. »Wie wär's, wenn du am Sonntag zum Brunch kommst? Ray macht ihre berühmten – oder besser gesagt berüchtigten – Blaubeerpfannkuchen.« Sie tätschelt ihren leicht gerundeten Bauch. »Bei der Frau gehe ich auf wie ein Hefekloß.«

»Hör doch auf. Du bist hinreißend schön und noch dazu glücklich«, sage ich trocken und habe schlagartig den dicken Bauch vor Augen, den ich wahrscheinlich bekommen werde. Und leider nicht von Blaubeerpfannkuchen.

Ein Lächeln breitet sich auf Sharons kakaobraunem Gesicht aus. »Wenn ich nicht genau wüsste, dass du stockhetero bist, könnte ich fast meinen, du willst mich anmachen.«

»Glaub mir, wenn ich nicht hetero wäre und du nicht in einer tollen Beziehung mit dieser klasse Frau leben würdest, und wenn du nur eine Freundin und nicht auch noch meine Mitarbeiterin wärst, dann, meine Liebe, könnte es durchaus passieren, dass ich dich anmache«, frotzele ich. Aber hinter meinem lockeren Witz steckt blanker Neid. Sharon ist eine Frau, die in ihrem Leben schon einige Schläge einstecken musste, sogar im Knast hat sie schon gesessen. Was überhaupt der ausschlaggebende Grund gewesen ist, warum ich sie damals eingestellt habe. Ich brauchte jemanden, der für die Insassen von Horizon House Arbeitsplätze beschaffte und sie kontrollierte. Ich hatte gehofft, dass Sharon ihnen als Vorbild dienen könnte. Wenn sie, ein Ex-Knacki, ihr Leben in den Griff bekommen hatte, dann konnten sie das auch.

Aber gerade *weil* sie ein Ex-Knacki war, musste ich um sie kämpfen wie ein Löwe. Der Vorgesetzte, der mir die größten Steine in den Weg legte, war Deputy Commissioner Steven R. Carlyle. Aber Carlyle legt mir sowieso, wo immer er kann, Steine in den Weg.

»Also, was ist mit dem Brunch? Du kannst auch deinen Typen mitbringen.«

Welchen von beiden?

»Lieber ein anderes Mal.«

»Geht's dir noch immer nicht gut?«, fragt Sharon und mustert mich prüfend.

»Wie meinst du das?« Schlagartig gehe ich in Verteidigungshaltung.

»Ich meine nur, dass du mir in den letzten zwei Wochen irgendwie verändert vorkommst.«

Ich spüre, wie ich rot anlaufe. »Hab einfach viel um die Ohren«, sage ich vage.

Sharon hakt nicht nach. Auch wenn wir uns in den letzten zwei Jahren angefreundet haben, sind wir uns doch beide der unsichtbaren Grenzen bewusst. Keine von uns überschreitet sie.

»He, lächle doch mal, Nat. Du siehst keinen Tag älter aus als dreiunddreißig.«

Ich drehe mich um und sehe meinen Deputy Superintendent

Jack Dwyer in der offenen Tür stehen. »Sehr lustig.« Jack weiß ganz genau, dass ich heute dreiunddreißig geworden bin.

Mit gerunzelter Stirn späht er auf die Rosen. »Leo?«

»Weiß nicht. Bin gerade erst reingekommen.« Aber ich vermute, wenn Jack die Rosen nicht geschickt hat, müssen sie von Detective Leo Coscarelli sein – der Mann, der sich nicht binden will, zumindest nicht an mich.

Ich stelle meine Tasche neben dem Schreibtisch auf den Boden. Im Stehen, mit dem Rücken zu Jack, sehe ich die Post durch.

»Denk dran, um elf haben wir eine Disziplinaranhörung«, sagt er und kommt auf mich zu. »Sollen wir die Einzelheiten noch mal durchsprechen?«

Ich blicke ihn verständnislos an. Wie soll ich an eine Anhörung denken, die ich komplett vergessen hatte? Welcher von meinen Häftlingen hat gegen eine Vorschrift verstoßen? Wichtigere Frage: Wo zum Teufel hab ich in letzter Zeit meinen Kopf? Ich bin froh, dass Freitag ist. Ich brauche das Wochenende, um wieder ins Lot zu kommen. Wenn ich doch bloß endlich meine verdammte Periode kriegen würde.

»Dennis Finn«, hilft Jack mir auf die Sprünge. »Der Typ, der vor einem Monat aus der Strafanstalt Norton zu uns verlegt worden ist. Hat drei bis fünf Jahre wegen Diebstahls bekommen. Dienstagabend hatte er diese kleine Auseinandersetzung mit Hutch, erinnerst du dich?«

»Ach ja, stimmt.« Ich seufze müde. »Man sollte meinen, wenn Finn sich schon unbedingt prügeln muss, wäre er wenigstens schlau genug, sich nicht ausgerechnet mit einem Vollzugsbeamten anzulegen, schon gar nicht mit Hutch.« Finn hätte auch so vor den Disziplinarausschuss gemusst, ganz gleich, mit wem er sich geschlagen hat, weil jede Prügelei ein Verstoß gegen die Hausvorschriften ist. Aber dieser Fall ist umso ernster, da der Mann, den Finn geschlagen hat – Gordon Hutchins, der leitende Vollzugsbeamte im Horizon House –, ausgerechnet in dem Ausschuss sitzt, der über Finns Schicksal zu entscheiden hat. Durchaus möglich, dass einstimmig beschlossen wird, Finn zurück hinter Gitter zu schicken. Aber falls irgendwelche mildernden Umstände vorliegen – in seinem Fall ein Laufpass der Freundin und eine schwere Erkrankung eines seiner Kinder –, haben wir wenigstens ein bisschen Spielraum.

Es fällt mir nie leicht, Häftlinge aus dem Programm zu werfen. Keinem von uns. Aber wir tun es, wenn es sein muss. Jedes Anzeichen dafür, dass wir die Regeln lockern, würde das gesamte Programm gefährden, aber auch die Sicherheit aller Beteiligten – Mitarbeiter, Insassen und die Öffentlichkeit.

»Ist das Finns erster Verstoß?« Auch das käme ihm zugute.

Jack blickt mich aus zusammengekniffenen Augen an. »Was ist los mit dir, Nat? Du hast doch sonst immer sämtliche Fakten und Zahlen über unsere Insassen im Kopf. Geht's dir gut? Ich weiß nicht. In letzter Zeit bist du so –«

»Mir geht's prima«, entgegne ich barsch. Und das kommt noch hinzu. In letzter Zeit bin ich nicht nur unkonzentriert, sondern auch ungeduldig und missmutig. Ein schlechtes Zeichen bei einem Kontrollfreak wie mir.

Jacks Blick wandert zurück zu den Blumen. »Die müssen von Leo sein.«

Ich starre ihn zornig an. »Wie gesagt, ich weiß es nicht.«

»Ist er in Ungnade gefallen?« Jack bemüht sich gar nicht erst, seiner Stimme nicht anmerken zu lassen, dass ihn diese Möglichkeit erfreuen würde.

Ich werfe ihm einen drohenden Blick zu. »Das hatten wir doch alles schon, Jack. Schon oft«, füge ich spitz hinzu. »Ich werde nicht mit dir über meine Beziehung zu Leo sprechen.«

»Okay«, sagt er und schiebt sich ein bisschen näher, »dann reden wir eben über unsere Beziehung.«

»Wir haben keine Beziehung«, sage ich mit Nachdruck. »Keine beziehungsmäßige Beziehung«, präzisiere ich, und prompt schlägt meine gereizte Stimmung in Mattigkeit um, dabei hat der Tag noch gar nicht richtig angefangen. Ein weiteres schlechtes Zeichen. Mattigkeit ist mir eigentlich fremd.

Jack schiebt sich noch näher heran, sodass seine Schulter meine berührt. »Was war mit dieser warmen Septembernacht, als du in mein Bett gekrabbelt bist und ...«

Ich mache einen großen Schritt nach links, um dem Körperkontakt auszuweichen. Jack macht wieder einen Schritt auf mich zu. Unser kleines Tänzchen. Der Ablauf ist uns beiden nur allzu vertraut.

»Hör auf, Jack. Das Thema hatten wir doch schon. Es war ein Fehler. Wir hatten vereinbart, dass . . .«

»Von wegen – *du* wolltest, dass ich dich notgedrungen so tun lasse, als wäre es ein Fehler gewesen.«

»Lass gut sein, Jack. Im Ernst. Sonst . . .«

»Schön, von mir aus.« Er bleibt, wo er ist, die Arme vor der breiten Brust verschränkt. Er trägt ein weißes Hemd, die Ärmel über den muskulösen Unterarmen hoch gekrempelt, und eine gestreifte Krawatte, die schon bessere Tage gesehen hat und die er über dem geöffneten Hemdkragen gelockert hat. Irgendwie schafft er es, lässig männlich zu wirken und gar nicht schlampig. Verdammt, er sieht sexy aus, um ehrlich zu sein.

»Wie wär's, wenn wir zusammen zum Lunch gehen? Ich verspreche auch, nichts Beziehungsmäßiges anzusprechen.«

Ich verdrehe die Augen.

»Und außerdem gibt's noch mehr zu feiern als bloß deinen Geburtstag. Ich hab meinen Rekord gebrochen. Drei Wochen nüchtern. Seit einundzwanzig Tagen ist kein Tropfen Alkohol über meine Lippen gekommen.«

»Das ist toll, Jack.«

»Ich bin wirklich auf dem besten Weg, mein Leben wieder auf die Reihe zu kriegen, Nat. Wir werden schließlich alle nicht jünger. Ich werde bald einundvierzig. Meine Mom ist mit achtundvierzig an einem Herzinfarkt gestorben, mein Dad mit dreiundfünfzig an Leberversagen. Vielleicht hab ich bloß noch ein paar Jährchen. Und die will ich nüchtern verbringen. Und hoffentlich nicht allein.«

Jacks Kampf mit dem Alkohol ist ein altes Problem. Und ein Problem, das mir leider nur allzu vertraut ist, da mein Vater seinen Kampf mit der Flasche verloren hat und sich einen Strick nahm, weil er nicht mehr weiter wusste. Bis heute bin ich mit mir uneins, ob Dad sich am Ende für die leichte oder die schwere Lösung entschieden hat. Oder ob er überhaupt noch wusste, was er tat, denn laut Obduktionsbericht war sein Blutalkohol bei Eintritt des Todes höher als auf der Tabelle ablesbar.

Ich betrachte meinen Stellvertreter jetzt mit einem freundlicheren Blick. »Es freut mich wirklich, dass du die Sache so gut im Griff hast, Jack. Halt durch, dann überlebst du deine Eltern um mindestens dreißig Jahre.«

Er verzieht das Gesicht. »Ich glaube, so lange halt ich es mit mir selbst nicht aus.«

Ich lächele.

»Also, was ist nun, Nat? Lunch im La Maison? Du kannst ein Gläschen Champager trinken, und ich stoße mit Perrier auf dich an.«

Kein Champagner oder sonst was Alkoholisches, falls ich schwanger bin . . .

»Die Anhörung könnte länger dauern«, sage ich schroff. »Und ich hab den ganzen Nachmittag über Termine.«

»Gut, dann eben Abendessen.« Wenn Jack etwas will, lässt er so leicht nicht locker. Darin sind wir uns ziemlich ähnlich. Ein Jammer, dass wir normalerweise nicht dasselbe wollen. »Dann müssen wir uns nicht so beeilen . . .«

»Ich kann nicht, Jack. Leo und ich . . .«

Er hebt die Hand wie ein Verkehrspolizist, und seine heitere Stimmung verfliegt. »Ja, klar. Stimmt. Hätte ich mir denken können. Du und Leo. Richtig. Kein Problem, Nat –«

Ehe mir etwas einfällt, womit ich das Ego meines Stellvertreters wieder aufbauen könnte, klingelt das Telefon. »Jack, ich muss rangehen.« Normalerweise nimmt Paul Lamotte, mein Sekretär und ebenfalls Insasse des Horizon House, die Gespräche entgegen, aber er ist schon die ganze Woche krank.

»Nat?« Eine männliche, überaus sachliche Stimme.

»Ja.«

Jack dreht sich grußlos um und verlässt den Raum.

»Hier spricht Warren Miller.«

Ich verkrampfe mich ein wenig vor Anspannung. Einen unerwarteten Anruf vom Leiter der Strafvollzugsbehörde bekomme ich nicht alle Tage. »Commissioner Miller. Was kann ich für Sie tun?«

»Wir haben ein Problem, Nat. Und ich möchte Sie um Ihre Unterstützung bitten.«

Meine Anspannung steigert sich rasch zu Besorgnis. »Was für ein Problem?«

»Das möchte ich lieber nicht am Telefon besprechen.«

»Soll ich zu Ihnen ins Büro kommen? Um elf habe ich hier im Zentrum eine Disziplinaranhörung, aber die kann auch mein Stellvertreter leiten –«

»Sie müssen sofort herkommen.«

»Okay, bin schon unterwegs.«

»Ich bin aber nicht im Büro.« Kurze Pause. Ich höre ihn in die Sprechmuschel atmen. »Ich bin im Vierzehnten Revier. An der Charles Street.«

Mein Magen zieht sich zusammen. »Geht's um einen meiner Insassen?« Das hätte mir gerade noch gefehlt. Dass einer meiner Häftlinge mit dem Gesetz in Konflikt geraten ist.

Anstatt meine Frage zu beantworten, sagt Miller abrupt: »Nat, ich erwarte Sie in einer Viertelstunde.«

Drei Minuten später will ich gerade aus meinem Büro hasten, als das Telefon erneut klingelt. Ich mache auf dem Absatz kehrt und reiße den Hörer ans Ohr. Vielleicht ist es wieder der Commissioner und es war nur ein falscher Alarm?

»Haben dir die Rosen gefallen, Natalie?«

»Ja, ja, wunderschön, Leo.« Mir fällt ein, dass ich nicht mal einen Blick auf die Karte geworfen habe. Und jetzt habe ich keine Zeit mehr. »Hör mal, ich bin auf dem Sprung. Bleibt es bei heute Abend?«

»Ich verlass mich drauf.«

»Prima –«

»Wo musst du denn so eilig hin?«

Ich zögere. »Vierzehntes Revier. Kennst du da irgendwen?«

»Worum geht's?«

»Weiß ich noch nicht. Aber nichts Gutes, da bin ich sicher. Also, kennst du da irgendwen?«

»Ja, allerdings. Fran Robie. Sie ist bei der Mordkommission.«

Mich überläuft es kalt, und meinem Magen geht es noch

schlechter. »Hoffen wir, dass ich sie nicht brauchen werde. Aber falls doch, kann ich ihr sagen, dass ich eine Freundin von dir bin?«

»Eine Freundin? Ja. Klar. Du kannst ihr sagen, dass du meine Freundin bist.«

Erst nachdem ich aufgelegt habe, frage ich mich, ob Fran Robie vielleicht auch »eine Freundin« von Leo ist.

2

Als ich dem dickbäuchigen Sergeant am Empfang meinen Namen nenne, springt er auf und hastet um seine Theke herum. Ich werde offensichtlich erwartet.

»Bitte, hier entlang, Superintendent.« Sein Verhalten ist sachlich, aber korrekt. Ich folge ihm eine breite Treppe hinauf, auf der uns einige Polizisten entgegenkommen. Wir gehen einen schmalen Gang hinunter, kommen an mehreren geschlossenen Türen vorbei, dann an einer offenen, die in einen mittelgroßen Einsatzraum mit etwa einem Dutzend paarweise angeordneten Schreibtischen führt. Vor der nächsten Tür, die wieder geschlossen ist, bleibt der Sergeant stehen. »Da wären wir, Superintendent. Der Commissioner erwartet Sie.«

Ich erstarre, als der Sergeant nach dem Türknauf greift. Auf der Scheibe in der Tür steht in schwarzen Druckbuchstaben: Captain Francine Robie. Und unter dem Namen: Mordkommission.

»Ich glaube, ich . . . muss mich . . . übergeben«, nuschele ich.

Der Sergeant dreht sich schnell zu mir um, aber ich kann ihn nicht mehr ganz klar sehen. »Damen . . . toilette?«

Er zeigt den Gang hinunter. Ich rase los und schaffe es gerade noch zu einem Klo, treffe aber doch nicht ganz die Schüssel, als ich auf die Knie falle und loskotze.

Fünf Minuten später habe ich den bekleckerten Leinenrock ausgewaschen, den Mund ausgespült, frischen Lippenstift aufgelegt, die gelösten Haarsträhnen wieder gebändigt und trete wieder auf den Flur, wo mich drei besorgte Augenpaare erwarten. Zwei davon erkenne ich – sie gehören dem Sergeant und dem Commissioner. Das dritte Augenpaar gehört einer Frau, und ich denke mir, dass es sich um Captain Francine Robie handelt. Mordkommission.

»Kleine Magenverstimmung«, murmele ich, und einen Moment lang ist meine Verlegenheit größer als meine Sorge, warum man mich wohl herbestellt hat.

Commissioner Warren Miller tritt auf mich zu. Er ist Anfang sechzig. Ein großer, knochiger Mann mit kräftiger Nase, markantem Kinn und akkurat geschnittenen, dunkelbraunen Haaren, die grau durchsetzt und glatt nach hinten gekämmt sind. Er trägt einen für seine hagere Gestalt maßgeschneiderten marineblauen Anzug. Er ist kein attraktiver Mann, aber er hat eindeutig Charisma. »Es tut mir furchtbar Leid, Nat. Wenn ich gewusst hätte, dass Sie krank sind –«

»Bin ich nicht. Es ist . . . es geht mir wieder gut. Wirklich.« Die drei weiterhin unverwandt auf mich gerichteten Augenpaare verraten, dass ich niemanden überzeugt habe.

»Am besten, Sie kommen in mein Büro und setzen sich, Superintendent. Möchten Sie ein Glas Wasser?« Die Frau, die mir noch nicht offiziell vorgestellt wurde, deutet auf die Tür mit der Aufschrift Captain Francine Robie.

Ich nicke. Sie führt mich zu der jetzt weit geöffneten Tür und tritt zur Seite, um mich zuerst hineinzulassen. Der Commissioner folgt mir dicht auf den Fersen. Vielleicht fürchtet er, ich könnte ohnmächtig werden, und will in meiner Nähe bleiben, um mich notfalls aufzufangen.

Bevor Robie ebenfalls eintritt, wendet sie sich an den Sergeant. »Rick, besorgen Sie uns ein Glas Wasser mit Eis.«

»Wird gemacht, Captain.«

»Nehmen Sie Platz. Bitte, Superintendent.« Captain Robie überlässt mir die Entscheidung zwischen einem Schaukelstuhl aus Ahorn oder einem von zwei Polstersesseln, die mit einem erdfarbenen Paisleystoff bezogen sind. Der Schaukelstuhl kommt nicht in Frage – schon bei dem Gedanken daran wird mir schlecht –, daher entscheide ich mich für einen der Polstersessel. Der Commissioner lässt sich in dem anderen nieder.

Ich bin ein wenig erstaunt, dass ein Büro in einem Polizeirevier so gut ausgestattet ist. Nicht nur das – es ist sogar richtig gemütlich. Ein Flickenteppich auf dem Boden, cremefarbene Baumwollvorhänge am Fenster, hübsch gerahmte Fotos an der Wand – hauptsächlich Bilder vom Meer und von Booten –, die Tapete nicht wie üblich behördengrün, sondern in einem warmen Terracottaton. Selbst der Schreibtisch ist nicht die standardmäßige Scheußlichkeit aus Metall. Robie arbeitet an einem wuchtigen Eichenschreibtisch, dem die Patina des Alters anzusehen ist. Sie hat den Schreibtisch mit dem Rücken an eine Seitenwand gestellt, sodass sie auf der rechten Seite das Fenster mit den Vorhängen hat und auf der linken die Tür.

Unter anderen Umständen würde ich mir die geschmackvolle Einrichtung mit der Tatsache erklären, dass das Büro einer Frau gehört. Doch die Mehrheit von uns Frauen, die wir uns für eine Laufbahn in Männerdomänen wie Strafvollzug oder Polizei entschieden haben, ist stets bemüht, sich anzupassen. Oder zumindest unsere Unterschiede nicht auch noch zu betonen.

Francine Robie scheint derlei Bedenken nicht zu haben. Und das gilt nicht nur für ihr Büro, sondern auch für ihr Aussehen. Selbst wenn sie sich anstrengen würde, gelänge es ihr sicherlich nicht zu verbergen, wie attraktiv sie ist. Aber von Anstrengungen in besagter Richtung kann gar keine Rede sein – im Gegenteil, sie zeigt schamlos, was sie hat. Seidiges, blondes Haar mit dezent getönten Strähnchen, das ihr locker auf die Schultern fällt, dunkelbraune Augen mit perfekt aufgetragenem Lidstrich, die Wimpern mit genau der richtigen Menge Mascara getuscht, sodass sie nicht zusammenkleben, und eine Bräune, die entweder aus einem spätherbstlichen Urlaub oder dem Sonnenstudio stammt.

Auch die Garderobe der Kriminalbeamtin ist alles andere als altjüngferlich. Schwarze Lederstiefel mit fünf Zentimeter hohen Absätzen, figurbetonte schwarze Samthose, eine apfelgrüne Seidenbluse, die nicht nur wegen ihrer leuchtenden Farbe die Blicke auf sich zieht, sondern auch, weil die oberen zwei Knöpfe offen stehen.

Selbst wenn ich mein anthratzitfarbenes Leinenkostüm nicht

voll gekotzt hätte, würde ich mir jetzt wie eine graue Maus vorkommen.

»Geht's wieder?«, erkundigt sich Captain Robie fürsorglich. Sie steht noch immer.

»Ja. Danke.«

»Superintendent Price, ich bin Fran Robie.« Nach dieser förmlichen Vorstellung streckt sie mir ihre Hand entgegen. Ich schüttele sie kurz.

Zugegeben, ich finde Robie nicht unbedingt sympathisch. Nicht bloß wegen ihres tollen Aussehens, ihrer Kleidung, ihrer geschmackvollen Büroeinrichtung, sondern auch, weil sie jünger ist als die meisten Captains bei der Polizei, denen ich bislang begegnet bin. Ich würde schätzen, Anfang dreißig. Andererseits könnte sie auch älter sein, als sie aussieht. Ich bin ohnehin nicht besonders gut darin, das Alter von Leuten zu erraten. Leo ist da ein gutes Beispiel. Als ich ihn kennen lernte, dachte ich, er sei viel zu jung, um schon Detective bei der Mordkommission zu sein. Aber sein jugendliches Aussehen täuschte. Ich sage *täuschte*, weil Leo in den letzten zwei Jahren deutlich gealtert ist. Und ich könnte mir vorstellen, dass ich zumindest teilweise dafür verantwortlich bin. Aber ich bin nicht die einzige Frau in Leos Leben, die an den grauen Strähnen in seinem braunen Haar schuld ist. Nicki Holden, die Mutter seines Sohnes, hat auch ihren Anteil daran.

Ich spüre, dass Robie mich ansieht. Ich erwidere ihren Blick. Sie betrachtet mich nachdenklich, vermutlich versucht sie, sich einen Eindruck von mir zu verschaffen.

Andererseits, vielleicht hat sie bloß Angst, ich könnte wieder anfangen zu kotzen.

Robie setzt sich in den braunen, ergonomischen Ledersessel vor ihrem Schreibtisch und dreht ihn so, dass sie mich und den Commissioner im Blick hat. Commissioner Miller sitzt leicht vorgebeugt, die Ellbogen auf die Knie gestützt, die Hände flach aufeinander gelegt.

Gerade als Miller das Wort ergreifen will, klopft es an der Tür. Der Sergeant vom Empfang kommt mit einem Glas Eiswasser. Ich nehme es, danke ihm und merke, dass er auf ein Nicken von Captain Robie wartet, ehe er rasch wieder den Raum verlässt.

Sowohl Miller als auch Robie schweigen. Anscheinend warten sie darauf, dass ich von dem Wasser trinke, das ich eigentlich gar nicht will. Ich nehme einen höflichen Schluck und wünsche mir nichts sehnlicher, als dass sie endlich mit der Sprache herausrücken.

Ich stelle das Glas auf einem Hochglanz-Reisemagazin ab, das auf einem Eichentischchen neben meinem Sessel liegt. Ich halte es kaum noch aus, will endlich wissen, was los ist.

Miller räuspert sich. »Captain Robie leitet die Ermittlungen in einem Mordfall. Einer von unseren Leuten wird in der Sache vernommen. Sie können sich denken, dass mich das sehr beunruhigt.«

Ich schaue ihn fragend an. »Einer von unseren Leuten?« Würde der Commissioner einen Häftling als *einen von unseren Leuten* bezeichnen? Und würde ein Captain persönlich die Ermittlungen in einem ganz gewöhnlichen Mordfall leiten? Die Antwort auf beide Fragen lautet: Nein. Die Sache muss wichtig sein. Entweder ist das Opfer prominent oder der Verdächtige ist es. Einer von unseren Leuten . . .

Millers Finger verschränken sich, als er die Hände fester gegeneinander presst. »Carlyle«, sagt er dann, und seine Stimme wird plötzlich leiser.

Ich muss mich verhört haben. Vielleicht hat die Übelkeit von vorhin gar nichts mit einer Schwangerschaft zu tun, wie ich insgeheim befürchte. Vielleicht habe ich eine Entzündung im Innenohr.

»Sie kennen Steven Carlyle, Superintendent?«, wirft Robie ein.

»Den Deputy Commissioner? Natürlich, ich – wird er verhört? Ist er . . . gilt er als Verdächtiger in einem Mordfall?« Ich weiß nicht mal, wer ermordet wurde, aber darum geht es im Augenblick auch nicht. Der Gedanke, dass der Deputy Commissioner überhaupt verdächtigt wird, kommt mir völlig lächerlich vor. Das soll nicht heißen, dass ich ihm irgendwelche

Sympathien entgegenbringe. Oder viel von seiner Arbeit oder seiner Persönlichkeit halte. Aber er und Mord?

Na ja, eines steht fest – es würde jede Menge Schlagzeilen machen, wenn der stellvertretende Leiter einer Strafvollzugsbehörde wegen Mordes festgenommen würde. Aber wen um alles in der Welt kann er denn umgebracht haben? Genau das ist meine nächste Frage.

»Jessica Asher«, sagt Robie und betrachtet mich dabei unverwandt.

»Der Unfall mit Fahrerflucht?« Auch wenn ich in den letzten zwei Wochen ziemlich abgelenkt war, diese schreckliche Geschichte ist mir nicht entgangen. Sie war schließlich tagelang in sämtlichen Medien. Jetzt wird mir erst recht klar, warum Francine Robie mit den Ermittlungen betraut wurde. Nicht nur, dass der Verdächtige ein hohes Tier im Strafvollzug ist, nein, das Opfer stammt auch noch aus einer bekannten Bostoner Familie.

»Wollen Sie damit sagen, dass Sie Steven Carlyle für den Fahrer des Wagens halten, der diese arme Frau versehentlich überfahren hat und dann geflüchtet ist?« Ich betone das Wort *versehentlich* und blicke kurz zum Commissioner hinüber, der blass und mit grimmiger Miene dasitzt. Ich rechne schon fast damit, das auch ihm gleich schlecht wird.

»Es hat sich inzwischen ein Zeuge gemeldet, der behauptet, gesehen zu haben, dass Miss Asher mit Absicht überfahren wurde.«

»Was?« Perplex war ich schon vorher, aber jetzt verschlägt es mir die Sprache. »Soll das heißen, Sie glauben, der Fahrer –«, ich bringe es nicht über mich, *Carlyle* zu sagen, »*wollte* die Frau töten?« Als wäre es nicht schon schlimm genug, wegen Fahrerflucht mit Todesfolge drangekriegt zu werden. Mit dieser Zeugenaussage wird die Staatsanwaltschaft wahrscheinlich Anklage wegen Mordes erheben.

»Wer ist der Zeuge?«, fragt der Commissioner.

»Ein Trucker aus dem Westen von Massachusetts, der zufällig an dem Tag in Boston war.«

»Wieso hat er sich nicht sofort gemeldet?«, will ich wissen.

»Er sagt, ihm sei erst jetzt klar geworden, was er da an dem Tag wirklich gesehen hat«, sagt Robie. »Als die Sache passierte, hat er bloß gesehen, wie ein weißer Geländewagen von einem silbernen Sportwagen zurücksetzte, in den er offensichtlich hineingefahren war. Der Trucker hatte nicht mitbekommen, dass jemand angefahren worden war. Er war seit letzten Dienstag unterwegs. Er sagt, auch nachdem er aus den Nachrichten von Ashers Tod erfahren hatte, überlegte er noch tagelang hin und her, ob er sich aus der Sache raushalten oder sich melden sollte. Wir können von Glück sagen, dass sein Gewissen sich durchgesetzt hat. Einer meiner Männer war bei ihm und hat seine vollständige Aussage aufgenommen.«

»Hat er den Fahrer identifiziert?«, frage ich und höre, wie zittrig meine Stimme klingt. Ein Augenzeuge würde Carlyles Schicksal zwar nicht besiegeln, aber er würde seine Situation mit Sicherheit noch aussichtsloser machen.

Robie antwortet nicht sofort. Es ist, als wollte sie mir ganz bewusst Zeit zum Grübeln lassen. »Nein. Er war zu weit weg. Er konnte noch nicht mal das Fabrikat des Geländewagens mit Sicherheit angeben. Er meinte, wahrscheinlich ein Jeep Cherokee, aber beschwören würde er es nicht. Nur bei der Farbe war er sich sicher – weiß, und dass der Wagen ziemlich neu aussah.«

»Das, was der Trucker gesehen hat, beweist noch längst nicht, dass es kein Unfall war«, wende ich ein.

»Das ist nicht alles«, sagt Robie. Und die Art, wie sie es sagt, gibt mir zu denken. »Der Trucker hat gesehen, dass der Geländewagen nach dem Zurücksetzen noch einmal Gas gegeben und den Sportwagen erneut gerammt hat. Und dabei hat er natürlich nicht nur den Sportwagen gerammt.«

Mir dreht sich vor Abscheu erneut der Magen um.

»Superintendent, was wissen Sie über Jessica Asher, das Opfer?«, fragt mich Robie.

»Nicht viel.« Ich hab die Todesanzeige gelesen, aber das Foto, das daneben abgedruckt war, ist mir deutlicher in Erinnerung. Eine schöne, lebensprühende junge Frau. Außerdem hatte das *Boston Magazine* postwendend einen Artikel mit etlichen Farbfotos gebracht, die von der Jetsetterin mit den kastanienbraunen Haaren auf diversen Wohltätigkeitsveranstaltungen gemacht wurden.

»Wussten Sie, dass sie die Tochter von Anthony Asher war? Er war in den achtziger Jahren Justizminister von Massachusetts und ist kürzlich verstorben.«

Ich nicke. »Ja, das habe ich gelesen.«

»Und dass sie erst siebenundzwanzig war?«

»Ich wusste, dass sie noch sehr jung war.«

»Wussten Sie auch, dass ihre Schwester Debra Asher mit Eric Landon verheiratet ist, dem Geschäftsführer von DataCom, den aber vermutlich mehr Leute kennen, weil er bei der letzten Wahl mit seiner Kandidatur um das Gouverneursamt gescheitert ist?«

Ich nicke. Mein Exmann war ein großer Landon-Anhänger. Er hatte Landons Wahlkampf mit einer großzügigen Spende unterstützt und deshalb auch eine Einladung zu der Asher-Landon-Hochzeit bekommen. Er ging allein hin. Ich war kein Landon-Fan. Und das war bloß eines der Themen, bei denen Ethan und ich unterschiedlicher Meinung waren. Ein weiteres – wichtigeres – war sein außerplanmäßiges Interesse an Bettgeschichten mit anderen Frauen.

Robie lächelt. »Mir scheint, Sie haben Landon Ihre Stimme nicht gegeben.«

Ich lächele nicht zurück. Ebenso wenig wie der Commissioner. Ich möchte wieder auf die aktuelle, wesentlich ernstere Angelegenheit zurückkommen.

»Mir ist noch immer nicht klar, wieso Steven Carlyle vernommen wird. Sie haben doch gesagt, dass der Zeuge den Fahrer nicht erkannt hat.«

»Wenn wir eine eindeutige Identifizierung hätten, würden wir den Deputy Commissioner ganz sicher nicht nur vernehmen.«

»Aber weshalb dann? Hat der Zeuge sich das Kennzeichen gemerkt? Ist der Wagen auf Carlyle zugelassen? Haben Sie sonst irgendwelche Indizien –?«

Robie hebt eine Hand, um mich zum Schweigen zu bringen.

»Wir stehen noch ganz am Anfang unserer Ermittlungen, Superintendent.«

»Schön, dann verraten Sie mir eins«, hake ich nach. »Wenn Sie glauben, dass der Fahrer des Wagens Jessica Asher absichtlich überfahren hat, und wenn Sie glauben, dass dieser Fahrer möglicherweise Steven Carlyle sein könnte, was wäre dann sein Motiv? Wieso hätte er sie töten sollen? Welche Verbindung besteht zwischen dem Opfer und Carlyle?«

Da ich eigentlich nicht damit rechne, dass Captain Robie sonderlich entgegenkommend sein wird, bin ich überrascht, als sie ohne Zögern antwortet: »Miss Ashers Palm Pilot wurde unter ihrem Auto gefunden. Ist vermutlich durch den Aufprall aus ihrer Handtasche gefallen. Sie hatte einen Teil der Daten mit Passwort gesichert, aber anscheinend war ihr nicht klar, dass sich Passwörter ziemlich leicht knacken lassen. Sogar sehr leicht«, fügt Robie hinzu.

»Ich werd's mir merken«, sage ich, weil auch ich gewisse Informationen auf meinem Palm Pilot mit Passwort geschützt habe.

»Es war ein Terminkalender. Im ungesicherten Bereich des Computers gab es natürlich einen ganz normalen Terminkalender mit den üblichen Terminen. Frisör, Verabredungen zum Abendessen, Arzttermine, Kleideranproben.«

»Und Sie haben Carlyles Namen in dem *anderen* Terminkalender entdeckt? Soll das der Beweis dafür sein, dass er den Geländewagen gefahren hat? Die beiden haben sich also irgendwann mal getroffen, na und? Das heißt für mich noch lange nicht –«

»Er hat sich häufiger mit ihr getroffen. Seit August diesen Jahres.«

»Wie oft?«

»Achtmal. Jeweils im Abstand von etwa zwei Wochen. Der letzte eingetragene Termin war am Mittwoch, dem 17. Oktober. Um 19.00 Uhr. Zwei Tage vor ihrem Tod.«

»Und hat Carlyle erklärt, worum es bei diesem Treffen ging?«

Ehe Robie antworten kann, schaltet sich der Commissioner

ein. »Möglicherweise ging es bei diesen Treffen mit Miss Asher um eines unserer Häftlingsprogramme.«

Diese Hypothese ist nicht abwegig. In den über zehn Jahren, die ich im Strafvollzug arbeite, habe ich etliche Frauen kennen gelernt, viele davon vom Schlage Jessica Asher – jung, attraktiv, gebildet und häufig gut betucht –, die von bestimmten Häftlingen fasziniert waren. Manchmal passierte das bereits während der Verhandlung, vor allem, wenn es sich um einen Aufsehen erregenden Fall handelte. Dann konnte es sein, dass bis zu einem Dutzend Frauen tagtäglich im Gerichtssaal erschien. Sie schmissen sich in Schale, konkurrierten um die besten Plätze in der ersten Reihe, schickten Briefchen, Blumen und ließen sich alles Mögliche einfallen, um die Aufmerksamkeit des Angeklagten auf sich zu ziehen. Darüber hinaus gibt es Frauen, die sich – und darauf spielt der Commissioner an – in einem Freiwilligenprojekt zur Wiedereingliederung von Häftlingen engagieren.

Auf gewisse Frauen scheinen Männer hinter Gittern eine besondere sexuelle Anziehungskraft auszuüben. Dabei glauben sie nicht mal unbedingt, dass der Häftling unschuldig ist. Für manch eine ist gerade die Tatsache, dass der Mann schuldig ist, besonders sexy. Täter, aber eben auch Gefangener – da kann ihnen ja nichts passieren. Denken sie zumindest . . .

Problematisch an der Hypothese des Commissioner ist nur, dass Carlyle als sein Stellvertreter hauptsächlich im Verwaltungsbereich arbeitet und für steuerliche Fragen und Etatplanung zuständig ist. Außerdem ist er sozusagen der Verbindungsmann zwischen der Strafvollzugsbehörde und dem Berufungsausschuss. Falls Asher daran interessiert gewesen wäre, bei der freiwilligen Häftlingsbetreuung mitzuarbeiten, hätte sie sich nicht mit Carlyle, sondern mit Russell Fisk getroffen, dem anderen Stellvertreter des Commissioner, der innerhalb des Strafsystems die verschiedenen Programme koordiniert und kontrolliert.

Keiner sagt etwas, und die Stille zermürbt mich. Ich wende mich an Robie. »Also schön, nehmen wir mal an, Steven Carlyle hat die Frau gekannt. Na und? Viele Leute haben Jessica

Asher gekannt. Haben Sie die alle zur Vernehmung herbringen lassen? Stehen die alle unter Verdacht?«

»Das würde ich auch gerne wissen, Captain«, sagt der Commissioner empört. »Sie haben ja vorhin schon eingeräumt, dass in dem mit Passwort geschützten Terminkalender jede Menge Namen stehen.«

»Alles Männer«, betont Robie.

»Wie viele?«, frage ich.

»Viele«, lautet Robies lapidare Antwort. Dann beugt sie sich ein wenig vor. »In den letzten Wochen ihres Lebens hatte Jessica Asher Verabredungen mit fünf Männern. Einschließlich Steven Carlyle. Und genau wie Carlyle scheinen sich auch diese anderen Männer ziemlich regelmäßig mit dem Opfer getroffen zu haben.«

»Vielleicht waren sie bei ihr in Therapie«, murmelt Miller.

»Ich hab ja schon viele Bezeichnungen dafür gehört«, entgegnet Robie trocken, »aber *Therapie* ist mir neu.«

Der Commissioner starrt sie erbost an, wird aber rot dabei.

Francine Robie glaubt offenbar, dass Jessica Asher sexuelle Beziehungen zu diesen Männern unterhielt. Wenn sie Recht hat – und im Augenblick kann ich diese Hypothese weder befürworten noch abstreiten –, bleibt die Frage: Warum? Falls Asher keine zügellose Nymphomanin war – und zumindest was Carlyle angeht, für meinen Geschmack eine ziemlich wahllose –, erscheint es mir sehr viel wahrscheinlicher, dass diese gebildete und anscheinend auch reiche junge Frau aus prominenter Familie mit diesen Männern für Geld ins Bett gegangen ist. Vielleicht nahm sie Drogen oder war spielsüchtig. Ersteres müsste im Obduktionsbericht stehen. Und wahrscheinlich könnte es auch nicht allzu schwierig sein, eine Spielsucht aufzudecken, falls es eine gab.

Andererseits, vielleicht hat Jessica sich aus reinem Spaß an der Freude darauf eingelassen. Weil sie eine Rebellin war, ein schwarzes Schaf.

»Darf ich den Terminkalender mal sehen?«, frage ich.

»Das ist leider –« Bevor Robie die Ablehnung meiner Bitte ganz ausgesprochen hat, klopft es an der Tür. Ohne eine Reaktion abzuwarten, öffnet ein bulliger Mann mittleren Alters, der ein schlecht sitzendes graues Jackett trägt, die Tür und schiebt seinen Oberkörper herein. »Wir wären dann soweit, Captain. Der Anwalt ist da.«

»Okay, Wilson«, sagt Robie und erhebt sich aus ihrem Sessel.

Auch Miller steht auf. Er sieht mich an. »Captain Robie hat nichts dagegen, dass wir bei der Vernehmung dabei sind.« Er stockt kurz. »Ich möchte vorher noch kurz mit Ihnen sprechen. Es dauert nur eine Minute«, sagt er an Robie gewandt.

Sie nickt und geht zur Tür. Dort angekommen, dreht sie sich noch einmal um.

»Mir fällt da gerade was ein. Sagt einem von Ihnen der Name Phil Mason etwas?«

Miller und ich schauen einander ratlos an.

»Warum?«, frage ich.

»Der stand in Klammern neben Steven Carlyles Namen in Ashers Terminkalender.«

Der Commissioner wartet, bis sich die Bürotür hinter Robie geschlossen hat. »Ich denke, ich muss Ihnen nicht erst erklären, was für Auswirkungen dieser Fall haben kann, Nat.« Er fängt an, im Zimmer auf und ab zu gehen. »Diese vielen Männer. Regelmäßige Verabredungen. Höchstwahrscheinlich braut sich da eine Art Sexskandal zusammen.«

»Meinen Sie, Robie würde *Ihnen* den Terminkalender zeigen?«

»Ich hab schon gefragt. Und ein eindeutiges Nein erhalten.«

»Mir ist noch immer nicht klar, warum sie sich ausgerechnet Steven Carlyle ausgeguckt haben.«

Der Commissioner bleibt stehen und sieht mir in die Augen. »Offensichtlich«, sagt er, »weiß Robie mehr, als sie uns sagen will.«

Ja, denke ich. Und ich würde für mein Leben gern wissen, was.

»Für die Medien ist das ein gefundenes Fressen, Nat.«

»Bislang scheint die Polizei die Sache ja noch diskret zu

handhaben. Ich habe jedenfalls keine Journalisten unten im Eingangsbereich gesehen. Hoffentlich hat Carlyle ein Alibi, damit wäre die Sache erledigt. Zumindest was uns angeht.« Ich höre mich nicht sonderlich zuversichtlich an. Und fühle mich auch nicht so. Schlimmer noch, mein Magen meldet sich wieder unangenehm.

»Und wenn Carlyle kein Alibi vorweisen kann?« Ein sichtlicher Schauder durchläuft Miller, als er sich mit den Fingern durchs Haar fährt.

Ich sehe den Commissioner forschend an. »Sie meinen, falls er –«

»Verstehen Sie mich nicht falsch, Nat. Ich will keineswegs andeuten, dass Steven Carlyle dieses abscheuliche Verbrechen begangen hat.« Jetzt ist er es, der nicht sonderlich zuversichtlich klingt.

»Die Sache ist doch die«, sagt er und fängt wieder an, auf und ab zu gehen. »Ich muss auch auf die schlimmste aller Möglichkeiten vorbereitet sein. Und wenn nur ein Hauch davon an die Öffentlichkeit dringt, wäre das für unsere Behörde ausgesprochen unangenehm. Wir brauchen eine effektive Schadensbegrenzung. Ich muss eine Vertrauensperson haben, die für unsere Behörde sozusagen Augen und Ohren offen hält. Jemand, bei dem ich mich darauf verlassen kann, dass er mich rechtzeitig vorwarnt, damit ich nicht von irgendwelchen Entwicklungen überrumpelt werde. Ich möchte, dass Sie sich um die Sache kümmern und mich auf dem Laufenden halten, Nat«, sagt er unverblümt.

»Ich?« Ich hätte gedacht, ich sei nun wirklich der letzte Mensch auf Erden, den Miller um so etwas bitten würde. Zum einen, weil er weiß, dass Carlyle und ich wahrhaftig keine große Sympathie füreinander aufbringen. Zum anderen bin ich von ihm in den letzten drei Jahren immerhin zweimal heftig zusammengestaucht worden. Das erste Mal, nachdem ich mich bei der Festnahme des Mörders meiner Freundin Maggie Austin fast hätte umbringen lassen, und dann noch einmal, vor etwa einem Jahr. Damals hatte ich einen Plan ausgeheckt, um den Mann zu fassen, der eine meiner Insassinnen überfallen und mit einem Messer so übel zugerichtet hatte, dass sie schon fast gestorben wäre – ein Plan, der nicht bloß wie ein Schuss nach hinten losging, sondern mich obendrein auch noch in Lebensgefahr brachte.

Der Commissioner ringt sich ein schwaches Lächeln ab, denn zweifellos weiß er haargenau, was mir in diesem Moment durch den Kopf geht. »Sie haben Erfahrung, Nat. Sie haben Kontakte. Sie verfügen über gute Verbindungen zur Polizei. Beruflich und privat.«

Aus der Traum, dass meine Beziehung mit Detective Coscarelli dem Radar der Strafvollzugsbehörde vielleicht entgangen sein könnte. Aber trotzdem ist mir schleierhaft, warum Miller ausgerechnet mich um Mithilfe bittet.

»Es gibt noch zwei weitere Gründe«, sagt der Commissioner nach einer Pause.

»Das hab ich mir schon gedacht«, sage ich.

»Ich weiß nicht, wer sonst noch alles im Terminkalender von Ashers Palm Pilot steht. Ich weiß bloß, dass es alles Männer sind.«

Ich nicke. »Und wenn Sie einen Freund oder Kollegen um Hilfe bitten würden, könnte es durchaus sein, dass auch sein Name in dem Terminkalender steht.«

»Traurig, aber wahr.«

»Und was ist der andere Grund?«

»Robie. Sie sind zwei Frauen im etwa gleichen Alter, beide beruflich erfolgreich, daher hoffe ich –«

»Sie glauben, ich könnte sie dazu bringen, mir Informationen anzuvertrauen.«

»Ja. Falls Fran Robie überhaupt jemandem Vertrauen schenken würde – Mann oder Frau –, dann wohl Ihnen. Sie wirken vertrauenswürdig, Nat, auf Menschen beiderlei Geschlechts. Das ist einer der Gründe, warum ich Ihnen zugetraut habe, eine Einrichtung für Männer und Frauen zu leiten, und abgesehen von ein paar, na ja, sagen wir unglücklichen Zwischenfällen leisten Sie großartige Arbeit.«

Miller schmiert mir üppig Honig ums Maul. Er muss wirklich sehr in Sorge sein.

»Außerdem«, fügt er hinzu, »weiß ich, dass Sie sich mit aller Entschlossenheit daranmachen werden, der Wahrheit auf den Grund zu kommen.«

Und was, wenn sich herausstellt, dass Steven R. Carlyle schuldig ist?

Ich bezweifle, dass der Commissioner mich dann mit Komplimenten für meine »Entschlossenheit« überschütten wird. Oder glaubt er, er kann die Wahrheit manipulieren, wenn es soweit kommt? Glaubt er vielleicht, er kann *mich* manipulieren?

Ein schwaches Lächeln lässt Millers kantige Gesichtszüge weicher erscheinen, als er mir eine Hand auf die Schulter legt. »Werden Sie mir helfen, Nat?«

Trotz all meiner Bedenken gibt es auf diese Frage nur eine Antwort.

3

Robie ist schon im Büro direkt neben dem Vernehmungszimmer, als der Commissioner und ich eintreten. Ich bin verblüfft, sie hier zu sehen, weil ich davon ausgegangen bin, dass sie das Verhör leitet. Vielleicht möchte sie fürs Erste die Aufsicht führen. Zusehen, zuhören, beobachten. Manchmal bringt man auf diese Weise mehr in Erfahrung. Ich hoffe, das gilt auch für mich.

Robie führt uns zu zwei Holzstühlen, die nebeneinander vor einem Glasfenster stehen, das in Wahrheit die Rückseite eines Einwegspiegels ist. Durch die Scheibe hindurch sehe ich Deputy Commissioner Steven R. Carlyle an einem abgewetzten Holztisch sitzen. Auf der anderen Seite des Tisches haben zwei Detectives Platz genommen. Die Neonlampe des nur zellengroßen Raumes lässt alle drei Männer gelblich blass aussehen.

Der ältere der beiden Detectives, Norman Wilson – der stämmige Mann, der vor wenigen Minuten kurz in Robies Büro hereingeschaut hat –, leitet die Vernehmung. Der jüngere Detective an seiner Seite spielt geistesabwesend mit seinem Schnurrbart, hat den Stuhl, auf dem er sitzt, nach hinten gekippt und fixiert den Deputy Commissioner. Carlyles Anwalt, Fred Sherman, sitzt neben seinem Mandanten und wirkt kompetent und ruhig.

Ich würde zwar nicht behaupten, dass Carlyle ruhig wirkt, aber er zeigt keinerlei Anzeichen von Panik. Er sitzt kerzengerade auf dem Stuhl, aber nicht verkrampft, sondern eher so, als achtete er bewusst auf seine Haltung. Er trägt einen dunklen Maßanzug, und ich frage mich, ob sie ihn von zu Hause oder vom Büro abgeholt haben. Wahrscheinlich haben sie ihn zu

Hause abgefangen, bevor er sich auf den Weg zur Arbeit gemacht hat. Wenn er von zwei Kriminalbeamten aus dem Gebäude der Strafvollzugsbehörde eskortiert worden wäre, hätte sich das wie ein Lauffeuer herumgesprochen und wäre jetzt schon längst in den Nachrichten.

»Fangen wir noch mal von vorn an. Sie bleiben dabei, dass Sie Jessica Asher nie begegnet sind.« Der Tonfall des Detective ist unverkennbar skeptisch.

»Jedenfalls nicht, dass ich wüsste«, sagt Carlyle mit wohl modulierter Stimme, als hätte er die Skepsis in der Stimme des Polizisten nicht registriert.

»Sie können sich also nicht erklären, wie Ihr Name in Miss Ashers Terminkalender geraten ist? In den mit Passwort gesicherten Bereich ihres Palm Pilot?«

»Noch mal: nein. Ich kann es mir nicht erklären.«

»Und die Daten – Moment.« Der Detective klappt einen Notizblock auf. »6. August, 22. August, 3. September, 11. September –«

»Wie ich schon sagte, diese Daten sagen mir gar nichts«, unterbricht Carlyle ihn gelassen, die Stimme ruhig. Er schaut kein einziges Mal zu seinem Anwalt hinüber. Eine Strategie, um zu demonstrieren, dass er weder Beratung noch Zuspruch braucht? »Ich kenne die Frau nicht. Ich weiß beim besten Willen nicht, warum Sie mich wegen dieses tragischen Unfalls mit Fahrerflucht vernehmen. Das muss alles ein furchtbarer –«

»Sprechen wir über Freitag, den 17. Oktober.« Der Detective schneidet ihm das Wort ab, plötzlich im gleichen Tonfall wie der von Carlyle. Ich bin nicht sicher, ob der Polizist meinen Vorgesetzten absichtlich nachahmt.

»Freitag den Siebzehnten? Was ist damit?«

»An dem Tag haben Sie sich krank gemeldet, nicht wahr, Steve?«

Ich sehe, wie Carlyle für einen Moment erstarrt, kann aber nicht sagen, ob deshalb, weil die Polizei offensichtlich schon Erkundigungen über ihn eingezogen hat, oder, weil der Detective ihn mit Vornamen angesprochen hat. Ich kenne den Deputy Commissioner schon fast acht Jahre, und ich kann mich nicht erinnern, ihn je mit »Steven« angesprochen zu haben, und mit »Steve« erst recht nicht. Ich bin mir nicht mal sicher, ob seine Frau ihn »Steve« nennt.

»Es ging mir nicht gut, deshalb habe ich einen Tag frei genommen. Das ist schließlich kein Verbrechen, Detective.«

»Was fehlte Ihnen denn?«

»Ich bin mit höllischen Kopfschmerzen aufgewacht.»

»Kater?«

Ein gereizter Ausdruck huscht über Carlyles Gesicht. Sherman bemerkt es, schaltet sich aber nicht ein. »Ich trinke nicht. Das heißt, ich trinke nie so viel, dass ich am nächsten Tag einen Kater habe. Es waren einfache Kopfschmerzen.«

»Und Sie haben schon am Tag davor gespürt, dass sich welche anbahnten?«

»Ich . . . ich weiß nicht, was Sie meinen«, stammelt Carlyle argwöhnisch. Sherman beugt sich zu ihm und flüstert etwas.

»Ihre Sekretärin Grace Lowell sagt, sie hätte am Freitagmorgen, dem Siebzehnten, auf ihrem Schreibtisch einen Zettel von Ihnen gefunden, auf dem stand, dass Sie an dem Tag nicht ins Büro kommen würden. Den können Sie ihr doch nur hingelegt haben, nachdem sie am Donnerstag, dem Sechzehnten, schon nach Hause gegangen war. Haben Sie diese Kopfschmerzen geplant?«

Wieder flüstert Sherman seinem Mandanten etwas zu.

»Ich weiß überhaupt nicht, wovon Sie reden.« Carlyle ist sichtlich bemüht, die Fassung zu bewahren. Ich auch. Das sieht nicht gut aus.

»Wollen Sie damit sagen, dass Ihre Sekretärin gelogen hat?«

»Ich will damit sagen, dass ich ihr keinen Zettel hingelegt habe.« Carlyles Tonfall ist schneidend. Diese Schärfe in seiner Stimme habe ich schon bei verschiedenen Gelegenheiten gehört. Und meistens richtete sie sich gegen mich. Der Unterschied ist, dass seine Schärfe diesmal von einer Schicht aus Furcht gedämpft wird. Und wenn Carlyle Angst hat, dann habe ich auch Angst. »Sie ist noch nicht lange bei mir. Erst ein paar Wochen . . . Sie hat sich geirrt. Ich habe ihr keinen Zettel geschrieben.«

»Ein Jammer, dass Sie an jenem Freitag nicht gearbeitet haben«, sagt Wilson sarkastisch. »Dann hätten Sie nämlich jetzt ein wasserdichtes Alibi.«

Carlyle blinzelt rasch. Nervös. Sherman notiert sich irgendwas.

»Na gut, unterhalten wir uns darüber, was Sie an dem Tag gemacht haben.« Wilson kippelt mit seinem Stuhl nach hinten.

»Wie gesagt, ich bin mit üblen Kopfschmerzen aufgewacht, und außerdem hatte ich am Nachmittag einen Zahnarzttermin, deshalb hab ich beschlossen, den ganzen Tag freizunehmen.«

»Dann waren Sie also am Freitagnachmittag bei Ihrem Zahnarzt? Das ist doch Dr. Phil Mason, richtig? Ihr Zahnarzt?«

Die Farbe weicht aus dem Gesicht des Deputy Commissioner. Ich bin sicher, auch meine Gesichtsfarbe ist nicht gerade kräftig. Und ich sehe, dem Commissioner neben mir geht es ebenso. Robies sonnengebräunter Teint ist dagegen nicht eine Spur blasser geworden.

Sherman will etwas zu seinem Mandanten sagen, aber Carlyle winkt ab. Er räuspert sich reflexartig. »Nein. Ich habe in meinem Terminkalender nachgesehen und festgestellt, dass ich mich im Tag vertan hatte. Der Termin war am Montag, nicht Freitag.«

»Stimmt«, sagt Wilson lakonisch. »Sie haben eine neue Füllung bekommen.«

Sherman schreibt emsig. Carlyle schwitzt. Ich auch. Außerdem spüre ich, wie sich meine Magenwände verkrampfen. Verdammt, hoffentlich wird mir nicht schon wieder schlecht.

»Gut, zurück zum Siebzehnten. Haben Sie den ganzen Vormittag zu Hause verbracht? Ihre Migräne auskuriert?« Wilsons Ton ist noch immer unverbindlich monoton.

Carlyle nickt.

»Und was war am Nachmittag? Sie sind an dem Tag nicht im Büro erschienen. Genau wie es auf dem Zettel –«

»Hören Sie. Ich habe keinen Zettel geschrieben.«

Wilson übergeht das. »Hat die Migräne Sie den ganzen Tag lahm gelegt?«

Carlyle wird bleich. »Nein, nein. Nach ein paar Stunden

ging es mir wieder besser, und dann bekam ich einen Anruf von einer Schwesternhelferin aus dem Pflegeheim, in dem meine Mutter lebt. Sie fand, dass meine Mutter ein wenig niedergeschlagen wirkte, und meinte, es wäre vielleicht ganz gut, wenn ich am Wochenende vorbeikäme. Ich fahre wenigstens alle paar Wochen einmal hin, und das letzte Mal war schon eine Weile her. Und weil ich mir ja schon den Tag freigenommen hatte, habe ich spontan beschlossen, sofort hinzufahren.«

»Das Pflegeheim liegt nicht zufällig an der Joy Street in Beacon Hill?«

Sherman blickt den Detective finster an. »Mein Mandant –«

Carlyle fällt ihm ins Wort. »Es ist in Plymouth«, sagt er brüsk. Dann, als hätte er gemerkt, dass er zu ungehalten wirkt, wiederholt er den Satz mit gedämpfterer Stimme. »Und die Schwesternhelferin hatte Recht. Meiner Mutter ging es gleich besser, als sie mich sah.«

»Wie heißt die Schwester, die Sie angerufen hat?«

»Es war eine Schwesternhelferin«, berichtigt Carlyle ihn. »Und an ihren Namen erinnere ich mich nicht.«

Wilson lässt es dabei bewenden. »Sie waren also den größten Teil des Tages in dem Pflegeheim?«

»Ziemlich lange, ja.«

»Um wie viel Uhr sind Sie dort angekommen?«

Rasches Flüstern von Sherman in Carlyles Ohr.

»Das weiß ich nicht mehr genau.«

»So ungefähr?«

»Vielleicht gegen Mittag. Kurz danach. Ja, ich glaube, es war früher Nachmittag, als ich ankam. Die Fahrt dauert etwa eine Stunde –«

»Und bis Sie sich auf den Weg gemacht haben, waren Sie die ganze Zeit zu Hause?«

»Ja.«

»War sonst noch jemand da?«

»Nein . . . nein, Moment, mein Sohn Alan war noch eine Zeit lang zu Hause.«

»Wie lange genau?«

»Er ist gegen halb zwölf aus dem Haus.«

»Muss er nicht zur Schule? Zur Arbeit?«

Ich sehe, wie sich Carlyles Miene verfinstert. »Mein Sohn ist querschnittsgelähmt. Er hatte einen ... einen Autounfall. Vor einigen Monaten ... das heißt, vor gut einem Jahr.« Ein trauriger Ausdruck huscht über das Gesicht des Deputy. »Er muss zweimal pro Woche zur Physiotherapie.«

Ich schiele zu dem Commissioner hinüber. Das mit Carlyles Sohn wusste ich nicht. Ich wusste nicht mal, dass er einen Sohn hat. Ehrlich gesagt weiß ich praktisch nichts über Steven Carlyles Privatleben. Ich erinnere mich vage, seiner Frau bei ein paar offiziellen Anlässen begegnet zu sein, aber ich kann mich nicht erinnern, wie sie aussieht. Groß, klein, dünn, dick, attraktiv, unscheinbar? Keine Ahnung. Aber ich bin mir sicher, ganz gleich, wie Mrs Carlyle aussieht, im Vergleich mit Jessica Asher schneidet sie schlecht ab.

»Ist Alan selbst nach Meadowbrook gefahren?«, erkundigt sich der Detective höflich.

Jetzt weicht auch der letzte Rest Farbe aus Carlyles Gesicht. »Woher wissen Sie, wohin er fährt?«

»Ein Wagen von der Rehaklinik kommt ihn abholen, nicht wahr, Steve?«, entgegnet der Detective ungerührt.

Carlyle bringt ein Nicken zustande. Sherman kann bald keine Tinte mehr im Füller haben.

»Und wann kommt der für gewöhnlich?«

Carlyle räuspert sich schon wieder. »Ich weiß nicht. Meistens bin ich an diesen Tagen nicht zu Hause –«

»Aber an dem Freitag, als Sie zu Hause waren, ist er Ihrer Erinnerung nach geben halb zwölf gekommen – das sagten Sie doch, oder?«

»Ja, genau das hat der Deputy Commissioner gesagt«, schaltet Sherman sich ein.

Der Detective reibt sich das Kinn. »War der Wagen an dem Vormittag nicht vielleicht doch schon vor elf da?«

Diesmal wendet sich Carlyle im Flüsterton an seinen Anwalt. Sherman antwortet ihm ebenso leise.

»Das ist ... möglich. Ja, ja, vielleicht war es doch eher elf als halb zwölf.«

Ich kann jetzt Schweißperlen auf Carlyles Stirn sehen. Und ich bin sicher, wenn das hier vorbei ist, habe ich in meinem Leinenblazer Schweißflecken unter den Achselhöhlen. Sogar der Anwalt wirkt nicht mehr ganz so ruhig.

»Sind Sie mit Alan nach draußen gegangen? Haben Sie ihm geholfen, in den Wagen zu kommen?«

Carlyle fängt sich wieder und faucht: »Alan braucht keine Hilfe. Er ist sehr unabhängig.«

Der Detective zuckt nur die Achseln. »Gut, mal sehen. Wir haben also Alan, der um zehn Uhr achtunddreissig das Haus verlässt –«

Carlyles Schultern sacken herab.

Die Tür zu dem Beobachtungsraum öffnet sich. Ein Mann kommt herein, nickt uns dreien zu und bleibt hinter uns stehen. Es ist der Oberstaatsanwalt Joe Keenan. Ich habe schon einiges über ihn gelesen, habe ihn in den Nachrichten gesehen, bin ihm aber noch nie persönlich begegnet.

»Dann sind Sie losgefahren, um Ihre Mutter im Pflegeheim Maple Hill zu besuchen. Was sagten Sie, um wie viel Uhr Sie dort eingetroffen sind?«

Diesmal zeigt sich Carlyle nicht verblüfft, dass der Polizist den Namen des Heims kennt. Ich wundere mich schon lange über gar nichts mehr.

»Ich bin sicher, Sie wissen haargenau, um wie viel Uhr ich dort angekommen bin.« Carlyles Stimme ist jetzt genauso leer wie seine Miene.

»Laut Besucherliste im Pflegeheim sind Sie um vierzehn Uhr zehn dort eingetroffen, Steve. Kann das stimmen?«

Carlyles Hände liegen ruhig auf dem Tisch, aber sie sind jetzt fest zusammengepresst. Er antwortet nicht.

Allmählich schwant mir, warum die Polizei Carlyle zur Vernehmung aufs Revier gebracht hat. Sie halten ihn anscheinend für einen Hauptverdächtigen. Die »schlimmste aller Möglichkeiten«, die der Commissioner vorhin erwähnt hat, wird immer wahrscheinlicher. Ein rascher Seitenblick auf Millers bedrückte Miene bestätigt mir, dass er dasselbe denkt.

Der ältere Detective streicht sich über sein schütteres Haar.

Die Tatsache, dass Carlyle nicht antwortet, scheint ihn nicht zu stören. »Und wie lange braucht man? Sie haben gesagt, etwa eine Stunde Fahrt von Ihnen zu Hause in Milton bis zum Pflegeheim?«

Carlyle schweigt. Auch Sherman antwortet nicht.

»Demnach waren Sie von etwa zehn Uhr vierzig bis – sagen wir – dreizehn Uhr zu Hause.«

»Ja.«

»Mit Kopfschmerzen.«

»Ja.«

»Und Sie sind nicht – so gegen elf Uhr – nach Boston gefahren?« Wilson wartet die Antwort nicht ab. »Und dafür braucht man – wie lange? – vielleicht ein halbes Stündchen, höchstens vierzig Minuten, bis zur Stadtmitte –«

»Mein Mandant war an dem Tag nicht in Boston«, sagt Sherman, während Carlyle mit zusammengebissenen Zähnen dasitzt.

»Richtig, richtig. Sie waren ja zu Hause, bis Sie nach Plymouth gefahren sind. Ihre Frau war während der Zeit nicht zufällig auch zu Hause?«

»Nein«, sagt Carlyle gepresst.

»Ach ja, stimmt. Sie arbeitet als Krankenschwester im Fairlane Hospital in Quincy. In der Schicht von sieben bis drei.« Der Detective blickt auf die Notizen vor sich auf dem Tisch. »Und Ihr anderer Sohn? Sean, richtig?« Er blickt nicht mal auf, um sich den Namen von Carlyle bestätigen zu lassen. »Er ist bei McGill Karosseriebau beschäftigt. Ist an dem Freitag kurz nach neun Uhr zur Arbeit erschienen. Hat es nicht gerade mit der Pünktlichkeit, sein Boss hat ihn nämlich um Punkt acht erwartet.«

Ich sehe, dass Carlyle das Gesicht verzieht, aber er schweigt weiter.

»Hat denn in den dreieinhalb Stunden jemand angerufen oder an der Tür geklingelt, während Sie so ganz allein zu Hause waren? Der Postbote? Irgendwelche Nachbarn? Oder vielleicht einer von diesen religiösen Spinnern?«

»Nein.«

»Was für ein Auto fahren Sie, Steve?«

»Ich bin sicher, das ist Ihnen bereits bekannt, Detective.«

Carlyles Stimme ist tonlos. Der Mann sieht erledigt aus, das Gesicht angespannt, die Schultern schlaff.

»Seien Sie bitte trotzdem so nett.«

Ich bemerke, dass der jüngere Detective schwach lächelt.

»Einen Acura.«

»Farbe?«

»Ich glaube, das nennt man Jagdgrün.«

»Baujahr 2001? Ein Acura RT?«

Carlyle nickt müde.

»Haben Sie Ärger damit?«

»Wie bitte?«

»Haben Sie Ärger mit dem Wagen?«

»Nein.«

»Aber warum haben Sie dann an dem Freitag ein Auto gemietet?«

»Wie bitte? Ich habe kein Auto gemietet. Ich habe schon ewig kein Auto mehr gemietet.«

»Schon mal einen Geländewagen gefahren, Steve? Einen weißen Geländewagen? Vielleicht einen Jeep Cherokee?«

»Nein. Noch nie.«

Wilson wirft seinem Kollegen einen Blick zu. Der andere Detective schüttelt nur den Kopf. Keiner von beiden sagt etwas.

Ich bin sicher, das Schweigen soll den Deputy Commissioner verunsichern, aber es bewirkt genau das Gegenteil. Carlyle nutzt die Zeit, sich wieder zu fangen. Er sieht zu seinem Anwalt hinüber. Sherman mustert den älteren Detective ruhig. »War's das?«

Die beiden Polizisten antworten nicht. Sherman nickt. »Gehen wir, Deputy.« Er steht gleichzeitig mit Carlyle auf.

Eine Tür hinter mir wird geöffnet und wieder geschlossen. Ich schaue mich um. Der Oberstaatsanwalt ist gegangen.

Der ältere Detective sieht seinen stummen Partner an. »Deagan, hast du noch irgendwelche Fragen an den Deputy Commissioner?«

»Im Augenblick nicht. Vielleicht später.«
»Ja genau, Deputy, vielleicht später.«
So wie er das sagt, ist das *vielleicht* völlig überflüssig.

4

Francine Robie und ich sind allein im Zimmer, denn gleich nachdem Carlyle nebenan entlassen wurde, ist der Commissioner hinausgegangen. Ich bin sicher, Miller will seinen Stellvertreter einholen und ein ernstes Gespräch unter vier Augen mit ihm führen. Ich bin froh, dass er mich nicht gebeten hat, dabei zu sein. Ich bin noch nicht bereit, mit Carlyle zu reden. Durch meinen Posten als Beobachterin der Vernehmung habe ich zwar so einiges erfahren können, aber ich würde wetten, dass die Polizei noch erheblich mehr in petto hat. Und ich will wissen was, bevor ich selbst mit Carlyle ein Pläuschchen unter vier Augen halte.

»Darf ich mir den Terminkalender mal ansehen?«, frage ich Robie.

»Hören Sie, ich hätte Sie schon gar nicht bei Carlyles Vernehmung zusehen lassen dürfen.«

Vernehmung? Ich würde das ein Verhör nennen.

»Dann nehme ich mal an, dass es sich bei den Männern um keine Unbekannten handelt.«

Robie äußert sich nicht dazu.

»Dass mir die Namen vielleicht was sagen. Dass ich möglicherweise schon mal was von den Männern gehört habe. Oder sie – wie im Fall unseres Deputy Commissioner – sogar persönlich kenne.«

Keine ausdrückliche Bestätigung durch Captain Robie. Aber manchmal spricht Schweigen Bände.

Allmählich kapiere ich, warum gerade Francine Robie in diesem Fall die Ermittlungen leitet. Auf ihre Diskretion ist zweifellos Verlass. Außerdem erklärt sich mir das Interesse des

Oberstaatsanwalts in einer so frühen Phase der Ermittlungen. Keenan hat den Terminkalender gesehen. Höchstwahrscheinlich kennt er ein paar von den Freiern oder hat schon von ihnen gehört ... Das könnte für den Oberstaatsanwalt der wichtigste Fall seiner Karriere werden.

»Warum gerade Carlyle?«, bohre ich nach. »Sie haben doch noch die anderen Männer – fünf, wie Sie sagten, die in der letzten Woche in ihrem Kalender standen. Wie viele waren es insgesamt?«

»Diese fünf tauchen regelmäßig auf. Es gibt noch ein paar, die ab und an einen Termin hatten«, sagt Robie.

»Sind die schon vernommen worden?«

»Ich verstehe was von meiner Arbeit, Superintendent. Wie Sie bestimmt auch von Ihrer.«

»Dann gehe ich davon aus, dass Sie auch anderen Möglichkeiten nachgehen. Dass Sie Leute vernehmen – Frauen ebenso wie Männer –, deren Namen nicht in dem Terminkalender stehen. Leute, die ein Motiv haben könnten –«

»Soll das heißen, Carlyle hat kein Motiv?«, fällt mir Robie ins Wort.

»Ich will damit sagen, dass Sie nichts Konkretes gegen ihn in der Hand haben –«

»Weshalb er auch nicht festgenommen wurde. Noch nicht.«

»Hat Jessica Asher Drogen genommen?«

Robie schmunzelt. »Glauben Sie, Carlyle war auch noch ihr Dealer?«

Meine Heiterkeit hält sich in Grenzen. »Ist bei ihrer Obduktion –?«

»Auf jeden Fall war sie zum Zeitpunkt ihres Todes clean. Aber sie hatte kurz vorher Geschlechtsverkehr.«

»Mit wem?«

Robie antwortet nicht.

»Steht er in ihrem Kalender? Hatte der Mann, mit dem sie geschlafen hat, einen ... Termin?«

»Sie sehen noch immer ein bisschen blass aus, Superintendent.«

Das ist nicht sonderlich überraschend. Weder für sie noch

für mich. Aber ich frage mich, warum Captain Robie ausgerechnet jetzt mein angeschlagenes Aussehen kommentiert. Damit ich nicht weiter in dieser Richtung nachfrage? Wer ist der Mann, mit dem Jessica Asher kurz vor ihrem Tod im Bett war? Francine Robie weiß es. Oder hat einen ziemlich starken Verdacht.

Ich muss mich ein bisschen bei ihr einschmeicheln – muss sie dazu bringen, mir zu vertrauen. Oder besser gesagt, sich mir anzuvertrauen. Ein Gespräch von Frau zu Frau.

»Übrigens, Captain Robie, ein gemeinsamer Bekannter lässt Sie schön grüßen.«

»Leo? Das hat er schon selbst erledigt. Er hat angerufen, kurz bevor Sie kamen.«

»Oh.«

»Übrigens, herzlichen Glückwunsch zum Geburtstag.«

»Sie und Leo sind anscheinend richtig ins Plaudern gekommen.«

»Wir hatten einiges aufzuholen«, sagt sie unverbindlich.

Was denn alles, bitte schön?

Ich sehe auf die Uhr. Kurz vor elf. Zu früh zum Mittagessen. Ich will gerade vorschlagen, dass wir einen Kaffee trinken gehen, als Fran Robie mir mit dem gleichen Vorschlag kommt.

Robie kippt einen gehäuften Teelöffel Zucker in ihren Milchkaffee und rührt gemächlich um. »Leo ist nicht begeistert davon.«

»Wovon ist er nicht begeistert?«

»Er sagt, Sie neigen dazu, sich in kriminalpolizeiliche Ermittlungen einzumischen. Aber das weiß ich schon. Sie haben ein paarmal Schlagzeilen gemacht, Superintendent.«

»Und wie steht's mit Ihnen, Captain? Machen Sie sich Sorgen, weil ich mich für den Fall interessiere?«

Sie kostet ihren Kaffee und stellt die Tasse wieder hin, ohne sich anmerken zu lassen, ob er ihr schmeckt oder nicht. »Ich mache mir nicht so schnell Sorgen.«

Ich wünschte, das könnte ich auch von mir behaupten.

Sie beißt in ein Mandelcroissant – eine schamlos demonstrative Gleichgültigkeit gegenüber kalorienbewusster Ernährung. »Sehr gut«, sagt sie, nachdem sie ausgiebig gekaut hat. »Möchten Sie wirklich keins?«

»Ich möchte kein Croissant, ich möchte wissen, was Sie gegen Steven Carlyle in der Hand haben. Abgesehen davon, dass er für den Tatzeitpunkt kein Alibi hat. Abgesehen davon, dass sein Name in Ashers Palm Pilot stand. Zugegeben, es gibt bei ihm eine Grauzone –«

»Grauzone? Ich glaube, eine von uns beiden ist farbenblind. Einigen wir uns einfach darauf, dass wir uns nicht einig sind.«

Ich dagegen würde lieber sagen, dass mir Robies herablassende Art allmählich auf die Nerven geht. »Was genau soll Carlyles Motiv gewesen sein?«

Als einzige Reaktion ernte ich schon wieder dieses unverschämte Lächeln. »Kommen Sie, Superintendent«, sagt Robie. »Ich wette, Sie haben schon eine ganze Latte von Möglichkeiten parat.«

Ich schiebe die Tasse Earl-Grey-Tee beiseite, die ich kaum angerührt habe. »Sie haben sich ganz schön schnell auf den Deputy Commissioner kapriziert.«

»Ah, jetzt kommt der Vorwurf, wir seien voreilig.«

»Wem der Schuh passt . . .«

Sie grinst. »He, wir zwei Frauen können doch vernünftig miteinander reden. Was halten Sie davon, wenn ich Sie Nat nenne und Sie mich Fran?«

Auch wenn mir die Gründe für die plötzliche Vertraulichkeit nicht ganz geheuer sind, ich gedenke, meinen Vorteil daraus zu schlagen. »Also schön, Fran. Wie wär's, wenn Sie – unter uns Frauen – offen mit mir reden?«

Sie trinkt wieder einen Schluck von ihrem Kaffee. Tupft sich geziert ihre pfirsichfarbenen Lippen mit einer Papierserviette ab. »Sagt Ihnen der Name Griffith Sumner etwas?«

Ich brauche einen Moment, bis ich mich an die neue Tonlage gewöhnt habe. »Der Griffith Sumner, der wegen Mordes sitzt?«

»Genau der.«

Offenbar geht es hier ausschließlich um publicityträchtige

Fälle. Der Sumner-Prozess hat monatelang Schlagzeilen gemacht. Selbst jetzt noch, gut sieben Jahre später, kann ich mich gut an den Fall um den dreiundzwanzigjährigen Jungen aus reichem Hause erinnern. Griffith Sumner war ein ungemein attraktiver junger Mann, seine Familie gehörte zur besten Gesellschaft, und er hatte in Harvard studiert. Obwohl eines der besten Strafverteidigerteams von Boston für ihn tätig war, wurde er schuldig gesprochen, eine siebzehnjährige Prostituierte vergewaltigt und ermordet zu haben. Während Robie und ich hier in diesem Starbucks-Café sitzen, sitzt Sumner in einer Zelle in Norton. Und da wird er auch noch eine ganze Weile bleiben.

»Was ist mit ihm? Wo ist die Verbindung zu Steven Carlyle?«

»Fragen Sie mich doch erst mal, wo die Verbindung zu Jessica Asher ist.«

»Meinetwegen. Also wo –?«

»Asher hatte Sumners Namen und die Gefängnisadresse in ihrem Palm Pilot. Und zwar in dem ungesicherten Teil ihres Terminkalenders. Also befand sie es anscheinend nicht für nötig, ein Geheimnis daraus zu machen. Aber interessant, dass er drinsteht, oder?«

»Das weiß ich noch nicht so genau.«

»Sie hat ihn oft im Knast besucht.«

»Ich vermute, Sie wollen darauf hinaus, dass –«

»Sie kannten sich schon ewig«, spricht Robie gleichmütig weiter. »Beide sind in den Berkshires auf die Miss Hill's Academy gegangen. Das ist eine von diesen teuren Highschools für schwierige Teenager.«

»Wundert mich nicht, dass Sumner damals schon Probleme hatte, aber wieso war Jessica Asher dort?«

»Das habe ich mich auch gefragt. Also habe ich die Direktorin angerufen. Sie hat mich nicht gerade mit Auskünften überschüttet, warum Asher oder Sumner dorthin abgeschoben wurden. Ich musste mir die üblichen Sprüche anhören, dass sämtliche Informationen über ehemalige oder derzeitige Schüler streng vertraulich seien.«

»Haben Sie mit jemandem aus Ashers Familie gesprochen? Mit ihrer Schwester zum Beispiel?«

»Ich hab's versucht. Anscheinend ist Mrs Landon durch den Tod ihrer Schwester noch zu erschüttert, um schon Fragen zu beantworten. Und was ihren Mann betrifft – meine Güte, der will die ganze Sache so weit wie möglich von sich fern halten. Vor allem, weil er demnächst bekannt geben wird, dass er für einen Sitz im Senat kandidieren will.«

»Genau der Typ Mann, den Massachusetts in den Kongress schicken sollte«, sage ich trocken und denke, dass mein Exmann bestimmt überglücklich sein wird.

»Das kann man wohl sagen«, pflichtet Robie mir bei. »Der Mann ist ungefähr so erfreulich wie eine Steuererhöhung.«

Aber ich will mich im Augenblick nicht von Politik ablenken lassen. »Welche Rolle spielt Sumner bei Ihrer Untersuchung des Mordes an Jessica Asher?«

»In Wirklichkeit wollen Sie doch wohl wissen, welche Rolle Sumner bei meinen Ermittlungen im Hinblick auf den Deputy Commissioner spielt, habe ich Recht?«

»Sie machen es mir schwer, Fran.«

Sie lächelt, verputzt munter das letzte Stück Croissant und trinkt ihren Milchkaffee. Ich rühre meinen Tee nicht an. Mein Magen hat sich vorläufig beruhigt, und ich will ihn nicht wieder in Aufruhr versetzen.

»Ehrlich gesagt, ich wollte mich jetzt auf den Weg zur Strafanstalt Norton machen, um mich ein bisschen mit Sumner zu unterhalten.«

»Was dagegen, wenn ich mitkomme?«, frage ich.

Robie lächelt. »Ich hatte gehofft, dass Sie das fragen.«

Donnerwetter, das ist mal was anderes. Eine Polizistin, die mich dabei haben will.

»Wir können sogar vorher noch kurz bei Ihnen vorbeifahren, falls Sie sich umziehen möchten«, bietet sie an.

Mir war meine keineswegs fleckenreine Kleidung längst entfallen, der modebewussten Robie jedoch nicht. Und sie lässt es sich nicht nehmen, mich daran zu erinnern.

Ich sage bloß: »Gute Idee.«

Als wir das Café verlassen, sagt Robie: »Übrigens, Sumners neuer Topanwalt, Jerry Tepper, hat anscheinend neue Beweise vorgelegt. Der Junge kriegt wieder eine Berufungsanhörung. Sie ist am 7. Januar. Tepper ist ziemlich zuversichtlich, dass er Sumners Urteil auf Totschlag verringern kann. Wenn er das schafft, könnte Sumner im März auf Bewährung entlassen werden.«

»Selbst wenn die Berufung durchkommt, was ich nicht hoffe«, sage ich, weil ich wahrlich nicht darauf erpicht bin, Sumner so bald nach seinem grässlichen Verbrechen wieder auf freiem Fuß zu sehen, »glaube ich kaum, dass er gleich beim ersten Antrag Bewährung kriegt. Auch nicht beim zweiten.« Es sei denn, der Bewährungsausschuss wird genügend unter Druck gesetzt, denke ich für mich.

Plötzlich beginnen die einzelnen Elemente dieser noch so frischen Ermittlung – Opfer, Verdächtiger, Häftling – ein Muster zu bilden. Ein sehr verstörendes Muster. Weil es nämlich einen Mann gibt, der in der Lage wäre, diesen Druck auf den Bewährungsausschuss auszuüben. Der Mann nämlich, der für die Zusammenarbeit von Strafvollzugsbehörde und Bewährungsausschuss zuständig ist. Und dieser Mann ist Deputy Commissioner Steven R. Carlyle.

5

Wer die gewundene zweispurige Landstraße entlangfährt, die ungewohnte Novembersonne glitzernd auf den Tannen, Wiesen auf der einen, sanfte Hügel auf der anderen Seite, käme nie auf den Gedanken, dass nur wenige Biegungen weiter eines der Staatsgefängnisse mit mittlerer Sicherheitsstufe in Sicht kommt. Die Bezeichnung »mittlere Sicherheitsstufe« ist allerdings trügerisch. CCI Norton ist ein von Betonmauern umringtes Gefängnis, und jeder Zentimeter dieser Mauern ist mit elektrisch geladenem Stacheldraht gesichert. An allen vier Ecken befinden sich Wachtürme, die rund um die Uhr von Beamten – allesamt Scharfschützen – besetzt sind. Dennoch werden die Häftlinge beteuern, dass Norton etwas völlig anderes ist als das Hochsicherheitsgefängnis – womit das CCI Oakville gemeint ist –, und sie haben Recht. Zumindest müssen sie in Norton nicht dreiundzwanzig Stunden täglich auf Eisengitter starren. Es gibt Förderprogramme – wenn auch immer weniger, je mehr es mit der Wirtschaft bergab geht und je stärker die Lobby derjenigen wird, die eine »Politik der harten Hand« im Strafvollzug befürworten. Trotzdem, in Norton kann ein Insasse sich fortbilden, er kann zu den Anonymen Alkoholikern gehen, eine Therapie machen und seine Zelle für mehr als nur eine Stunde am Tag verlassen. Aber die Verlegung nach Norton muss sich jeder Häftling verdienen. Und wenn er nicht richtig spurt, ist er schneller wieder in Oakville, als er »Ich bin unschuldig« sagen kann, ein Spruch, den fast jeder Häftling im Schlaf herunterleiern kann. Manche von ihnen, und da spreche ich aus Erfahrung, können ihn mit solcher Überzeugungskraft vortragen, dass man ihnen tatsächlich glauben möchte. Und dann gibt es noch welche – nicht viele, aber einige (wie ich ebenfalls aus eigener Erfahrung weiß) –, die tatsächlich unschuldig sind.

Ich bin mir ziemlich sicher, dass Griffith Sumner nicht zu Letzteren gehört. Obwohl er während des Prozesses durchaus seine Anhänger hatte. Und wahrscheinlich immer noch hat. Was nicht heißen soll, dass sie alle an seine Unschuld glaubten.

Ich habe das starke Gefühl, dass Jessica Asher eine von Sumners Anhängern war. Glaubte sie, dass er unschuldig war? Interessierte sie die Frage überhaupt? Schließlich war Asher selbst ja nicht gerade die Reinheit und Unschuld in Person.

Robie stellt den Wagen auf dem Mitarbeiterparkplatz ab, und wir streben auf das graue Betonplattengebäude zu. Dort befinden sich die Büros der Gefängnisgeistlichen, das Beratungszentrum, die kleinen Besprechungszimmer für Gespräche zwischen Insassen und Anwälten und ein großer Besucherraum. Es gibt nämlich noch einen weiteren Vorteil für die Männer hier: Im Hochsicherheitsgefängnis sind sie durch kugelsicheres Glas von ihren Besuchern getrennt und müssen via Telefon mit ihnen kommunizieren. Im CCI Norton sehen sie sich nicht nur ohne Scheibe dazwischen, nein, sie dürfen sich sogar anfassen – solange es jugendfrei bleibt und sie dem Aufsichtsbeamten nicht frech kommen.

Das eigentliche Gefängnis liegt hinter diesem Gebäude. Aber schon um in das erste Gebäude zu gelangen, muss man durch einen Metalldetektor – keine Ausnahmen, auch nicht für Polizisten oder Mitarbeiter im Strafvollzug. Robie hat ihre Waffe im Handschuhfach ihres Wagens eingeschlossen. Ich bin unbewaffnet. Aber weil ich vergessen habe, mein Goldarmband abzunehmen und in die Plastikschale zu lege, löse ich trotzdem Alarm aus. Ich nehme das Armband ab. Es war ein Geschenk von Leo. Zu meinem letzten Geburtstag. Ich verziehe das Gesicht – schon wieder eine Erinnerung daran, dass ein ganzes Jahr vergangen ist und mir mein Leben komplizierter und chaotischer erscheint denn je.

»Alles klar?« Robie hat die Kontrolle bereits passiert und wartet, bis auch ich endlich durchgelassen werde.

»Alles bestens«, murmele ich, obwohl mir ganz anders zumute ist. Ich nehme mir vor, nach den Toiletten Ausschau zu halten – für alle Fälle.

Eine Vollzugsbeamtin erwartet uns vor dem Besucherraum. »Ich bringe Sie zu einem kleinen Besprechungszimmer, Superintendent.« Und dann, als wäre es ihr nachträglich eingefallen, blickt sie Fran Robie an. »Captain.«

Die Beamtin gibt sich keine Mühe, die Missbilligung in ihren Augen zu kaschieren, als sie die schicke Frau von der Mordkommission mustert und ihr Blick absichtlich einen Moment auf der offenen Bluse verweilt, die einen Hauch von BH aus schwarzer Spitze erkennen lässt. Wahrscheinlich denkt sie, dass es schon schlimm genug ist, wenn sich normale Besucherinnen aufreizend kleiden. Aber für eine Polizistin ist das unentschuldbar.

Falls Fran Robie den unausgesprochenen Tadel registriert, so lässt sie es sich jedenfalls nicht anmerken. Vielleicht ist es ihr auch einfach egal.

»Dauert bestimmt nicht lange«, sagt die Beamtin, als sie eine Metalltür mit einem kleinen vergitterten Fenster darin aufschließt. Sie öffnet die Tür, und wir betreten einen fensterlosen Raum mit einem Holztisch und vier Stühlen, zwei auf jeder Seite. Der einzige Unterschied zwischen diesem Zimmer und dem Verhörraum, in dem Carlyle vernommen wurde, besteht darin, dass hier kein Einwegspiegel ist. Das Einzige, was das triste Einheitsgrün der Wände durchbricht, ist die triste einheitsgraue Metalltür.

Selbst in der Gefängniskluft – bestehend aus Jeans und blassblauem Arbeitshemd – sieht Griffith Sumner noch immer aus wie der strahlende Student einer Eliteuniversität, der er vor sieben Jahren war. Sein weizenblondes Haar schimmert frisch und ist modisch geschnitten – offenbar hat Sumner bei einem der Anstaltsfrisöre einen Stein im Brett. Trotz der langen Zeit ist er durchtrainiert, gepflegt und sogar sonnengebräunt. Man könnte fast meinen, er hätte die letzten sieben Jahre in einem Golfclub verbracht. Ein Golfclub ist Norton weiß Gott nicht, aber für manche Häftlinge – vor allem für solche mit sehr guten Beziehungen nach draußen – um einiges leichter zu ertragen. Ein Insasse, der seinen Mithäftlingen Sachen von draußen besorgt – von Süßigkeiten über CDs bis hin zu Drogen –, kann damit im wahrsten Sinne des Wortes seinen Arsch retten.

Robie stellt mich vor. Sie gibt Sumner damit zu verstehen, dass sie von uns Frauen das Sagen hat, und erinnert mich daran, dass ich nur netterweise dabei sein darf.

Sumner ist sichtlich nervös. Argwöhnisch. Verständlicherweise. So würde es den meisten Häftlingen gehen, wenn sie mit einem Captain der Mordkommission und einem Gefängnis-Superintendent sprechen müssten. Natürlich gibt es viele, die ihre Nervosität verstecken und sich möglichst abgebrüht geben. Erst recht, wenn sie sich einer Frau in wichtiger Funktion gegenübersehen.

»Ich denke mal, ich muss mich nicht vorstellen«, sagt Sumner, bemüht, ein gewinnendes Lächeln aufzusetzen – als würden wir uns bei einem feierlichen Anlass im altehrwürdigen Golfclub begegnen. Ich sehe, wie seine Augen ganz kurz zu Fran Robies Dekolleté huschen – und ich bin sicher, dass es auch ihr nicht entgeht. Andererseits, wer kann es ihm verdenken?

Er richtet den Blick ganz schnell wieder auf unsere Gesichter. Das Lächeln ist ein bisschen unstet, hält sich aber.

»Mich wundert, dass Sie so gut aufgelegt sind, Sumner.« Robies Tonfall zeigt ihm, dass sein Charme nicht bei ihr zieht. »Trauerphase schon vorbei?«

Der Insasse – den ich nicht als gut aufgelegt bezeichnen würde – sieht auf die Uhr.

»T-R-A-U-E-R«, buchstabiert Robie langsam. »Sie sind Harvardabsolvent, also gehe ich davon aus, dass Sie mir folgen können.«

Sumners Mund zuckt, aber er schluckt die höhnische Bemerkung herunter.

»Sie meinen ... Jessica Asher?«, fragt er.

»Genau, Ihre Freundin.«

Sumner blickt kurz in meine Richtung, sieht mich verwirrt an. Als sollte ich übersetzen, was Robie gesagt hat.

Als ich das nicht tue, richtet er die Augen wieder auf sie. »Sie war nicht meine Freundin.«

»Wie würden Sie Ihre Beziehung zu Jessie beschreiben? Sie haben sie doch Jessie genannt. Jeder, der ihr nahe stand, nannte sie so.«

Sumner schweigt einen Augenblick, nickt aber dann. »Jessie. Ja. Aber wir haben uns wirklich nicht so nahe gestanden. Sie war eine Freundin, Captain. Nur eine Freundin. Trotzdem war ich fassungslos, als ich von dem Unfall erfahren habe. Sie war eine wunderschöne Frau. Wirklich tragisch, was ihr da zugestoßen ist.«

»Wann haben Sie Jessie zum letzten Mal gesehen?«, fragt Robie.

Der Häftling rutscht ein wenig auf seinem Stuhl hin und her. »Das war . . . erst . . . erst vor ein paar Wochen.« Seine Stimme versagt, und Tränen treten ihm in die Augen. Er blinzelt sie weg. Wendet den Kopf ab. Ich kann nicht sagen, ob das wirklich ein Zeichen von Trauer ist oder ob er uns was vorspielt. *Seht mich an, Ladys. Ich bin kein Vergewaltiger und Mörder. Ich bin ein einfühlsamer, emotionaler Mann. Wenn ihr das doch nur begreifen würdet . . .*

Ich frage mich, ob er auch weinen würde, wenn wir zwei Männer wären.

Robie blickt gelangweilt. »Sie hat Sie oft besucht.«

Sumner räuspert sich. »Sie war so ein guter Mensch. Hat immer Kontakt gehalten. Kam mich ein paarmal im Monat besuchen. Ein paar von meinen alten Freunden –« Er zuckt die Achseln. »Ach, ich nehm's ihnen nicht übel, dass sie mich fallen gelassen haben. Hätte ich an ihrer Stelle wahrscheinlich auch so gemacht.«

»Und worüber habt ihr zwei so geplaudert, Sie und Jessie?«

Sumner zuckt erneut die Achseln. »Über alles Mögliche. Jessie ging gern ins Kino und hat mir oft von Filmen erzählt, die sie gesehen hat. Ich bin ein Bücherwurm und hab ihr erzählt, was ich gerade so las. Ich stehe auf Thriller von Tom

Clancy.« Er lacht. »Aber damit konnte Jessie nicht so viel anfangen.«

»Und alte Zeiten? Habt ihr nicht in Erinnerungen geschwelgt? Schließlich wart ihr beide zusammen in Miss Hill's.«

»Das ist lange her«, erklärt Sumner wehmütig. »Wir haben uns beide nicht gern an die Highschool erinnert.«

»Wieso ist Jessie in Miss Hill's gelandet?«

Sumner runzelt die Stirn. »Ihr Dad wollte es so.«

»Etwas genauer bitte«, sagt Robie.

»Jessie hatte was mit einem Typen, den Daddy nicht mochte. Ihr Freund stammte nicht aus den richtigen Kreisen. Und er war älter.«

»Wie alt?«, will Robie wissen.

»Ich weiß nicht. Vielleicht um die zwanzig. Vielleicht auch älter. Jessie hat kaum was über ihn erzählt. Ich weiß nicht mal, wie der Bursche hieß. Es war vorbei, ehe sie nach Miss Hill's kam. Deshalb war sie ja auch so sauer, dass ihr Dad sie einfach dahin geschickt hat.«

»Und was ist mit Ihnen, Sumner? Warum haben Ihre Eltern Sie nach Miss Hill's geschickt?«

»Was soll das alles eigentlich?« Die Stimme des Häftlings hat plötzlich etwas Schneidendes. Er merkt es offenbar selbst, denn er schlägt gleich wieder einen anderen Tonfall an. »Hören Sie, Captain, das mit Jessie tut mir wirklich Leid – ehrlich –, aber mir ist nicht klar, was ihr Ableben mit mir zu tun haben soll.«

»Okay, Griffith, Sie wollen nicht mit uns reden, macht nichts«, sagt Robie freundlich. Aber ihre Miene drückt etwas ganz anderes aus.

Sumner registriert das und hebt beide Hände, als wollte er sich ergeben. »Ich hab kein Problem damit«, sagt er, und seine Stimme klingt jetzt weder bissig noch charmant. »Ich kapier nur nicht, wieso. Sie möchten wissen, warum ich nach Miss Hill's geschickt worden bin? Na schön. In einem Sommer draußen auf Martha's Vineyard bin ich in eine ziemlich wilde Clique geraten. Die fanden es lustig, in leer stehende Sommerhäuser einzubrechen. Es war dumm. Reiche Kids, die sich einen Nervenkitzel verschaffen wollten. Wir haben blödsinniges Zeugs geklaut. Und wir waren leichtsinnig. Sind direkt geschnappt worden, ich glaube beim dritten Einbruch. Zum Glück hatten wir alle Eltern mit Einfluss, so sind wir mit einer Verwarnung davongekommen. Aber mein Dad meinte, das würde bei mir nicht reichen. Und es hieß, ab nach Miss Hill's. Ich hab's ihm nicht mal übel genommen. Er hatte ja Recht. Die Schule hat mich wieder zurechtgestutzt. Und ich war richtig gut, Harvard hat sich förmlich um mich gerissen –«

Sumner lebt auf. Diesen Teil seiner Biografie erzählt er offensichtlich gerne.

Ich weiß nicht, was Robie denkt, aber sie hört offenbar nicht sonderlich interessiert zu, denn sie fällt Sumner abrupt ins Wort. »Erzählen Sie mir von Jessies letztem Besuch, Sumner.«

»Hä?«

»Als sie vor ein paar Wochen hier war.«

»Was möchten Sie wissen?«

»Worüber habt ihr beide da geredet?«

Der Insasse spitzt die Lippen. »Beim letzten Mal. Ich weiß nicht mehr genau. Immer dasselbe.«

»Nichts Neues?«, hakt Robie nach.

Sumner überlegt kurz. »Nein, eigentlich nicht.«

»Also, wenn Sie nicht Ihr Freund waren, wer war es dann?«

»Was?«

»Sind Sie schwer von Begriff, Sumner?«, fragt Robie sarkastisch zurück.

»Sie hat nicht über ihr Liebesleben gesprochen.«

»Und ihr Sexleben?« Robie blickt Sumner herausfordernd an.

Sumner blickt schockiert. »Natürlich nicht.« Der Schock weicht offener Feindseligkeit. »Sie haben vielleicht Nerven –«

»Hatte Jessie eine Beziehung, Mr Sumner?«, frage ich leise, bemüht, die wachsende Aggression zwischen den beiden abzuschwächen.

Er wendet seinen wütenden Blick von Robie ab. Jetzt, wo er mich ansieht, lässt die Wut in seinen Augen nur ein kleines bisschen nach. »Wieso? Was hat das damit zu tun, dass irgendein Besoffener oder Verrückter sie mit seinem Auto über den Haufen fährt?«

»Wir wissen nicht, ob der Fahrer betrunken war. Oder verrückt«, sage ich.

Er starrt mich eine ganze Weile an. Ich merke, dass auch Robie mich ansieht. Ich glaube nicht, dass sie über meine Einmischung erfreut ist. Eine Frau, die gern solo auftritt. Mir schwant, dass Fran Robie mich mit hierher genommen hat, damit ich sie in Aktion erleben kann. Und von ihr beeindruckt bin.

Aber ich bin gar nicht beeindruckt. Ich finde, sie übertreibt. Sowohl mit ihrer aufreizenden Kleidung als auch mit ihrem Vernehmungsstil. Als Vernehmungsleiterin sollte sie die Bühne nicht in Beschlag nehmen, sondern sie dem Befragten überlassen.

»Kann sein, dass Jessie was mit einem Typen hatte«, sagt Sumner schließlich.

»Oh, sie hatte was mit vielen Typen«, wirft Robie ein. »Das wissen Sie.«

»Verdammt noch mal, ich muss mir von Ihnen nicht sagen lassen, was ich weiß«, sagt Sumner gepresst.

»Wo bleiben Ihre guten Manieren? Es sind schließlich zwei Damen im Raum.«

Allmählich werde ich richtig sauer auf Fran Robie. »Wer war der Mann, mit dem sie zusammen war?«

Sumners finsterer Blick bleibt auf Robie gerichtet. Er zuckt die Achseln. »Hat sie nicht gesagt.«

»Hat sie ihn vielleicht einfach Freier genannt?«, fragt Robie.

»Wie? Nein. Was soll das?«

»Hat sie Ihnen nicht von ihren vielen Freiern erzählt?« Robie kennt kein Halten mehr.

»Sie haben Sie nicht alle, Lady.«

»Ach, machen Sie mir doch nichts vor, Sumner. Sie wissen ganz genau, dass Ihre Freundin angeschafft hat. Sie wissen, dass der Deputy Commissioner einer ihrer Freier war. Und wie praktisch für Sie, dass der Mann rein zufällig im Bewährungsausschuss sitzt.«

»Was sollte mich das interessieren? Es dauert noch Jahre, bis ich Bewährung beantragen kann.«

»Blödsinn, Sumner. Kürzen wir die Sache ab. Ihr neuer Staranwalt Jerry Tepper hat Ihnen doch schon gesteckt, dass eine Berufungsanhörung für Sie angesetzt ist. Erzählen Sie mir nicht, dass Jessie nichts davon wusste.«

»Ja, klar hab ich ihr das erzählt. Aber ich hab da kein großes Tamtam drum gemacht. Ich meine, klar, mein neuer Anwalt ist ganz optimistisch, aber gegessen ist die Sache noch längst nicht.«

»Aber falls Ihr Urteil auf Totschlag reduziert wird, können Sie schon bald Bewährung beantragen.«

»Na, bis dahin vergeht noch einige Zeit.«

»Oh, ich denke, Sie und Ihre Freundin haben sich einen todsicheren Plan überlegt, dem Ganzen ein bisschen nachzuhelfen –«

»Himmelherrgott, wie oft muss ich Ihnen denn noch sagen, dass Jessie nicht meine Freundin war?«

»Mr Sumner, Jessie hat doch bestimmt einen Grund gehabt, warum sie Ihnen nicht den Namen ihres Freundes genannt hat.«

Er sieht mich achselzuckend an. »Vielleicht hat sie gedacht, es geht mich nichts an.«

Robie schlägt so fest mit der Hand auf den Tisch, dass wir beide zusammenzucken. »Mensch, hören Sie auf, uns für dumm zu verkaufen. Wer ist der Kerl?«

Na ja, zumindest zieht sie jetzt mit mir an einem Strang.

»Ehrlich. Ich weiß es nicht.«

Robie sieht Sumner an, als wäre er ein Ungeziefer. »Sie wissen doch gar nicht, was ehrlich ist.«

Sumner wirft mir einen flehenden Blick zu. »Die Wahrheit ist, ich wollte nichts von Jessies Liebesleben hören.«

»Eifersüchtig?«, fragt Robie beißend.

»Hören Sie, Jessie und ich waren immer nur gute Freunde, nicht mehr. In der Highschool standen wir uns nahe, aber damit hatte es sich. Wenn ich eifersüchtig war, dann nicht, weil Jessie mit jemandem zusammen war, sondern weil ich selbst niemanden habe.« Er wendet sich an mich. »Superintendent, Sie müssen doch wissen, wie es ist, wenn man eingesperrt ist. Wenn man ... kein normales Leben führen kann.«

»Das konnte Annie Regan auch nicht mehr«, sagt Robie mürrisch. »Dank Ihnen.«

6

»Herzlichen Glückwunsch zum Geburtstag. Du siehst hinreißend aus, Natalie. Tut mir Leid, dass ich zu spät komme.« Nachdem er Glückwunsch, Kompliment und Entschuldigung heruntergerasselt hat, küsst Leo mich rasch auf den Mund und lässt sich dann auf dem Stuhl mir gegenüber nieder. Selbst im gedämpften Kerzenlicht des Edelrestaurants kann ich erkennen, dass er geschafft aussieht.

»Arbeit?« Ich weiß, dass Leo in letzter Zeit viele Überstunden macht, um einen Mordfall aufzuklären – ein Highschooljunge wurde vor einer Pizzeria erschossen. Fälle, bei denen es um Kinder oder Jugendliche geht, gehen ihm ganz besonders an die Nieren.

Er lächelt mich müde an. »Jakey.«

Jakey ist Leos fast fünf Jahre alter Sohn. Ein kleiner Junge, der entzückend ist und anstrengend frühreif. Ich bin vernarrt in dieses Kind. Aber genau wie meine Beziehung zu seinem Vater ist auch mein Verhältnis zu Jakey Coscarelli ziemlich kompliziert.

»Er ist hoffentlich nicht krank . . .«

»Nein«, beruhigt Leo mich rasch, gefolgt von einer längeren Pause.

Leos längere Pausen bedeuten meistens nur eines: Nicki. Nicki Holden, Exdrogenabhängige, Exprostituierte, Exgefängnisinsassin – und Jakeys Mutter.

Kaum verwunderlich, dass Leos Beziehung zu Nicki ziemlich belastet ist. Er hat sie vor sechs Jahren kennen gelernt, als sie in einem Entziehungsheim für Drogensüchtige untergebracht war, wo seine Mutter ehrenamtlich tätig war. Anna Coscarelli hat Nicki unter ihre Fittiche genommen, hat sie ermutigt, wieder aufs College zu gehen, und hat dann ihren Sohn gebeten, Nicki Nachhilfeunterricht zu geben. Angesichts der Tatsache, dass Nicki da schon wegen Drogenbesitzes und Prostitution im Gefängnis gesessen hatte, und angesichts der Tatsache, dass Leo Polizist war, gibt er rückblickend durchaus zu, dass die Idee nicht besonders klug war. Man kam sich näher. Man überschritt Grenzen. Nicki wurde schwanger. Leo war bereit, sie zu heiraten, aber Nicki war weder psychisch noch physisch in der Verfassung für eine Ehe oder gar eine Mutterschaft. Sie wollte abtreiben. Leo konnte sie nur dadurch davon abhalten, indem er versprach, sich allein um das Baby zu kümmern. Gleich nach der Geburt legte Nicki ihren Sohn Jacob in die Arme seines Vaters und ergriff die Flucht. Als Leo sie das nächste Mal sah, saß sie wegen Totschlags hinter Gittern. Sie hatte ihren Zuhälter im Crackrausch getötet. Während sie ihre Strafe absaß, machte sie einen Drogenentzug. Jetzt ist sie seit fast einem Jahr draußen, hat engen Kontakt zu ihrem Kind und wünscht sich möglicherweise auch, mit dem Vater ihres Kindes wieder zusammenzukommen.

Endlich hebt Leo den Blick vom goldbedruckten Einband der Speisekarte. »Nicki hat in letzter Minute abgesagt. Jakey hat sich so darauf gefreut, das Wochenende bei ihr zu verbringen. Sie hatte versprochen, mit ihm ins Spielzeugmuseum zu gehen. Meine Mom hat zwar angeboten, stattdessen mit ihm hinzugehen, aber er war trotzdem enttäuscht.« Wieder stockt Leo. »Das ist jetzt das dritte Mal in drei Monaten, dass sie ihn hängen lässt.«

Eine bange Frage drängt sich mir auf: »Sie nimmt doch hoffentlich nicht wieder Drogen?«

Nicki spielt nicht nur in meinem Privatleben eine Rolle, sondern auch beruflich hatte ich bereits mit ihr zu tun. Bevor sie auf Bewährung entlassen wurde, war sie Insassin im Horizon House, was mein Verhältnis zu ihr doppelt kompliziert macht.

»Ich weiß nicht«, sagt Leo. »Sie schwört, dass es nicht so sei. Und entweder hat sie verdammt viel Glück oder sie sagt die Wahrheit.« Er klappt die Speisekarte auf und studiert sie.

Nicki hat noch fast ein Jahr bis zum Ablauf ihrer Bewährung. Was bedeutet, dass sie immer mal wieder einem unangekündigten Drogentest unterzogen wird. Leo hat also Recht. Entweder ist sie clean oder sie hat bis jetzt Glück gehabt.

»Mit welcher Begründung hat sie denn abgesagt?« Ich weiß, dass es nicht an fehlender Zuneigung liegen kann. Ich habe Mutter und Kind schon öfter zusammen erlebt, und Nicki verbringt mehr Zeit in Leos Wohnung, die er zusammen mit seiner Mutter bewohnt, als mir lieb ist. Es ist immer peinlich. Für uns beide. Nicki behandelt mich noch immer als Autoritätsperson. Es wäre fast leichter, wenn sie mich lediglich als Konkurrentin um Leos Zuneigung sähe. Dann hätten wir nur mit unserer gegenseitigen Eifersucht zu kämpfen.

»He, es gibt Seezungenfilet. Das isst du doch so gerne.« Leo studiert die Speisekarte, als würde er sich auf einen Test vorbereiten.

»Nun sag schon, Leo. Was ist los mit Nicki?«

»Sie hat eine neue Beziehung.« Er hält den Kopf gesenkt, die Augen auf die Seite mit den Vorspeisen gerichtet.

»Mit wem? Seit wann?«, platze ich heraus.

»Mit einem Handelsvertreter, den sie vor gut einem Monat auf der Arbeit kennen gelernt hat. Er besitzt ein Haus auf Rhode Island und hat sie übers Wochenende eingeladen. Sie sagt, sie hätte ihm einen anderen Termin vorgeschlagen, aber er sei viel unterwegs und dies sein einziges freies Wochenende bis nach Weihnachten.«

»Das hört sich nach was Ernstem an. Ich meine, wenn sie schon mit ihm wegfährt –« In meinem Kopf überschlagen sich die Fragen. Ist es vielleicht wirklich was Ernstes? Hieße das, Nicki würde von der Bildfläche verschwinden? Und die wichtigste Frage: Was empfindet Leo angesichts dieser neuen Entwicklung?

»Kann sein«, murmelt er und greift nach der Weinkarte.

Sein knapper Kommentar weckt in mir nicht gerade große Hoffnungen. Solche Reaktionen bedeuten meistens, dass er verärgert ist und nicht darüber sprechen möchte.

Doch dann lächelt er mich an, ein sicheres Zeichen für einen Themenwechsel.

»Ein Glas Champagner?«, schlägt er vor.

Um ein Haar hätte ich ja gesagt – schließlich will auch ich das Thema Nicki Holden beenden, um nicht auch noch unser intimes Geburtstagsdinner mit der anderen Frau teilen zu müssen –, doch dann fällt es mir wieder ein. Erstens, dass ich keinen Alkohol trinken darf, falls ich schwanger bin. Zweitens, dass ich durch die ganze Aufregung heute schon wieder vergessen habe, mir einen Schwangerschaftstest zu besorgen.

»Ich glaube, ich bleibe heute beim Eistee«, sage ich. »Ich hab mir ein bisschen den Magen verdorben. Ist nicht weiter schlimm«, füge ich rasch hinzu. Leo sorgt sich schnell um mich. Das ist eine der Eigenschaften, die ich an ihm mal liebenswert, mal nervig finde – je nach Situation.

»Ja«, sagt er. »Schon gehört.«

Ich kann mir denken, von wem. »Fran Robie?«

Leo nickt.

»Wieso erstattet sie dir Bericht?«

Leo legt die Weinkarte beiseite und sieht mir in die Augen. »Ich wünschte, du würdest dich aus der Sache raushalten, Natalie.«

»Glaub mir, ich hab mich nicht drum gerissen. Der Commissioner höchstpersönlich –«

»Ja, das hab ich auch schon gehört. Aber du musst dich ja nicht unbedingt so tief reinknien.«

Ich kann es ihm nicht verdenken, dass er mich bremsen will, er ist schließlich ein gebranntes Kind.

»Robie scheint ganz froh über meine Hilfe zu sein.«

»Fran Robie ist bekannt dafür, dass sie gern die Hilfe anderer Leute in Anspruch nimmt ...«

Jetzt brauche ich doch eine Erläuterung. »Das heißt?«

»Das heißt«, sagt Leo, und sein Tonfall wird eindringlich, »die Frau ist sehr zielstrebig. Das heißt, sie wird dir keine Rückendeckung geben. Ich will nicht behaupten, dass sie dich bewusst irgendwelchen Risiken aussetzen wird, aber sie wird dich auch nicht daran hindern, Risiken einzugehen. Sie wird dir nicht mal davon abraten – jedenfalls nicht, wenn sie dadurch bessere Chancen hat, den Täter zu überführen. Das ist ein wichtiger Fall. Wenn Robie den löst, macht sie wieder einen Sprung auf der Karriereleiter. Und das ist genau, was sie will. Es kommt nicht von ungefähr, dass sie es mit sechsunddreißig bereits zum Captain gebracht hat. Und sie wird sich damit noch nicht zufrieden geben.«

»Ich dachte, ihr wärt befreundet.«

Leo lächelt schief. »Hab ich das je behauptet?«

Der Kellner kommt, und ich bestelle die Seezunge. Leo auch. Und wir begnügen uns beide mit Eistee.

»Für wie belastend hält Robie ihre Beweise gegen Carlyle?«

»Wie kommst du darauf, dass sie mir das sagen würde?«, fragt Leo zurück.

»Na, wenn das stimmt, was du über sie gesagt hast, wird sie auch dich in Anspruch nehmen.«

»Inwieweit könnte ich ihr denn nutzen?«

Ich blicke ihm in die Augen. Ich habe nur so eine Ahnung, aber meine Ahnungen haben mich in der Vergangenheit selten getrogen. »Sag du's mir, Leo.«

Er zögert. Also bin ich auf der richtigen Fährte. Nach kurzem Überlegen gibt er nach. Wahrscheinlich, weil er sich denkt, dass Robie es mir ohnehin erzählen wird. »Ich kenne die Schwester.«

»Jessica Ashers Schwester? Debra Landon? Woher –«

»Chloe Landon war Jakeys Spielkameradin.«

»Was?«

Er lächelt. »Die Kinder waren letztes Jahr in derselben Kindergartengruppe. Unzertrennlich. Als ich Jakey dann aus dem Kindergarten genommen habe, war er wochenlang todunglücklich, weil er seine beste Freundin vermisst hat. Ich hab schließlich Debra Landon angerufen und gefragt, ob die Kinder sich nicht mal zum Spielen treffen könnten. Sie war sofort einverstanden. Hat gesagt, Chloe würde Jakey auch sehr vermissen. Sie konnte natürlich gut verstehen, dass ich Jakey in einem anderen Kindergarten angemeldet hatte, nachdem ...« Leo stockt, und seine Miene verfinstert sich. Es ist ein Jahr her, aber ich weiß, dass er immer noch schwer an der Erinnerng zu knabbern hat, wie Jakey direkt vor diesem teuren Kindergarten entführt wurde. Gott sei Dank fanden wir Jakey schon kurz darauf gesund und munter wieder. Aber während Jakey die Sache unbeschadet überstanden hat, sind alle Erwachsenen, die den Kleinen lieben – mich eingeschlossen –, noch immer traumatisiert.

»Jedenfalls, Debra hat Jakey zu ihnen nach Hause eingeladen, und danach haben sich die Kinder ein paar Monate lang ein- oder zweimal die Woche getroffen, entweder bei den Landons in Wellesley oder in meiner Wohnung in Boston. Dann ist ihre Leidenschaft ganz allmählich verebbt«, schließt er mit einem Lächeln.

»Und dabei hast du Debra Landon ein bisschen kennen gelernt?«

Er kneift die Augen zusammen. »Willst du mich aushorchen, Natalie?«

»Ja natürlich. Ich will mit ihr sprechen, Leo. Robie haben sie bis jetzt abgewimmelt –«

»Ich weiß.«

»Wirst du Debra bitten, mit Robie zu sprechen?«

»Nein«, sagt Leo knapp.

»Wusstest du, dass ihr Mann vorhat, für den US-Senat zu kandidieren?«

Leo ist verblüfft. »Ja, aber woher weißt du das?«

»Hat Fran Robie mir erzählt.« Ich sehe ihn forschend an. »Ist das ein Geheimnis?«

»Das nicht, aber es hat auch noch keine öffentliche Bekanntmachung gegeben. Debra hat mich ausdrücklich gebeten, es nicht herumzuposaunen.« Er zuckt die Achseln. »Nicht jeder, der gebeten wird, den Mund zu halten, hält ihn auch.«

»Dass du es tust, überrascht mich nicht«, sage ich mit einem Lächeln. »Und, wie steht's nun?«

»Wie steht was?«

»Leo, ich möchte wirklich unbedingt mit Debra Landon sprechen. Und ich bin ja schließlich nicht von der Polizei oder so. Griffith Sumner hat gesagt, Jessica hätte einen Freund gehabt, aber er wollte nicht sagen, wer es war. Vielleicht ist Debra etwas mitteilsamer.«

Leo atmet geräuschvoll aus. »Ich bitte dich inständig, zurückhaltend zu sein, und was machst du?«

Bevor er weitersprechen kann, sage ich: »Ich nutze meinen Kontakt zu dir, keine Frage. Aber, Leo, ich werde dir Rückendeckung geben. Und ich weiß, du wirst es ebenso halten.«

Er lächelt unwillkürlich. Dann greift er mit der Hand in die Tasche seines marineblauen Jacketts und holt ein kleines mit Samt bezogenes Kästchen hervor. Er schiebt es über den Tisch, und mein Herz fängt an zu rasen, während meine Augen starr auf das Kästchen blicken. Wenn es das ist, was ich glaube, wird meine Beziehung zu Leo Coscarelli noch zehnmal komplizierter als bisher.

»Herzlichen Glückwunsch, Natalie.«

Ich kann mich nicht bewegen. Wie versteinert sitze ich da und bringe es nicht über mich, nach dem Kästchen zu greifen.

Und dann schnappt Leo plötzlich nach Luft. »Ach du Schande, Natalie. Es ist nicht ... ich hab nicht daran gedacht ... das Kästchen ... ich ... Menschenskind, es sind Ohrringe, Natalie. Die du damals fast gekauft hättest, als wir in dem Antiquitätengeschäft nach einem Geschenk für meine Mom gesucht haben, und die dir dann doch zu teuer waren ...«

Er beobachtet mich genau, als wollte er feststellen, ob diese Mitteilung nun eine Erleichterung oder eine Enttäuschung für mich ist. Wie soll ich ihm erklären, dass beides zutrifft?

7

Ich möchte kein Dessert, doch Leo versucht, mich zu einer Crème brûlée zu überreden – eigentlich meine Leib- und Magenspeise, aber nicht heute –, als mein Handy klingelt.

»Fran Robie hier«, sagt die Stimme am anderen Ende. Sie klingt ein bisschen hektisch, fast aufgeregt.

»Robie?« Ich werfe Leo einen verwunderten Blick zu. Er sieht nicht verwundert aus. Er sieht verärgert aus.

»Tut mir Leid, dass ich Ihre kleine Feier störe, Nat, aber ich dachte, es interessiert Sie vielleicht, dass wir Carlyle gerade zur nächsten Vernehmung abholen. Meine Jungs sind mit ihm auf dem Weg hierher.«

»Ich verstehe nicht ganz. Warum so spät abends? Was ist denn so dringend?«

»Das erzähle ich Ihnen, wenn Sie hier sind.« Nach einer kurzen Pause fügt sie hinzu: »Sagen Sie Leo, er kann gern mitkommen.«

Ich gebe die Einladung gar nicht erst weiter, weil Leo sowieso mitkommen würde, eingeladen oder nicht.

»Wo ist Carlyle?«

»In einer Arrestzelle. Wir warten noch auf seinen Anwalt.« Robies Blick wandert von mir zu Leo, der direkt nach mir hereinkommt.

Er sieht sich kurz in Robies hübsch ausgestattetem Büro um. Falls ihm der feminine Touch gefällt, so lässt er sich jedenfalls nichts anmerken. Das Gleiche gilt für Fran Robies Aufmachung. Die erotische Blondine trägt jetzt einen kurzen, burgunderroten Rock und einen taillierten champagnerfarbenen

Blazer. Falls sich darunter noch eine Bluse – oder überhaupt irgendetwas – verbirgt, so ist es jedenfalls nicht zu sehen. Das Einzige, was man sieht, ist das tiefe Dekolleté, das sie so gerne zur Schau trägt.

»Hallo Leo, schön, dich zu sehen. Ist lange her. Zu lange. Wie geht's dir?« Sie reicht ihm die Hand. Er ergreift sie und hält sie einen Tick länger als nötig. Wie ich finde.

»Prima – bis zu deinem Anruf«, sagt Leo trocken. Er ist derjenige, der als Erster loslässt. Gut gemacht. Wie ich finde.

»Ja, tut mir Leid.« Aber Fran Robie sieht wahrhaftig nicht zerknirscht aus.

Sie deutet auf die Sessel, in denen der Commissioner und ich heute Morgen gesessen haben, aber ich bleibe stehen. Leo ebenfalls. »Dann erzählen Sie mir mal, was Sie zwischen heute Nachmittag, als ich Sie verlassen habe, und neun Uhr heute Abend so Wichtiges entdeckt haben.«

Robie greift hinter ihren Schreibtisch und holt einen großen Umschlag hervor, den sie mir überreicht. »Nur zu. Sie können sich alles ansehen. Das sind Kopien. Die Originale sind schon im Labor.«

Ich weiß selbst nicht warum, aber ich werfe Leo einen kurzen Blick zu, ehe ich den Umschlag öffne. Darin befinden sich die Kopien von vier Fotos. Zwei davon sind Aufnahmen von einem nackten Mann. Auf einem der Fotos steht er am Fußende eines Bettes. Auf dem anderen liegt er auf dem Bett, das Gesicht verzerrt, ob vor Schmerz oder Lust, lässt sich nicht sagen. Die anderen beiden Fotos zeigen ein Paar, offenbar auf demselben Bett. Der Mann auf der Frau, sein Gesicht im Profil, das der Frau größtenteils verdeckt, einerseits durch den Winkel, aus dem die Aufnahme gemacht wurde, andererseits durch das blonde Haar, das ihr übers Gesicht gefallen ist. Auf dem letzten Foto, ebenfalls ein Paar beim Sex, liegt der Mann auf dem Rücken, und die Frau sitzt rittlings auf ihm. Der Rücken der Frau ist der Kamera zugewandt, aber weil sie sich tief über den Mann gebeugt hat, ist sein Gesicht deutlich zu sehen.

Auf jedem Foto derselbe Mann. Steven R. Carlyle.

Verdammt.

Ich reiche die Bilder Leo und setze mich dann in den nächstbesten Sessel. Ich muss mich hinsetzen. Leo sieht sie sich rasch und schweigend an.

»Woher wollen Sie wissen, dass die Frau auf den Fotos Jessica Asher ist?«, frage ich Robie.

Sie nimmt die Fotos wieder an sich, zieht das mit der rittlings auf Carlyle sitzenden Frau heraus und gibt es mir zusammen mit einer kleinen Lupe von ihrem Schreibtisch.

»Sehen Sie sich ihren Rücken an. Das linke Schulterblatt. Sieht aus wie ein einfacher Fleck«, sagt sie, »aber mit der Lupe erkennt man, dass es ein Tattoo ist.«

Ich halte das Vergrößerungsglas über den Fleck. »Ein Schmetterling.«

»Wenn Sie einverstanden sind, erspare ich Ihnen die Fotos von der Obduktion, auf denen dasselbe Tattoo zu sehen ist«, sagt Robie.

Darauf kann ich gut verzichten.

»Wo haben Sie die gefunden?«, frage ich. »Oder hat sie Ihnen jemand geschickt?«

Robies Telefon klingelt, bevor sie antworten kann. Falls sie die Fotos in Jessica Ashers Wohnung gefunden hat, was haben sie und ihre Jungs dann wohl noch alles dort entdeckt? Sexfotos von der Jetsetterin mit anderen Männern? Belastende Briefe? Ein intimes indiskretes Tagebuch? Sollte es inzwischen noch andere Verdächtige geben, so könnte das etwas den Druck von Carlyle nehmen. Aber ich habe so das Gefühl, dass Carlyle noch immer der Hauptverdächtige ist.

Robie legt auf. »Der Anwalt ist da.«

»Wer leitet denn diesmal die Vernehmung?«, frage ich.

Robie lächelt. »Ich denke, ich übernehme das.« Eine Gelegenheit, sich nicht bloß vor mir in Szene zu setzen, sondern auch vor Leo.

»Kann ich vorher mit ihm sprechen?«, frage ich.

Robies Lächeln wird breiter. »Und ihn vorwarnen? Das halte ich nicht für klug, Nat. Aber wenn Sie möchten, dürfen Sie mit von der Partie sein.«

8

Wilson, der Detective, der Carlyle am Morgen vernommen hat, ist diesmal nicht dabei, auch nicht als stiller Beobachter. Dafür schaut Leo zu. Auf der anderen Seite des Spiegels. Robie und ich sind allein in dem kleinen, stickigen Raum und sitzen bereits am Tisch, als Carlyle und sein Anwalt Fred Sherman eintreten.

»Was macht sie denn hier?«, ist das Erste, was Carlyle sagt. Er funkelt mich mit einem Blick an, der an blinde Wut grenzt.

»Wenn es Ihnen lieber ist, kann ich auch gehen . . .«, sage ich, halte aber inne, als Sherman sich zu seinem Mandanten hinüberbeugt und ihm etwas ins Ohr flüstert.

Was auch immer er sagt, Carlyle sieht danach nicht weniger wütend aus, aber er murmelt: »Meinetwegen. Bringen wir's hinter uns.«

Die Fotos liegen offen auf dem Tisch, Carlyle zugewandt. Erst jetzt, als sein erboster Blick von mir abgleitet, bemerkt er sie. Seine Reaktion ist sowohl schnell als auch dramatisch.

Alle Farbe weicht aus seinem Gesicht, und er beginnt zu schwanken. Sein Anwalt, dem die Fotos ebenfalls nicht entgangen sind, packt Carlyle am Arm und drückt ihn hastig auf einen der Holzstühle. Dann nimmt er sofort neben ihm Platz.

Carlyles ansonsten rötliche Hautfarbe ist jetzt aschgrau. Er schließt die Augen. Mir fällt auf, dass er nicht mehr den dunklen Anzug von heute Morgen trägt. Die Khakihose und das kurzärmelige, blassblaue Polohemd hat er bestimmt angezogen, als er nach Hause kam. Ich glaube, ich habe ihn noch nie anders als im Anzug gesehen. Habe noch nie den Bauch bemerkt, der ihm über den Hosenbund hängt, weil ein Jackett bislang immer gut verborgen hat, dass er fast fünfzehn Kilo zu viel mit sich herumschleppt. Irgendetwas sagt mir, dass er in seiner derzeitigen Lage vielleicht ein paar Pfund verlieren wird. Und seine Lage wird sich wahrscheinlich noch verschlechtern.

Sein Anwalt macht den Eindruck, als hätte er denselben Verdacht. Er hat die besorgten Augen auf seinen Mandanten gerichtet und ihm eine Hand auf die Schulter gelegt. »Möchten Sie einen Schluck Wasser, Steven?«

Carlyle schüttelt schwach den Kopf.

Sherman legt seine Aktentasche so auf den Tisch, dass sie die Hälfte der Fotos verdeckt – ganz sicher mit Absicht –, und sagt nichts mehr.

Das Schweigen im Raum ist mit Händen greifbar. Nach endlosen zwei Minuten drückt Robie den Aufnahmeknopf des Kassettenrecorders und sagt: »Heute ist Freitag, der 3. November.« Sie blickt auf die Uhr an der Wand. »Einundzwanzig Uhr achtundvierzig. Ich vernehme Steven R. Carlyle. Er ist in Begleitung seines Anwalts Frederick Sherman. Ebenfalls anwesend ist Superintendent Natalie Price.«

Carlyle hat die Augen geschlossen. Jetzt lässt er den Kopf auf die Hände sinken. Wieder beugt sich Sherman vor und flüstert ihm etwas ins Ohr. Carlyle schüttelt den Kopf, noch ehe sein Anwalt zu Ende gesprochen hat.

Robie wirkt vollkommen entspannt. Und scheint es nicht eilig zu haben, mit der Vernehmung zu beginnen. Ich dagegen sitze wie auf glühenden Kohlen. Es soll endlich losgehen, damit es möglichst schnell vorbei ist.

Schließlich hebt Carlyle den Kopf, öffnet die Augen, drückt sich mit Daumen und Zeigefinger den Nasenrücken, als wollte er die Fassung zurückgewinnen. Vergeblich. Er sieht so hilflos, so gequält aus, dass er mir beinahe Leid tut. Was nicht leicht ist, weil ich mir plötzlich nicht mehr sicher bin, dass dieser Mann wirklich außerstande ist, einen Mord zu begehen.

Carlyles Augen huschen von mir zu Robie, dann schließen sie sich wieder, als könnte er unseren Anblick nicht ertragen.

»Sie kennen diese Fotos, Steve?«, fragt Robie.

Er schüttelt den Kopf, hält die Augen geschlossen.

»Menschenskind«, sinniert Robie mit auf einmal rauchig klingender Stimme. »Solche Schnappschüsse könnten den Ruf eines Mannes ernsthaft gefährden, wenn sie in die falschen Hände geraten.«

»Mein Mandant hat bereits gesagt, dass –«

Robie schneidet Sherman das Wort ab. »Ich weiß, was er gesagt hat. Ich will wissen, was er sonst noch zu sagen hat.«

Ein Beben durchläuft Carlyles Gesicht, als er langsam die Augen aufschlägt. »Ich hatte eine Affäre mit ihr«, sagt er tonlos.

Robie grinst. »Eine *Affäre*?«

Carlyle schaut weg.

»Seit wann?«

»Seit August.«

»Wo?« Sie tippt auf die Fotos. »Wo sind die aufgenommen worden, Steve? Wo habt ihr beide euch getroffen, um eurer *Affäre* nachzugehen?«

Ich sehe die Unterlippe des Deputy Commissioner zittern. »Joy Street Nr. 1014«, sagt er kaum hörbar.

Robie betrachtet ihn ernst. »Die Straße, auf der Jessica Asher am Freitag überfahren wurde.«

Aber sie wirkt trotzdem erfreut. Bis jetzt konnte die Polizei sich nicht erklären, was Asher an dem Tag auf der Joy Street gemacht hatte. Sie wohnte nicht dort. Auch nicht in der Gegend. Sie hatte eine Wohnung am anderen Ende der Stadt, in South Boston.

Robie erhebt sich.

»Sind wir fertig?«, fragt Sherman und will ebenfalls aufstehen.

»Wir sind alles andere als fertig, mein Bester«, sagt Robie schneidend. »Ich will mir nur mal kurz die Nase pudern.«

Ich bin sicher, sie geht raus, um ein Team von der Spurensicherung schleunigst zur Joy Street Nr. 1014 zu schicken.

Carlyles Anwalt nutzt die Zeit, indem er sich mit finsterer Miene Notizen macht. Carlyle starrt mich währenddessen eisig an und schweigt.

Kaum zwei Minuten später ist Robie zurück. Es kam mir viel länger vor.

Sobald sie wieder Platz nimmt, ändert sich Carlyles Verhalten. Er blickt Robie direkt in die Augen. »Ich habe die arme Frau am Mittwoch, dem 17. Oktober, das letzte Mal gesehen. Danach nicht mehr. Ich habe sie nicht getötet. Ich habe keine Ahnung, wer es getan hat. Mehr kann ich nicht sagen.«

Robie denkt kurz nach. »Das bezweifle ich, Mr Carlyle.«

Fred Sherman schiebt seinen Notizblock zurück in die Aktentasche. »Mein Mandant hat seine Aussage gemacht. Mehr bekommen Sie nicht zu hören, Captain Robie. Und falls Sie nicht vorhaben, den Deputy Commissioner vorläufig festzunehmen, werden wir jetzt –« Beim Sprechen greift er nach der Aktentasche und will sich zum Gehen wenden.

Robie unterbricht ihn, indem sie zu Carlyle sagt: »Wie viel?«

Carlyle starrt sie aus zusammengekniffenen Augen an, reagiert aber nicht.

»Nun kommen Sie schon, Steve. Sie wollen mir doch wohl nicht weismachen, dass ihre Dienste gratis waren.«

Carlyle starrt weiter.

»Ich glaube nicht, dass Miss Ashers Familie Ihre unbegründeten und überaus geschmacklosen Anspielungen zu schätzen weiß, Captain«, wirft Sherman ein.

»Das ist keine Anspielung«, sagt Robie munter, den Blick noch immer auf Carlyle gerichtet, der trotz seines zornigen Gesichtsausdrucks krank aussieht.

»Hören Sie, Captain. Wir waren zwei Erwachsene, die in beiderseitigem Einvernehmen Sex miteinander hatten. Mein einziges Vergehen ist moralischer Natur – Ehebruch. Und ich bin –«

»Bestand denn auch Einvernehmen darüber, dass Sie fotografiert wurden, Steve?«

Carlyle presst sich eine Hand auf die Brust. Er sieht aus, als hätte er Schmerzen. Verständlich. »Ich . . .«

Sherman legt eine Hand auf Carlyles Arm. »Sie müssen nichts mehr sagen, Steve.«

Robie nimmt eines der Fotos in die Hand und betrachtet es nachdenklich. »War sie es wert?«

Unwillkürlich senken sich Carlyles Augen zu den übrigen abscheulichen Fotos. Ich kann förmlich spüren, dass er wegsehen will, aber er ist wie gebannt.

»Oh ja«, sagt Robie mit einem herausfordernden Lächeln. »Ich wette, das war sie.«

Carlyle bleibt stumm. Sherman dagegen will etwas sagen, aber Robie kommt ihm zuvor.

»Superintendent Price und ich haben heute Nachmittag Griffith Sumner besucht.«

Ich behalte Carlyle im Auge, warte auf ein Anzeichen von – was? Erschrecken? Angst? Misstrauen? Zorn?

Aber er sieht bloß völlig erschöpft aus.

»Wir haben darüber gesprochen, wie seine Chancen stehen, dass das Berufungsgericht sich zu seinen Gunsten entscheidet und sein Urteil auf Totschlag abmildert. Was glauben Sie, Deputy, wie stehen seine Chancen?« Robies Stimme klingt trügerisch harmlos.

Carlyle kann seine Emotionen nicht mehr ganz beherrschen. Ich sehe, dass ein Muskel an seinem Unterkiefer anfängt zu zittern, und ich bin sicher, er hat die Zähne fest zusammengebissen, wie Schraubzwingen. Erneut flüstert sein Anwalt ihm rasch etwas zu, rät ihm vermutlich, kein Wort zu sagen. Ich glaube, er hatte ohnehin nicht vor, etwas zu antworten.

»Haben Sie sonst noch Fragen an meinen Mandanten?«

»Oh ja, reichlich. Aber ich will den armen Mann nicht überfordern«, sagt Robie kühl.

Sherman ist schon aufgestanden. »Dann gehen wir jetzt.« Als der Anwalt sieht, dass Carlyle sich nicht rührt, packt er erneut seinen Arm, diesmal, um ihn vom Stuhl hochzuziehen. Carlyle fixiert mich mit einem hasserfüllten Blick, bis Sherman ihn förmlich herumdreht und zur Tür schiebt.

Wieso habe ich auf einmal das Gefühl, dass ich diejenige bin, die ein Verbrechen begangen hat?

»Was denkst du?«

Leo sieht mich aus den Augenwinkeln an. »Ich denke, es sieht nicht gut aus für Steve.«

Wir fahren in meinem Subaru Outback, weil Leo seinen Wagen vor dem Restaurant stehen gelassen hat, um mit mir gemeinsam zum Revier zu fahren.

»Weiter geradeaus«, sagt Leo.

»Aber dein Auto –«

»Das können wir morgen früh abholen. Fahr weiter.«

Übersetzung? Leo will die Nacht bei mir verbringen. Ein Gedanke, bei dem sämtliche Nervenzellen meines Körpers anfangen zu prickeln. Und zwar sowohl auf positive wie auch auf negative Weise.

»Was ist denn mit Jakey? Ist er nicht enttäuscht, wenn du morgen früh nicht da bist?«

Leo durchschaut mich. »Möchtest du nicht, dass ich bleibe, Natalie?«

»Doch, natürlich möchte ich das. Aber du hast vorhin gesagt, dass Jakey –«

»Jakey ist bestens versorgt. Meine Mom geht morgen mit ihm zum Frühstücken in ein Pfannkuchenhaus. Als er das gehört hat, hat er gestrahlt wie ein Honigkuchenpferd. Und außerdem hab ich versprochen, abends mit ihm Pizza essen zu gehen. Für den Jungen ist morgen ein Festtag.«

Bei dem Gedanken an Pfannkuchen und Pizza dreht sich mir der Magen um, obwohl ich beides normalerweise mag.

»Also, was ist los, Natalie?«, sagt er, nachdem ich einige Minuten lang wortlos weitergefahren bin und wir uns langsam meiner Wohnung in Brookline nähern.

»Was? Ach, die Sache mit Carlyle geht mir nicht aus dem Kopf«, sage ich halb wahrheitsgemäß. »Völlig ausgeschlossen, dass das alles jetzt noch geheim bleiben kann. Ich wette, spätestens morgen früh ruft ein Mitarbeiter des Bürgermeisters sowohl bei Robie als auch beim Commissioner an. Vielleicht sogar der Bürgermeister höchstpersönlich.«

Daniel Milburne, der erst kürzlich sein Amt als Bürgermeister angetreten hat, ist ein Politiker, mit dem ich letztes

Jahr aneinander geraten bin, als ich herausfinden wollte, wer eine meiner Insassinnen brutal niedergestochen und entstellt hatte. Milburne stand eine Weile ganz oben auf meiner Verdächtigenliste. Was mir nicht gerade seine Sympathien eintrug. Aber mir soll's recht sein. Der Mann mag ja kein Mörder sein, aber er ist ganz sicher skrupellos und korrupt. Und er hat einen der schmutzigsten Wahlkämpfe in der politischen Geschichte dieser Stadt geführt, die wahrlich schon einiges erlebt hat. Es versteht sich von selbst, dass ich ihn nicht gewählt habe.

»Wo bist du?«, fragt Leo.

Ich seufze müde. »Die Boulevardpresse wird jetzt Carlyle und unsere ganze Behörde aufs Korn nehmen. Und Carlyles Familie ...« Ich bin mir völlig darüber im Klaren, dass der Skandal viele unschuldige Menschen in Mitleidenschaft ziehen wird, praktisch jeden, der dem Deputy Commissioner oder Jessica Asher nahe stand. Es ist nicht fair, aber so ist es nun mal. »Gott, wie wird sich wohl Carlyles Frau fühlen, wenn sie erfährt, dass ihr Mann fremdgegangen ist –?«

»Vielleicht weiß sie es ja schon«, meint Leo.

»Denkst du, er hat es ihr gesagt?«

»Es gibt noch andere Möglichkeiten, wie jemand herausfinden kann, dass der Partner ihn betrogen hat.«

Irgendetwas in seinem Tonfall löst ein nervöses Prickeln in meinem Nacken aus. Spricht Leo von Carlyle? Oder von mir? Weiß er von meinem Techtelmechtel mit Jack?

Jetzt wird mir richtig mulmig im Magen. Und mir ist der Schweiß ausgebrochen. Ich schaffe es aber trotzdem, den Wagen in die Tiefgarage und auf meinen Stellplatz zu manövrieren. Sobald wir stehen, geht es mir wieder etwas besser. Aber die Erholung von meiner Übelkeit ist nur von kurzer Dauer.

Denn direkt vor dem Fahrstuhl der Tiefgarage steht nun wirklich der Letzte, den ich im Augenblick sehen möchte. Steven R. Carlyle.

»Ich muss Sie sprechen, Superintendent. Allein.« In Carlyles Stimme liegt die gleiche vertraute Schärfe, die ich schon so oft bei ihm gehört habe.

Ich drehe mich zu Leo um und reiche ihm den Autoschlüssel. »Bring ihn mir morgen früh vorbei.«

Er übersieht den Schlüssel in meiner ausgestreckten Hand. »Ich lasse dich hier nicht allein mit –« Seine misstrauischen Augen fixieren Carlyle.

»Das geht schon in Ordnung«, unterbreche ich ihn mit Nachdruck.

Leo weiß, wann es keinen Sinn hat, mir zu widersprechen. Er sieht nicht sonderlich glücklich aus, aber er nimmt den Schlüssel.

Ich selbst mache auch nicht gerade Freudensprünge.

9

Hannah, meine Golden-Retriever-Hündin, normalerweise eine gute Menschenkennerin, hat sich zu Carlyles Füßen niedergelassen und den Kopf zutraulich auf seine glänzenden Lederschuhe gebettet. Was für positive Schwingungen empfängt mein Hund von diesem Mann, die ich nicht spüre?

»Möchten Sie was trinken?«, frage ich, weil ich nicht weiß, was ich sonst sagen soll und weil Carlyle bislang noch gar nichts gesagt hat.

»Scotch. Pur.« Sein Tonfall ist schroff, seine Miene nach wie vor grimmig.

Ich hole ihm seinen Drink und gieße mir selbst eine Cola ein, die hoffentlich meinen Magen beruhigen wird.

Carlyle nimmt mir den Scotch wortlos aus der Hand und leert das Glas in einem Zug. Ich biete ihm kein zweites an. Ein wütender Steven Carlyle ist schon schlimm genug. Ich will ihn ganz sicher nicht auch noch betrunken erleben.

Er sieht zu Hannah hinunter. »Ich finde es nicht richtig, dass Berufstätige, die kaum zu Hause sind, sich einen Hund zulegen. Ein Tier braucht Liebe und Zuwendung. Der Hund macht doch bestimmt oft in die Wohnung.«

Vielleicht reagiere ich auf die ungerechtfertigte Kritik an meiner Fürsorgefähigkeit besonders empfindlich, weil es immer wahrscheinlicher wird, dass ich schwanger bin. »Ich fahre oft mittags rasch nach Hause und geh mit Hannah raus. Außerdem sieht eine Nachbarin mehrmals am Tag nach ihr und –«

»Sie haben auch auf alles eine Antwort, was?«

»Im Gegensatz zu Ihnen, Deputy«, kontere ich. »Mir

scheint, Sie haben auf einige ziemlich wichtige Fragen gar keine Antwort.«

Ich wappne mich innerlich gegen einen neuen Angriff, aber er stellt bloß sein leeres Glas auf den Couchtisch, krault Hannah hinter den Ohren und sieht mich an. »Miller sagt, Sie wollen mir helfen.«

Interessante Auslegung seitens des Commissioner.

»Ich will Ihre Hilfe nicht, Superintendent. Ich will, dass Sie sich aus der Sache raushalten. Hab ich mich klar genug ausgedrückt?« Seltsamerweise klingt Carlyle nicht mehr so streitlustig wie vorher. Vielleicht hat der Alkohol seine Feindseligkeit ein wenig gemildert. Da ich selbst nichts getrunken habe, ist meine Feindseligkeit noch ungebrochen. Trotzdem, ich habe dem Commissioner eine Zusage gemacht.

Ich trinke einen Schluck Cola. »Was wollen Sie jetzt machen?«

Er lässt den Kopf kreisen, als hätte er einen verspannten Hals. »Nach Hause fahren. Es meiner Frau sagen.«

Dann weiß seine Frau also doch nichts von Jessica Asher. Oder Carlyle denkt zumindest, dass sie nichts weiß.

Aber dann kommt mir noch eine andere Möglichkeit in den Sinn. Meint Carlyle seine Seitensprünge oder den Mord? Will er seiner Frau beichten, dass er Jessica Asher getötet hat? Hat er das Bedürfnis, seinem Herzen Luft zu machen? Eine Ehefrau ist da eine gute Wahl. Weil Eheleute nicht gezwungen werden können, gegen ihre Partner auszusagen.

»Danach . . .« Carlyle zuckt die Achseln, als wäre alles andere egal. Aber gleichzeitig beäugt er sein leeres Glas, was mir zeigt, dass ihm die Konsequenzen doch nicht so gleichgültig sind, wie er tut. Vermutlich findet er es zu demütigend, jemandem, den er so wenig schätzt, seine Gefühle zu zeigen.

Ich betrachte ihn, während er weiter das Glas anstarrt.

Ach, was soll's. Ein weiterer Scotch wird ihn nicht umhauen. Und vielleicht wird er dann etwas lockerer, verliert sein Misstrauen und beschließt, mir reinen Wein einzuschenken. Ein Geständnis abzulegen. Vorausgesetzt, er hat etwas zu gestehen, wovon ich noch nichts weiß.

Ich nehme das leere Glas, gehe in die Küche, um nachzuschenken, und bringe es ihm zurück.

Falls Carlyle für meine Gastfreundschaft dankbar ist, so behält er das für sich. Er kippt den zweiten Scotch in einem Zug herunter. Als das Glas erneut leer ist, setzt er es nicht ab, sondern hält es mit beiden Händen fest.

»Miller hat heute Morgen gesagt, dass er darauf verzichten will, meinen Abschied zu verlangen. Aber da wusste er noch nicht . . .« Ein weiterer Satz, den Carlyle unvollendet lässt. Er reckt erneut den Hals. Sieht sich fast gelangweilt in meinem Wohnzimmer um.

»Wussten Sie von den Fotos?«, frage ich.

Ich sehe, wie sich seine Kiefermuskeln schlagartig anspannen. Er lächelt bitter und sieht mich bohrend an. »Das muss Sie doch richtig freuen, Price.«

»Was? Nein, natürlich nicht, ich –«

»Ach, ich kann's Ihnen nicht mal verdenken. Im umgekehrten Fall wäre ich der Erste, der sie fertig machen würde.«

Das bezweifle ich nicht. Und keine Frage, es juckt mich. Verlockend, ihn so zu behandeln, wie er mich behandelt hat. Aber wahr ist auch, dass mich das Unglück dieses Mannes nicht im Geringsten freut. »Ich habe nicht die Absicht, Sie fertig zu machen.«

»Ihre Herablassung können Sie sich sparen, Price«, sagt er bissig. »Sie denken, Sie haben jetzt was gegen mich in der Hand –«

Meine Gereiztheit schlägt in Wut um. »Sie sitzen tief in der Scheiße, Carlyle.«

»Das ist meine Sache, nicht Ihre. Ich kann Sie nicht leiden, Price.«

»Ich bin auch nicht gerade verrückt nach Ihnen«, erwidere ich spontan.

Ich sehe tatsächlich den Anflug eines Lächelns über seine Lippen huschen.

»Robie denkt, sie hat den Richtigen am Wickel. Hat sie?«, frage ich unverblümt.

Carlyle lässt den Blick sinken und starrt auf den Grund des

leeren Glases, das er umklammert hält. Er antwortet nicht. Aber er sagt mir auch nicht, ich soll mich um meinen eigenen Kram kümmern.

Wieder macht sich Schweigen breit.

Endlich blickt Carlyle auf und betrachtet mich skeptisch. »Wieso sollten Sie mir auch nur ein Wort glauben?«

»Lassen Sie's drauf ankommen«, fordere ich ihn heraus.

Er lächelt wieder dieses bittere Lächeln, stellt das Glas auf den Couchtisch, erhebt sich und geht Richtung Diele. Hannah, die durch seine Bewegung aufgeschreckt wurde, steht ebenfalls auf und blickt ihrem neuen Freund bekümmert hinterher.

Ich bleibe sitzen. »Hat Jessica Asher mal davon gesprochen, dass irgendwer sie bedroht? Gab es jemanden, der ihr Angst machte? Vielleicht einen Exfreund?«

Sein düsterer Blick wird zu einem unangenehmen Grinsen. »Wir haben nicht viel miteinander geredet, Superintendent.«

»Wie haben Sie sie kennen gelernt?«, frage ich.

Seine Miene verfinstert sich wieder. Ich rechne fest damit, dass er mir irgendeine Beleidigung an den Kopf schleudern und dann aus der Wohnung stürmen wird. Aber er tut keines von beidem. Obwohl ich ihm ansehe, dass er es am liebsten möchte, zumindest ein Teil von ihm. Der andere Teil? Ich schätze, der ist ganz schön verzweifelt. Und ziemlich verängstigt. So verzweifelt und verängstigt, dass er vielleicht nicht mehr ganz sicher ist, ob er nicht doch meine Hilfe in Anspruch nehmen soll. Oder aber wenigstens das Gefühl hat, sie zu brauchen.

Und noch während ich mich immer weiter in diese üble Geschichte hineindränge, denke ich zunehmend, dass Leo Recht hatte. Diesmal sollte ich mich wirklich raushalten.

Carlyle schaut zu Hannah hinunter, die mit der Schnauze an seinem Hosenbein reibt. Sein Gesichtsausdruck wird spürbar weicher. »Wie alt ist sie?«

»Achtzehn Monate.«

»Als meine Kinder klein waren, hatten wir einen Labrador.«

Seine Kinder. Stimmt. Zwei Söhne. Der eine querschnittsgelähmt, der andere, soweit ich gehört habe, ein Nichtsnutz.

Ganz egal, wie gut Carlyles Beziehung zu seinen Söhnen ist, sie wird jetzt auf eine harte Probe gestellt werden. Genau wie die zu seiner Frau.

Er bückt sich und streichelt Hannah über den Kopf. Mein Hund seufzt zufrieden.

»Ich glaube, Dana wird mir verzeihen«, sagt er, während er Hannah weiter tätschelt. »Für meinen Sohn Alan wird es am schwersten werden. In seinen Augen bin ich nun mal . . .« Carlyles Stimme versagt, als er über seinen querschnittsgelähmten Sohn sprechen will. Hannah stupst ihn an, damit er sie weiter streichelt.

Er gibt ihr einen letzten Klaps, dann richtet er sich auf. Hannah merkt, dass von ihrem neuen Freund vorläufig nichts mehr zu erwarten ist, kommt zu mir getrottet und legt den Kopf auf meinen Schoß.

Du Verräterin, denke ich und streichele ihre seidenweichen Ohren.

»Diesmal übernehmen Sie sich, Price«, sagt Carlyle nüchtern.

Ich bin sicher, dass er Recht hat. Aber es ist interessant, dass er davon ausgeht, dass ich mich trotzdem nicht aus dem Fall zurückziehen werde.

»Ich hab Ihnen das auch schon bei früheren Gelegenheiten gesagt«, ruft er mir in Erinnerug, obwohl das gar nicht nötig ist. »Und schon damals hatte ich Recht. Das gilt jetzt umso mehr.« Er richtet einen Finger auf mich wie den Lauf einer Pistole. »Lassen Sie die Finger davon, Price.«

Ich stehe auf, und Hannah bellt verärgert. Ich achte nicht auf sie. »Sagen Sie mir, warum.«

Carlyle schüttelt müde den Kopf. »Sie sind naiv. Oder aber Sie haben eine ernstliche Todessehnsucht.«

»Soll das heißen, Sie denken, jemand wünscht meinen Tod, wenn ich mich weiter in den Fall einmische?«

»Wünscht?« Er lacht rau auf. »Allerdings, genau wie jemand Jessica Ashers Tod gewünscht hat.«

10

Jeder weiß, wenn ein Telefon um drei Uhr nachts klingelt, bedeutet das nichts Gutes. Keiner weiß das besser als ich. Schon beim ersten Klingeln bin ich hellwach. Ich greife zum Hörer, ehe es ein zweites Mal klingeln kann.

»Tut mir Leid, dass ich dich wecken muss, Nat.«

Die Stimme erkenne ich sofort. Es ist mein leitender Vollzugsbeamter Gordon Hutchins. »Was ist passiert?«, frage ich ohne Umschweife.

»Es geht um Paul Lamotte. Er hatte einen Schlaganfall. Nat, er war schon tot, als die Rettungssanitäter hier ankamen.«

»Oh nein«, sage ich leise, mit zitternder Stimme. Seit meinem zweiten Monat im Horizon House war Paul Lamotte mein Sekretär. Er saß eine lebenslängliche Freiheitsstrafe ohne Aussicht auf Bewährung ab und wäre diesen Monat siebenundfünfzig geworden. Die letzten dreißig Jahre seines Lebens hatte er hinter Gittern verbracht, nachdem er wegen Brandstiftung und zweifachen Mordes verurteilt worden war. Die Opfer waren seine Frau und sein Sohn. Einen Tag nachdem sein Haus abgebrannt war, stellte Lamotte sich selbst der Polizei und gab zu, das Feuer gelegt zu haben. Aber er schwor Stein und Bein, dass seine Frau und sein Sohn in dieser Nacht eigentlich bei seiner Schwiegermutter schlafen wollten. Die Brandstiftung hatte er begangen, um die Versicherungssumme zu kassieren. Magere zehntausend Dollar. Geld, das er dringend brauchte, um die Rechnungen für die Herzoperation seines Sohnes zu bezahlen.

Ich bin immer skeptisch, wenn ein Häftling seine Unschuld beteuert, aber Paul Lamotte habe ich schließlich geglaubt.

Dabei hat er nie versucht, in Berufung zu gehen. Einmal hat er mir erzählt, er wolle den Rest seines Lebens im Gefängnis bleiben, weil er durch den Tod der einzigen beiden Menschen, die er je geliebt hat, im Grunde genommen auch gestorben sei. Die ersten zwei Jahre seiner Strafe hatte er im Hochsicherheitsgefängnis von Oakville verbracht, in Einzelhaft und unter strenger Bewachung, weil er selbstmordgefährdet war.

Paul Lamotte war ein stiller, zurückhaltender, würdevoller Mensch, der eines im Leben gelernt hatte: wie man Buße tut.

»Nat?«

Hutchs Stimme ruft mich in die Gegenwart zurück.

»Ich bin noch dran.«

»Alles in Ordnung?«

»Ja«, sage ich.

»Ich hab ihn auch gemocht, Nat. Und du weißt, von denen sind mir nicht gerade viele ans Herz gewachsen.«

Hutch und ich wissen beide, dass er mehr Häftlinge gut leiden kann, als er zugeben würde. Im Umgang mit ihnen gibt er sich gerne hart, aber fair. Er behandelt niemanden bevorzugt und nimmt kein Blatt vor den Mund.

»Er hat keine Angehörigen mehr«, sage ich leise. »Pauls Mutter ist letztes Jahr gestorben. Sie war die Letzte . . .« Ich habe plötzlich einen Kloß im Hals, und Tränen schießen mir in die Augen. »Wir werden eine kleine Trauerfeier im Horizon House abhalten. Ich rufe Reverend Peterson an und bespreche alles mit ihm.«

»Lass mich das machen.« Hutch zögert. »Und die Bestattung?«

Ich schlucke. Da er keine Angehörigen mehr hat, würden Lamottes sterbliche Überreste normalerweise auf Staatskosten in einem schlichten Kiefernsarg auf einem Gefängnisfriedhof beigesetzt.

»Ich möchte, dass er neben seiner Frau und seinem Sohn beerdigt wird –«

»Nat, du weißt, dass das nicht –«

»Ich regele das, Hutch«, sage ich mit Nachdruck und nehme

mir vor, Commissioner Miller in seinem Haus in Marblehead anzurufen. Er ist mir was schuldig.

»Da ist leider noch was«, sagt Hutch, als ich schon auflegen will.

Ich höre seiner Stimme an, wie schwer es ihm fällt, mir noch mehr Hiobsbotschaften zu überbringen.

»Na los. Raus damit«, sage ich matt. Warum kommen schlechte Nachrichten nicht schön hintereinander, mit ein paar Erholungspausen dazwischen?

»Es geht um Finn.«

»Was ist denn jetzt schon wieder mit ihm?« Ich weiß bereits, wie die Sitzung des Disziplinarausschusses ausgegangen ist, da ich am späten Nachmittag noch zwei Stunden im Horizon House war. Es wurde einstimmig beschlossen, Dennis Finn zurück nach Norton zu schicken. Ich habe das Sitzungsprotokoll gelesen und mich ebenfalls dafür ausgesprochen. Finn hatte offenbar damit gerechnet, denn im Bericht stand, dass er die Entscheidung mit grimmiger Resignation aufgenommen hatte.

»Ich denke, er hat es erst nach einer Weile richtig begriffen«, sagt Hutch. »Und vor ungefähr einer Stunde war es dann soweit. Er hat sich fürchterlich aufgeregt. Sein Zimmergenosse Leroy Gibbs wollte ihn beruhigen, und zum Dank dafür hat Finn ihm eine verpasst.«

»Ist Gibbs verletzt?«

»Er hätte wahrscheinlich ein paar Zähne verloren, aber zum Glück hat er keine mehr. Und sein Gebiss nimmt er raus, wenn er ins Bett geht. Aber er hat sich eine dicke Lippe eingehandelt.«

»Und Finn?«

»Den haben wir in die Sicherheitszelle gesteckt. Er hat noch ein Weilchen herumkrakeelt, aber jetzt ist er ruhig.«

»Hutch, er muss gleich morgen früh nach Norton gebracht werden.« Es gibt immer Spannungen im Haus, wenn ein Häftling in eine geschlossene Einrichtung zurückgeschickt wird. Der positive Effekt ist, dass unsere Insassen auf diese Weise mitbekommen, dass jeder Verstoß gegen die Hausordung drastisch geahndet wird. Negativ ist, dass häufig Unruhe und sogar

Unmut um sich greifen. Je länger der Häftling, der zurückgeschickt wird, im Haus bleibt, desto mehr Probleme können daraus erwachsen. Und ich habe schon genug Probleme, noch mehr kann ich wahrhaftig nicht gebrauchen.

»Keine Sorge, Nat. Leg dich wieder hin und schlaf.«

»Wenn das so einfach wäre«, sage ich gequält.

Es ist kurz nach acht. Ich habe kein Auge mehr zugetan. Jetzt bin ich geduscht, angezogen und habe schon mit Jack Dwyer und Sharon Johnson telefoniert. Wir haben über Paul Lamotte und Dennis Finn gesprochen. Und über die Schlagzeilen an diesem Morgen. Es hat eine undichte Stelle gegeben. Wen wundert's? Und es ist schlimmer, als ich befürchtet hatte. Die Zeitungen haben nicht nur spitzgekriegt, dass der Deputy Commissioner der Strafvollzugsbehörde im Zusammenhang mit dem Tod von Jessica Asher vernommen wurde, sondern auch ich bin ihrer Aufmerksamkeit nicht entgangen. Irgendein Reporter muss Carlyle gefolgt sein, als er das Revier verließ, und hat sich in meiner Tiefgarage auf die Lauer gelegt, um dann ein hübsches Foto davon zu machen, wie Carlyle und ich in den Aufzug gestiegen sind.

Andererseits hätte es noch schlimmer kommen können. Bis jetzt ist in den Zeitungen weder von den Fotos noch von der sexuellen Beziehung zwischen Jessica Asher und Carlyle die Rede. Aber ich weiß, es ist nur noch eine Frage der Zeit.

Ich wünschte, ich könnte Fran Robie dazu bringen, mir alles zu erzählen, was sie bislang herausgefunden hat. Ich denke, ein Teil von ihr würde das gerne tun – und wenn auch nur, um mir zu demonstrieren, wie viel sie weiß. Aber ich bin sicher, sie kriegt Druck von oben, bloß nichts über den Stand der Ermittlungen auszuplaudern. Schließlich könnte sogar jemand, der in Ashers Terminkalender steht – ein Kunde mit Macht und Einfluss – derjenige sein, der Robie Anweisungen erteilt. Die Ermittlungen überwacht. Robie als Aushängeshild benutzt.

Und wenn Leos Einschätzung von Fran Robie richtig ist, dann würde sie das Spielchen zweifellos mitmachen. Die Frage ist, wie weit sie gehen würde, um ihre Kooperationsbereitschaft zu zeigen? Würde sie jemanden schützen, auch wenn diese Person schuldig ist?

Ich versuche gerade, Ordnung in dieses Gedankenwirrwarr zu bringen, als mein Telefon klingelt. Es ist der Commissioner. Verständlicherweise ist er sehr aufgebracht, nicht bloß wegen des Artikels und des Fotos von Carlyle und mir in der Zeitung, sondern auch, weil schon jetzt eine Pressemeute vor seinem Haus lauert und darauf hofft, ihm einen Kommentar zu entlocken, sobald er sich blicken lässt.

»Ich werde nicht länger drum herumkommen«, sagt er grimmig, »das Büro des Bürgermeisters hat mich nämlich vor fünf Minuten angerufen. Milburne und der Oberstaatsanwalt erwarten mich um neun zu einer Besprechung.«

»Wissen Sie von den Fotos, die Fran Robie –«

»Ja, ich weiß Bescheid«, fällt Miller mir ins Wort. »Der Oberstaatsanwalt hat sie schon gesehen. Genau wie Bürgermeister Milburne.«

Milburne. Das wäre so ein Mann mit Macht und Einfluss. Das wäre so ein Mann, der eine ehrgeizige Polizistin unter Druck setzen könnte. Bei ihm könnte ich mir gut vorstellen, dass er Kontakte zu Callgirls hat. Was, wenn Milburnes Name in Jessica Ashers Kalender steht?

Ich reiß mich am Riemen: nur keine voreiligen Schlüsse. Aber dennoch – was gäbe ich dafür, einen Blick in Ashers Terminkalender werfen zu dürfen.

»Haben Sie mit Carlyle gesprochen?«, frage ich den Commissioner.

»Ich habe versucht, ihn zu Hause zu erreichen, gleich nach dem Anruf vom Büro des Bürgermeisters. Hat sich nur der Anrufbeantworter gemeldet. Wahrscheinlich steht bei ihm das Telefon nicht mehr still, und er geht nicht dran.«

Ich frage mich, ob Carlyle überhaupt noch zu Hause wohnt. Wenn ich seine Frau wäre, bestimmt nicht mehr. Ich hätte ihn vor die Tür gesetzt und ein neues Schloss einbauen lassen. Dieser Gedanke löst sofort traurige Erinnerungen an meine eigenen Ehedramen aus, nachdem ich erfahren hatte, dass mein Mann mich betrügt. Und ich hatte nicht mal die Genugtuung, ihn rausschmeißen zu können. Seine Koffer waren schon gepackt. Trotzdem war ich es dann wohl, die zuletzt gelacht hat. Nur dass ich gar nicht gelacht habe, als Ethan zu mir zurückwollte, nachdem seine schwangere Freundin ihm den Laufpass gegeben hatte. Nicht ohne ihn zuvor davon in Kenntnis zu setzen, dass das Baby vielleicht gar nicht von ihm war.

Mir zieht sich der Magen zusammen, als ich mir eingestehe, wie sehr meine missliche Lage der von Ethans Exfreundin ähnelt.

»Ich hab Carlyle eine Nachricht aufs Band gesprochen«, sagt Miller gerade, »und ihm nahe gelegt, sich vorläufig beurlauben zu lassen. Bis diese üble Geschichte geklärt ist. Sonst bricht bei uns noch das nackte Chaos aus.« Er atmet tief durch. »Allmählich rückt die schlimmste aller Möglichkeiten immer näher, Nat.« Er stockt kurz. »Sie haben doch gestern Abend mit Carlyle gesprochen. Hat er gesagt, dass er –?«

»Die Frau überfahren hat? Nein. Er hat kein Geständnis abgelegt.« Andererseits hat er es auch nicht abgestritten. »Er will, dass ich mich aus der Sache raushalte.«

»Tja, er ist aber nicht derjenige, der hier die Anweisungen erteilt«, sagt der Commissioner spitz. Und schiebt rasch hinterher: »Was nicht heißen soll, dass ich Sie verpflichten möchte, weiterzumachen. Das ist keine Anweisung. Eher eine Bitte. Sie müssen sich nicht verpflichtet fühlen . . . Es hätte keinerlei negative Konsequenzen für Sie, wenn –«

»Ich verstehe, was Sie sagen wollen, Commissioner. Ist schon gut.«

Ich beschließe, Carlyles ziemlich deutliche Warnung, es könnte gefährlich für mich werden, wenn ich Millers »Bitte« erfülle, unerwähnt zu lassen. Vielleicht, weil ich fürchte, Miller würde mich zurückpfeifen, vielleicht, weil ich fürchte, er würde es nicht tun. Wie auch immer, es geht schon längst nicht mehr darum, ob es dem Commissioner, Carlyle, Leo oder Robie recht ist, wenn ich in der Sache mitmische oder nicht.

Es hebt Millers Stimmung nicht gerade, als ich ihn bitte, meinen verstorbenen Bürogehilfen und Horizon-House-Häftling Paul Lamotte privat bestatten zu dürfen. Er gibt mir eigentlich keine richtige Antwort, also betrachte ich seine Nicht-Antwort als ein Ja.

11

Um kurz nach neun steht Leo vor meiner Tür. Ich will gerade gehen, um bei Finns Verlegung dabei zu sein. Aber vorher, so mein fester Entschluss, springe ich noch rasch in den nächsten Drugstore. Die Qual der Ungewissheit ist inzwischen schlimmer geworden als der Schrecken der Gewissheit. Wenn ich tatsächlich schwanger bin, muss ich mich dem stellen. Wie, ist eine andere Frage. Ich bin mir durchaus bewusst, dass ich eine Alternative habe. Ich kann die Schwangerschaft beenden. Bevor irgendwer davon erfährt. Mein Geheimnis. Mein Recht. Meine Verantwortung. Mein Verlust . . .

Aber ich habe schon so viele Verluste erlitten. Und trotz aller Widrigkeiten kann ich meinen Wunsch nach einem Kind nicht verleugnen.

Ich rufe mir rasch in Erinnerung, dass all diese widersprüchlichen Gedanken vielleicht völlig überflüssig sind, schiebe sie beiseite und beäuge die Zeitung unter Leos Arm.

»Schon gelesen?«, fragt er knapp, offenbar noch immer verärgert, weil ich ihn letzte Nacht weggeschickt habe. Aber doch nicht so verärgert, dass er mich nicht gleich bei seiner Ankunft zu Hause angerufen hätte, um sich zu vergewissern, dass alles in Ordnung ist.

Ich nicke. »Soll ich dich zum Restaurant fahren, damit du deinen Wagen abholen kannst?« Schön, dann verschiebe ich meinen Besuch im Drugstore eben noch ein wenig.

»Ist schon erledigt. Dein Auto parkt vor dem Haus. Meins auch.«

»Deine Mom?«

Er zögert. »Nicki.«

Sofort spüre ich leichte Verärgerung in mir aufsteigen. »Ich dachte, sie ist auf Rhode Island.« Mit ihrem neuen Freund!

»Sie ist heute früh zurückgekommen. Hat gesagt, sie brächte es doch nicht fertig, Jakey zu enttäuschen. Sie sitzen beide unten im Auto. Ich setze sie bei ihr zu Hause ab, und dann muss ich noch ein paar Kids vernehmen, die in der Pizzeria waren, als Manuel Rodriguez erschossen wurde.«

»Hast du noch immer die Theorie, dass eine Jugendgang den Schüler auf dem Gewissen hat?«

»Es sieht ganz danach aus, aber wir wissen ja beide, dass der Schein trügen kann«, erwidert er. »Apropos Aussehen, du scheinst heute Nacht nicht viel geschlafen zu haben.«

»Hab ich auch nicht. Paul Lamotte hatte einen Schlaganfall.« Ich merke, dass meine Augen feucht werden, und sehe weg. »Er ist kurz vor drei Uhr heute Morgen gestorben. Hutch hat mich angerufen ... Danach hab ich nicht mehr geschlafen.«

Leo schließt mich in seine Arme. »Das tut mir Leid, Natalie. Das tut mir ehrlich Leid.«

Ich löse mich von ihm. Ganz gleich, wie sehr ich mich danach sehne, getröstet zu werden – vor allem von Leo –, irgendwie fühle ich mich immer unwohl dabei. Ich kenne die Gründe dafür – vor allem Eltern, die nicht gerade fürsorglich waren –, aber um etwas daran zu ändern, wäre ein Sprung ins Unbekannte erforderlich, und dazu fehlt mir noch immer der Mut.

»Du musst jetzt gehen, Leo. Nicki und Jakey warten auf dich.«

Leo sieht mich von der Seite an. »Hier geht's doch nicht nur um Paul Lamotte. Oder Carlyle. Oder auch Nicki. Irgendwas ist los mit dir, Natalie, und ich wünschte, du würdest mir sagen, was.«

Vielleicht muss ich es ihm sagen, aber nicht jetzt. Noch nicht.

»Leo, ich muss mich beeilen. Der Häftling, der heute Morgen zurück nach Norton gebracht wird, ist ziemlich gereizt, und ich will sicher sein, dass der Transport ohne Zwischenfälle verläuft.«

Er erforscht mein Gesicht, als wollte er einen Code knacken. Aber vergeblich.

»Schön. Dann fahren wir zusammen im Fahrstuhl nach unten. Ich halte sie dir vom Leib.«

Ich brauche eine Sekunde, bis ich verstehe, was er meint. »Ach verdammt, die Reporter.«

»Komm schon. Du kennst deinen Text. Hast ihn ja in der Vergangenheit schon oft genug aufgesagt. *Kein Kommentar.*«

Ich zögere. Natürlich wäre es eine Hilfe, mich von einem Cop zum Wagen eskortieren zu lassen, aber mir ist nicht danach, Nicki zu begegnen. Außerdem soll Leo nicht merken, dass es mir was ausmacht.

Als wir aus dem Fahrstuhl in die Eingangshalle treten, fällt mir eine Ausweichtaktik ein. »Ich muss noch in meinen Briefkasten schauen. Gestern hab ich vergessen, die Post mit hochzunehmen. Mach dir keine Gedanken wegen der Geier. Wie du gesagt hast. *Kein Kommentar*. Grüß Nicki und Jakey von mir.«

Leo runzelt zwar die Stirn, aber er nickt und geht zum Ausgang.

Mein Briefkasten quillt über. Reklame, zwei Fachzeitschriften, einige Rechnungen, eine Postkarte von der Bibliothek, die mir mitteilt, dass das von mir vorgemerkte Buch zurückgegeben wurde, und ein Brief. Und dieser Brief fesselt meine ganze Aufmerksamkeit. Genauer gesagt, der Absender. Oben links in der Ecke ist der Stempel von CCI Grafton, dem Frauengefängnis.

Ich stopfe die übrige Post rasch in meine Umhängetasche und öffne den Umschlag. Ein weißes, dreifach gefaltetes Blatt Papier, darauf nur wenige Zeilen in einer recht eleganten Handschrift. Eine Anrede fehlt.

> Ich verfüge über Informationen, die helfen könnten, den Fahrer ausfindig zu machen, der Jessica Asher getötet hat. Bitte kommen Sie mich besuchen. Sie sind die Einzige, mit der ich reden werde.
> Elizabeth Temple

Ich betrachte erneut den Umschlag und bin einigermaßen irritiert. Wie hat diese Gefängnisinsassin meine Privatadresse herausbekommen? Ich stehe nicht im Telefonbuch, also muss ihr jemand gesagt haben, wo ich wohne. Wer kann das gewesen sein?

In meinem Kopf überschlagen sich die Fragen. Warum hat Elizabeth Temple ausgerechnet mir geschrieben? Über was für Informationen verfügt sie? Und was verlangt sie dafür?

Denn Informationen gibt es nur selten kostenlos.

Ich lese das Schreiben noch zweimal durch und konzentriere mich dann auf die Unterschrift. Elizabeth Temple.

Wo habe ich den Namen schon mal gehört?

Noch ehe ich die Frage ganz zu Ende gedacht habe, fällt es mir wieder ein.

Und auf einmal bekommt dieser Brief eine völlig neue Bedeutung.

Im Nun bin ich wieder oben in meiner Wohnung und studiere am Computer alles, was ich im Internet über diesen Namen finden kann.

Vor etwas über zwei Jahren wurde Elizabeth Temple, eine junge, reiche Frau aus besten Kreisen, zum Liebling der Klatschpresse. Sie machte Schlagzeilen vom Zeitpunkt ihrer Verhaftung bis zu ihrer Verurteilung wegen Kuppelei, Drogenhandels und illegalen Waffenbesitzes.

Man muss kein Genie oder Soziologe sein, um zu verstehen, warum der Temple-Skandal so viel Aufsehen erregt hatte. Er bot alles, was die Öffentlichkeit begehrt: Sex, Gewalt, Macht und das Potenzial, die Reichen und Berühmten in Verlegenheit zu bringen. Die Medien rissen sich um die rassige Debütantin und verglichen sie mit der berühmt-berüchtigten Heidi Fleiss, die seinerzeit ebenfalls ins Gefängnis wanderte, weil sie einen Nobelbegleitservice für Prominente leitete. Temple sah ihr sogar ähnlich. Dunkelhaarig, zierlich, attraktiv, lebhaft.

Angeblich waren Temples Mädchen nicht nur ausnehmend hübsch, sondern kamen noch dazu aus der Bostoner Oberschicht. Vor allem die junge Frau, die sie in den Knast gebracht hat, eine gewisse Alison Bryant.

Genau wie Jessica Asher, wie mir plötzlich klar wird.

Bislang war ich davon ausgegangen, dass Jessica Asher allein gearbeitet hat. Jetzt jedoch frage ich mich, ob Asher nicht vielleicht eine von Temples Angestellten war. Vielleicht hat sie sich nach Temples Festnahme selbständig gemacht. Oder sie ist zu einem anderen Begleitservice gewechselt. Vielleicht war sie nur ein kleines Rädchen in einem großen Getriebe.

Wenn dem so ist, wer hat jetzt das Sagen, nachdem Temple abserviert wurde?

Ich klicke mindestens ein Dutzend Websites an. Nirgendwo wird Jessica Asher auch nur erwähnt. Aber das muss nichts heißen, weil weder Alison Bryant, das Callgirl, das seine Chefin verpfiffen hat, noch Elizabeth Temple bereit gewesen waren, die Namen irgendwelcher Personen zu nennen, die mit diesem höchst profitablen und exklusiven Begleitservice zu tun hatten. Die Callgirls und ihre Freier blieben anonym.

Ich überfliege einige Artikel über den Prozess, und ein Name springt mir sofort ins Auge: Jerry Tepper. Derselbe Anwalt, der sich jetzt um Griffith Sumners Berufung kümmerte, war Elizabeth Temples Verteidiger gewesen. Aber bei Temple hatte er keinen Erfolg gehabt. Der Prozess hatte mehrere Wochen gedauert, aber die Geschworenen sprachen die Frau schon nach knapp zwei Stunden schuldig. Sie bekam zehn bis fünfzehn Jahre. Was bedeutet, dass sie mindestens sechs Jahre in CCI Grafton absitzen muss. Ihr drittes Jahr dort hat gerade erst angefangen.

In einem Leitartikel wurde spekuliert, dass das Strafmaß weniger hoch ausgefallen wäre, wenn Elizabeth Temple mit dem Oberstaatsanwalt kooperiert hätte, der wild entschlossen war, ihre Kunden zu entlarven. Temple, so die weitere Mutmaßung des Verfassers, lehnte einen Deal ab und hüllte sich lieber in Schweigen, weil sie mehr an ihr Leben nach dem Gefängnis dachte als an die Zeit hinter Gittern. Sie hatte wohl keine Lust, nach ihrer Entlassung in eine Stadt zurückzukehren, in der sie sich haufenweise mächtige Feinde gemacht hatte.

Der damalige Oberstaatsanwalt war Owen Barry. Ich gehe die Websites durch, um festzustellen, wen er für den Temple-Prozess als Anklagevertreter ausgewählt hatte.

Da schau an. Staatsanwalt Joseph D. Keenan. Sein Erfolg in dem Prozess verschaffte ihm großes Ansehen, und als Owen Barry einige Monate danach an einem Herzinfarkt starb, trat Keenan in dessen Fußstapfen. Und jetzt könnte erneut ein Prozess Schlagzeilen machen und den derzeitigen Oberstaatsanwalt in noch größere Höhen katapultieren. Ich bin sicher, Keenan kann es kaum erwarten. Und diesmal hat er die Namen der Freier.

Natürlich kochte während des Temple-Prozesses die Gerüchteküche über, und es wurde viel gemunkelt, wer alles zu den hochrangigen Kunden der Luxus-Callgirls gehört hatte. Auf zahlreichen Websites, die sich mit der bekannten Bostoner Callgirlring-Chefin befassten, werden etliche mutmaßliche Kandidaten aufgezählt. Männer, die im Vorstand großer Firmen sitzen, Stützen der Gesellschaft, TV-Prominente und sogar ein paar bekannte Politiker. Namen, die ich kenne. Namen, die die meisten Leser der Boulevardpresse kennen.

Ich weiß, dass derlei Gerüchten nicht zu trauen ist, aber mir fällt vor allem ein Name auf, der wiederholt auf den Websites auftaucht. Der Name des Mannes, der zu dem Zeitpunkt, als Elizabeth Temple verhaftet wurde, für das Amt des Gouverneurs von Massachusetts kandidierte.

Eric Landon.

Eric Landon, Jessica Ashers Schwager.

Eric Landon, der jetzt für den US-Senat kandidieren will.

12

Es ist zwar erst kurz nach neun Uhr morgens, aber ich komme mir vor wie eine Diebin in der Nacht, als ich im Drugstore durch die Gänge schleiche und mich ständig umschaue, ob mir auch niemand gefolgt ist, während ich auf das Regal mit den Schwangerschaftstests zusteuere.

Leo hatte Recht gehabt mit seiner Warnung: Kaum war ich aus dem Gebäude getreten, da umlagerte mich auch schon ein ganzer Schwarm von Reportern und Fotografen. Mein unablässiges *Kein Kommentar* ging in dem Lärm fast unter. Und ich konnte mich auch nicht durch den Pulk hindurchkämpfen. Zum Glück hielt kaum eine Minute später ein Streifenwagen der Polizei, und zwei uniformierte Beamte retteten mich, indem sie die Leute zurückhielten, sodass ich ungehindert zu meinem Wagen gelangen konnte. Aber vielleicht war es gar kein Glück. Wahrscheinlich ging das eher auf das Konto von Detective Leo Coscarelli.

Ich entdecke das Regal – genauer gesagt die Regale – mit den Schwangerschaftstests. Mist, wieso gibt es denn so viele? Sind manche genauer als andere? Ich studiere die Packungen. *Neu . . . Leicht . . . Schnell . . . Einfach . . .*

Scheiße, murmele ich und greife mir wahllos einen heraus. Dann haste ich den Gang hinunter und krame dabei schon in meiner Tasche nach dem Portemonnaie. Als ich es ertaste, schaue ich kurz nach unten und stoße prompt mit einem Mann zusammen, der aus dem Parallelgang um die Ecke gebogen ist.

Durch den Zusammenprall fällt mir der Schwangerschaftstest aus der Hand.

Der Mann bückt sich, um ihn aufzuheben, und reicht ihn mir

mit einem freundlichen Lächeln. »Gute Wahl. Den hat meine Frau auch genommen, als sie dachte, sie sei schwanger. Was sie zu unserer Riesenfreude auch war. Wollen Sie mal das Foto von unserem kleinen Kyle sehen, Superintendent?«

Mit einem hörbaren Aufstöhnen starre ich in das attraktive und vertraute Gesicht von Bill Walker, dem Mann, der beim Lokalsender WBBS in den Abendnachrichten über Straftaten aller Art berichtet.

»Sie sind gut«, sage ich mürrisch. »Ich hab Sie wirklich nicht gesehen.«

»Gucken Sie nicht so sauer, Nat. Wir haben uns doch schon mal geholfen. Warum sollten wir das jetzt nicht auch tun?«

Das stimmt. Letztes Jahr hat Walker mir geholfen, einen Mörder in die Falle zu locken. Dafür habe ich ihm dann die Exklusivstory auf einem Silbertablett serviert.

»Lust auf eine Tasse Kaffee?« Er beäugt die Testschachtel. »Oder wollen Sie sich erst um die wirklich *wichtigen* Fragen kümmern?«

Ich schaue ihn bekümmert an. »Könnten wir uns später treffen?«

»Klar. Wann und wo?«

Ich überlege krampfhaft, aber mein Verstand arbeitet im Moment nicht besonders gut.

»Wir sollten uns möglichst diskret treffen«, kommt er mir zu Hilfe. »Kennen Sie das McGinty's?«

»Ich weiß, wo das ist«, sage ich mit heiserer Stimme.

»Ich lad Sie zum Mittagessen ein. Sagen wir um eins. Dann ist es da ziemlich ruhig.« Wieder wandern seine Augen zu der Schachtel in meinen Händen. »Vielleicht gibt es was zu feiern.« So wie er das sagt, klingt es fast wie eine Frage.

»Das glaube ich kaum«, murmele ich. Ob positiv oder negativ, ich werde bei keiner der beiden Möglichkeiten besonders frohlocken. Ich werde so oder so verlieren.

Bevor ich zur Kasse gehe, lasse ich mir Walkers Handynummer geben. »Nur für den Fall, dass mir was dazwischen kommt und ich unser Treffen verschieben muss«, erkläre ich. »Damit Sie nicht denken, ich hätte Sie versetzt.«

Er lächelt vergnügt. »Das würde ich nie im Leben denken, Nat.« Er ist weder großspurig noch aggressiv. Für einen Reporter ist Bill Walker eine ziemlich ehrliche Haut. Und wir haben etwas gemeinsam. Wir lassen nicht eher locker, bis wir der Wahrheit auf die Spur gekommen sind.

»Du hast Finn knapp verpasst«, sagt Jack, als ich zwanzig Minuten später im Horizon House ankomme.

»Verdammt.«

Jack mustert mich prüfend. Dass ich die Verlegung verpasst habe, ist ein weiteres überdeutliches Zeichen dafür, dass ich nicht ganz ich selbst bin.

»Wie ist es gelaufen?«, frage ich.

»Ganz ruhig. Er hatte sich schon in der Einzelzelle ziemlich abreagiert.«

Ich atme erleichtet auf.

»Wie geht's dir?« Jack begutachtet mich, als sei ich irgendein rätselhaftes Exemplar unter seinem Mikroskop, das er nicht genau identifizieren kann.

Ich gehe sofort in die Gegenoffensive, habe das Gefühl, dass die Packung mit dem Schwangerschaftstest förmlich ein Loch in meine Tasche brennt. »Prima«, sage ich knapp.

»Menschenskind, Nat, reiß mir doch nicht gleich den Kopf ab. Wir wissen alle, dass du an Lamotte gehangen hast.«

Schlechtes Gewissen und Schamgefühl senken sich über mich wie ein Tuch. Durch die ungewollte Begegnung mit Bill Walker im Drugstore habe ich die Trauer um meinen langjährigen Mitarbeiter tatsächlich vergessen.

Jack legt einen Arm um mich. Ich mache rasch einen Schritt zurück, weil ich stets großen Wert darauf lege, im Umgang mit allen meinen Mitarbeitern professionelle Distanz zu wahren, vor allem in den allgemein zugänglichen Räumlichkeiten bei uns im Zentrum. Und da heute Samstag ist und nur wenige Insassen auch am Wochenende arbeiten müssen, ist das Haus voll. Da sind Gesten der Zuneigung – auch solche, die nur als Beileidsbekundungen gemeint sind – fehl am Platze, weil sie leicht falsch verstanden werden können.

Jack, der noch nie besonders pingelig war, wenn es um die Einhaltung von Regeln geht – und zwar sowohl berufliche als auch private –, verdreht die Augen.

Ich gehe um ihn herum, unterdrücke ein Gähnen der Übermüdung und will mich in mein Büro zurückziehen.

»He«, ruft er mir nach, »es ist Samstag. Finn ist unterwegs. Geh nach Hause, Nat. Schlaf dich mal aus. Du kannst es brauchen.«

»Ich hab nur noch ein paar Sachen zu erledigen«, rufe ich zurück.

Zu meinen wenigen Privilegien im Horizon House gehört eine eigene Toilette, die direkt von meinem Büro abgeht. Ich will gerade dorthin, als Sharon Johnson den Kopf zur Tür hereinsteckt. Erschrocken drehe ich mich zu ihr um.

»Du bist schreckhaft«, sagt sie und tritt ein.

»Zu wenig Schlaf«, murmele ich. »Was machst du denn am Wochenende hier?«

»Liegen gebliebenen Papierkram abarbeiten. Und du?«

»Finn.«

Sie nickt. »Ein Jammer. Auf seiner Arbeitsstelle hat er sich richtig gut gemacht.«

»Jack hat gesagt, die Verlegung ist glatt gelaufen.«

»Apropos Jack. Was ist eigentlich in der letzten Zeit mit ihm los?«, fragt sie.

»Wieso?«

Jetzt beäugt mich auch meine Berufsberaterin wie unter dem Mikroskop. »Ich fürchte, er trinkt wieder.«

Ich kann dem Blick ihrer dunklen Augen kaum standhalten. Sie weiß nichts von meiner Eskapade mit Jack. Jedenfalls nicht von mir. Hat Jack ihr was erzählt?

Und was ist mit Jacks Sprüchen, er wäre jetzt trocken. Dass er seine Eltern überleben wolle, die beide echte Alkoholprobleme hatten? Dass er mit mir seine dreiwöchige Nüchternheit feiern wollte? Bin ich denn dermaßen mit mir selbst beschäftigt, dass ich nicht gemerkt habe, dass er mir was vormacht?

»Bist du sicher?«, frage ich.

»Sicher? Nein. Vielleicht hat er ja bloß wieder Geschmack an Mundwasser mit Pfefferminzaroma gefunden.«

»Verdammt.«

»He, es ist nicht deine Schuld, Nat.«

Wirklich nicht?

Sharon kommt auf mich zu. »Jedem von uns wächst der Stress ab und an mal über den Kopf. Jack hat's schon mal geschafft, wieder auf die Beine zu kommen.« Sie versucht, möglichst zuversichtlich zu klingen, aber ich habe Jack schon ganz am Ende erlebt. Keine schöne Erinnerung. Wenn Sharon Recht hat und mein Stellvertreter wieder abrutscht . . .

»Ich werde mit ihm reden.«

»Vielleicht brauchst du selbst auch mal jemanden zum Reden«, sagt Sharon.

»Denkst du etwa, ich trinke?« Ich bin fassungslos.

Sie lächelt sanft. »Nein, ich denke, du stehst unter zu viel Stress. Aber das ist ja nichts Neues.«

Sharon weiß ja nicht, dass da durchaus noch etwas Neues ist.

13

Ich sitze auf dem heruntergeklappten Toilettendeckel und studiere die Gebrauchsanleitung. Vor lauter Nervosität kann ich den klein gedruckten Text kaum lesen.

Schließlich reiße ich mich zusammen und schreite zur Tat.

Der Test ist leicht und im Handumdrehen gemacht, wie auf der Packung versprochen.

Doch dann kommt die quälende Wartezeit.

Erstaunlich, wie das Verstreichen von zwei kurzen Minuten einen Menschen in ein neues Universum torpedieren kann. Ich starre diesen blauen Streifen an, der mir sagt, dass der Test positiv ist, und fühle mich wie eine Fremde in einem Land, dessen Sprache ich weder spreche noch verstehe.

Als jemand an die abgeschlossene Tür klopft, bekomme ich fast einen Herzinfarkt. »Nat? Alles in Ordnung mit Ihnen?«

Wenn mich das noch einmal jemand fragt, platze ich.

Na ja, aufgehen wie ein Ballon werde ich auf jeden Fall.

Die Stimme auf der anderen Seite der Tür war gedämpft, aber meine Vermutung, dass Sharon Johnson die Fragerin war, ist falsch.

Als ich nämlich aufschließe und hinaustrete, wartet nicht meine Berufsberaterin auf mich, sondern Fran Robie. Und sie blickt sehr grimmig drein.

»Sumner ist tot«, sagt sie ohne jede Einleitung.

»Griffith Sumner? Tot?« Ich fühle mich wie in einem Alptraum. »Wie das?«

»Er wurde mit einer selbst gebastelten Klinge erstochen.«

»Wer war es?«

Robie zuckte die Achseln. »Keine Ahnung. Wahrscheinlich

kriegen wir den Kerl nie. Im Speisesaal hat es eine Auseinandersetzung zwischen zwei rivalisierenden Gangs gegeben –«

»Sumner war Mitglied einer Gang?«

»Ich weiß es nicht, aber möglich wär's. Oder vielleicht ist er nur irgendwie zwischen die Fronten geraten«, sagt Robie, aber sie klingt, als fände sie beide Möglichkeiten wenig überzeugend.

Genau wie ich. Es mag ja Zufälle geben, aber meiner Erfahrung nach steckt hinter den meisten Dingen, die passieren, eine gezielte Absicht, vor allem, wenn es um Mord geht.

Während Robie und ich zum zweiten Mal zum CCI Norton fahren, gehe ich im Geist noch einmal das Gespräch durch, das wir am Vortag mit Griffith Sumner geführt haben. Hatte er irgendwas erwähnt, das einen Hinweis darauf liefern könnte, warum jemand plötzlich glaubte, er müsse Sumner töten – oder ihn töten lassen? Wusste oder ahnte der Häftling, wer Jessica Asher angefahren hatte? Der erste Name, der mir einfällt, ist natürlich der von Deputy Commissioner Steven R. Carlyle. Er hätte ein Motiv und die entsprechenden Möglichkeiten gehabt. Es gibt viele Insassen, die von jemandem mit Carlyles Einfluss dazu überredet werden könnten, ihm einen »Gefallen« zu tun.

Aber Griffith Sumner hatte einen anderen Mann erwähnt, der engen Kontakt zu Jessica Asher hatte. Ihr geheimnisvoller Freund. Hatte Sumner wirklich nicht gewusst, wer der Mann war? Falls doch, so hat er sein Geheimnis mit ins Grab genommen.

Wie dem auch sei, ich muss herausfinden, wer dieser Freund war und ob dieser Jemand vom Nebenerwerb seiner Freundin wusste. Gut möglich, dass er sie dadurch überhaupt erst kennen gelernt hatte. Dass er zu Anfang einer ihrer Kunden war. Was wiederum bedeuten würde, dass er höchstwahrscheinlich jemand Wichtiges ist. Ein Mann, der einen Ruf zu verlieren hat und mit allen Mitteln versuchen würde, einen Skandal zu vermeiden.

Denkbar wäre aber auch, dass dieser Freund Jessica außerhalb ihrer »Arbeit« kennen gelernt hat. Ein Mann, der keine

Ahnung hatte, dass sie tagsüber eine Dame der Gesellschaft und nachts eine Hure war. Und der dann, als er die Wahrheit herausfand, vor Eifersucht durchdrehte und sie über den Haufen fuhr ...

Oder er kam hinter ihr Geheimnis und fürchtete, dass ihm der Nebenjob seiner Freundin, sollte er je publik werden, privat oder beruflich schaden könnte.

So oder so, wahrscheinlich wusste dieser Mann, dass seine Freundin ihren alten Freund Griffith Sumner besuchte. Und er wird gewusst oder vermutet haben, dass Jessica ihrem Jugendfreund alles anvertraute.

Vincent Morgan ist der Superintendent von CCI Norton. Er ist ein dicklicher, schwerfälliger Mann Ende fünfzig mit rötlichem Gesicht und schütterem grauen Haar, der schon seit vielen Jahren im Strafvollzug arbeitet. Wie Deputy Commissioner Carlyle schätzt Morgan es nicht, wenn Frauen in Gefängnissen Führungspositionen einnehmen. Es ging ihm sogar gehörig gegen den Strich, dass er wegen der Gleichstellungsgesetze vor einigen Jahren weibliche Vollzugsbeamte einstellen musste. Das erklärt, dass Morgan Captain Robie und mich nicht gerade mit offenen Armen empfängt, als wir sein klinisch sauberes Büro betreten, in dem ein Häftling gerade den Linoleumboden mit Desinfektionsmittel gewischt hat.

»Wie ich Ihnen schon am Telefon sagte, Captain Robie, es gab eine kurze Schlägerei zwischen einigen Jungs, von denen wir jetzt wissen, dass sie zu den verfeindeten Gangs der ›Latin Kings‹ und der ›20 Loves‹ gehören«, sagt Morgan barsch, als wir vor seinem dunklen Holzschreibtisch Platz nehmen.

»Ich dachte, ihr würdet dafür sorgen, dass rivalisierende Gangs hier nicht aufeinander treffen«, sagt Robie.

Morgans rötliches Gesicht läuft dunkel an, und er kneift die Augen zusammen. »Wir tun, was wir können, um zu verhindern, dass Gangs hier aktiv werden. Beim geringsten Verdacht, ein Häftling könnte einer Gang angehören, stecken wir ihn in eine höhere Sicherheitsstufe. Aber natürlich rutscht uns immer mal wieder einer durch die Maschen. Manchen gelingt es, ihre

Gangzugehörigkeit geheim zu halten – keine Tattoos oder sonstige Erkennungszeichen. Und so war das heute Morgen im Speisesaal. Erst nachdem meine Männer die Streithähne voneinander getrennt hatten, wurde klar, wer zu welcher Gang gehörte. Es wird Sie freuen, dass sich alle, die an dem Vorfall beteiligt waren, in Sicherheitsverwahrung befinden und als SGG eingestuft wurden.«

»SGG?»

»Sicherheitsgefährdende Gruppierung«, erkläre ich Robie, ehe Morgan dazu kommt. Ich hab das Gefühl, dass ich meine Anwesenheit in Erinnerung rufen muss.

Morgan wirft mir einen vernichtenden Blick zu. Wir sind schon bei etlichen Konferenzen aneinander geraten, auf denen die Frage der SGG-Einstufung hitzig debattiert wurde. Ich vertrete die Ansicht, dass es den Zusammenhalt einer Gang sogar verstärken kann, wenn Häftlinge als Gangmitglieder etikettiert und daraufhin mit harten Restriktionen belegt werden – zum Beispiel dreiundzwanzig Stunden täglich in Einzelhaft. Faire Disziplinarmaßnahmen bei Regelverstößen eines Häftlings, eine gute Mitarbeiterschulung und konstruktive Ausbildungsmöglichkeiten halte ich für die bessere Alternative. Morgan sieht das anders. Und er steht mit seiner Meinung keineswegs allein.

»Und wo war Griffith Sumner, als der Tumult losbrach?«, fragt Robie den Superintendent.

Morgan zögert. »Das weiß ich nicht genau. Einer von unseren Beamten hat ihn ganz hinten im Saal unter einem Tisch gefunden, nachdem die Ordnung wieder hergestellt war. Er war bereits . . . tot. Er wird obduziert werden, aber unser Gefängnisarzt meint, Sumner hat einen Stich ins Herz bekommen und war praktisch auf der Stelle tot.«

»Ist Griffith unter dem Tisch gefunden worden, an dem die Männer gesessen haben, die in die Schlägerei verwickelt waren?«, frage ich.

»In dem Bereich, ja«, antwortet Morgan knapp.

»Wir würden uns gern mit sämtlichen Mitarbeitern unterhalten, die heute Morgen im Speisesaal Dienst hatten, also mit dem Wachpersonal, dem Küchenpersonal und so weiter«, sagt Robie. »Und mit den Männern, die Sie in Sicherheitsverwahrung haben.«

Morgan erstarrt. »Captain, das sind über ein Dutzend Mitarbeiter und fünfzehn Häftlinge.«

»Macht siebenundzwanzig. Kein Problem«, entgegnet Robie munter.

»Für Sie vielleicht nicht«, kontert Morgan. »Aber ich kann nicht –«

»Am besten fangen wir mit den Mitarbeitern an, deren Schicht bald zu Ende ist«, fällt Robie dem Superintendent ins Wort. »Wir werden zwei Räume brauchen. Nat und ich teilen die Leute unter uns auf.«

Morgans Gesichtsfarbe wird von Sekunde zu Sekunde röter. »Ich glaube nicht, dass Superintendent Price hier irgendwelche Befugnis hat –«

»Ich erteile ihr jede Befugnis, die sie braucht«, sagt Robie, und ihre sonst so sinnliche Stimme klingt plötzlich stahlhart. »Ein Mann ist unter Ihrer Aufsicht ermordet worden, Superintendent. Da gehe ich davon aus, dass Sie die Ermittlungen in jeder erdenklichen Weise unterstützen werden.«

Morgans Mund zuckt, aber er nickt bloß, ohne Robie und mich noch eines weiteren Blickes zu würdigen.

Zwei ergebnislose Stunden später kommt Robie in das Kabuff, in dem ich endlich meine letzte Befragung abgeschlossen habe – ein junger Latino, der beteuerte, dass er niemals Mitglied der Latin Kings oder irgendeiner anderen Gang war. Er sagte, er werde nur deshalb verdächtigt, weil er eben Latino sei, und er drohte, »die verdammten Scheißkerle« anzuzeigen, »darauf könnten sie Gift nehmen«. Er hatte übrigens keine Ahnung, wer Griffith Sumner war, geschweige denn, wer diesen Sumner umgebracht haben könnte.

Robie hat auch nichts herausgefunden.

»Die sind wie die drei Affen, alle, wie sie da sind«, schimpft sie. »Nichts sehen, nichts hören, nichts sagen.«

»Die reinsten Unschuldslämmer«, murmele ich und fühle

mich müde und erschöpft. Das einzig Gute an diesem ergebnislosen Vormittag ist, dass ich keine Zeit hatte, mir quälende Gedanken wegen des positiven Schwangerschaftstests zu machen.

Aber jetzt fällt es mir wieder ein. Und gleichzeitig fällt mir die Verabredung mit Bill Walker wieder ein, zu der ich es unmöglich schaffen kann. Ich krame seine Handynummer heraus. Als er sich nicht meldet, spreche ich auf seine Mailbox, entschuldige mich wortreich und schlage ein Treffen am späten Nachmittag vor.

14

Fran Robie und ich fahren zurück nach Boston, und sie setzt mich am Horizon House ab. Ich schaue ihr nach, bis sie um die Ecke gebogen ist, dann gehe ich schnurstracks zu meinem Auto und fahre los. Mein Ziel ist das Frauengefängnis Grafton. Zugegeben, ich habe ein leicht schlechtes Gewissen, weil ich Robie den Brief von Elizabeth Temple verschwiegen habe, aber Robie ist mir gegenüber ja auch nicht besonders mitteilsam. Und wenn ich ihr den Brief vor meinem Treffen mit Temple gezeigt hätte, dann hätte sie mir ganz sicher sofort das Heft aus der Hand genommen.

Und diesmal will ich das Heft in der Hand behalten.

Ich bin geschockt von Elizabeth Temples Aussehen. Anders als bei Griffith Sumner hat das Gefängnis bei ihr deutliche Spuren hinterlassen. Zugegeben, die abgetragene, stumpfgraue Strickjacke und die ausgebeulte schwarze Hose schmeicheln nicht gerade ihrer zierlichen Figur. Die Sachen sind weiß Gott ein krasser Gegensatz zu den Designerklamotten, die sie früher trug, aber das ist nicht das Entscheidende. Ihr Teint ist fleckig, das dunkle Haar, früher stets perfekt geschnitten und gestylt, ist lang und strähnig, die Lippen sind rissig.

»Nehmen Sie Platz«, sage ich freundlich.

Sie scheint ein bisschen unsicher auf den Beinen zu sein, als sie zu dem Stuhl am Tisch geht. Kaum hat sie sich hingesetzt, blickt sie mich offen an. »Haben Sie eine Zigarette?«

»Nein, tut mir Leid.«

Sie mustert mich. Und ich mustere sie ebenfalls. Alles an Temples Erscheinung deutet darauf hin, dass sie anders als

Griffith Sumner nicht viel »Präsente« von Verwandten und Freunden draußen erhält – Sachen wie teure Haarpflegemittel, hochwertige Hautcremes, Delikatessen aus dem Feinkostladen. Haben sich alle von ihr abgewandt? Oder hat sie sich von ihnen losgesagt?

»Sie haben also meine Nachricht bekommen«, stellt Elizabeth Temple fest.

»Heute Morgen.« Ich würde sie am liebsten mit Fragen überschütten, aber ich denke mir, dass ich mehr erfahren werde, wenn ich sie das Tempo bestimmen lasse. Also warte ich ab.

Sie lässt den Blick durch den Raum schweifen und konzentriert sich dann wieder auf mich. Auf diese kurze Distanz sehe ich, dass das Weiße in ihren Augen leicht gelblich verfärbt ist. Die Frau ist nicht einfach bloß ungepflegt, wird mir klar. Sie ist krank. Hepatitis? Oder Schlimmeres?

»Wie geht es Ihnen hier?«, erkundige ich mich.

»Eigentlich nicht so schlecht, wie ich gedacht hatte.«

»Nein?« Auf mich macht sie einen ganz anderen Eindruck.

»Ich hab nicht so viel auszuhalten wie manche andere«, sagt sie vage. »Ich dachte, ich würde gleich in der ersten Woche vergewaltigt. So was passiert hier nämlich, wissen Sie das?« Sie blickt mich forschend an. »Ja, Sie wissen es.«

Ich zwinge mich, ihrem Blick standzuhalten. Oh ja, und ob ich das weiß.

»Sie wissen wahrscheinlich auch, warum es mir nicht passiert ist.«

»Verraten Sie's mir«, sage ich.

Sie sieht mich ruhig an. »Ich habe noch immer ein paar einflussreiche Freunde.«

Freunde wie Steven Carlyle?

Sie lächelt schwach, als hätte sie meine Gedanken erraten. »Ich habe das Foto von Ihnen und dem Deputy Commissioner in der Zeitung gesehen«, sagt sie.

»Kennen Sie Steven Carlyle?«

»Sie meinen, ob er mal Kunde von meinem Begleitservice war?«

»Wenn Sie mir das beantworten, wäre das ein guter Anfang«, sage ich knapp.

»Nein«, sagt sie rasch. »Er war kein Kunde. Und ich kenne ihn nicht.«

»Warum gerade ich?«, frage ich ohne Umschweife. »Sie hätten die Nachricht auch jemandem mit sehr viel mehr Einfluss schicken können.«

»Jemand hat mir von Ihnen erzählt.«

»Wer?«

Ihre haselnussbraunen Augen fixieren mich weiter, doch sie antwortet nicht.

»Ein früherer Kunde?«

»Das spielt keine Rolle.« Sie will es mir also nicht verraten.

»Also, was wollen Sie, Miss Temple?« Meine Geduld ist allmählich erschöpft. Außerdem habe ich so ein ungutes Gefühl in der Magengegend. Hoffentlich wird mir nicht schon wieder schlecht.

»Ich verrate Ihnen, was ich *nicht* will, Superintendent. Ich will nicht den Rest meiner Strafe in diesem Loch hier absitzen.«

»Ich dachte, es ginge Ihnen nicht so schlecht?«

»Sobald ich auspacke, wird mein Leben hier keinen Pfifferling mehr wert sein. Sie sehen ja, was mit Griff passiert ist.«

»Griffith Sumner? Kannten Sie ihn?«

»Er war auf meinem Coming-out-Fest.« Sie lächelt verschmitzt, und ich kann die kecke Frau erahnen, die sie mal war. »Mein Debütantinnenball. Lang, lang ist's her.« Sie sagt das ohne eine Spur von Wehmut. »Aber wir hatten kein enges Verhältnis. Griff war einfach zu arrogant. Ich wusste damals schon, dass es ein böses Ende mit ihm nehmen würde.«

»Was wissen Sie über seine Ermordung?«, frage ich und beobachte sie dabei genau. Bis jetzt ist nur öffentlich gemacht worden, dass Sumner im Speisesaal des Gefängnisses bei einer Auseinandersetzung zwischen feindlichen Gangs erstochen wurde.

»Griff und Jessie Asher waren befreundet. Mit ihr befreundet gewesen zu sein ist für einige Leute ziemlich ungesund geworden.«

»Waren Sie mit Jessica Asher befreundet?«
»Kann man nicht so sagen.«
»Hat sie für Sie gearbeitet?«, hake ich nach.
»Ist das wichtig?«
Ich mache Anstalten aufzustehen. »Das hier führt doch zu nichts, Miss Temple. Wenn Sie wollen, dass –«
»Ja ja, sie hat für mich gearbeitet.«
»Warum?«
Meine Frage scheint Temple zu amüsieren. »Gutes Geld. Sehr gutes Geld. Die Arbeitszeiten waren ... na ja, ziemlich flexibel. Und manchen Frauen gefällt das Rebellische daran – sie setzen sich gegen das Brave-Mädchen-Image zur Wehr, das ihre Familien von ihnen erwarten.«
»Frauen wie Jessica Asher?«
»Ja, wie Jessie. Außerdem hatten ihre Eltern sie enterbt, deshalb brauchte sie die Knete. Und sie hat nur gearbeitet, wann sie wollte und mit wem sie wollte. Als ich verhaftet wurde, hat sie aufgehört. Zumindest eine Zeit lang. Dann kam mir zu Ohren, dass sie wieder angefangen hatte zu arbeiten.«
»Auf eigene Faust oder für einen anderen Begleitservice?«
»Ich möchte ins Horizon House verlegt werden, Superintendent.«
Endlich – der Deal. »Sie kommen noch nicht für die Entlassungsvorbereitung in Frage.«
»Das weiß ich. Aber ich könnte doch als Vertrauenshäftling verlegt werden.«
»Vertrauenshäftlinge sitzen normalerweise lebenslänglich«, sage ich und muss an Paul Lamotte denken. Und daran, dass sein Posten jetzt vakant ist.
»Aber das ist keine zwingende Voraussetzung«, hält sie mir entgegen.
»Nein«, pflichte ich ihr bei.
»Meine Führung hier ist beispielhaft, Superintendent. Sie können meine Unterlagen durchsehen, mit Superintendent Moore reden, alle Mitarbeiter befragen. Keine Streitereien, keine Drogen. Und außerdem ...« Sie stockt.
»Was außerdem, Miss Temple?«

Ihre Augen weichen aus, huschen durch den Raum.

»Nichts.«

»Sie sind krank«, sage ich leise.

Sie lächelt traurig, meidet noch immer Blickkontakt. »Krank und müde.«

»Was haben Sie?«

»Spielt das eine Rolle?«

»Werden Sie medizinisch versorgt?«

»Wenn man das so bezeichnen kann. Klar, ich werde bestens betreut, Superintendent. Für Gefängnisverhältnisse. Aber das spielt ohnehin keine Rolle.«

»Aids?«

Jetzt sieht sie mich an. »HIV-positiv, ja. Aber . . . okay, ich hatte ein paar Probleme. Nichts Schlimmes. Ich meine . . . ich weiß, dass ich im Augenblick nicht besonders toll aussehe, aber ich hab gerade mit einem neuen Cocktail angefangen. Ich müsste bald sehr viel besser aussehen – und mich auch so fühlen –, also wenn Sie deshalb Bedenken haben . . .«

»Es geht hier nicht um Ihren HIV-Status, Elizabeth. Es geht um Ihre körperliche Sicherheit. Falls Sie über Informationen verfügen, die Sie in Gefahr bringen, wieso glauben Sie dann, dass Sie im Horizon House sicher wären?«

Plötzlich ist die gespielte Härte der Frau wie weggeblasen. »Sie haben den Ruf, dass Sie sich um Ihre Leute kümmern, Superintendent. Ich kann mir keinen sichereren Ort vorstellen als unter Ihrer Aufsicht.«

Na toll. Das hat mir gerade noch gefehlt. Als hätte ich nicht schon genug Probleme.

»In Ihrer Nachricht stand, dass Sie Informationen –«

»Ich kann Ihnen den Namen einer Person nennen, die mit eigenen Augen gesehen hat, wie Jessie überfahren wurde. Und die weiß, wer am Steuer des Wagens saß.«

»Weiter.«

Sie starrt mich an, schweigt aber.

»Hat die betreffende Person Ihnen das erzählt? Ihnen gesagt, wer der Fahrer war?«

»Nein«, sagt Temple. »Die Zeugin hat einem Freund von

mir erzählt, dass sie dort war und den Fahrer gesehen hat, aber sie wollte nicht sagen, wer es war. Mein Freund hat es dann mir erzählt.«

»Zeugin? Eine Frau? Und dieser Freund von Ihnen – wer ist das?«

»Egal. Mein Freund hat nichts damit zu tun. Und will auch nichts damit zu tun haben.«

»Wie soll ich wissen, dass Sie das alles nicht erfunden haben? Wie soll ich wissen, dass es tatsächlich so einen Freund gibt? Und so eine Zeugin?«

»Gar nicht. Noch nicht.«

»Hat Ihr Freund Ihnen erzählt, warum die Zeugin nicht zur Polizei gegangen ist?«

Es entsteht eine lange Pause, bevor sie antwortet. »Möglicherweise aus Angst. Zwei Menschen sind schon tot.«

»Sie sagen *möglicherweise*. Könnte es auch andere Gründe geben?«

Temple lächelt zaghaft. »Ich hab schon gehört, dass Sie sehr aufmerksam sind.«

»Sie denken, sie erpresst den Mörder.«

»Möglicherweise«, wiederholt Temple.

»Ziemlich riskant. Wie Sie sagten, zwei Menschen sind schon tot.«

»Ich bin sicher, sie passt auf sich auf.«

»Wie heißt sie?«

»Was ist, sind wir im Geschäft?«

Ich stehe auf. »Ich mache keine Geschäfte, Miss Temple. Wenn Sie verhandeln wollen, tun Sie das über Ihre Anwälte. Schreiben Sie an die Staatsanwaltschaft. Sprechen Sie mit Ihrem Freund.« Ich greife nach meiner Aktentasche.

»Warten Sie. Bitte.«

»Worauf?«

»Was, wenn Steven Carlyle nicht der Fahrer war?«

»Soll das heißen, Sie wissen mit Sicherheit, dass er es nicht war?«

Sie zögert. »Nein. Aber es ist doch wichtig, die Wahrheit aufzudecken, oder?«

»Miss Temple, der Polizei bei der Aufklärung eines Verbrechens – noch dazu wenn es um Mord geht – Informationen vorzuenthalten, ist eine Straftat.«

Sie blickt mich flehend an. »Warten Sie. Ich werde Ihnen ihren Namen verraten. Ohne Wenn und Aber. Okay? Aber bitte ... denken Sie einfach drüber nach. Ob Sie meine Verlegung befürworten. Mehr verlange ich nicht.«

»Also schön. Ich werde es in Erwägung ziehen.«

Sie zögert noch immer. »Da wäre noch was.«

»Was denn?«

»Was ich Ihnen sage ... das können Sie den Cops nicht erzählen.«

»Warum nicht?«

»Weil ... weil man nie wissen kann.«

»Weil man was nie wissen kann?«

»Wem man trauen kann und wem nicht.« Ihr Gesichtsausdruck wird hart. »Diese Lektion hab ich auf die harte Tour lernen müssen.«

Ich vermute, sie spielt darauf an, dass sie immer behauptet hat, die Polizei hätte ihr die Drogen und Waffen untergeschoben, die bei ihrer Festnahme in ihrem Haus gefunden wurden. Aber ich frage mich, ob nicht noch mehr dahinter steckt. Temple hat jahrelang ohne jede Störung seitens der Polizei einen sehr lukrativen Callgirlring geleitet, bevor dieser hochgegangen ist. Dieselben Cops, die sie verhaftet haben, müssen eine ganze Weile beide Augen zugedrückt haben. Waren sie bestechlich? Oder waren einige Polizisten sogar Kunden bei ihr? Polizisten, die auch Kunden von Jessica Asher waren?

Dann würde Captain Francine Robie es mit einer ziemlich heiklen Situation zu tun kriegen.

»Hören Sie, ich sage das in Ihrem wie in meinem Interesse, Superintendent. Falls Sie in der Sache weiter ermitteln wollen, rate ich Ihnen dringend, das im Alleingang zu tun.«

15

Elizabeth Temple nannte zwar den Namen der angeblichen Freundin, aber den Namen des Freundes, der ihr diese Information weitergegeben hatte, gab sie nicht preis. Da ich aber nun mal möglichst viele Informationen sammeln will, lasse ich mir die Besucherliste für die Insassin zeigen, um nachzusehen, welche Freunde und Bekannte sie in letzter Zeit besucht haben. Außer dem Namen von Temples Anwalt – Jerry Tepper – sehe ich noch einige andere. Die meisten Häftlinge würden dem Anwalt, dem es nicht gelungen ist, sie freizubekommen, nicht unbedingt freundschaftliche Gefühle entgegenbringen. Andererseits stand Tepper bei dem Temple-Prozess wirklich fast auf verlorenem Posten, und es ist fraglich, ob ein anderer Anwalt erfolgreicher gewesen wäre. Vielleicht hat Temple das eingesehen und macht ihm deshalb keine Vorwürfe.

Ich überfliege die Daten hinter den Namen. Teppers Besuche sind zwar nicht häufig, aber regelmäßig. Noch vor wenigen Tagen war er das letzte Mal da.

Die Namen der Eltern stehen gleich unter dem des Anwalts – Dr. Henry und Miriam Temple. Der bekannte Psychiater und seine Frau haben ihre Tochter in den ersten Monaten ihrer Haft alle zwei bis drei Wochen besucht. Bei den ersten Besuchen nutzten sie die erlaubte Stunde voll aus. Danach wurden die Besuche allmählich kürzer und sporadischer, und der letzte dauerte gerade mal zwölf Minuten. Das war Dienstag vor vier Tagen. Dr. Henry Temple kam allein.

Wollte Elizabeth Temple mich mit ihrem Gerede von einem Freund, der ihr die Information gab, in die Irre führen? War es in Wirklichkeit ihr Vater? Vielleicht war die Zeugin eine seiner Patientinnen?

Ich sehe die Besucherliste weiter durch. Mir fällt nichts Besonderes auf, bis . . .

»Sieh mal einer an«, murmele ich vor mich hin, als zwei Namen meine ungeteilte Aufmerksamkeit auf sich ziehen. Der erste ist der von Debra Landon, Jessica Ashers Schwester. Und direkt unter ihrem Namen steht – Eric Landon.

Welche Verbindung besteht zwischen den Landons und Elizabeth Temple? Vermutlich sind die beiden Frauen miteinander bekannt, da beide aus dem Bostoner Geldadel stammen. Und ich weiß, dass Eric Landon in Dorchester aufgewachsen ist, eindeutig die falsche Gegend. Inzwischen hat er es in die richtige Gegend geschafft, aber musste er dafür vielleicht die Grenze zur Kriminalität überschreiten?

Der Liste ist zu entnehmen, dass Elizabeth Temple in den letzten zwei Jahren regelmäßig Besuch von Debra bekommen hat. Eric dagegen war im Oktober zweimal da. Einmal am 12. Oktober. Sein letzter Besuch war am 22. Oktober. Drei Tage nach Jessica Ashers Ermordung.

Es ist kurz nach fünf, als ich das McGinty's betrete. Bill Walker sitzt allein an einem Tisch ganz hinten und hält sich an einem Bier fest. Ich nehme ihm gegenüber Platz.

»Was möchten Sie trinken?«, fragt er.

»Mineralwasser.«

Er neigt den Kopf zur Seite. »Heißt das, man darf gratulieren?«

»Ja«, sage ich, weil jede andere Antwort zu kompliziert wäre. »Aber das bleibt unter uns, versprochen?«

»Versprochen.« Er ruft dem Barkeeper meine Bestellung zu.

Ich falte die Hände auf dem zerkratzten Holztisch. »Hören Sie, Bill, im Augenblick habe ich noch nichts, was Sie bringen können. Aber wenn es soweit ist –«

Er nickt. »Ja, ja. Dann bin ich der erste Journalist, der es erfährt. Aber kommen Sie, Superintendent, ein bisschen was haben Sie doch bestimmt für mich. Nur damit ich weiß, in welche Richtung es ungefähr geht.«

Ich zögere. Den meisten Reportern würde ich nicht über den Weg trauen. Aber Walker – vielleicht ein, zwei Meter. Trotzdem, ein Reporter ist und bleibt ein Reporter. Ich muss vorsichtig sein, was ich ihm sage.

»Vielleicht steckt mehr hinter Jessica Ashers Unfall, als es zuerst den Anschein hatte.«

»Es war Mord«, konkretisiert er.

»Das wäre möglich«, sage ich ausweichend.

»Und der Deputy Commissioner ist der Hauptverdächtige. Bis jetzt erzählen Sie mir nichts, was sich nicht schon jeder dahergelaufene Reportergrünschnabel gedacht hätte, Nat.«

Der Barkeeper ruft Walkers Vornamen und zeigt auf das Glas Mineralwasser auf der Theke. Walker geht hinüber und holt mir mein Getränk.

Ich warte, bis er wieder Platz genommen hat. »Die Polizei hat keine konkreten Beweise, die den Deputy mit dem Verbrechen in Verbindung bringen«, sage ich mit Nachdruck.

»Man munkelt, dass er sie kannte.«

Plötzlich sehe ich wieder die obszönen Fotos vor mir.

Ich blicke Walter eindringlich an. »Man munkelt auch, dass Elvis Presley noch lebt.«

Er zuckt die Achseln. »Man kann nie wissen. Aber lassen wir den King mal beiseite. Kannte Carlyle die Frau nun oder nicht?«

»Der Deputy Commissioner ist nicht die einzige Person, die von der Polizei vernommen wird.«

»Ach Nat, und ich habe gedacht, wir hätten eine Absprache.« Sein Tonfall ist leicht spöttisch, aber mit einem scharfen Unterton.

»Das wird nicht veröffentlicht?«

Er hebt die rechte Hand wie zum Schwur.

»Ja«, sage ich schließlich unter Walkers wachsamem Blick. »Die beiden kannten sich.«

Er lächelt. »Woher sie sich kannten, verraten Sie mir wohl nicht?«

»Jedenfalls noch nicht.«

Er trinkt einen Schluck Bier und wischt sich mit dem Handrücken den Schaum vom Mund. »Steht sonst noch wer unter Verdacht?«

»Das will ich hoffen.«

Sein Lächeln wird stärker. »Ja, würde keinen guten Eindruck machen, wenn einer der führenden Köpfe im Strafvollzug selbst ins Kittchen wandert.«

Ich erwidere sein Lächeln nicht. »Nein, allerdings nicht. Vor allem«, füge ich hinzu, »wenn er unschuldig ist.«

Walker zieht die Augenbrauen hoch. »Meinen Sie, irgendwer versucht, ihn reinzulegen?«

Der Gedanke ist mir jedenfalls schon durch den Kopf gegangen. Hoffentlich erfahre ich mehr, wenn ich Elizabeth Temples Hinweisen nachgehe.

»Welche Rolle spielt Griffith Sumner dabei? Besser gesagt, *spielte* er?«, fragt Walker und fährt dabei sachte mit einem Finger über den Glasrand.

»Wie kommen Sie darauf?«

»Erstens, weil er tot ist. Zweitens, weil ich über den Prozess gegen ihn berichtet habe. Asher saß fast jeden Tag auf der Galerie. Gleich neben seiner Freundin –«

»Welche Freundin?«

»Na, Jessicas Schwester.«

»Debra Landon?«

»Damals hieß sie noch nicht Landon«, sagt Walker.

Und als wäre das noch nicht sensationell genug, fügt er hinzu: »Ein bisschen inzestuös, wenn Sie mich fragen. Schließlich hatte Jessica ja auch noch eine Affäre mit Debras Ehemann.« Er lächelt, als er sieht, wie ich große Augen mache. »Der damals noch nicht Debras Ehemann war.«

»Wann war das?«

»Jetzt stellen Sie mir also die Fragen«, witzelt er.

»Nun sagen Sie schon, Bill.«

Er lächelt. »Das wird alles nur gemunkelt, Nat.«

»Tja, wer weiß? Vielleicht lebt Elvis ja wirklich noch.«

Als ich die Geheimnummer wähle, die Elizabeth Temple mir gegeben hat, erklärt mir eine Bandansage, dass es unter dieser Nummer keinen Anschluss mehr gibt. Als ich versuche, die neue Nummer in Erfahrung zu bringen, teilt man mir mit, dass es sich erneut um eine Geheimnummer handelt.

Ich kenne zwei Leute, über die ich die Geheimnummer herausfinden könnte. Francine Robie zum Beispiel. Und Leo Coscarelli.

Ich entscheide mich für Leo, weil ich weiß, dass ich ihm vertrauen kann. Obwohl ich auch weiß, dass ich ihm einiges werde erklären müssen.

Vorher jedoch versuche ich, noch zwei andere Leute telefonisch zu erreichen. Beide Male habe ich kein Glück. Unter Jerry Teppers Nummer erfahre ich per Bandansage, dass er erst Dienstag wieder zu erreichen ist. Und bei Dr. Henry Temple erklärt mir eine ziemlich hochnäsige Haushälterin, dass ihr Chef nicht zu sprechen ist. Wenn ich an seine Tochter denke, kommt mir der Verdacht, dass der prominente Psychiater häufig nicht zu sprechen war.

16

Der Sonntag, ein grauer, verregneter Tag, vergeht ruhig und traurig. Am späten Vormittag versammelt sich eine kleine Gruppe aus dem Horizon House auf dem Friedhof in Dorchester, wo wir unseren Häftling und Vertrauensmann Paul Lamotte zur letzten Ruhe betten. Ich hätte die Beerdigungskosten auch allein übernommen, aber Jack, Hutch, Sharon und noch einige andere Mitarbeiter bestanden darauf, sich zu beteiligen. Außerdem haben einige von unseren Insassen kleinere Beträge gespendet und mitgeholfen, eine Trauerfeier für Paul im Besuchersaal des Horizon House zu organisieren.

Ich halte bei der Feier eine kurze Ansprache – kurz, weil ich merke, dass ich den Tränen nahe bin, deshalb breche ich früher ab. Dabei würde bestimmt niemand im Raum meine Tränen als Zeichen von Schwäche deuten. Niemand außer mir selbst. Wahrscheinlich fürchte ich, wenn ich mich der Trauer um Paul hingebe, dass ich dann unter der Trauer um so vieles andere zusammenbrechen könnte.

Als ich zu meinem Platz zurückkehre, sehe ich Leo gleich neben der Eingangstür stehen. Er will auf mich zugehen, bleibt aber unvermittelt stehen, als Jack, der in der ersten Reihe gesessen hat, aufsteht und meinen Arm nimmt.

»Das hast du gut gemacht, Nat«, sagt Jack tröstend und führt mich zu meinem Platz. Ich glaube nicht, dass Jack Leo bemerkt hat. Aber mir ist Leos Anwesenheit hyperbewusst.

Nach mir sprechen noch einige Insassen. Ich versuche, mich auf ihre Worte zu konzentrieren, aber ich bin zu unruhig. Jack denkt, es läge an dem, was gesagt wird, und nimmt zum Trost meine Hand. Was mich noch unruhiger macht. Ebenso wie der Pfefferminzatem meines Stellvertreters.

Als die Trauerfeier vorbei ist, drehe ich mich um.

Leo ist verschwunden.

Am Sonntagnachmittag fahre ich erneut nach CCI Grafton, um mit Elizabeth Temple zu sprechen. Die Insassin blickt mich ängstlich an.

»Als der Schließer gesagt hat, dass Sie hier sind, hab ich gehofft, es geht um meine Verlegung. Aber Sie sehen nicht so aus, als wollten Sie mir eine gute Nachricht überbringen.«

»Wir müssen uns noch mal über Alison Bryant unterhalten.«

»Haben Sie mit ihr geredet?«

»Nein. Die Nummer, die Sie mir gegeben haben, gilt nicht mehr. Und ihre neue Nummer ist geheim –«

»Das hab ich nicht gewusst –«

»Ich hab die neue Nummer. Und Alisons Adresse. Aber sie geht einfach nie ans Telefon, und sie macht auch nicht auf, wenn ich bei ihr klingele.«

»Vielleicht ist sie . . . verreist.«

»Vielleicht fragen Sie mal Ihren Freund, wie ich Alison erreichen kann.«

»Ich will sehen, was ich tun kann.«

»Ich könnte ihn auch fragen.«

»Ich hab's Ihnen doch schon gesagt. Ich kann Ihnen nicht sagen, wer –«

»Und wenn ich es Ihnen sage?«

»Was . . . Was soll das heißen?«

»Eric Landon ist ein Freund von Ihnen, nicht wahr, Miss Temple?«

»Was? Ja . . . aber es . . . Eric war's nicht.«

»Er war auch ein Freund von Jessica Asher.«

Elizabeth Temple streicht sich nervös die fettigen Haare nach hinten. »Er war ihr Schwager.«

»Das eine muss das andere nicht ausschließen.« Obwohl, wenn ich an mein Verhältnis zu meinem Schwager denke, tut es das sehr wohl.

»Nein. Das stimmt«, gibt sie zu.

»Er war mal mehr als nur ein Freund, nicht wahr?«, hake ich nach.

Ich sehe ihr an, dass sie alles abstreiten will, doch dann verändert sich ihre Miene schlagartig. Als wäre sie zu einer Entscheidung gelangt. »Ja. Eric hat Jessie geliebt. Aber das ist lange her.«

»Als sie noch in der Highschool war, hab ich Recht?«

»Jessie war sechzehn, Superintendent. Eric war siebenundzwanzig. Elf Jahre Altersunterschied. Wenn Jessie ein paar Jahre älter gewesen wäre, hätte kein Mensch auch nur mit der Wimper gezuckt.«

»Eric Landon war der Grund, warum Jessie von ihrem Vater auf diese Highschool für schwierige Kinder geschickt wurde, auf der auch Griffith Sumner war.«

Temple nickt.

»Waren die beiden noch zusammen, als Jessica von diesem Auto –«

»Nein. Nicht so. Debra und Eric sind glücklich verheiratet.«

»Aber Jessie hatte einen festen Freund.«

»Das wäre mir neu. Aber ich hab sie auch seit meiner Verhaftung weder gesehen noch gesprochen. Solange sie für mich gearbeitet hat, war da jedenfalls, soweit ich weiß, niemand, für den sie sich besonders interessiert hätte.«

»Und weder Debra noch Eric Landon haben bei ihren Besuchen hier erwähnt, dass Jessica einen neuen Freund hatte?«

»Nein. Eigentlich hat keiner von beiden über sie gesprochen.«

»Groll?«

»Nein. Das Thema kam einfach nie zur Sprache.« Aber sie wendet den Blick ab, als sie das sagt.

»Wussten die beiden, dass Jessie für Sie gearbeitet hat? Wussten sie, dass sie ein Callgirl war?«

»Nein. Ich glaube kaum, dass sie dann noch etwas mit mir zu tun gehabt hätten.«

»Vor allem Debra, als Jessies Schwester.«

»Stimmt«, bestätigt Temple. »Sie wäre wohl sehr empört gewesen. Noch mehr als Eric. Aber ich bin sicher, den hätte das auch ziemlich empört.«

»Hat Eric Landon Ihnen gesagt, dass Alison Bryant gesehen hat, wie Jessica überfahren wurde?«

»Eric hat damit nichts zu tun«, beteuert Temple.

»Er hat Sie letzten Montag besucht. Und zwar allein. Warum?«

Elizabeth Temple wirkt nervös. »Er wusste, dass ich Jessie gemocht habe. Er wollte sehen, wie es mir geht.«

»Wie ging es ihm?«

»Er war aufgewühlt. Was denn sonst?«

»Wieso hat Debra ihn nicht begleitet?«

»Sie war noch viel zu erschüttert. Aber ich hab sie angerufen und ihr mein Beileid ausgesprochen.«

»War Eric Landon einer Ihrer Kunden, Miss Temple?«, frage ich unverblümt.

Ihre Miene verhärtet sich. »Ich sag's jetzt noch mal, Superintendent. Eric hat nichts damit zu tun. Eric hat mir das mit Alison nicht erzählt. Und Debra war es auch nicht, falls das Ihre nächste Vermutung sein sollte.«

»Eigentlich hätte ich als Nächstes auf Jerry Tepper getippt.«

Sie blickt mich müde an. »Sie verschwenden Ihre Zeit, Superintendent.«

Ich seufze. »Sie haben Recht, Miss Temple. Ich verschwende meine Zeit.«

»Ich habe Ihnen ja gleich gesagt, dass Sie mir wahrscheinlich nicht glauben werden. Dass Sie denken werden, es wäre bloß Rache, weil Alison mich damals hat hochgehen lassen.«

»Sie müssen zugeben, dass der Schluss nahe liegt«, sage ich.

»Verstehen Sie das nicht? Sie wollte selbst der Boss sein. Ich hatte die besten Mädchen. Die besten Freier. Das Einzige, was ihr im Wege stand, war ich. Außerdem sah sie noch andere, lukrativere Möglichkeiten in der Branche. Wie man erheblich mehr Profit machen konnte. Darüber sind wir in Streit geraten. Richtig gekracht hat es dann zwischen uns, als ich ein paar Fotos von ihr im Bett mit einem unserer Kunden gefunden habe. Sie hatte eine Kamera versteckt –«

»Wer war der Kunde?«

Sie wirft mir einen Blick zu, als wäre ich ein naives Kind, das eine ungemein peinliche Frage gestellt hat.

»Wir hatten einen Mordskrach deswegen«, fährt sie fort. »Ich war außer mir, und Ali verstand gar nicht, warum ich mich so aufgeregt habe. Aber sie hat versprochen, sie würde damit aufhören. Und kurz darauf fand bei mir eine Razzia statt.«

»Dann haben Sie nie jemanden erpresst, solange Sie das Sagen hatten?«

»Nein. So was hätte ich nie gemacht.«

Sie betrachtet mich traurig. »Ich weiß, was Sie denken. Dass Kuppelei illegal ist. Und noch dazu unmoralisch. Zumindest in den Augen mancher Leute. Aber ich halte es nicht für unmoralisch, die Bedürfnisse eines Menschen zu befriedigen. Nicht wenn zwei Erwachsene sich freiwillig zusammentun. Ich habe nie jemandem geschadet, Superintendent.«

»Wirklich nicht?«

»Nein. Meine Mädchen und meine Kunden –«

»Ich meine jetzt nicht Ihre Mädchen und Ihre Kunden. Wo haben Sie sich das HIV-Virus geholt?«

Temple presst die Lippen zusammen. »Nicht bei einem Freier«, sagt sie schließlich. »Das war bevor . . . bevor ich in die Branche gewechselt bin.« Sie bemüht sich, einen heiteren Tonfall anzuschlagen, aber es will ihr nicht gelingen, und sie gibt auf. »Es war ein Freund. Ein Typ, den ich kurz nach dem College kennen gelernt habe. Er studierte Jura. Und kam aus bestem Hause. Meine Eltern konnten ihr Glück kaum fassen. Wir waren ein Traumpaar der Bostoner Oberschicht.« Sie lacht rau. »Die hatten ja keine Ahnung, was für ein mieses Schwein er war.«

»Er wusste, dass er infiziert war?«

Das Lachen erstirbt. »Wissen Sie, was er zu mir gesagt hat, nachdem ich erfahren hatte, dass ich positiv bin? Er hat gesagt, dass . . . dass es so besser sei. Allein hätte er sich dem nicht stellen können. Dass wir jetzt in einem Boot säßen.«

»Das ist ja furchtbar. Und kriminell.«

Tränen stehen ihr in den Augen. »Ich war so . . .« Sie fröstelt trotz der fast unangenehmen Hitze im Raum. »Ich hab Gene gehasst, weil er mir das angetan hat. Und ich gebe zu, eine Zeit lang habe ich alle Männer gehasst. Aber nach einer Weile war ich einfach . . . irgendwie abgestumpft. Ali war der erste Mensch, dem ich es erzählt habe. Wir hatten uns auf dem College kennen gelernt. Sie ging damals schon anschaffen. Ich fand sie ausgeflippt und ein bisschen verrückt, aber sie zog mich an wie ein Magnet. Ich hab es selbst sogar ein paarmal probiert. Anschaffen. Das war vor Gene. Ihm bin ich erst mit dreiundzwanzig begegnet. Vor sechs Jahren. Jedenfalls stellte ich fest, dass es keinen großen Spaß macht, für Geld mit Typen zu schlafen. Aber . . . aber nach Gene war ich so verzweifelt. Und verängstigt.«

»Haben Sie es Ihren Eltern gesagt?«

»Nein.«

»Aber inzwischen wissen sie es doch bestimmt?« Ich möchte nicht sagen, dass es ihr auf den ersten Blick anzusehen ist.

»Erst seit kurzem.« Ihr Lächeln ist kläglich, und ich weiß nicht genau, wie ich reagieren soll.

»Bis letzten Monat hatte ich keine . . . Symptome. Und meine Eltern sind nicht so oft zu Besuch gekommen. Sagen wir, sie waren ziemlich enttäuscht von mir – angewidert, um ganz offen zu sein. Ihre Besuche waren peinliche und anstrengende Pflichtübungen. Für uns alle. In letzter Zeit hatte ich meine Eltern gar nicht mehr gesehen. Bis . . .« Sie beißt sich auf die rissige Unterlippe. »Gene ist letzte Woche gestorben. Die Todesursache stand in der Zeitung. Deshalb ist mein Dad hergekommen, um mit mir zu reden.«

»Das war vor ein paar Tagen.«

Sie nickt.

»Und Sie haben es ihm gesagt?«

Wieder dieses raue Lachen. »Er hat es mir gesagt. Anscheinend hat Gene seinen Eltern kurz vor seinem Tod erzählt, er hätte sich bei mir angesteckt. Und da ich bereits wegen Kuppelei im Gefängnis saß, haben sie ihm ohne weiteres geglaubt. Genes Vater hat meine Eltern zur Rede gestellt und gedroht, sie zu verklagen. Mich kann er ja nicht gut verklagen, weil ich keinen roten Heller mehr besitze.«

»Hat er Ihre Eltern verklagt?«

»Nein. Mein Vater hat ihm Geld gegeben. Und dann ist er hergekommen, um mir brühwarm zu erzählen, wie viel Kummer ich ihnen gemacht habe. In seiner Sprache ist Kummer gleichbedeutend mit Geld verlieren.«

Jetzt verstehe ich auch, warum mich die Haushälterin der Temples so knapp abgefertigt hat.

»Haben Sie ihm nicht die Wahrheit erzählt?«, frage ich leise.

Sie sieht müde aus. »Was hätte das gebracht, Superintendent? Vergessen Sie meine Eltern. Ich tu's auch.«

Das nehme ich ihr nicht ab, aber ich sehe, dass es ihr schwer fällt, über die schmerzliche Beziehung zu ihren Eltern zu sprechen.

»Reden wir noch ein bisschen über Jessie.«

Sie wirkt erleichtert. »Was möchten Sie wissen?«

»Sie hat einen Terminkalender geführt, in dem ihre Verabredungen standen. Den hat jetzt die Polizei und rückt ihn nicht raus.«

Sie lacht bitter. »Ja, das kann ich mir vorstellen. Ich bin sicher, Jessies Kunden waren hochkarätig. Männer mit viel Einfluss.«

»Sie hat doch früher für Sie gearbeitet. Haben Sie denn gar keine Ahnung, wer ihre Kunden gewesen sein könnten?«

»Abgesehen von Ihrem Deputy Commissioner?« Sie lächelt schwach. »Nein.«

»Würden Sie mir denn verraten, ob –«

»Nein. Das Risiko, das ich eingehe, ist auch so schon groß genug, Superintendent«, sagt Temple offen.

»Meinen Sie, Bryant hatte Kopien von den Terminplänen ihrer Mädchen?«

»Ich hab das immer so gehandhabt. Vermutlich macht sie es auch. Der Kopf des Ganzen sollte immer wissen, wer wann wen trifft. Es könnte extrem peinlich werden, wenn sich die falschen Leute beim Kommen oder Gehen zufällig über den Weg laufen.«

»Glauben Sie, alle Kunden wurden erpresst?«

»Wohl kaum. Ali ist sehr gierig, aber sie ist nicht dumm. Ich denke, sie hat sich die Leute ausgesucht. Und zwar sowohl die Mädchen, die dabei mitmachen sollten, als auch die Kunden.«

»Mädchen wie Jessica.«

»Das vermute ich.«

»Es sind Fotos von Jessie und Steven Carlyle zusammen im Bett aufgetaucht.«

Temple scheint nicht überrascht zu sein.

»Ich gehe davon aus, dass er nicht der einzige Kunde war, der fotografiert worden ist.«

»Mit Sicherheit nicht«, bestätigt Temple.

»Ich denke, Jessie wollte Carlyle dazu bringen, sich für Griffith Sumners Bewährung stark zu machen.«

»Könnte ich mir vorstellen. Jessie und Griff waren gut befreundet.«

»Das waren Jessies Schwester Debra und Griff auch.«

Temple zuckt die Achseln. »Vor einer Ewigkeit.«

»Eins verstehe ich nicht: Was hatte Alison Bryant von dieser Erpressungsaktion? Es wird sie wohl kaum interessiert haben, ob Griffith Sumner Bewährung bekommt oder nicht.«

Elizabeth Temple sieht mich an. »Das verstehe ich auch nicht.«

»Es gibt ja nur wenige Möglichkeiten.« Seit meiner gestrigen Unterhaltung mit Bill Walker habe ich über diese Frage nachgedacht. »Erstens: Für Bryant springt irgendetwas dabei raus, von dem Sie nichts wissen. Zweitens: Sie wissen es, sagen es mir aber nicht –«

»Wenn ich es wüsste, würde ich es Ihnen sagen.«

»Oder, drittens: Bryant wusste nichts davon.«

Temple betrachtet mich nachdenklich. »Was bedeuten würde, Jessie hat auf eigene Faust gearbeitet.«

»Wie wütend würde Ali reagieren, wenn sie dahinter käme, dass eines ihrer Mädchen eigenmächtig Kunden erpresst?«

»Ich weiß, wie erbost ich war, als ich herausfand, was Ali getrieben hat.« Temple runzelt die Stirn. »Aber jeder reagiert da anders. Ich fahre sofort aus der Haut, und dann ist meine Wut schnell wieder verraucht.«

»Und Alison Bryant?«

»Sie ist die Sorte, die einem ins Gesicht sieht und lächelt, als wäre alles nur halb so schlimm, aber sobald man sich umdreht, fällt sie einem in den Rücken.«

»Miss Temple, sind Sie ganz sicher, dass Ihr Freund richtig liegt?«

»Sie denken, Ali könnte selbst am Steuer des Wagens gesessen haben?«

»Was meinen Sie?«

»Ich weiß nur das, was man mir erzählt hat, Superintendent. Sie müssen sich schon selbst eine Meinung bilden, nachdem Sie mit Ali gesprochen haben.«

»Aber selbst wenn Ihr Freund Recht hat und selbst wenn ich Bryant aufspüre, wird sie doch niemals freiwillig zugeben, dass sie eine Erpresserin ist. Und sie wird mir als Superintendent bestimmt nicht verraten, wer der Fahrer war.«

Wieder mustert Elizabeth Temple mich aufmerksam. »Nein. Das ist richtig. Sie müssten schon einen anderen Weg wählen. Aber ich weiß nicht, ob Sie dazu bereit wären.«

17

Es ist halb sieben an einem stürmischen Montagmorgen, als ich erneut vom schrillen Klingeln meines Telefons geweckt werde. Ich spähe benommen auf den Apparat und zögere noch, um mich innerlich gegen die nächste Runde schlechter Nachrichten zu wappnen.

»Nat? Hier ist Warren Miller. Steven Carlyles Frau hat mich gerade aus dem Boston General Hospital angerufen.«

Mein Magen sackt nach unten. Wie Recht ich hatte, wieder eine schlechte Nachricht.

»Steven ist in der Notaufnahme. Er hat Schmerzen in der Brust.«

»Herzinfarkt?«, frage ich mit vom Schlaf noch heiserer Stimme. Ich greife nach dem Glas Wasser, das ich jetzt immer auf dem Nachttisch stehen habe, gleich neben einer Packung Kräcker. Bill Walker hat mir erzählt, dass seine Frau während der ersten drei Monate auf Kräcker geschworen hat. Sie haben ihren Magen beruhigt und waren oft die einzige feste Nahrung, die sie bei sich behalten konnte. Bei mir haben die Kräcker das Wunder bislang noch nicht bewirkt.

»Man weiß noch nichts Genaues«, sagt Miller. »Er wird noch untersucht. Ich fahre jetzt hin.«

»Rufen Sie mich an, sobald Sie was wissen?«

»Natürlich. Ach übrigens«, fügt er hinzu und klingt jetzt noch ernster, wenn das überhaupt möglich ist, »Oberstaatsanwalt Keenan will unbedingt einen Haftbefehl ausstellen, aber auf mein Drängen hin hat der Bürgermeister ihn überredet, noch etwas zu warten, damit die Cops noch mehr Beweise sammeln können.«

»Und Keenan war einverstanden?«

»Er hat sich auf weitere achtundvierzig Stunden eingelassen. Wahrscheinlich verlängert er die Frist noch, falls Carlyles Brustschmerzen tatsächlich ein Herzinfarkt sind.«

Na toll, denke ich trübselig. Dann kann der Deputy Commissioner ja froh sein, wenn er tot umfällt.

Man sagt, schlechte Nachrichten kommen immer im Dreierpack. Wenn das stimmt, bin ich inzwischen längst über dem Limit. Und dennoch, keine zwanzig Minuten nach dem Anruf des Commissioner ereilt mich die nächste Hiobsbotschaft. Diesmal ist es ein Anruf von Joan Moore, Superintendent von CCI Grafton.

»Elizabeth Temple ist auf der Krankenstation.«

Ich denke sofort, wegen Aids. Aber ich liege falsch.

»Sie hat sich mit einem unserer Vollzugsbeamten angelegt und sogar versucht, ihn zu schlagen«, erklärt Moore nach einer kurzen Pause. »Als unser Mitarbeiter sie festhalten wollte, hat Elizabeth sich losgerissen, ist gestürzt und dabei mit dem Kopf auf dem Betonboden aufgeschlagen. Sie hat kurz das Bewusstsein verloren. Jetzt geht's ihr wieder besser«, fügt Joan Moore rasch hinzu, »aber angesichts ihres gesundheitlichen Gesamtzustandes soll sie zur Beobachtung weitere vierundzwanzig Stunden auf der Krankenstation bleiben.«

»Und dann?«

»Zwei Tage Einzelhaft. Plus einem Aktenvermerk.« Moore zögert. »Das ist wirklich unerfreulich, zumal Elizabeth mich erst gestern Morgen gebeten hat, ihr eine Empfehlung für eine Stellung als Vertrauenshäftling in Ihrem Entlassungsvorbereitungszentrum zu schreiben. Vor diesem Zwischenfall hätte ich ihr ein makelloses Zeugnis ausgestellt. Bis jetzt war ihre Führung vorbildlich. Ich begreife wirklich nicht, was in sie gefahren ist.«

»Ich auch nicht.«

Moore will schon auflegen, als ich ihr sage, dass ich gerne mit dem fraglichen Vollzugsbeamten sprechen würde.

»Der hat jetzt dienstfrei. Er arbeitet in der Nachtschicht.«

Ich lasse mir seinen Namen und die Anschrift geben. Aber zuerst habe ich noch einen anderen Termin. Obwohl ich versucht bin, anzurufen und ihn zu verschieben. Aber ich weiß, das wäre ausgesprochen töricht.

»Ich erwarte Sie dann in meinem Sprechzimmer.«

Ich rutsche von der Liege, ziehe das dünne Papiergewand enger um mich. Der Untersuchungsraum ist warm, aber mir kriecht die Kälte bis in die Knochen. »Es ist doch alles in Ordnung, oder?«

Sie lächelt, aber ich kann nicht ergründen, ob es ein beruhigendes oder mitleidigendes Lächeln ist. »Ziehen Sie sich erst mal an, dann unterhalten wir uns.« Sie öffnet die Tür und will hinaus auf den Gang treten.

»Es ist bloß . . . ich hab gehört, wenn einem oft schlecht ist, soll das ein Zeichen dafür sein, dass alles . . . in Ordnung ist. Ich meine . . . dass die Schwangerschaft ganz normal verläuft. Und mir ist wirklich ständig schlecht.«

Dr. Louise Rayburn blickt über die Schulter und lächelt erneut. Und wieder weiß ich nicht, was ich davon halten soll. Dann ist sie zur Tür hinaus und zieht sie leise, aber entschlossen hinter sich zu.

Dr. Rayburn ist die Gynäkologin, die die drei robusten, gesunden Kinder meiner Schwester Rachel auf die Welt geholt hat. Als ich in ihrer Praxis anrief, um einen Termin zu vereinbaren, teilte mir die Sprechstundenhilfe mit, die Wartezeit betrage über zwei Monate. Erst nachdem ich erwähnt hatte, dass ich die Schwester von Rachel Mercer bin, fragte sie noch mal nach und erklärte dann, Dr. Rayburn könne mich am Montagmorgen um neun Uhr noch dazwischen nehmen.

Jetzt wünschte ich, ich hätte noch etwas gewartet. Vielleicht bilde ich es mir ja nur ein – aber ich bin fast sicher, dass ich während der Untersuchung Signale von der Ärztin empfangen habe, die nichts Gutes verhießen. Diese beängstigende Möglichkeit, gepaart mit einem erneuten Anfall von Übelkeit, lässt mich nach der nächstbesten Metallpfanne greifen. Eine Sprechstundenhilfe kommt herein und sieht mich noch immer in diesem dünnen Papierhemdchen da stehen und würgen. Sie führt mich zu einem Hocker. Als ich mit Erbrechen fertig bin, nimmt sie mir die Pfanne aus der Hand und bringt mir einen feuchten, kalten Waschlappen. Und obwohl ich beteure, dass es mir wieder gut geht, hilft sie mir anschließend beim Anziehen und begleitet mich dann über den Gang in Dr. Rayburns sonnendurchflutetes Sprechzimmer. An den ockerfarbenen Wänden hängen zahllose gerahmte Kinderfotos. Sämtliche Kinder scheinen vor Gesundheit nur so zu strotzen. Ob hier eines Tages auch ein Bild von meinem kerngesunden Baby hängen wird?

Dr. Rayburn sitzt hinter ihrem eleganten Queen-Anne-Schreibtisch und hat eine Patientenkarte – meine Karte – vor sich liegen. Die Ärztin ist eine kleine Frau mit feinen Gesichtszügen. Ihr weißer Arztkittel ist nun über der Rückenlehne des Schreibtischsessels drapiert. Sie trägt einen schlichten, blassgrünen Pullover mit rundem Ausschnitt, den ein kleiner goldener Anhänger in Schmetterlingsform – oder ist es ein Engel? – schmückt. Ihr kurzes Haar ist mit grauen Strähnen durchsetzt, und ihr Gesicht zeigt deutliche Lachfältchen in den Mundwinkeln und Sorgenfalten auf der Stirn. Ich schätze sie auf Ende vierzig, Anfang fünfzig. Was bedeutet, dass sie jahrelange Berufserfahrung hat. Hoffentlich genug Berufserfahrung, um problematische Schwangerschaften erfolgreich zu betreuen. Ich reiße mich zusammen und rede mir ein, dass ich einfach zu viel Fantasie habe –

»Natalie, bitte setzen Sie sich.«

Aber ich bleibe stehen wie festgewachsen. »Stimmt was nicht? Bitte –«

Sie steht auf und kommt um den Schreibtisch herum auf mich zu. Im Vergleich zu dieser zierlichen Frau fühle ich mich klobig und tollpatschig. Schlimmer noch, sie erscheint mir zu klein und zu zierlich, um ... um sich richtig um mich kümmern zu können. Am erschreckendsten dabei ist die Erkenntnis, dass ich jemanden brauche, der sich um mich kümmert. Ich hasse dieses Gefühl. Ich hasse es ...

Dr. Rayburn legt mir sacht eine Hand auf den Arm. »Ihr

Blutdruck ist ein bisschen hoch, Natalie. Aber das ist nicht weiter beunruhigend.«

Aber natürlich bin ich doch beunruhigt.

»Hatten Sie in letzter Zeit viel Stress?«

Ich schlucke schwer. »Ich habe immer Stress. Das gehört zu meinem Job.«

Sie lächelt. »Ja, das kann ich mir vorstellen. Aber Sie sollten in nächster Zeit jede zusätzliche Belastung vermeiden.«

Ich presse die Lippen aufeinander und nicke. »Ja ... gut. Das ist nicht immer leicht.« Was für eine Untertreibung.

»Ich verstehe. Und machen Sie sich keine Sorgen. Vielleicht sind Ihre Werte ja beim nächsten Mal schon im Normalbereich.«

Ich schaue sie kläglich an. »Ich bin von Natur aus nicht sonderlich optimistisch.«

»Wie steht's mit dem Vater? Der könnte Ihnen jetzt die Kraft geben, die Sie brauchen.« Aber sie stockt, als sie meinen Gesichtsausdruck sieht und ihn ziemlich richtig deutet. »Er weiß es noch nicht?«

»Ich weiß es noch nicht.«

Ich parke hinter einem alten Pick-up in der Einfahrt der Familie Barker und gehe um ein großes Dreirad herum über den betonierten Weg zur Haustür. Ein kleiner flachshaariger Junge, etwa so alt wie Jakey Coscarelli, macht mir auf. Er trägt noch seinen Pyjama mit Ninja-Turtle-Aufdruck.

»Meine Mommy ist nicht zu Hause«, erklärt er.

Mir liegt die Frage auf der Zunge, ob seine Mommy ihm nicht beigebracht hat, fremden Leuten nicht die Tür aufzumachen, wenn sie nicht da ist, doch stattdessen sage ich, dass ich mit seinem Daddy sprechen möchte.

»Ich glaub, der schläft.«

Doch dann ruft eine raue Männerstimme von irgendwo aus dem Innern des Hauses: »Billy, wer ist denn da?«

»Eine Frau.«

»Mr Baker«, rufe ich. »Ich bin Superintendent Natalie Price. Kann ich Sie mal kurz sprechen?«

»Moment.« Der Vollzugsbeamte klingt ziemlich mürrisch.

Ich trete ins Haus und stehe direkt in einem kleinen, rechteckigen Wohnzimmer, dessen Boden mit Spielzeug übersät ist. Ich sehe eine Schüssel mit aufgeweichten Cornflakes auf dem Couchtisch stehen, und im Fernsehen läuft eine Zeichentricksendung mit abgedrehtem Ton.

Billy trottet zu dem Couchtisch hinüber, nimmt die Cornflakes-Schüssel und lässt sich vor dem Fernseher nieder. Sofort ist er wie hypnotisiert von der Sendung, auch wenn kein Ton zu hören ist.

Neben mir auf einem Tischchen mit dem Telefon liegen ein Schlüsselbund, ein Stapel Post und ein kleiner Notizblock. Auf dem Block steht etwas geschrieben. Ein Name. Er ist nicht leicht zu entziffern, aber der letzte Buchstabe könnte ein *m* oder *n* sein. Schön, es könnte ein x-beliebiger Name sein oder vielleicht ist es auch gar kein Name, aber andererseits sieht der erste Buchstabe wie ein *L* aus.

L-a-n-d-o-n.

Gerade will ich nach dem Block greifen, als mir schlurfende Schritte verraten, dass Frank Barker ins Zimmer gekommen ist. Ich drehe mich rasch um. Er ist ein blasser, untersetzter Mann mit einer stumpferen und dünneren Version des Flachshaares seines kleinen Sohnes. Er trägt noch immer seine khakifarbene Gefängnisuniform, aber das Hemd ist aufgeknöpft, der Gürtel fehlt, und er ist barfuß.

Er begrüßt mich mit verkniffenen Augen, die muskulösen Arme vor der breiten Brust verschränkt. Dann wirft er seinem Sohn einen gereizten Blick zu. »He, Billy, wie oft muss ich dir noch sagen, dass der Fernseher aus bleibt, wenn ich schlafe?«

»Aber du schläfst ja gar nicht, Daddy. Und ich hab den Ton abgedreht.«

»Egal, mach den Kasten aus und geh dich anziehen.«

Billy zieht geräuschvoll die Nase hoch. »Ich bin doch krank, Daddy. Mommy hat gesagt, ich könnte meinen Schlafanzug anbe-«

»Tu, was ich dir sage.«

Billy läuft schnurstracks in die Küche.

Barker bleibt am Eingang zum Wohnzimmer stehen, die Arme noch immer über der Brust verschränkt. Er fordert mich nicht auf, Platz zu nehmen, also bleibe ich, wo ich bin, und hüte mich, noch einmal auf das Telefontischchen zu schauen.

»Mr Barker, ich würde gern wissen, worum es bei der Auseinandersetzung zwischen Ihnen und Elizabeth Temple ging.«

»Ich hab Superintendent Moore meinen Bericht gegeben«, sagt er mürrisch.

»Ich würde es gerne von Ihnen selbst hören.«

»Warum? Was interessiert Sie das?«, fragt er verstockt und schiebt das »Superintendent« hinterher, als wäre es ihm nachträglich eingefallen.

»Miss Temple wird möglicherweise als Vertrauensperson in meine Einrichtung verlegt. Bis zu dieser angeblichen Auseinandersetzung war ihre Führung vorbildlich –«

»Angeblich?« Seine Augen werden noch schmaler. »Das ist Schwachsinn, entschuldigen Sie meine Ausdrucksweise. Sie ist mir gegenüber frech geworden, und ich habe ihr ganz höflich gesagt, sie soll sich abregen. Und was macht sie? Versucht, mir ein Knie in den Schritt zu rammen. Und als ich sie bändigen will, dreht sie vollends durch und knallt schließlich mit dem Kopf –«

»Ich dachte, sie hat versucht, Sie zu schlagen.«

»Wissen Sie, ich wollte ihr wirklich eine Chance geben, wegen Aids und so. Ich wollte die Sache nicht an die große Glocke hängen, aber Menschenskind, Scherereien kann ich nicht gebrauchen. Der Staat bezahlt mir nicht mal die Hälfte von dem, was man für diesen beschissenen Job kriegen müsste. Sie wollen wissen, worum es bei dem Streit ging? Das kann ich Ihnen sagen. Temple hat versucht, mich zu bestechen, damit ich ihr Koks besorge. Und ich meine nicht das Zeug zum Heizen. Ich hab gesagt, kommt nicht in Frage. Aber sie hat einfach keine Ruhe gegeben. Da bin ich sauer geworden. Hab ihr ein paar Takte erzählt, Sie wissen schon. Nur um sie mal dran zu erinnern, wer sie ist und wo sie ist. Und anscheinend hat ihr das nicht gepasst, weil sie mir nämlich auf einmal an die Eier wollte. Alles klar, Superintendent?

So, jetzt wissen Sie, worum es bei der Auseinandersetzung gegangen ist.«

Zumindest kenne ich jetzt seine Version.

Selbstverständlich bestreitet Elizabeth Temple Barkers Version, als ich sie am frühen Abend auf der Krankenstation besuche. Sie schwört hoch und heilig, dass sie den Beamten niemals darum gebeten hat, für sie Drogen hereinzuschmuggeln, sondern dass sie seit ihrer Verhaftung absolut clean ist – von den starken Aids-Medikamenten natürlich abgesehen. Das allein würde mich noch nicht davon überzeugen, dass sie die Wahrheit sagt. Aber nachdem ich mit dem Arzt auf der Krankenstation gesprochen habe und der mir bestätigt hat, dass Temple bei den stichprobenartigen Tests auf Drogen immer negativ war, bin ich geneigt, ihr zu glauben. Zudem ist der Zeitpunkt des Zwischenfalls so überaus *praktisch*. Und der hingekritzelte Name auf dem Notizblock im Wohnzimmer des Vollzugsbeamten. Ein Name, der ständig und überall auftaucht. Landon.

»Falls tatsächlich jemand was dagegen hat, dass Sie ins Horizon House verlegt werden«, frage ich Temple, »haben Sie eine Ahnung, wer das sein könnte?«

Jähe Angst steht ihr ins Gesicht geschrieben, doch sie schüttelt den Kopf. »Es wusste doch niemand . . .«

»Sie haben Superintendent Moore um eine Empfehlung gebeten.«

»Wollen Sie damit sagen, dass sie mir eine Falle gestellt hat?«

»War es denn eine Falle?«

Ihre Augen gleiten von meinem Gesicht. »Ich weiß bloß, dass ich den Streit mit dem Schließer nicht angefangen habe. Ich meine, mit dem Vollzugsbeamten«, verbessert sie sich schnell.

»Was ist mit Eric Landon?«

»Was soll mit ihm sein?«

»Welchen Grund hätte er, Sie hier behalten zu wollen?«

»Keinen. Absolut keinen.«

»Vielleicht hat er Angst, dass Sie ihn belasten könnten?«

»Das würde ich nie . . . ich meine, es gibt nichts, womit ich ihn belasten könnte . . .« Temples Erregung ist greifbar. »Mein Kopf tut höllisch weh. Bitte . . . gehen Sie jetzt.«

»Tut mir Leid.« Ich stehe von dem Stuhl neben ihrem Bett auf, aber sie hält mich am Arm fest.

»Heißt das, ich werde nicht verlegt?«, fragt sie kläglich. Und wieder sehe ich diese jähe Angst in ihre Augen.

Ich habe auch Angst. Nämlich Angst davor, was Elizabeth Temple zustoßen könnte, wenn sie nicht in meine Obhut überstellt wird.

18

»Und wann ist Mr Landons Besprechung zu Ende?«

»Ich weiß nicht«, sagt seine Sekretärin am Telefon.

»Ich muss wirklich dringend mit ihm reden.«

»Geben Sie mir doch einfach Ihre Nummer!«

»Das hab ich gestern schon getan. Und er hat nicht zurückgerufen. Machen wir doch einen Termin. Heute noch, egal wann.«

»Sein Terminkalender für heute ist leider schon voll.«

»Dann eben morgen. Oder an einem anderen Tag dieser Woche.«

»Es tut mir Leid, Miss Price. Mr Landon ist die ganze Woche komplett ausgebucht.«

»Hat er Ihnen gesagt, Sie sollen mir keinen Termin geben? Hat er Ihnen gesagt –«

»Geben Sie mir doch einfach Ihre Telefonnummer!«, wiederholt sie, als hätte ich ihr nicht soeben gesagt, dass ich das bereits getan habe.

»Kommt nicht in Frage, Nat«, sagt Jack Dwyer mit unerbittlicher Stimme.

Ich blicke Hutch und Sharon an. Auch aus ihren Augen spricht Ablehnung.

»Versteht doch, ich brauche jemanden für mein Büro –«

Jack mustert mich missbilligend. »Lamotte ist kaum unter der Erde.«

Ich zucke zusammen, beschämt, weil ich völlig gefühllos klingen muss. Aber Sharon schlägt sich auf meine Seite. »Meine Güte, Jack, du kannst manchmal ein richtiges Arschloch sein«, sagt sie aufgebracht.

Jack wirkt ein wenig verblüfft über ihre ungewohnt heftige Attacke, aber nicht besonders verärgert. »Merkst du das jetzt erst, Sharon?«

»Nein«, sagt sie kühl.

Er grinst. Ebenso wie Hutch. Sogar Sharon blickt nicht mehr ganz so kampflustig.

Die Anspannung, die wir alle empfunden haben, lässt ein wenig nach. Na ja, ich bin immer noch ganz schön angespannt, was zum Teil daher rührt, dass ich Jack inzwischen nicht mehr ansehen kann, ohne mich zu fragen, ob er wieder trinkt. Ich hoffe, dass Sharon sich irrt. Im Augenblick macht mein Stellvertreter einen vollkommen nüchternen Eindruck. Aber wie sieht es abends aus?

Hör auf damit, Nat. Komm bloß nicht auf die Idee, Jack Dwyer nach Feierabend einen Kontrollbesuch abzustatten.

»Okay, ich war euch dreien gegenüber nicht ganz ehrlich, warum ich Elizabeth Temple für mein Büro haben will«, gestehe ich.

Sharon lächelt viel sagend. »Das merken wir auch nicht erst jetzt.«

»Hast du jemanden unter der Geheimnummer erreicht, die ich für dich rausgefunden habe?«, erkundigt sich Leo später am selben Tag.

»Leider nein. Ich habe zigmal auf Bryants Anrufbeantworter gesprochen. Als du angerufen hast, wollte ich es gerade wieder versuchen. Aber große Hoffnungen mach ich mir nicht.«

»Meinst du, sie hört die Anrufe mit und geht nicht dran?«, fragt er.

»Gut möglich. Ich bin auch schon ein paarmal zu der Adresse gefahren. Entweder es ist keiner zu Hause oder es macht keiner auf. Aber so leicht gebe ich nicht auf.«

»Nein, stimmt«, bestätigt Leo.

»Ich weiß nicht, ob du das für eine Stärke oder eine Schwäche hältst.«

»Das weiß ich selbst nicht so genau«, gibt Leo zu. Ich habe ihm gesagt, warum ich die Nummer von Alison Bryant haben wollte – sonst hätte er sie mir nicht beschafft. Ich hätte lügen können, aber ich lüge Leo nicht gern an. Trotzdem kriegt er von mir nicht mehr Informationen, als gut für ihn sind. Wenn er zum Beispiel wüsste, was für eine Taktik mir Elizabeth Temple vorgeschlagen hat, um an Bryant heranzukommen, dann würde er hundertprozentig meine Hartnäckigkeit für eine Schwäche halten.

Sie meinte nämlich, ich käme nur mit einem Trick in Kontakt mit der Callgirlchefin. Ich sollte mich als Tochter wohlhabender Eltern von irgendwo aus dem Mittleren Westen ausgeben, die gerne für Bryants exklusiven Service arbeiten würde. Temple bot sogar an, mir ein paar Tipps zu geben – sie ist nicht genauer geworden, aber ich bin sicher, sie denkt, dass ich einige Hilfe brauchen werde, um mich in eine Femme fatale zu verwandeln. Sie hat sogar angeboten, ihre Beziehungen spielen zu lassen, um mir einen Einstieg zu ermöglichen. Ich hoffe noch immer, dass eine direktere Methode erfolgreich sein wird.

»Meine Mom hat gesagt, dass du gestern Abend angerufen hast«, sagt Leo. »Aber ich bin zu spät nach Hause gekommen, um dich noch zurückzurufen.«

Ich möchte am liebsten fragen, wo er war, aber ich weiß auch, dass man keine Fragen stellen soll, wenn einem die Antworten nicht gefallen werden. Und falls er mit Nicki zusammen war, würde mir die Antwort nicht gefallen.

»Hast du heute Abend schon was vor, Natalie?«

»Außer diese Nummer noch ein Dutzend Mal anzurufen? Nein.«

»Debra Landon ist einverstanden, mit dir zu reden.«

»Mit mir und Robie?«

»Nein«, sagt Leo. »Sie ist nicht bereit, sich vernehmen zu lassen.«

»Robie wird nicht gerade beglückt sein, wenn sie außen vor bleibt.«

»Machst du dir jetzt auch noch Gedanken um Francine Robies Glück?«

»Welche Uhrzeit?«, frage ich.

»Acht Uhr heute Abend. Wir sollen erst kommen, wenn ihre kleine Tochter Chloe im Bett ist.«

»Wir?«

»Hab ich das nicht gesagt? Sie will, dass ich dabei bin.«

»Zur emotionalen Unterstützung?«

»Könnte man so sagen.«

»Wird Eric Landon auch da sein?«

»Ich weiß nicht. Debra war ein bisschen ausweichend, als die Rede auf ihren Mann kam«, sagt Leo.

»Ich frage mich, ob das die Ausnahme oder die Regel ist«, murmele ich nachdenklich.

Gerade habe ich das Gespräch mit Leo beendet, da ruft Fran Robie an.

»Haben Sie irgendwas über Carlyle gehört?«, erkundigt sie sich.

Der Commissioner hatte mich kurz zuvor auf den neuesten Stand gebracht. »Die Untersuchungen laufen noch. Bis jetzt gibt es noch keinen endgültigen Befund.«

»Ach nee. Sehr praktisch.«

Robies Skepsis ist unüberhörbar.

»Und klug«, kontere ich. »Vonseiten der Ärzte. Der Deputy ist ein bekannter Mann, da tun sie alles, um eine Fehldiagnose oder gar ärztliche Kunstfehler auszuschließen. Ein entsprechender Prozess würde nämlich jede Menge Schlagzeilen machen.«

»So kann man das auch sehen. Ich vermute eher, dass die Familie denkt, solange Carlyle im Krankenhaus ist, hält ihm das die Wölfe vom Leib. Aber ich kann überall heulen«, sagt sie trocken. »Und das werde ich auch, sobald ich auch nur einen schlüssigen Beweis in die Finger bekomme.«

»Sie scheinen sich da ja ziemlich sicher zu sein, dass Sie belastende Beweise gegen den Deputy Commissioner finden werden.«

»Ach wissen Sie, im Gegensatz zu Ihnen liege ich mit meinen Ahnungen meistens richtig.«

»Aber nicht immer.«

Sie lacht. »Niemand ist vollkommen, aber manche Leute sind vollkommener als andere.«

19

Auf der Fahrt zu dem Nobelvorort Wellesley, zwanzig Meilen westlich von Boston, erzählt mir Leo, dass die Landons in dem Haus wohnen, in dem Debra und Jessica Asher aufgewachsen sind. Die stattliche Villa im Tudorstil liegt in einem parkähnlichen, leicht hügeligen Gelände, das von einer Steinmauer umgeben ist. Am Einfahrtstor ist eine Sprechanlage, aber noch ehe Leo den Arm aus dem Seitenfenster gestreckt hat, um auf den Klingelknopf zu drücken, schwingen die Torflügel auf.

Erst jetzt entdecke ich die diskret angebrachte Kamera. Jemand im Haus hat uns schon erwartet. Während wir die gepflasterte Zufahrt hinaufrollen, gleiten die Kegel der Autoscheinwerfer über ein Gewächshaus hinweg, einen Tennisplatz und einen überdachten Swimmingpool. Selbst an diesem feuchten, grauen Novemberabend scheint alles hier zu schimmern. Vor allem das Haus selbst, das majestätisch auf einer Hügelkuppe liegt und mit reichen Stuckverzierungen, etlichen schmucken Schornsteinen, Fachwerk und einem spitzen Giebeldach versehen ist. Das Anwesen ist bestimmt über zehn Millionen Dollar wert.

»Ein bisschen düster für meinen Geschmack, aber Debra und Eric finden es wohl ganz gemütlich«, sagt Leo, als er vor dem Haus hält.

»Ein hübsches Erbe. Was hat Jessica bekommen?«

»Gar nichts«, sagt Leo. »Debra hat einmal erwähnt, dass ihre Schwester aus dem Testament gestrichen wurde.«

»Warum?«

»Das hat sie nicht gesagt. Aber ich hatte so das Gefühl, dass Jessica schon immer eine schwierige Tochter war und einen

Freundeskreis hatte, mit dem ihre Eltern nicht einverstanden waren. Ich hatte außerdem das Gefühl, dass auch Debra nicht viel mit diesen Leuten anfangen konnte.«

»Ich wüsste ja gerne, wer diese Leute waren«, sage ich. »Hat Debra zufällig irgendwelche Namen erwähnt?«

»Nein, sie hat nicht viel über Jessica gesprochen.«

»Und was ist mit ihrem Mann? Hat Debra viel über Eric gesprochen?«

»Nein.«

»Glaubst du, die beiden sind glücklich verheiratet?«

»Ich glaube, sie haben so ihre Probleme, wie jedes glücklich verheiratete Paar«, sagt Leo lapidar.

Ich kann mir nicht vorstellen, dass die Landons kein Hauspersonal haben, aber Debra Landon begrüßt uns an der Tür – na ja, sie begrüßt Leo. Was mich betrifft, so ist *begrüßen* zu viel gesagt. Ich werde mit einem kurzen, unterkühlten Blick abgespeist. Debra, drei Jahre älter als Jessica, ist eine schlanke, elegante Blondine. Sie trägt Trauerfarben: schwarzer Pullover und dunkelgraue Hose. Nur ihre frisch und fachkundig manikürten Fingernägel mit dem diskreten pfirsichfarbenen Nagellack deuten darauf hin, dass Debra Landon nach wie vor auf ihr Aussehen achtet.

Noch ehe wir über die Türschwelle treten, ergreift sie Leos Arm und überlässt mich mir selbst, während sie uns durch den mit dunklem Holz getäfelten Eingangsbereich in ein übergroßes, aber verblüffend spärlich möbliertes Wohnzimmer führt. Es riecht ein bisschen modrig, als würde nie gelüftet. Ich bezweifle, dass in diesem Zimmer, das früher vermutlich mal ein Repräsentationsraum war, wirklich gewohnt wird.

Jetzt fällt hier vor allem das auf, was nicht mehr da ist. Wie zum Beispiel die große leere Stelle auf der Kirschholzwand über dem Kaminsims. Der dunklere Farbton des Quadrats sagt mir, dass dort mal etwas gehangen hat. Ein wertvolles Gemälde? Ein kostbarer Spiegel? Weitere quadratische Flecken auf den anderen Wänden deuten darauf hin, dass in diesem Zimmer einmal etliche Gemälde gehangen haben müssen. Der

Parkettboden ist nackt, aber der äußere Rand entlang den Wänden ist eingedunkelt, was darauf schließen lässt, dass hier mal ein großer Teppich lag. Persisch? Chinesisch? Auf jeden Fall teuer, da bin ich sicher. Wo sind all die Kostbarkeiten geblieben? Und warum sind sie verschwunden?

Debra ertappt mich dabei, wie ich den Blick schweifen lasse.

»Ich bin gerade dabei, alles neu einzurichten«, sagt sie. »Das heißt, ich war es . . . bevor . . . bevor meine Schwester –« Sie schaut einen Moment weg. Als sie mich wieder ansieht, wirkt sie gefasst. »Ich habe mit einer Dekorateurin zusammengearbeitet, aber wir konnten uns nicht einigen. Jetzt werde ich es allein machen.«

Ich glaube ihr nicht. Ich wittere Geldprobleme im Paradies. Vielleicht wird alles verkauft, um Landons Wahlkampfkassen zu füllen. Oder Landon wird von der noch immer unauffindbaren Alison Bryant erpresst . . .

»Eric ist absolut einverstanden«, redet Debra weiter. »Er fand die Ideen der Dekorateurin auch nicht so toll.«

Apropos: »Wo ist Eric heute?«

»Geschäftlich unterwegs«, sagt Debra und geht durch den Raum zu einem Barwagen aus Mahagoni, auf dem sich ein Sortiment edelster alkoholischer Getränke befindet. Sie gießt sich einen Dewers Scotch ein und fragt uns dann – als wäre ihr der Gedanke erst jetzt gekommen –, ob wir auch etwas trinken möchten.

Leo und ich lehnen dankend ab.

»Debra, wie geht's Chloe?«, erkundigt sich Leo freundlich.

Debra dreht sich langsam um und blickt Leo mit einem gequälten Ausdruck in den Augen an. »Sie fragt ständig nach ihrer Tante. Ich hab versucht, es ihr zu erklären . . . Ich hab ihr irgendeinen Blödsinn erzählt, dass Tante Jessica jetzt bei den Engeln im Himmel ist, aber wie kann ich von meinem Kind erwarten, dass es so einen Schwachsinn glaubt, wenn ich es selbst nicht tue?«

Ich weiß nicht, ob Debra damit sagen will, dass sie nicht an Engel glaubt oder, wenn doch, dass ihre tote Schwester wahrscheinlich kein Engel wäre.

»Wann erwarten Sie Ihren Mann zurück?«, frage ich.

Debra schaut kurz in meine Richtung, aber es ist offensichtlich, dass ich hier nur geduldet bin. Ohne Leo wäre ich niemals ins Haus gelassen worden. »Kann ich nicht genau sagen.«

Noch mehr Ärger im Paradies?

»Ich habe noch immer nicht richtig begriffen, dass Jessie tot ist«, murmelt Debra mit schmerzerfüllter Stimme und lenkt damit das Gespräch – absichtlich? – weg von ihrem Ehemann. Ihre Augen füllen sich mit Tränen und sie nimmt rasch einen tiefen Schluck Whisky.

Leo geht zu ihr. Fasst sie behutsam am Arm, führt sie zum Sofa hinüber und setzt sich neben sie. Womit mir der Sessel bleibt. Schon wieder das fünfte Rad am Wagen. Eigentlich müsste ich mich inzwischen dran gewöhnt haben.

Sie schließt die Augen. »Es tut mir Leid. Ich hatte mir fest vorgenommen, dass ich nicht ... Aber ich vermisse sie einfach so sehr.«

Leo legt seine Hand auf die Hand der trauernden Schwester. Sie dreht die Handfläche nach oben, verschränkt die Finger mit seinen und drückt seine Hand ganz fest. Leo erwidert den Druck. In der anderen Hand hält sie ihr Whiskyglas, führt es aber nicht an die Lippen.

Nach einem Moment öffnet sie die Augen und lockert den Druck ihrer Finger. Aber sie lässt Leos Hand nicht los.

»Leo hat gesagt, Sie wollten mir ein paar Fragen zu Jessie stellen. Ich weiß nicht, was ich Ihnen erzählen könnte. Ich meine ... die Polizei glaubt ja anscheinend, dass sie den ... Fahrer gefunden hat.« Ihre Stimme bricht, und sie drückt Leos Hand wieder fester.

»Hat Ihre Schwester Ihnen gegenüber mal Steven Carlyle erwähnt?«, frage ich.

Debra schüttelt den Kopf. »Ich habe den Namen zum ersten Mal in der Zeitung gelesen, als auch sein Foto drin war und erwähnt wurde, dass er von der Polizei vernommen wird. Jessie hat ihn nie erwähnt. Ich kann mir nicht vorstellen, in welcher Beziehung sie zueinander gestanden haben sollten.«

Wirklich nicht?

»Welche Beziehung hatte Ihre Schwester zu Griffith Sumner? Standen die beiden sich nahe?«

»Griff?« Debra beißt sich auf die Unterlippe. »Schrecklich, was mit ihm passiert ist. Nicht, dass ich eine Freundin von Griff gewesen wäre oder eine seiner ... Anhängerinnen. Aber im Gefängnis getötet zu werden –« Sie fröstelt. »Furchtbar.«

»Das ist seltsam«, sage ich ruhig. »Ich dachte, Sie und Griffith wären befreundet gewesen. Genauer gesagt, mehr als nur befreundet –«

»Wer hat Ihnen das erzählt?«, unterbricht sie mich. Aber dann gewinnt sie ihre Fassung zurück. »Griff und Jessie waren befreundet. Die beiden sind zusammen auf die Highschool gegangen.«

»Ja, Miss Hill's Academy.«

Debra schielt zu mir herüber. Ich vermute, sie hat nicht damit gerechnet, dass ich so viel über die Vergangenheit ihrer Schwester weiß. Oder auch über ihre eigene.

»Wussten Sie, dass Jessica Griffith Sumner regelmäßig im Gefängnis besucht hat?«

Debra nickt. »Ich war dagegen. Jessie konnte sehr naiv sein, wenn es um Männer ging.«

Ich versuche, keine Miene zu verziehen. Leicht ist das nicht.

»Sie hat nie daran geglaubt, nie auch nur die Möglichkeit in Erwägung gezogen, dass Griff diese arme Frau tatsächlich vergewaltigt hat«, erklärt sie weiter.

»Ich nehme an, Sie hielten ihn für schuldig.«

Debra starrt mich grimmig an, antwortet aber nicht.

»Und trotzdem waren Sie jeden Tag bei seinem Prozess dabei.«

Diese Bemerkung trifft sie unvorbereitet. Und sie ist offensichtlich verärgert. »Jeden Tag war es nun wirklich nicht. Überhaupt, wer hat Ihnen das erzählt ...? Außerdem bin ich nur hingegangen, um Jessie zu unterstützen.«

»Waren Sie damals nicht mit Griff zusammen?«

»Was? Nein.«

Die Frau ist wirklich eine miserable Lügnerin. Aber wer will es ihr verübeln, dass sie nicht mit einem Vergewaltiger in Verbindung gebracht werden will. Noch dazu mit einem *toten* Vergewaltiger. Vor allem, wo sie jetzt mit einem Mann verheiratet ist, der große politische Ambitionen hat. Und es wäre alles andere als förderlich für Landons Wahlkampf, wenn herauskäme, dass seine verstorbene Schwägerin eine Edelprostituierte war. Seine verstorbene Schwägerin, die mal seine Geliebte war – damals, als Minderjährige. Und vielleicht sogar noch eine ganze Weile länger.

Männer haben schon wegen weniger getötet.

Genau wie ihre betrogenen Ehefrauen.

»Wussten Sie, dass Sumner bald eine Berufungsverhandlung haben sollte? Dass sein Anwalt Jerry Tepper gute Chancen sah, Sumners Urteil abzumildern? Dass er im März vielleicht auf Bewährung entlassen worden wäre?«

Debras Augen huschen von mir zu Leo. »Ich dachte, es ginge um Jessie, nicht um mich«, sagt sie vorwurfsvoll.

»Es tut mir Leid. Sie haben Recht«, sage ich schnell, weil ich Angst habe, sie wirft uns sonst auf der Stelle raus. »Ihre Schwester hat Griffith Sumner erzählt, dass sie mit jemandem fest zusammen war. Wissen Sie, wer das war?«

Debra blickt verständnislos. Diesmal bin ich nicht sicher, ob es nur gespielt ist oder nicht. Mein Lügenradar ist anscheinend doch nicht fehlerfrei. Oder Debra Landon lügt besser als ich dachte.

»Da muss Griff was falsch verstanden haben. Jessie war schon lange mit keinem Mann mehr fest zusammen. Nicht seit . . .« Debra spricht den Satz nicht zu Ende. Offenbar würde sie die Bemerkung lieber zurücknehmen. Sie lässt Leos Hand los und nimmt mehrere Schlucke von ihrem Whisky. Die Frau trinkt wie ein Profi.

»Standen Sie und Jessie sich nahe?«, frage ich, nachdem sie beide Hände um ihr Glas gelegt hat.

»Sie war meine Schwester. Sonst habe ich keine Geschwister. Ich bin erschüttert über ihren Tod. Und«, so fügt sie verkniffen hinzu, »ich habe für heute genug Fragen beantwortet.«

Debra hat es geschafft, meiner letzten Frage auszuweichen.

Sie blickt flehend zu Leo hinüber. »Das verstehen Sie doch bestimmt.«

»Ich weiß, dass das nicht leicht für Sie ist, Debra. Aber wir alle hier wollen dasselbe. Herausfinden, wer Ihre Schwester überfahren hat«, sagt Leo besänftigend.

»Die Polizei weiß doch schon, wer sie überfahren hat.«

»Dass jemand vernommen wird, heißt noch lange nicht, dass er angeklagt wird«, stelle ich klar.

»Und es heißt auch nicht, dass er unschuldig ist«, kontert sie. »Dass er in der Strafvollzugsbehörde arbeitet, heißt nicht, dass er ein vorsichtiger Autofahrer ist. Oder dass er nicht Fahrerflucht begehen würde.«

»Was glauben Sie hat Ihre Schwester in Beacon Hill gemacht?« Bis jetzt stand in der Sensationspresse noch nichts über das *andere* Leben der Jessica Asher. Aber früher oder später wird es herauskommen. Wahrscheinlich früher. Ob Debra Landon dann wirklich überrascht sein wird? Oder Eric?

Meine Frage scheint Debra aus dem Gleichgewicht zu bringen. »Ich ... ich hab keine Ahnung. Vielleicht hat sie eine Freundin besucht. Was spielt das für eine Rolle?«

»Debra, glauben Sie, dass es ein Unfall war?«

Nachdem sie den letzten Rest in ihrem Glas ausgetrunken hat, steht sie auf und strebt entschlossen zur Bar, um sich nachzuschenken.

Ich merke, dass Leo ebenfalls aufstehen und zu ihr gehen will, aber ich halte ihn mit einem knappen Kopfschütteln zurück. Stattdessen trete ich zu ihr und bleibe dicht hinter ihr stehen. »Ich wollte Sie nicht aus der Fassung bringen, Debra.«

Sie stößt ein bitteres Lachen aus. »Meine Schwester ist tot. Irgend so ein Arschloch hat sie am helllichten Tag über den Haufen gefahren. Leute wie ihr seid dazu da, das Arschloch zu finden! Ihr solltet nicht eure Zeit damit vertrödeln, hierher zu kommen und sinnlose Fragen zu stellen.« Sie will nach dem Scotch greifen, hält aber mitten in der Bewegung inne und legt dann beide Hände vors Gesicht. Sie fängt an, leise zu weinen.

Ich lege ihr leicht eine Hand auf die Schulter. »Debra, ich

habe auch eine jüngere Schwester. Ich will mir gar nicht ausmalen, wie es für mich wäre, wenn Rachel irgendwas passieren würde. Und das nicht nur, weil ich sie liebe, sondern auch, weil ... na ja, ich bin nun mal die ältere Schwester, und ältere Geschwister fühlen sich immer verantwortlich für ihre jüngeren Geschwister.«

Sie sagt kein Wort, aber sie entzieht sich meiner Berührung auch nicht.

»Manchmal könnte ich Rachel schütteln, weil sie Dinge tut, die völlig unvernünftig sind. Wissen Sie, ich möchte sie zur Vernunft bringen. Sie hat den Hang, sich ständig in Situationen zu bringen, die nur Probleme bedeuten können. Ich versuche, ihr das klar zu machen, aber sie denkt bloß, ich wollte nur an ihr herumnörgeln. Dass ich das nicht verstehe. Dass ich neidisch auf sie bin.«

Während ich rede, gleiten Debras Hände von ihrem tränennassen Gesicht.

»So war Jessica auch«, sagt sie kaum hörbar. »Sie war so ... eigensinnig.«

»Debra, hatte Jessie irgendwelche Feinde? Gab es irgendwen, vor dem sie Angst ...?«

»Mommy?«

Wir drehen uns alle drei zu dem Kind um, das in seinem rosa Schlafanzug in der offenen Bogentür des Wohnzimmers steht und sich fest eine Decke mit Figuren aus der Sesamstraße an den kleinen Körper drückt.

»Chloe, was ist denn, Schätzchen?« Debra eilt durch den Raum und nimmt ihre Tochter auf den Arm.

Chloe entdeckt Leo. Ihr Gesicht hellt sich auf. »Ist Jakey hier?«

»Nein, Chloe, es ist ja schon spät. Jakey schläft tief und fest in seinem Bett.«

»Er fehlt mir«, sagt die Kleine ernst.

»Na, wenn das so ist«, sagt Leo warmherzig, »dann müsst ihr beide euch bald mal wieder zum Spielen verabreden. Ja?«

»Wer ist die Tante?« Chloe zeigt auf mich.

»Das ist eine Freundin von mir«, sagt Leo.

Freundin von mir. Na toll. Tja, Leo, diese Freundin von dir erwartet vielleicht dein Kind.

»Ist sie auch Jakeys Freundin?«

»Und ob sie das ist«, antwortet Leo.

»Kommt sie auch mit, wenn wir zusammen spielen?«

»Jetzt ist aber Schluss mit der Fragerei, Chloe. Du gehörst ins Bett«, weist Debra ihre Tochter sanft zurecht.

»Aber ich hab schlecht geträumt, Mommy. Da hab ich soooo schlimme Angst gekriegt.«

»Ist ja gut, Schätzchen, ist ja gut«, besänftigt Debra sie und streichelt ihr den Rücken.

Während ich zusehe, wie dieses entzückende kleine, dunkelhaarige Mädchen den Kopf an den Hals ihrer Mutter schmiegt, wandern meine Hände instinktiv zu meinem Bauch, und ich spüre ein unglaubliches Ziehen. Eines Tages werde ich dich im Arm halten, mein Kleines, dich trösten, dich vor schlechten Träumen schützen . . .

»Der böse Mann hat Tante Jessie wieder wehgetan, und sie hat geweint –«

Debra fällt ihrer Tochter hastig ins Wort. »Das war nur ein Traum, mein Liebling. Nur ein schlechter Traum.«

20

»Miss Price, ich hab Ihnen doch schon mehrmals am Telefon erklärt, dass Mr Landon in dieser Woche überhaupt keine Zeit für Sie erübrigen kann«, sagt die adrette Sekretärin mittleren Alters ziemlich barsch.

»Vielleicht wird ja mal ein Termin abgesagt.«

»Ganz sicher nicht –«

»Dann warte ich eben«, sage ich, drehe ihrem Schreibtisch den Rücken zu und gehe zu einem der schicken Ledersessel im großen, lichten Empfangsbereich von DataCom. Ich habe mir einiges über das Unternehmen angelesen, in dem Eric Landon und Lowell Hamilton Geschäftsführer sind. DataCom hat eine tolle Website, auf der es sich als eine der größten IT-Beratungsfirmen Neuenglands anpreist.

Der luxuriöse Empfangsbereich und die vielen Büros im siebenundzwanzigsten Stock des renommierten Hancock Tower lassen darauf schließen, dass es DataCom gut geht. Wieder grübele ich darüber nach, warum die Landons ihre Familienerbstücke verscherbeln. Wieder denke ich daran, dass Erpressung eine kostspielige Angelegenheit sein kann . . .

»Sie verschwenden hier wirklich Ihre Zeit«, sagt die Empfangssekretärin, als ich nach einem Hochglanzmagazin greife. »Möglicherweise ergibt sich nächste Woche –«

In diesem Moment wird die Tür ihr gegenüber geöffnet. Wahrscheinlich sollte es mich nicht wundern, wer da aus Landons Allerheiligstem tritt, aber ich zucke trotzdem zusammen.

Dagegen scheint Fran Robie nicht im Geringsten erstaunt zu sein, mich hier zu sehen. Aber sonderlich erfreut sieht sie auch nicht aus.

»Sind Sie deshalb bei ihm gewesen? Ist Eric Landon einer der Männer in Jessica Ashers Kalender?«

Wir sitzen in einem Coffee Shop unten im Tower Building, und Robie beäugt mich weiterhin grimmig. Wie ich mir gedacht hatte, ist sie stinksauer auf mich, weil ich sie nicht über meinen Besuch bei Debra Landon informiert habe. Sie hat es von einem ziemlich verärgerten Eric Landon erfahren. Landon, so Robie, hat behauptet, ich hätte seine Frau eingeschüchtert und emotional unter Druck gesetzt. Eine Audienz wird er mir jetzt wohl nicht mehr gewähren.

»Das Ganze ist eine Einbahnstraße, Nat.« Sie starrt mich an, als sei ich eine Verräterin, und wahrscheinlich bin ich das ja auch.

»Ist ja gut, Fran«, sage ich matt. »Ich hab Ihnen jetzt zehn Minuten lang haarklein erzählt, wie der Besuch bei Debra Landon gelaufen ist.« Aber so ganz stimmt das nicht. Den Alptraum von Chloe Landon habe ich nicht erwähnt. *Der böse Mann hat Tante Jessie wieder wehgetan, und sie hat geweint.* Ich wüsste furchtbar gern, wer dieser böse Mann ist. Dass Debra Landon das unbedingt verhindern wollte, war nämlich ganz offensichtlich.

Fran Robie nimmt ihren dick mit Frischkäse bestrichenen Bagel und beißt herzhaft hinein. Wie schafft die Frau es bloß, bei diesen Essgewohnheiten so verdammt schlank zu bleiben?

Ich wende die Augen ab. Es fällt mir nicht nur schwer zu essen – oder das bisschen, was ich in mich hineinzwinge, auch bei mir zu behalten –, ich kann es auch kaum ertragen, wenn andere in meiner Gegenwart essen. Als ich heute Morgen auf die Waage stieg – nachdem ich die drei Kräcker, die ich mir gerade mit viel Mühe einverleibt hatte, gleich wieder ausgebrochen hatte –, stellte ich alarmiert fest, dass ich nur noch siebenundfünfzig Kilo wiege, zu wenig für meine Körpergröße von einem Meter siebzig. Und ich habe Angst, dass der Gewichtsverlust dem Fötus schaden könnte. Ich nehme mir vor, etwas mehr zu essen, auch wenn es schwer fällt. Aber nicht jetzt.

»Sie glauben also, dass Landon was mit seiner Schwägerin

hatte?«, fragt Fran Robie und tupft sich einen Rest Käse von der Oberlippe.

»Was glauben Sie?«

»Ich verrate Ihnen was – als Vertrauensbeweis. Eric Landons Name stand nicht im Kalender seiner Schwägerin. Ganz zu schweigen davon, dass unser Hoffnungsträger für den nächsten US-Senat –«

»Mein Hoffnungsträger ist er nicht. Ihrer etwa?«

Robie grinst. »Politische Diskussionen versuche ich möglichst zu vermeiden. Das führt nur zu hitzigen Debatten.«

»Was bedeutet, dass Sie ihn wählen würden.« Wieso erstaunt mich das nicht?

»Dass er nicht in ihrem Kalender stand, muss natürlich nicht bedeuten, dass er nichts mit seiner Schwägerin hatte«, sagt Robie.

»Wollten Sie deshalb mit ihm sprechen?«

»Nat, wir sprechen mit allen, die dem Opfer nahe standen.«

»Ich vermute, er hat Ihnen nicht erzählt, dass er eine intime Beziehung zu seiner ermordeten Schwägerin hatte?«

Robie schmunzelt. »Was meinen Sie?«

»Jessie hatte einen Freund, und sie wollte auf keinen Fall, dass sein Name bekannt wurde.«

»Bevor Sie sich da in was verrennen«, unterbricht Robie mich, »sage ich Ihnen gleich, dass Landon ein ziemlich wasserdichtes Alibi für den 17. Oktober hat. Er war Gastredner auf einer Wohltätigkeitsveranstaltung in Weymouth. Ich habe das zwar noch nicht nachgeprüft, aber das zu erfinden wäre reichlich dumm. Und Sie können über den Mann sagen, was Sie wollen, dumm ist er jedenfalls nicht.«

»Ich bin sicher, er ist intelligent genug, um einen Auftragskiller zu engagieren«, sage ich sarkastisch.

»Mag sein, aber wir haben nichts in der Hand, was darauf hindeutet, dass Landon mit der Ermordung seiner Schwägerin was zu tun hat, Nat. Wohingegen wir bei Carlyle einiges in der Hand haben.«

»Ist in dem Stadthaus auf der Joy Street irgendetwas gefunden worden?«

»Nee. Alles blitzeblank. Falls Asher dort ihrem Gewerbe nachging, hat sie entweder selbst gründlich sauber gemacht oder es von einer Reinigungsfirma erledigen lassen.«

»Oder jemand anders hat sauber gemacht.«

Robie lächelt. »Zwei Seelen, ein Gedanke. Vermutlich war Asher nicht die Einzige, die das Stadthaus für pikante Zwecke genutzt hat.«

»Ein Begleitservice.«

Sie nickt.

»Wie viel wissen Sie darüber?«, frage ich direkt.

»Wie viel wissen Sie?« Robie ist ebenso direkt.

Ein Patt.

»Sie vertrauen mir wirklich nicht«, sagt Robie nach kurzem Schweigen, aber sie hört sich nicht besonders sauer an.

»Sie mir auch nicht.« Ich bin sauer, aber ich hoffe, man merkt es nicht.

»Wahrscheinlich haben wir beide unsere Gründe.«

»Können Sie mir eins sagen? An wen war das Stadthaus vermietet?«, frage ich.

»Die J. F. Rheiner Corporation.«

»Wer sind die?«

»Gute Frage«, sagt Robie. »Es wird ein Weilchen dauern, das rauszufinden.«

»Haben Sie Eric Landon danach gefragt? Vielleicht ist das eine Tochtergesellschaft von DataCom?«, dränge ich.

»Sie haben's aber wirklich auf den Burschen abgesehen. Wieso eigentlich?«

»Können Sie sich das nicht denken? Was ist denn mit Ihrem Zwei-Seelen-ein-Gedanke?«

Robie lacht. »Können wir das nicht lassen, Nat? Der Gedanke behagt mir nicht, dass Sie es drauf anlegen, Ihre kleine Privatermittlung zu führen.«

»Und wieso, Fran? Weil ich Staub aufwirbeln könnte? Die Ermittlung in eine andere Richtung lenken, die für gewisse prominente Herren ... na, sagen wir peinlich werden könnte?«

»Gerade Ihnen muss ich ja wohl nicht sagen, dass es eine

Straftat ist, Beweise oder auch nur Informationen zurückzuhalten, die für eine polizeiliche Ermittlung von Bedeutung sein könnten.«

Dasselbe habe ich nur wenige Tage zuvor zu Elizabeth Temple gesagt. Es verunsichert mich, dass diesmal ich diejenige bin, der eine solche Ermahnung erteilt wird.

»Ich kann mir kaum vorstellen, dass Sie das wirklich beunruhigt, Fran. Schließlich haben Sie Ihren Hauptverdächtigen ja schon. Ebenso wie der Oberstaatsanwalt. Ich weiß, Keenan kann's kaum noch erwarten, den Haftbefehl zu unterschreiben.«

»Stimmt, Joe sitzt mir ziemlich im Nacken«, gibt Robie zu.

Etwas lässt mich aufhorchen, die Art, wie sie den Namen des Oberstaatsanwaltes ausspricht – seinen Vornamen ...

»Sie und Keenan scheinen ja dicke Freunde zu sein.«

Robie lacht. »Ich habe so meine Zweifel, dass er uns als *dicke Freunde* bezeichnen würde.«

»Wie würde er Sie denn nennen?«

»Seine Ex.«

»Ex?«

»Exfrau.«

Auf dem Weg zur Ausgangstür des Coffee Shop – Robie ist noch sitzen geblieben, um ihren Bagel aufzuessen – sehe ich auf einem Tisch nahe am Ausgang eine liegen gebliebene Klatschzeitung. HEIMLICHE AFFÄRE AUFGEDECKT.

Aber nicht die Schlagzeile lässt mich wie vom Donner gerührt stehen bleiben, sondern das grobkörnige, obszöne Foto auf der Titelseite. Ich schnappe mir die Zeitung und stürme zu Robie zurück.

»Haben Sie davon gewusst?« Ich knalle ihr das Revolverblatt auf den Tisch.

Robie wirft einen flüchtigen Blick darauf. »Ja. Ich persönlich lese so einen Mist ja nicht –«

»Weiß Eric Landon auch davon?«

»Er hat es gesehen.«

»War er überrascht?«

»Hören Sie auf, in dieses Horn zu stoßen, Nat.«

»Wie ist dieses Skandalblatt an das Foto gekommen, Fran?«

»Glauben Sie mir, das würde ich sogar noch lieber wissen als Sie.«

»Tatsächlich? Und wieso klingen Sie dann so, als wäre es Ihnen scheißegal? Vielleicht, weil es in Ihrem Interesse liegt –«

»Moment mal. Es ist mir scheißegal, na und? Und falls es jemand aus meinem Zuständigkeitsbereich war –«

»Falls?«

»Hören Sie, wir wissen schließlich nicht, wie viele Abzüge von diesen Fotos da draußen noch im Umlauf sind, oder doch?«, fragt Robie herausfordernd.

»Ich hab mir gedacht, wenn ich lange genug hier warte, tauchen Sie irgendwann auf.«

Bill Walker lehnt an der Mauer gleich neben dem Krankenhauseingang.

»Hallo, Bill.«

»Wie geht's Ihnen, Nat? Haben die Kräcker geholfen?«

»Nicht sehr.«

Er nickt mitfühlend.

»Sie haben noch immer Geheimnisse, was?«

Ich weiß, dass der Reporter damit nicht nur meine Schwangerschaft meint.

»Sie haben das Foto in der Zeitung gesehen.«

»Allerdings.«

Ich fasse ihn am Arm und ziehe ihn in einen ruhigen Winkel in der Eingangshalle des Krankenhauses. »Hören Sie, Bill, ich kann Ihnen noch immer nicht viel zur Veröffentlichung geben, aber mal ganz unter uns – vorläufig: Ich arbeite in eine andere Richtung.«

Seine buschigen Augenbrauen schnellen hoch. »Ach ja?«

»Mir ist zu Ohren gekommen, dass es möglicherweise Beweise gibt, die jemand anderen belasten.«

»Wen?« Für einen Reporter eine nahe liegende Frage.

»So weit bin ich noch nicht.«

»Was für Beweise sind das?«

»Auch da bin ich noch nicht so weit.«

»Nat, was Sie mir da liefern, ist ja nicht gerade überwältigend.«

»Genau deshalb hab ich mich auch noch nicht bei Ihnen gemeldet.«

»Sie wollen besimmt zu Carlyle rauf. Wenn ich jetzt noch ein bisschen länger warte, hätten Sie dann vielleicht was für mich, was ich veröffentlichen könnte?«

»Es täte mir furchtbar Leid, wenn Sie noch mehr Zeit hier verschwenden würden, Bill.«

21

»Wie geht es Ihnen?« So wie Steven Carlyle aussieht, kann es ihm nicht besonders gut gehen.

»Es ging mir schon besser«, bestätigt er.

Der Deputy Commissioner ist von der Intensivstation des Boston General Hospitals auf ein Einzelzimmer verlegt worden. Mrs Carlyle, eine kleine, rundliche Frau mit glattem Teint, ebenmäßigen Gesichtszügen und strahlend weißen Zähnen, sitzt auf einem orangefarbenen Plastikstuhl neben dem Bett. Ich nicke ihr freundlich zu, was sie mit einem Nicken des Wiedererkennens und einem zaghaften Lächeln beantwortet.

An der Wand neben dem Fenster lehnt ein schlaksiger junger Mann in verwaschener Jeans und schwarzer Lederjacke. Zur Vervollkommnung seines Outfits trägt er einen Nasenring und hat mehrere Piercings im Ohr, an denen ein Kreuz, eine kurze Silberkette und mehrere Ringe baumeln. Sein dunkelbraunes Haar ist ungekämmt und ungewaschen und fällt ihm auf die Schultern. Während seine eisblauen Augen mich unverschämt mustern, krault er sich langsam den Dreitagebart. Er erinnert mich an die aggressiv aussehenden Musiker, die ich manchmal zufällig beim Zappen auf MTV sehe. Dieser Bursche auf einer Bühne, und die Mädchen würden ihm ihre Unterwäsche zuwerfen, bevor er auch nur einen Ton von sich gegeben hätte. Aber obwohl ich seine Attraktivität auf Anhieb erkenne, finde ich ihn nicht anziehend. Dieser junge Mann ist ein übler Typ. Von seiner Sorte sind mir schon genug untergekommen. Und er weiß es auch. Ich glaube, er sonnt sich darin.

»Superintendent, das ist mein ältester Sohn, Sean«, sagt Dana Carlyle unsicher.

»Sean, geh raus auf den Gang und hol für Miss Price einen Stuhl«, befiehlt Steven Carlyle brüsk.

Sean rührt sich nicht von der Stelle.

»Bitte, Sean.« Dana blickt ihren Sohn flehend an. Ich habe das Gefühl, dass sie ihn oft so ansieht. Aber es erzielt die gewünschte Wirkung. Sean stößt sich mit den Schultern von der Wand ab und trottet aus dem Zimmer.

Erst als ich ein lautes Husten hinter mir höre, merke ich, dass noch jemand im Zimmer ist. Ich schaue über die Schulter und sehe einen jungen Mann im Rollstuhl. Das muss Alan sein, der Sohn, der seit einem Autounfall querschnittsgelähmt ist. Auf den ersten Blick fällt mir auf, wie unterschiedlich die beiden Brüder aussehen. Alan wirkt frisch gewaschen und beinahe soldatisch korrekt. Sein braunes Haar ist heller als das seines Bruders und kurz geschnitten. Er ist glatt rasiert, und nach einem Piercing suche ich bei ihm vergeblich. Er trägt eine graue Stoffhose und einen hellblauen Pullover mit rundem Ausschnitt. Er sieht aus wie den Seiten eines Modekatalogs entsprungen. Nur dass er natürlich nicht springen könnte.

Ich bin also mitten in eine Familienversammlung geplatzt. Mutter, Vater, die beiden Söhne. Keiner von ihnen wirkt glücklich. Ich frage mich, ob sie das Bild in der Zeitung schon gesehen haben. Falls nicht, werden sie danach noch düsterer aussehen.

»Guten Tag«, sagt Alan höflich. Als sich unsere Blicke treffen, sehe ich, dass auch er blaue Augen hat. Aber sie wirken wärmer als die seines Bruders. Und sie haben nichts von Seans Unverschämtheit.

»Das ist mein Sohn Alan«, sagt Dana Carlyle.

»Hallo, Alan. Ich bin Natalie Price.«

»Ja, ich weiß«, sagt er. »Wir sind uns schon mal begegnet, bei einem Picknick für die Mitarbeiter der Behörde.«

»Ach ja?«

»Ist lange her. Da war ich achtzehn«, hilft er mir weiter auf die Sprünge. »Bevor –« Er fährt einmal mit der Hand über seine Beine. »Ich habe in Ihrem Softball-Team mitgespielt.«

»Haben wir gewonnen?«

Er hat ein nettes Lächeln. »Nein.«

»Sind Sie hier, um mir einen Beileidsbesuch abzustatten, Superintendent?«

Die Stimme des Deputy Commissioner hat ihren vertraut schneidenden Klang. Ich drehe mich zu ihm um, gereizt durch seinen Ton. Man sollte doch meinen, dass er unter den gegebenen Umständen ein bisschen gedämpfter wäre.

»Ich habe gehofft, wir könnten uns ein bisschen unterhalten«, sage ich. »Wenn Ihnen danach ist.«

Carlyle sieht seine Frau an. Sie steht sofort auf. »Ich wollte sowieso los –«

»Miss Price bleibt bestimmt nicht lange.«

Dana Carlyle zögert. »Tja . . .«

»Warte noch«, sagt ihr Mann. »Und die Jungs auch.«

Alan rollt schon zur Tür und stößt beinahe mit seinem Bruder zusammen, der mit einem weiteren Plastikstuhl hereinkommt.

»Den brauchen wir nicht mehr«, sagt Carlyle barsch. »Warte mit deiner Mutter und Alan draußen.«

»Ich muss aber zur Werkstatt«, wendet Sean ein.

»Seit wann interessiert es dich, ob du pünktlich zur Arbeit kommst oder nicht?«

Sean kichert, lässt aber den Stuhl einfach auf den Boden knallen, macht auf dem Absatz kehrt und geht hinaus. Dana folgt ihm, und zum Schluss rollt Alan aus dem Zimmer.

»Setzen Sie sich«, bellt Carlyle.

»Na«, sage ich sarkastisch, »wenigstens weiß ich jetzt, dass ich nicht die Einzige bin, die von Ihnen herumkommandiert wird.«

Ich sehe ihm an, dass meine Dreistigkeit ihn für einen Augenblick sprachlos macht, doch dann lacht er bitter auf. »Es steht anscheinend noch schlechter um mich, als ich dachte.«

Ich setze mich. »Stimmt.«

Die Arroganz ist verschwunden. Plötzlich sehe ich einen verängstigten Mann vor mir.

»Nachdem ich neulich Abend bei Ihnen war, habe ich meiner Frau alles erzählt«, sagt Carlyle grimmig. »Aber selbst das hat sie nicht darauf vorbereitet, dass . . .« Seine Lippen werden zu einer dünnen Linie. »Heute Morgen hat mir Sean die Zeitung mit dem Foto gezeigt.« Er starrt müde ins Leere. »Diesmal ist er es, der zuletzt lacht.«

»Ich kann mir nicht vorstellen, dass er lacht«, sage ich leise.

»Sie kennen Sean nicht. Er ist selbst nicht gerade die Tugend in Person. Aber die Zeiten, in denen ich bei meinem Ältesten den Moralapostel spielen konnte, sind endgültig vorbei.«

»Ihre Frau scheint zu Ihnen zu stehen. Und Alan –«

»Nun, was wollen Sie von mir, Miss Price?«

»Ich möchte, dass Sie mir jemand anderen liefern, auf den ich mich konzentrieren kann«, sage ich einfach.

»Ich dachte, ich hätte Ihnen gesagt, Sie sollen sich aus der Sache raushalten.«

»Das haben Sie.«

»Dann sind Sie entweder noch dümmer, als ich dachte, Superintendent, oder noch eingebildeter.«

»Kommt drauf an, für wie dumm und eingebildet Sie mich gehalten haben.«

Carlyle starrt mich an, und ich kann förmlich spüren, wie er überlegt, welche Richtung er dem Gespräch geben soll. »Wenn Sie nicht aufpassen, Miss Price –«

»Keine Sorge, Deputy Carlyle, ich passe besser auf, als Sie das je für möglich halten würden.«

»Blödsinn«, sagt er. Aber es klingt nicht abfällig.

»Schön, eins zu null für Sie«, räume ich ungern ein. Wenn ich in der Vergangenheit vor der Wahl zwischen Vorsicht oder Handeln stand, war die Entscheidung eigentlich immer klar.

Aber jetzt ist das anders. Ich muss nun nicht mehr bloß auf mich aufpassen – das darf ich nicht vergessen.

»Jedenfalls«, sagt Carlyle, »bevor Sie mir ins Wort gefallen sind, wollte ich eigentlich sagen, wenn Sie nicht aufpassen, fange ich noch an, Sie zu mögen.«

Ich bin keine Frau, der es leicht die Sprache verschlägt, aber diesmal fällt mir wirklich nichts mehr ein.

»Keine Bange, Price, so weit ist es noch lange nicht.«

»Da bin ich aber froh.«

Nicht zu fassen, aber wir lächeln beide. Und zu meiner völligen Verblüffung muss ich mir eingestehen, dass auch ich anfangen könnte, Steven Carlyle zu mögen, wenn das so weiter geht. Na ja . . . vielleicht ist *mögen* etwas übertrieben. Vor allem, weil ich längst noch nicht davon überzeugt bin, dass der Deputy Commissioner kein kaltblütiger Mörder ist. Aber ich merke doch, dass ich allmählich davon überzeugt werden möchte. Und zwar nicht nur, weil er nun mal mein Vorgesetzter ist.

Also komme ich gleich zur Sache.

»Kennen Sie irgendeinen der anderen Männer, mit denen Jessica Asher Umgang hatte?«

»Sie meinen, ob ich bei flotten Dreiern mitgemacht habe?«, fragt Carlyle beißend. Diesmal bin ich froh, dass er wieder seinen alten schneidenden Ton angenommen hat. Es ist nun mal wahr, dass das, was man an einem Menschen kennt, selbst wenn es einem nicht gefällt, beruhigender ist als das, was man nicht kennt.

»Nein«, antwortet er nach einer Pause.

»Nein, Sie haben nicht bei flotten –«

»Nein, ich kannte keinen ihrer anderen Kunden. Das Ganze lief sehr diskret ab. Wenn Gen . . . Jessica vor oder nach mir noch einen Kunden hatte, hat sie dazwischen immer genug Zeit gelassen, damit es keine zufälligen Begegnungen gab.«

»Und wie steht es mit jemandem, der kein Kunde war? Ein Freund?«

»Das haben Sie mich schon mal gefragt, und ich habe Ihnen gesagt, dass . . .« Er bricht mitten im Satz ab und sagt nach kurzer Pause: »Vielleicht hatte sie einen Freund. Einmal, als wir zusammen waren, wurde sie auf ihrem Handy angerufen. Das war das erste Mal, dass ich es klingeln hörte, deshalb hab ich noch gedacht, dass sie es normalerweise ausgeschaltet hatte, wenn sie . . . arbeitete.« Eins muss ich ihm lassen. Er sieht aus, als wäre ihm unbehaglich zumute.

»Hat sie den Anruf angenommen?«, frage ich.

»Nicht richtig. Sie hat sich gemeldet, aber sofort gesagt, dass sie gleich zurückruft. Ich wollte nämlich gerade gehen.«

»Hat sie den Anrufer mit Namen angesprochen?«
»Baby.«
»Wie bitte?«
»Sie hat gesagt: ›Ich ruf dich in einer Minute zurück, Baby.‹ Und da war irgendwie ... ich weiß nicht ... so ein nervöser Unterton in ihrer Stimme. Als hätte sie Angst, dass er verärgert sein könnte, weil sie nicht sofort mit ihm sprechen wollte.«
»Ihm? Woher wissen Sie, dass es ein Mann war?«
Carlyle zuckt die Achseln. »Die Art, wie sie *Baby* gesagt hat. Ich bin einfach davon ausgegangen ... Aber wer weiß, vielleicht war sie ja bi.«
»Hat sie mal irgendwelche Freundinnen erwähnt?«
»Wir haben nicht geplaudert. Ich wusste absolut nichts über ihr Privatleben. Und ich habe dummerweise geglaubt, sie wüsste auch nichts über meins. Ich hab sogar gedacht, sie wüsste nicht mal, wie ich richtig heiße.«
»Wie haben Sie gemerkt, dass sie es doch wusste?«
Carlyles Mund zuckt.
Ich warte. Es dauert nicht lange.
»Sie hat mir was in mein Büro geschickt.«
»Was denn?«
Er schaut weg.
»Die Fotos«, sage ich, als mir das sprichwörtliche Licht aufgeht. »Sie hat Ihnen die Fotos geschickt.«
»Nur eins davon«, murmelt er.
»Es macht Ihre Lage nicht besser, dass Sie Robie angelogen haben, als sie Ihnen die Fotos gezeigt hat und Sie gesagt haben, Sie wüssten nichts davon.«
»Und wie bitte schön hätte es meine Lage verbessert, wenn ich es zugegeben hätte?«, faucht er. Er verzieht das Gesicht. Im ersten Moment habe ich Angst, dass sein Herz Ärger macht. »Ich hätte mir denken können, dass es nicht lange dauert, bis die Polizei die Fotos findet.«
Wenn sie sie überhaupt gefunden hat. Mir fällt ein, dass Fran Robie mir die Frage gar nicht beantwortet hat, wie sie die obszönen Fotos in die Hand bekommen hat. Hat die Spurensi-

cherung sie in Jessicas Wohnung entdeckt? Oder wurden sie ihr zugespielt?

»Was hat Jessica Asher von Ihnen verlangt, damit die Fotos nicht an die Öffentlichkeit gelangen?« Ich will feststellen, ob Carlyle ehrlich mit mir ist oder mir was vormacht, wie bei Fran Robie.

»Was wollen denn die meisten Erpresser, Price?«

»Ich glaube kaum, dass alle das wollen, was sie wollte, Deputy.«

Er betrachtet mich aufmerksam, will abschätzen, wie viel ich weiß.

»Ich sollte ihr einen Gefallen tun«, sagt er nach längerem Schweigen.

»Sie sollten sich beim Berufungsausschuss für Griffith Sumner einsetzen?«

»Ich weiß nicht, was sie wollte. Sie ist gestorben, bevor sie es mir sagen konnte. Und vergessen Sie nicht, Price, bis dieses Foto kam, wusste ich nicht, dass Genevieve ... Jessica ... meine wahre Identität kannte.«

»Und wenn sie es Ihnen gesagt hätte?«

Er zögert. »Ich weiß nicht, was ich getan hätte«, gibt er zu.

»Wo ist das Foto?«

Er zögert. »Ich hab's verbrannt.«

»Griffith Sumner ist letzten Freitag ermordet worden.«

Seine Miene bleibt ausdruckslos, als hätte er das geübt. »Ich weiß. Kam ja in den Nachrichten. Bei einer Schlägerei zwischen verfeindeten Gangs erstochen.«

»Praktisch.«

Er sagt nichts.

»Wann haben Sie das Foto erhalten?«, frage ich.

»Am Tag bevor ...« Seine Stimme ist ein heiseres Flüstern. Und er beendet den Satz nicht.

»Am Tag bevor Jessica Asher getötet wurde?« *Verdammt.*

»Ja. Ich weiß, es sieht immer schlechter aus.« Genau wie der Deputy Commissioner.

»Was ist mit dieser Nachricht, die Sie Ihrer Sekretärin hingelegt haben? In der stand, dass Sie am nächsten Tag nicht ins

Büro kommen würden? Das war, nachdem Sie das Foto bekommen hatten, richtig?«

Er sieht mir direkt in die Augen. »Ich habe ihr keinen Zettel hingelegt. Meine Sekretärin muss sich irren. Oder die Polizistin hat das erfunden, um mich in eine Fall zu locken. Ich habe ihr keinen Zettel hingelegt«, wiederholt er mit Nachdruck.

Es ist klar, warum der Deputy bei dieser Version bleiben will. Noch klarer ist, dass er mir die Wahrheit nicht anvertrauen wird.

»Sprechen Sie mit meiner neuen Sekretärin. Sie heißt Grace Lowell. Vielleicht kann sie die Sache klären. Sie kann keine Nachricht von mir gefunden haben, die ich nie geschrieben habe«, beteuert er.

»Aber Sie waren aufgebracht, als Sie das Foto gesehen haben.«

»Aufgebracht? Ja.«

»Und wütend.« Eine Feststellung von mir, keine Frage.

Er antwortet nicht. Aber seine Augen gleiten von meinem Gesicht.

»Und Sie fühlten sich hintergangen.«

Wieder sieht er mich an, und seine Miene ist grimmig. »Alles zusammen, ja.«

»Haben Sie Jessica am nächsten Tag gesehen?«

»Nein.«

»Haben Sie mit ihr gesprochen?«

»Nein.«

»Jessica hat Sie nicht angerufen?«

Ich sehe ihm an, dass meine Fragerei seine Geduld auf eine harte Probe stellt. Aber auch meine Geduld ist langsam erschöpft.

»Wollten Sie nicht genauer wissen, was sie von Ihnen wollte? Wollten Sie nicht versuchen, vernünftig mit ihr zu reden? Ihr ein Geschäft vorschlagen? Herausfinden, was –?«

»Ich hatte keine Möglichkeit dazu . . . Ich wusste nicht, wie ich sie erreichen konnte. Ich wusste weder ihren richtigen Namen noch wo sie wohnt –«

»Woher wussten Sie denn, dass sie nicht in dem Stadthaus wohnte, in dem Sie Ihre heimlichen Treffen hatten?«

Er lacht rau. »Heimliche Treffen. Das klingt so romantisch.«

»War es das denn nicht?«

»Nein. Mit Romantik hatte das nichts zu tun. Es war Sex. Schmutziger Sex, sonst nichts. Die Art Sex, von der Männer träumen. Die Art Sex, die sie mit ihrer Frau nicht haben können. Zumindest ich ...« Er verstummt, als hätte er mehr zu dem Thema gesagt, als er wollte. »Jedenfalls wusste ich, dass Genevieve nicht dort wohnt, weil die Schränke und Kommodenschubladen leer waren.« Er lächelt traurig. »Ja, ich habe herumgeschnüffelt. Erwischt. Schuldig.«

»Aber Sie wussten, dass sie dort arbeitet«, hake ich nach. »Sie wussten, wo Sie sie finden konnten und –«

Er fällt mir ins Wort. »Wie sollte ich denn wissen, ob sie an dem Tag dort sein würde? Ich bin davon ausgegangen, dass dort einige Mädchen *tätig* waren.«

»Sind Sie davon ausgegangen oder wussten Sie es?«

»Ich bin nicht in Stimmung für eine Quizveranstaltung, Price. Mein Kardiologe hätte bestimmt was dagegen –«

»Haben Sie dort auch andere Frauen getroffen?«

Seine einzige Antwort ist ein wütender Blick.

»Was ist mit Alison Bryant? Sind Sie ihr mal begegnet? Kennen Sie sie?«

»Schluss jetzt, Price. Sie schießen übers Ziel hinaus.«

Wahrscheinlich bin ich nicht mal in Sichtweite des Ziels, aber ich merke, dass Carlyle mir nichts über seine anderen sexuellen Eskapaden erzählen wird. »Warum haben Sie an dem Morgen nicht beim Begleitservice angerufen, um einen Termin mit Asher zu machen?«

Er wischt sich mit dem Handrücken eine Schweißperle von der Oberlippe. »Ich wollte mich erst mal ein bisschen erholen.«

Die Erklärung klingt bestenfalls schwach. Schlimmstenfalls –

»Ich weiß«, sagt er, als hätte er meine Gedanken erraten, »aber es stimmt. Ich bin tatsächlich mit mörderischen Kopfschmerzen aufgewacht. Ich hatte sie schon, als ich ins Bett gegangen war. Ich habe den Morgen wirklich zu Hause verbracht, und am Nachmittag habe ich wirklich meine Mutter besucht. Ich habe nicht mit Gen . . . Jessica gesprochen. Ich bin an dem Tag nicht zur Joy Street gefahren. Ich habe nichts mit dem Mord zu tun.«

»Wie haben Sie Ihre Treffen mit Jessica arrangiert?«

»Ich hatte eine Telefonnummer. Mehr nicht. Da meldete sich eine Frau . . . immer dieselbe. Sie hat die Verabredungen gebucht.«

»Wie haben Sie bezahlt?«

Er zögert. »Bar. Immer nur bar.«

»Das Geld haben Sie Jessica gegeben?«

Er nickt.

»Wie hieß die Frau, mit der Sie am Telefon gesprochen haben?«

»Keine Ahnung.«

»War das die Chefin?«

Er zuckt die Achseln. »Wahrscheinlich eher eine Angestellte. Genevieve hat gesagt, dass die Chefin sich im Hintergrund hielt.«

»Hat sie Ihnen gesagt, wie die Chefin heißt?«

»Nein. Und es war mir ehrlich gesagt auch egal, wer den Service leitete. Hauptsache, das Ganze war diskret. Aber . . . aber das war es ja dann doch nicht.«

»Hat sie sonst noch irgendwas über ihre Chefin gesagt?«

Allmählich erwacht Carlyles Interesse an meinen Fragen. »Ist das wichtig?«

»Möglicherweise.«

Er runzelt die Stirn. »Ich weiß noch, dass Genevieve mir einmal sehr aufgeregt vorkam. Ich hab sie gefragt, was los ist. Sie hat irgendwas gemurmelt von wegen, ein Boss wäre ja schon schlimm genug, da bräuchte sie nicht gleich zwei, die sie rumkommandieren.«

Dann hatte Alison Bryant vielleicht nicht allein das Sagen? Diese Neuigkeit gibt mir zu denken.

»Nachdem sie das gesagt hatte, war sie noch aufgeregter.

Sie hat gesagt, ich soll das vergessen. Dann hat sie mich gebeten, ihr einen Moment Zeit zu lassen, damit sie sich beruhigen kann, bevor ...« Der Rest des Satzes bleibt unausgesprochen.

»Wusste die Frau, die die Termine vergeben hat, Ihren richtigen Namen?«

»Sie hat nie danach gefragt.« Er lacht verhalten. »Und wenn, hätte ich mir einen Namen ausgedacht. Genau wie ich das bei Genevieve gemacht habe. Und sie bei mir.«

»Phil Mason?«

»Dieser Preistreiber von einem Zahnarzt.«

»Haben Sie immer nur diesen Namen benutzt?«

»Ein kleiner Scherz von mir. Ja, ich habe immer denselben Namen genommen.«

»Wer waren die anderen Frauen?«

»Was?«

»Mit denen Sie zusammen waren außer Jessica? Sie haben eben gesagt, dass Sie immer denselben Decknamen benutzt haben.«

»Sehr gut, Miss Price. Da haben Sie mich ja richtig reingelegt.«

»Es geht mir nicht darum, Sie reinzulegen, Deputy. Es geht mir darum, ein bisschen Licht in einem sehr dunklen Tunnel zu finden. Und Sie sind nicht mal gewillt, eine Taschenlampe anzuknipsen.«

»Ich bin nur bei zwei anderen Frauen gewesen. Nur dann, wenn Genevieve ausgebucht war. Sie waren gut. Erstklassig. Aber sie waren nun mal nicht ... Jedenfalls kenne ich auch deren richtige Namen nicht. Ich weiß nicht mal mehr, wie sie sich genannt haben.«

»Dann sagt Ihnen der Name Alison Bryant gar nichts?«

»Nein. Wie ich schon sagte –«

»Haben Sie sich mit all den Frauen in dem Haus an der Joy Street getroffen?«

»Alle drei? Nein. Mit Skye hab ich mich in einem Hotel getroffen. Anscheinend war das Stadthaus da schon ausgebucht.«

»Skye?«

»Mensch, der ist mir jetzt spontan wieder eingefallen. Ja, so hat sie sich genannt.«

»Welches Hotel war das?«

»Das Boston Regency. Eine Suite. Ich war nur einmal dort. Zu öffentlich für meinen Geschmack.«

»Wer hat Ihnen von diesem Callgirldienst erzählt? Von wem hatten Sie die Telefonnummer? Ich vermute, Sie haben sie nicht irgendwo auf der Wand eines Herrenklos entdeckt.« Ich vermute außerdem, dass derjenige, der die Nummer verteilt hat, sehr wählerisch war. Das würde erklären, warum keine Notwendigkeit bestand, am Telefon den *richtigen* Namen zu nennen, und warum die Kunden keine genaueren Angaben machen mussten. Das war alles schon geklärt, noch ehe das erste Rendezvous arrangiert wurde.

Carlyle fährt sich mit der Zunge über die aufgesprungenen Lippen. »Anfang letzten Jahres habe ich auf einem Benefizball eine Frau kennen gelernt. Ich hatte wohl ein bisschen zu viel getrunken, und ich habe mit ihr geflirtet. Schließlich gab sie mir eine Telefonnummer, ich dachte, es wäre ihre. Aber es war ein Begleitservice.«

»Und dieser Service hat Sie dann mit ihr in Kontakt gebracht?«

»Nein. Ich habe sie beschrieben und bin bei Genevieve gelandet. Ich war nicht traurig drum.«

»Wer war die Frau auf der Benefizveranstaltung? War das Skye?«

»Nein. Ich hab sie nicht nach ihrem Namen gefragt.«

Ich blicke ihn skeptisch an.

Carlyle lächelt gequält. »Ihr Name war mir scheißegal, Price.«

»Können Sie sie beschreiben?«

»Sie war groß, rote Haare, üppig, attraktiv. Eine richtige Rassefrau.«

»War sie allein da?«

Er hebt die Schultern. »Keine Ahnung. Wie gesagt, ich war schwer angesäuselt. Ich habe gesehen, wie sie sich mit Leuten unterhielt, aber ich weiß nicht, ob sie in Begleitung war.«

»Und Sie? Waren Sie allein dort?«

»Sie meinen, ob meine Frau dabei war? Nein. Sie hasst solche Veranstaltungen. Ich bin mit dem Commissioner und seiner Frau hingegangen.«

»Was für eine Benefizveranstaltung war das?«

»Der Galaball des Bürgermeisters zugunsten der amerikanischen Herzforschung.«

Absurd – ausgerechnet von einem Bürgermeister, der kein Herz hat.

»Da müssen ja jede Menge wichtige Leute gewesen sein«, bemerke ich. »Haben Sie die rassige Rothaarige auch mit Bürgermeister Milburne zusammen gesehen?«

»Das weiß ich nicht mehr. Ich erinnere mich nur noch, dass sie beim Essen an einem Tisch mit Eric Landon und seiner Frau gesessen hat.«

Schon wieder dieser Landon. »Wer saß noch an dem Tisch?«

»Jerry Tepper. Der war einer der Redner, und danach hat er an dem Tisch Platz genommen.« Er stockt, runzelt die Stirn. »Ach so, und der Oberstaatsanwalt hat auch da gesessen.«

»Joe Keenan?«

Er nickt verbittert. Kein Wunder, dass er im Augenblick keine besonders freundlichen Gefühle für den Oberstaatsanwalt hegt.

Ich finde diese Mischung ziemlich eigenartig. Verteidiger und Ankläger am selben Tisch . . .

Carlyles Blick verfinstert sich noch mehr, tiefe Furchen durchziehen seine Stirn.

»Verdammt«, murmelt er. »Ich wusste doch, dass sie mir irgendwie bekannt vorkam, aber ich wusste nicht woher.«

»Wer?«

»Die Frau, die an dem Abend neben Joe Keenan gesessen hat. Das war diese unflätige Polizistin, diese Robie.«

»Fran Robie?« Keenans Exfrau? Oder waren die beiden da noch verheiratet?

»Ja. Und wenn ich jetzt so richtig darüber nachdenke«, fährt Carlyle fort, »dann saß die Rothaarige, die mir die Telefonnummer gegeben hat, auf der anderen Seite von Robie. Genau, die beiden haben direkt nebeneinander gesessen.«

22

Ich strebe gerade auf die Reihe von Telefonen in der Eingangshalle des Krankenhauses zu, um die Telefonnummer des Begleitservices auszuprobieren, die der Deputy Commissioner mir gegeben hat, als ich am hintersten Telefon einen ziemlich aufgebrachten Sean Carlyle entdeckte. Er starrt wütend geradeaus, sieht mich jedoch nicht, also suche ich bei einem Telefon Deckung, das zwei halbhohe Zwischenwände von ihm entfernt ist. Ich hebe den Hörer ans Ohr, wähle aber nicht, sondern spitze die Ohren.

»Mensch, erzähl mir keinen Scheiß, ja, sonst . . .«

Er stockt, weil die Person am anderen Ende ihm offenbar ins Wort gefallen ist. Aber gleich darauf wird er noch heftiger.

»Ja, ja, aber weißt du was, ich kann dir das Leben auch ganz schön schwer machen, Süße.«

Also eine Frau.

»Lass die mal aus der Sache raus. Und sag dieser kleinen Schlampe Ali, wenn sie . . . Bist du noch dran? He . . . hallo . . . Scheiße!«

Ich höre, wie der Hörer aufgeknallt wird, und drehe mich weg, als Sean Carlyle an mir vorbeistürmt. Ein Wort hallt in meinem Kopf nach. Ali. Zugegeben, es gibt mehr als nur eine Ali – Alison – auf der Welt, aber andererseits . . .

Ich seufze tief. Als ob die Dinge nicht schon kompliziert genug wären. Jetzt muss ich auch noch rausfinden, ob und wie Carlyles nichtsnutziger Sohn mit ins Bild passt. Sean wird mir das wohl kaum freiwillig erzählen. Ich könnte noch mal zurück zum Deputy Commissioner gehen und ihn fragen. Vorausgesetzt, er weiß etwas darüber. Vorausgesetzt, er ist bereit, sein eigenes Kind in diesen ganzen Schlamassel mit reinzuziehen.

Ich brauche ein paar Minuten, um mich neu zu konzentrieren, dann wähle ich die Nummer, die Steven Carlyle mir gegeben hat. Nach zweimaligem Klingeln kommt eine Nachricht vom Band: Kein Anschluss unter dieser Nummer.

Na klar.

»Ich arbeite nur noch bis Ende der Woche hier. Die meiste Zeit wimmle ich Anrufe von Reportern ab«, erklärt Grace Lowell erschöpft. Ihre stumpfgrauen Augen, die auch durch das dick aufgetragene Mascara und den schwarzen Eyeliner nicht hübscher wirken, huschen zum Telefon, das wie auf ihr Stichwort anfängt zu klingeln.

»Strafvollzugsbehörde ... Nein, und ich gebe keine Auskünfte zu Deputy Commissioner Carlyle ... Jetzt hören Sie, Sie haben schon mehrmals angerufen, und jedes Mal sage ich Ihnen dasselbe ... Kein Kommentar. Und jetzt rufen Sie bitte nicht wieder an.« Sie legt erbost auf und atmet tief durch. Ihr stattlicher Busen wogt unter der Bluse aus Kunstseide. Das übertriebene Make-up der großen, drallen Sekretärin passt zumindest zu ihrer farbenfrohen, aber unvorteilhaften Kleidung: smaragdgrüne Bluse, zwei Nummern zu klein, enger lila Rock, der mehrere Zentimeter über ihren Knien endet – zugegeben, ihre Beine sind erstaunlich schlank und wohlgeformt im Vergleich zu ihrer übrigen Leibesfülle –, und ein Schultertuch mit knallroten Rosen und riesigen, grünen Blättern auf senffarbenem Hintergrund.

»Ich bin froh, wenn ich endlich hier aufhöre.«

»Werden Sie versetzt?«

»Ich hab gekündigt. Die Arbeit bei der Strafvollzugsbehörde war ein kurzes, aber ereignisreiches Intermezzo. Ein Monat nur, aber es kommt mir sehr viel länger vor«, sagt Carlyles Sekretärin sachlich. »Und in zwei Wochen fange ich eine neue Stelle in New York an. Ich hab viele Jahre in Manhattan gewohnt. Und dann hab ich einen Mann kennen gelernt, der kurz darauf nach Boston gezogen ist.« Sie seufzt. »Ich war wohl ein wenig unvernünftig. Bin ihm hierher gefolgt. Hab mir eingeredet, dass er eine feste Beziehung zu mir wollte. Er wollte nicht«, sagt sie unverblümt. »Seien wir ehrlich, die Männer liegen mir nicht gerade zu Füßen. Ich bin eine unscheinbare, mollige, zweiunddreißig Jahre alte Jungfer, die . . .« Sie blickt mich verlegen an. »Entschuldigen Sie. Sie sind nicht hergekommen, um sich meine Leidensgeschichte anzuhören. Ich vermute, es geht um den Deputy Commissioner.«

»Ja, ich würde Ihnen gerne ein paar Fragen stellen.«

Grace Lowell nickt. »Selbstverständlich. Commissioner Miller hat mir die Erlaubnis gegeben, Ihnen alles zu sagen, was ich weiß. Was leider nicht sehr viel ist.«

Ich rücke meinen Stuhl näher heran. »Manchmal wissen die Leute mehr, als ihnen selbst klar ist.«

»Mag sein.« Sie klingt nicht sehr optimistisch. Oder auch nur sonderlich interessiert.

»Fangen wir mit dem Boten an, der am Donnerstag, dem 16. Oktober, einen größeren Umschlag bei Ihnen abgegeben hat.«

Grace beißt sich auf die Unterlippe. Das tut sie anscheinend öfter, denn der dunkelrote Lippenstift ist an der Stelle ganz verwischt.

»Tut mir Leid, daran erinnere ich mich nicht . . . hier wird andauernd irgendwas abgegeben . . . aber Moment. Der Sechzehnte, sagen Sie? Das war doch einen Tag bevor die arme Frau überfahren wurde.« Sie presst sich eine Hand auf die Brust. »Ich kann mir einfach nicht vorstellen, dass er etwas so Furchtbares tun würde. Er war ein sehr netter Chef. Zugegeben, ich war zwar nur ein paar Wochen beim Deputy Commissioner, und er konnte wirklich ein bisschen . . . na ja, schroff sein, aber glauben Sie mir, ich hab schon schlimmere Chefs gehabt.«

Nicht gerade eine begeisterte Hymne auf Carlyle.

»Aber Sie haben nach einer Sendung gefragt. Jetzt weiß ich wieder. Weil der Deputy mich später am selben Tag auch danach gefragt hat. Ja. Stimmt. Jetzt, wo ich drüber nachdenke, wirkte er . . . ein bisschen durcheinander.«

Das kann ich mir vorstellen.

»Was genau hat er Sie gefragt, Miss Lowell?«

Wieder nagt sie an der Unterlippe. »Er hat gefragt, wer den Umschlag abgegeben hat. Was irgendwie merkwürdig war. Ich meine, was spielt das für eine Rolle? Es war ein Briefbote. Ein ganz normaler Briefbote.«

»Können Sie ihn beschreiben?«

Meine Frage scheint sie zu verblüffen. »Jetzt doch nicht mehr. Tut mir Leid. Ist das wichtig? Muss ja wohl, wenn Sie danach fragen. Was war denn in dem Umschlag?« Auf einmal blickt sie interessierter. Sogar aufgeregt. Als könnte das der Höhepunkt ihres Tages werden. Oder ihres Lebens. Grace Lowell macht nämlich auf mich den Eindruck, als würde ihr Leben ansonsten äußerst trist verlaufen.

»Mussten Sie den Empfang quittieren?«

»Äh ... nein. Das ist wirklich komisch, nicht? Normalerweise muss ich unterschreiben.« Sie zuckt die Achseln. »Aber diesmal nicht. Ach je, ich bin Ihnen keine große Hilfe. Tut mir Leid, Superintendent.«

Wieder klingelt das Telefon. Grace Lowell verdreht die Augen, als sie abhebt. »Strafvollzugsbehörde ...« Sie klingt wie eine Frau, die zu lange drangsaliert worden ist. Doch dann verändert sich ihr Tonfall kaum merklich. Ich nehme die Veränderung wahr, kann sie aber nicht genau benennen. Anspannung? Gereiztheit?

»Nein, tut mir Leid, ich kann nicht mit Ihnen sprechen ... Ja, genau ... Ja ... Kein Kommentar.« Die letzten beiden Worte hängt sie praktisch nachträglich noch hintendran, ehe sie auflegt.

»Schon wieder ein Reporter?«, frage ich.

»Gott, ich wünschte, die würden endlich aufgeben.«

Mein Lügendetektor schlägt aus. Ich glaube nicht, dass es ein Reporter war. Aber wer dann?

»Sie haben der Polizei gesagt, als Sie am Freitag, dem Siebzehnten, ins Büro gekommen sind, lag auf Ihrem Schreibtisch eine Nachricht vom Deputy.«

»Eine Nachricht. Ja. Genau. Vom Deputy. So ein rosa Notizzettel. Da stand drauf, dass er an dem Tag nicht ins Büro kommen würde ... dem Tag, an dem die arme Frau getötet worden ist.« Sie schüttelt langsam den Kopf. »Zu dem Zeitpunkt hab ich mir nichts dabei gedacht. Ehrlich gesagt, ich war eigentlich ganz froh. Ich hatte an dem Abend noch eine Verabredung, und ich hab mir gedacht, na ja, wenn der Deputy nicht da ist, kann ich ein bisschen früher gehen und mich schick machen –«

»Haben Sie der Polizei den Zettel gegeben?«

»Nein. Das ging nicht mehr. Ich hab ihn ja noch am selben Morgen weggeworfen. Ich meine ... ich hatte ja keine Ahnung, dass das vielleicht ein ... Beweisstück sein könnte.«

»War es die Handschrift des Deputy?«

Sie blickt mich perplex an. »Wessen Handschrift denn sonst?«

Eine Frage, auf die es keine Antwort gibt, weil der Zettel nicht mehr existiert.

»Es tut mir wirklich Leid, dass ich Ihnen nicht mehr helfen kann«, sagt Grace.

»Da kann man nichts machen. Trotzdem danke.« Ich stehe auf und will gehen, als mir noch eine Frage einfällt. »Nur aus Neugier: Ist der Sohn des Deputy mal hier gewesen, um seinen Dad zu sprechen?«

Grace Lowell zieht die Stirn kraus. »Komisch, dass Sie das fragen.«

»Wieso komisch?«

»Ach, nicht komisch im Sinne von lustig«, stellt sie klar. »Sein Sohn ist tatsächlich ein paarmal hier gewesen. Wir haben dann immer ein bisschen miteinander geplaudert, wenn sein Dad in einer Besprechung war oder so.« Sie runzelt die Stirn noch kräftiger. »Aber als er das letzte Mal hier war ... also ehrlich, ich habe nicht gelauscht. Aber ... na ja, sie sind etwas laut geworden, wissen Sie ... haben richtig gebrüllt ... das heißt, der Deputy weniger als sein Sohn.«

»Warum hat Sean ihn denn angeschrien?«

»Es war nicht Sean. Den hab ich nur einmal persönlich kennen gelernt. Gleich an meinem ersten Tag hier. Ziemlich mürrisch. Ich meine den anderen Jungen. Alan. Tragisch, dass so ein junger, gut aussehender Mann an den Rollstuhl gefesselt ist.«

»Warum hat Alan seinen Vater angeschrien?«

Die Sekretärin zuckt die Achseln. »Das weiß ich nun wirklich nicht. Ich hab nicht verstehen können, was ... Ich meine, ich hab nicht extra hingehört ... Es war nur der Tonfall. Und er sah sehr zornig aus, als er wieder rauskam. Hat sich nicht mal von mir verabschiedet.«

»Wann war das? Wann war Alan hier?«

»Wann? Oh, das weiß ich noch. Das war am selben Tag, an dem dieser Umschlag für den Deputy Commissioner abgegeben worden ist. Ich wollte gerade gehen – hatte mich schon von Mr Carlyle verabschiedet –, als Alan auftauchte.«

»Allein?«

»Ja. Er ist sehr geschickt mit seinem Rollstuhl.«

»Aber irgendwer muss ihn doch hergefahren haben.«

Sie zuckt die Achseln. »Ich weiß nicht. Ich habe einen Vetter, der auch querschnittsgelähmt ist, und der fährt seinen Geländewagen ohne Probleme. Der hat ihn einfach so umbauen lassen, dass er Gas und Bremse mit den Händen bedienen kann.«

Wieder klingelt das Telefon. Grace Lowell greift zum Hörer. »Strafvollzugsbehörde ... Nein, ich gebe keine Stellungnahme ab zu den ...«

Es ist fast Mittag, und das Übelkeitsgefühl, das mich fast ständig plagt, gönnt mir eine Atempause. Daher beschließe ich, etwas zu essen, solange ich kann. Gegenüber dem Verwaltungsgebäude ist der *Lone Wolf Grill*, ein schickes und dementsprechend teures Restaurant, das gern von den Beamten aus den höheren Etagen besucht wird. Ich bin ein paarmal dorthin eingeladen worden, einmal von Commissioner Miller und bei mehreren Gelegenheiten von Deputy Commissioner Russell Fisk.

Als ich von einer Kellnerin zu einem freien Tisch geführt werde, höre ich jemanden meinen Namen rufen. Ich erkenne die Stimme.

Russell Fisk steht von seinem Stuhl auf, als ich zu ihm hinübergehe. Er ist in Begleitung eines attraktiven Mannes mittleren Alters.

»Setzen Sie sich zu uns, Nat. Das ist Keith Brockman. Keith, das ist Nat Price, Superintendent vom Horizon House. Ich bin froh, dass ihr beide euch endlich kennen lernt.«

Brockman ist ebenfalls aufgestanden, um mich zu begrüßen, und ich schüttele ihm die Hand. Russell hat mir im Vertrauen erzählt, dass er seit einem Jahr mit Keith zusammenlebt. Angesichts der vielen Probleme, die die Strafvollzugsbehörde in letzter Zeit durchstehen musste, hat sich der Deputy Commissioner entschieden, seine sexuelle Orientierung vertraulich zu behandeln.

Ich lehne die Einladung ab, und Russell besteht nicht darauf. Allerdings fragt er mich, ob ich schon bei Steven Carlyle im Krankenhaus war.

»Ja. Er scheint sich wieder zu erholen.«

»Das muss schlimm für ihn sein«, sagt Russell mitfühlend. »Ich hab ja manchmal so meine Schwierigkeiten mit Steve, beruflich und privat, aber ich halte ihn für einen fleißigen und engagierten Deputy. Wie sieht es denn für ihn aus?«

»Nicht besonders gut«, gestehe ich.

»Kann ich irgendwie behilflich sein?«

»Sie haben nicht zufällig am Morgen des 17. Oktober – das war ein Freitag – eine Nachricht von Carlyle auf dem Schreibtisch seiner Sekretärin gesehen?«

»Eine Nachricht? Auf Grace Lowells Schreibtisch?«

»Auf einem rosa Notizzettel. Ich weiß, Lowell war ausschließlich Carlyles Sekretärin, deshalb hatten Sie wahrscheinlich keinen Grund, an ihren Schreibtisch zu gehen –«

»Doch, hatte ich. Meine Sekretärin war in der Woche krankgeschrieben. Die arme Janice hatte eine Fehlgeburt –«

Ich spüre schlagartig ein furchtbares Ziehen im Unterleib. Wieso bloß hat man den Eindruck, dass ein Thema, das einem besondere Angst macht, plötzlich überall zur Sprache kommt?

»Und deshalb wurde die Post für mich auf Grace' Schreibtisch gelegt«, erklärt Russell weiter. »Ich weiß noch, dass ich am Freitag besonders früh ins Büro gekommen bin. Und Grace war noch nicht da. Und ... ich meine, klar kann ich so was übersehen haben, aber Grace' Schreibtisch ist immer picobello aufgeräumt – tut mir Leid, Nat. Ich hab da einfach keinen rosa Notizzettel gesehen. Ist das ein Problem?«

»Wenn ich das bloß wüsste, Russell.«

Der Kellner bringt mir die Rechnung, nachdem er mein kaum angerührtes Omelett schon abgeräumt hat. Ich konnte doch nichts essen, war zu nervös bei dem Gedanken an eine mögliche Fehlgeburt – als ob so etwas ansteckend wäre und mich selbst treffen könnte, bloß weil mir jemand erzählt hat, dass es einer anderen Frau widerfahren ist.

Ich lege gerade ein paar Scheine auf den Tisch, als ein Mann auf dem Stuhl mir gegenüber Platz nimmt. Zuerst denke ich, da will sich irgendjemand den frei werdenden Tisch sichern, doch als ich aufblicke, sehe ich, dass es nicht irgendjemand ist.

»Wir kennen uns wahrscheinlich von den Zeitungsfotos aus den letzten Jahren. Aber es wird Zeit, dass wir uns persönlich kennen lernen.« Er hält mir seine Hand hin. »Joe Keenan. Freut mich, Superintendent Price.«

Der Oberstaatsanwalt hat einen festen Händedruck und mir fällt auf, dass seine Fingernägel perfekt manikürt sind. Überhaupt ist Keenan so modisch gekleidet wie eine Schaufensterpuppe: marineblauer Zweireiher, strahlend weißes Hemd, kastanienbraune Jacquard-Krawatte. Ich hatte ihn erst einmal kurz in Person gesehen, als er im Beobachtungsraum auf dem Polizeirevier auftauchte, während Carlyle das erste Mal vernommen wurde.

Jetzt, wo ich die Gelegenheit habe, ihn genauer zu betrachten, muss ich zugeben, dass das übertrieben modische Outfit des Oberstaatsanwalts durch seinen sportlich muskulösen Körperbau und das herb-männliche Aussehen mehr als ausgeglichen wird. Keenan hat wie seine Exfrau einen natürlich gebräunten Teint, der sehr schön zu seinen dunkelbraunen Augen und dem gepflegten hellbraunen Haar passt. Ich wette, dass Keenan und Robie alle Augen auf sich lenkten, wenn sie gemeinsam einen Raum betraten. Ich vermute, das ist noch immer so, denn wie es aussieht, haben sie ja trotz Scheidung regen Kontakt.

»Bestehe ich die Prüfung, Superintendent?«

Ich bin sicher, der Oberstaatsanwalt will mich mit der Frage in Verlegenheit bringen, womit er sich sofort einen Vorteil verschafft hätte.

Ich lächle schwach. »Sie haben jedenfalls keine losen Fäden oder verräterische Lippenstiftspuren auf dem Kragen.«

Keenan scheint ein wenig enttäuscht, vielleicht auch ein bisschen verärgert. Aber er überspielt das mit einem provozierenden Hochziehen der Augenbrauen.

»Also, Sie jedenfalls sehen in natura noch besser aus als auf den Zeitungsfotos.« Er lächelt schuldbewusst, als er meine durchaus ungeschmeichelte Reaktion sieht. »Hmm, irgendwie hab ich das Gefühl, das war ein schlechter Spruch.«

»Alle Sprüche sind schlechte Sprüche, Mr Keenan. Ich wollte gerade gehen, also wenn wir uns hier nur zufällig –«

»Ich hatte gehofft, wir könnten uns kurz unterhalten.«

»Aber wirklich nur kurz. Ich bin spät dran.«

Eine Kellnerin nähert sich unserem Tisch, doch Keenan winkt sie weg.

»Kümmern Sie sich um Ihren eigenen Kram, Superintendent.«

Na, wenigstens kommt er direkt zur Sache.

»Mordermittlungen sind kompliziert genug, auch ohne dass irgendwelche Amateure dazwischenfunken. Und«, er hebt die Hand, um mich am Reden zu hindern, »Sie sind nicht nur Amateurin, Sie haben auch noch ein berufliches Interesse am Ergebnis dieser Ermittlung. Womit Sie noch dazu parteiisch sind. Und parteiische Menschen haben eine sehr selektive Wahrnehmung.«

»Und Sie sind nicht parteiisch?«

»Fakten sind nun mal Fakten, Miss Price.«

»Es gibt keine harten Fakten, Mr Keenan. Nur Unterstellungen.«

Er betrachtet mich ernst. »Sie kennen nicht alle Fakten. Aber ich will Ihnen was verraten, Superintendent. Carlyle kommt wegen Mordes an Jessica Asher vor Gericht. Ich bin kein Wahrsager, aber ich kann Ihnen fast garantieren, dass die Geschworenen ihn schuldig sprechen werden.«

»Waren Sie sich bei dem Prozess gegen Elizabeth Temple auch so sicher, dass die Geschworenen zu einem Schuldspruch gelangen würden?« Ich warte seine Antwort gar nicht erst ab. »Ja, vermutlich waren Sie das, weil Sie ja so eine verlässliche Informantin hatten – als Zeugin der Anklage. Alison Bryant hat alles für Sie erledigt. Wie geht's ihr übrigens? Oder sollte ich lieber fragen – wie laufen die Geschäfte?«

Keenan zuckt die Achseln, als wäre ihm das völlig egal. »Zuletzt habe ich gehört, dass Miss Bryant sich aus dem ältesten Gewerbe der Welt zurückgezogen hat.«

»Und was macht sie jetzt?«

»Ich habe nicht die leiseste Ahnung, Miss Price.«

Aber das aufgeregte Zucken in seinem Kiefer verrät mir, dass der Oberstaatsanwalt durchaus eine leise Ahnung hat.

»Tja, wie schon gesagt, ich bin spät dran. Bis dann, Mr Keenan.« Ich stehe vom Tisch auf. »Ach übrigens, grüßen Sie Ihre Exfrau von mir. Sie und Fran sind wirklich der lebende Beweis dafür, dass es doch noch so etwas gibt wie eine freundliche Scheidung.«

Bevor ich das Restaurant verlasse, muss ich noch rasch zur Toilette. Auf dem Weg nach draußen werfe ich einen letzten Blick auf den Tisch, wo ich Oberstaatsanwalt Joe Keenan in gereizter Stimmung zurückgelassen habe. Jetzt sieht er noch gereizter aus. Und er führt meine Bemerkung über seine freundliche Scheidung ad absurdum. Denn auf dem Stuhl, den ich vor wenigen Minuten verlassen habe, sitzt seine Exfrau Francine Robie. Und keiner von den beiden blickt besonders freundlich drein.

Was gäbe ich dafür, jetzt bei ihnen Mäuschen spielen zu können ...

23

Als ich in Leos Büro komme, bemerke ich als Erstes einen neuen Kaktus auf seinem unordentlichen Schreibtisch. Sein letzter war ein trostloser Anblick, doch dieser hier strotzt vor Gesundheit und beginnt gerade zu blühen. Ich glaube kaum, dass Leo ihn gekauft hat. Nicht seine Art. Also wer wollte sein Büro ein bisschen freundlicher gestalten? Sein Partner jedenfalls nicht. Oates hat noch weniger für Pflanzen übrig als Leo. Vielleicht Anna Coscarelli. Aber am ehesten kommt wohl Nicki Holden in Frage. Seinerzeit hatte sie im Horizon House eine Farbenpracht an Pflanzen in ihrem Zimmer. Eine Frau mit grünem Daumen. Und einer besonderen Vorliebe für Kakteen.

»Volltreffer«, sagt Leo allerdings ohne rechte Begeisterung. »Der Junge ist auf Bewährung.«

»Er ist sechsundzwanzig. Also kein Junge mehr.« Ich überfliege die Kopie von Sean Carlyles Strafregister. Er ist schon mehrfach mit dem Gesetz in Konflikt geraten, aber immer ungeschoren davongekommen – ich bin sicher, dass da der Einfluss seines Vaters eine entscheidende Rolle gespielt hat –, bis vor drei Monaten, als er mit Kokain am Steuer erwischt wurde. Er bekam zwei Jahre auf Bewährung. Ich notiere mir den Namen seiner Bewährungshelferin. Kerry O'Donnell. Ein Glücksfall. Mit ihr hatte ich schon öfters zu tun. Eine patente Frau, die seit über zwanzig Jahren im Strafvollzug arbeitet.

Leo reicht mir eine Kopie des Polizeiberichts.

»Sieh dir mal an, wo er angehalten wurde«, sagt er.

»Cambridge Street«, lese ich vom Blatt. »Hat das was zu bedeuten ...?«

»Wahrscheinlich interpretiere ich zu viel da hinein«, sagt Leo so, dass ich weiß, das Gegenteil ist der Fall, »aber die Joy Street geht zufälligerweise direkt von der Cambridge Street ab.«

Ich schildere Leo die paar Fetzen aus Seans Telefongespräch im Krankenhaus, die ich mitgehört habe.

»Das gefällt mir nicht«, stellt Leo fest. »Der Junge – ich meine, der Mann – ist ein mieser Typ, Natalie. Überlass die Sache lieber Robie.«

»Das kann ich nicht, Leo.«

»Kannst du nicht? Oder willst du nicht?«

»Wusstest du, dass Fran Robie mit unserem hervorragenden Oberstaatsanwalt Joe Keenan verheiratet war?«

Leo blickt finster. »Ja, und?«

»Wann haben die beiden sich getrennt?«

»Worauf willst du hinaus, Natalie?«

Ich berichte ihm von dem Benefizball des Bürgermeisters vor einigen Monaten und zähle ihm die Leute auf, die an einem Tisch mit der Frau gesessen haben, von der Steven Carlyle die Telefonnummer des Begleitservices bekommen hat.

Diese Information hellt Leos Miene nicht wieder auf. »Und was willst du mir damit sagen? Du denkst, Robie hat Dreck am Stecken? Und auch Keenan, die Landons, Tepper . . . ach so, ja, und diese mysteriöse Rothaarige. Und vergessen wir nicht unseren Bürgermeister. Schließlich hat er ja die kleine Gruppe zusammengebracht. Menschenskind, Schatz, wenn du Recht hast, dann haben wir's ja hier mit einem brandheißen politischen Sexskandal zu tun.« Leo steht nicht auf Koseworte. Das *Schatz* ist ironisch gemeint. »Fehlt nur noch der Deputy Commissioner. Und wenn wir uns anstrengen, finden wir bestimmt auch noch ein Plätzchen für Carlyles drogenabhängigen Sohn.«

Ich weiß, dass Leo sich über mich lustig macht, aber gleichzeitig stellt er eine Liste möglicher Verdächtiger auf.

»Ich habe Keenan heute beim Mittagessen getroffen. Er hat gesagt, ich soll mich aus der Sache raushalten.«

Leo lächelt gequält. »Der arme Teufel weiß nicht, wie ungern du dir was sagen lässt.«

»Nein, das weiß er nicht.«
»Ich hatte heute Morgen Besuch von Debra Landon.«
»Was wollte sie?«
»Dreimal darfst du raten, Natalie.«
Ich liege schon beim ersten Mal richtig. »Ich soll aufhören, meine Nase in die Affären, Verzeihung, Angelegenheiten ihres Mannes zu stecken.« Mein Blick fällt wieder auf den Kaktus.

Leo folgt meinem Blick. Ich frage mich, ob er auch meinen Gedanken folgt. Doch er schweigt.

»Natalie«, sagt er schließlich leise. Und für den Bruchteil einer Sekunde denke ich, dass jetzt unsere große Aussprache kommt. Sie wäre dringend nötig. Auf jeden Fall noch bevor man es mir ansieht –

Er nimmt meine Hand. Ich habe Angst, bin aber bereit.

»Du kannst es Debra nicht verübeln, dass sie ihren Mann schützen will. Es deutet nichts darauf hin, dass Eric Landon irgendwas mit dieser grässlichen Geschichte zu tun hat, und trotzdem wird der Mann jetzt schon von der Sensationspresse in die Mangel genommen, weil dieses Foto von seiner Schwägerin mit Carlyle aufgetaucht ist. Seine politischen Gegner könnten daraus eine richtige Schlammschlacht machen.«

Die große Aussprache ist gestrichen. Ich blicke wieder auf den Bericht von Seans Festnahme. Und da fällt mir etwas auf, während Leo weiterredet –

»Und dabei könnte nicht bloß Landon durch den Dreck gezogen werden. Unter Umständen gefährdest du die Karriere von vielen einflussreichen Leuten. Du könntest manche von ihnen ruinieren, Natalie. Unschuldige –«

»Leo, sieh dir das an. Als Seans Auto angehalten wurde, saß eine nicht näher identifizierte Beifahrerin im Wagen.«

»Natalie, hörst du mir überhaupt zu? Du machst aus einer Ermittlung die reinste Verschwörungstheorie.«

»Leo«, kontere ich, »hörst du mir zu? Wie hat sie es geschafft, dass ihr Name nicht im Polizeibericht auftaucht?«

»Musste einfach mal raus und Luft schnappen«, sagt Kerry O'Donnell mit ihrer rauchigen Stimme, die das Produkt von zu vielen Zigaretten in viel zu vielen Jahren ist. Ich folge ihr zu einem Tisch am hinteren Ende eines schmalen Schnellrestaurants im North End, einen Häuserblock von ihrem Büro entfernt. Sie schiebt ihren massigen Körper, der in einem knallblauen Trainingsanzug steckt, auf eine Bank, klatscht ihre ramponierte Aktentasche auf den abgeblätterten Resopaltisch und ruft dem Latino hinter der Theke zu: »Zwei heiße Cornedbeef-Sandwiches, Miguel. Und lass alles Kalorienarme weg.«

»Wenn Sie nicht vorhaben, beide zu essen«, melde ich mich hastig zu Wort, »lieber nur eins.«

Kerry mustert mich über ihre randlose Brille hinweg. »Sind Sie todkrank?«

»Wie bitte?«

»Wenn jemand ein schönes, fetttriefendes, heißes Cornedbeef-Sandwich ausschlägt, muss er todkrank sein. Oder – Gott bewahre – auf Diät.«

»Magenverstimmung.« Die hoffentlich nicht neun Monate anhält.

Sie zuckt die Achseln. »Ich kann ja eins mit ins Büro nehmen. Es sei denn, Sie überlegen es sich noch anders. So, wir interessieren uns also für den Frauenliebling, was?« Die Bewährungshelferin fischt bereits Sean Carlyles Akte aus ihrer Aktentasche.

»Ist er einer?«

Sie betrachtet mich erneut prüfend. »Die Ladys lieben ihn. Und er liebt die Ladys. Ich persönlich bevorzuge Männer, die einmal im Jahr duschen, auch wenn's noch nicht unbedingt erforderlich ist.«

Wir schmunzeln beide.

»Woher wissen Sie so viel über sein Liebesleben?«, frage ich.

»So viel weiß ich gar nicht, aber doch mehr als mir lieb ist. Ich war ein paarmal zu Kontrollbesuchen in der Wohnung seiner Freundin. Ehe sie ihn vor ein paar Wochen an die Luft gesetzt hat, was sie gleich am ersten Tag hätte tun sollen, wenn

Sie mich fragen. Jedenfalls, bei zwei Gelegenheiten, als ich dort aufgetaucht bin, war ein anderes Mädchen bei ihm. Ziemlich unbekleidet. Mal mehr, mal weniger.«

Kerry O'Donnell beugt sich über ihre Aktenmappe, die sich mir als unübersichtlicher Wust aus Blättern, Karteikarten und Post-it-Zetteln in allen möglichen Farben darstellt. Irgendwie scheint ihr Ordnungssystem zu funktionieren, denn sie zieht, ohne groß zu suchen, genau das Blatt heraus, das sie braucht.

»Die Freundin heißt Martha Cady. Eins muss man ihm lassen: Der Typ sucht sich Frauen aus, die nicht nur gut aussehen, sondern noch dazu Kohle haben.«

»Ach ja? Martha Cady hat Geld?«

Die beiden brutzelnd heißen Cornedbeef-Sandwiches werden von Miguel persönlich serviert. Der Geruch trifft mich wie ein Fausthieb in die Magengrube.

Kerry, die sich gleich mit Inbrunst über ihr Sandwich hermacht, kriegt gar nicht mit, dass ich meinen Teller so weit wie möglich von mir wegschiebe. Sie hat noch nicht ganz zu Ende gekaut, als sie sagt: »Cady. Wie in Cady Electronics. Wie in Phillip-und-Katherine-Cady-Stiftng. Martha schwimmt in Geld, Nat. So was ist doch ungerecht. Nicht genug damit, dass sie groß, schön und knackig ist, sie hat auch noch Geld wie Heu. Ach, was soll's. Dafür könnte sie ihre perfekten weißen Beißerchen nicht in eins von diesen leckeren Dingern hier schlagen, ohne gleich ein schlechtes Gewissen zu kriegen. Natürlich könnte sie alles gleich wieder auskotzen. Ich meine, die Mannequin-Diät.«

Ich wünschte, wir wären in Kerrys kleinem Büro geblieben . . .

»Alles in Ordnung, Nat? Sie sind ein bisschen blass um die Nase.«

»Was ist mit den beiden Frauen, die bei Sean in Cadys Wohnung waren?«

Kerry ist schon wieder am Kauen. Und auch diesmal schluckt sie nicht runter, bevor sie spricht. »Wollen Sie wissen, wie die hießen? Darf ich fragen, warum Sie das interessiert?«

Ich lächele. »Fragen dürfen Sie.«

Sie grinst mich an, lässt die Frage auf sich beruhen und blättert ihren Ordner durch. Sie hat Senf an den Fingerspitzen, die Flecken hinterlassen, aber das scheint sie nicht zu stören. »Da haben wir's. Eine hat angegeben, sie hieße Mary Smith.« Kerry hebt eine Augenbraue.

»Und die andere?«

»Die andere ...« Erneutes Blättern. Diesmal sucht sie, bis sie einen knallgelben Post-it-Zettel gefunden hat. »Die andere – ach ja, stimmt, die hat mir nur ihren Vornamen genannt. War ziemlich vorlaut, die Zicke. Jen.«

»Jen? Mit J oder G?«

»Du lieber Himmel, ich hab's mir doch nicht extra noch buchstabieren lassen.« Sie pappt den Zettel wieder in den Ordner. Falls die Frau *Gen* gesagt hat, könnte das die Abkürzung für Genevieve sein. Zuerst *Ali*, jetzt *Gen*.

Falls es sich um dieselben Prostituierten gehandelt hat, könnte das für das Verhältnis zwischen Vater und Sohn eine ziemliche Belastung gewesen sein. Aber woher hätte Sean das Geld gehabt, um sich Genevieves Dienste leisten zu können? Für einen Frauenhelden wie Sean gibt es viele Möglichkeiten. Er hätte seine reiche Freundin anpumpen können. Eine seiner anderen Freundinnen. Oder vielleicht hatte er einen lukrativen Nebenjob. Zum Beispiel Drogen verkaufen. Klauen. Erpresserische Fotos machen?

Bei dem Gedanken, dass es Sean gewesen sein könnte, der Jessica mit seinem Vater fotografiert hat, kriege ich Gänsehaut.

»Keine Ali?«, frage ich Kerry. »Oder Alison?«

»Nee«, sagt Kerry nach kurzem Suchen. »Ich glaube, das sind die beiden einzigen Namen, die ich mir aufgeschrieben habe. Einmal, als ich da war, stand gerade eine Frau im Bad unter der Dusche. Sean hat gesagt, es wäre Martha. Aber wer weiß?«

»Meinen Sie, Martha wusste, dass Sean sie betrog? Hat sie ihn deshalb rausgeschmissen?«

Kerry lächelt mich schief an. »Ich kann bloß sagen, als ich das letzte Mal zu einem Kontrollbesuch in ihrer Wohnung war – übrigens auch der letzte Tag, den er dort wohnte, also der

10. Oktober –, hab ich schon auf dem Flur gehört, wie sie sich angeschrien haben. Ich dachte erst, es wäre gar nicht Martha, bis sie mir die Tür aufmachte.«

»Warum das?«

»Weil er sie Skye genannt hat.«

Der unangenehme Geruch des warmen Cornedbeef ist schlagartig vergessen.

»Skye?« Ich will meinen Ohren nicht trauen.

»Ja. Das weiß ich genau, ich hab Martha Cady nämlich noch gefragt, ob das ihr Spitzname sei, und sie hat mir einen Blick zugeworfen, der eine Zartbesaitetere als mich ohne weiteres hätte töten können.«

Mein Herz rast, und die Aufregung muss mir anzusehen sein. Ali. Gen. Skye. Die Sache ist klar.

»Und? Steckt der junge Carlyle in Schwierigkeiten, Nat?«

24

Martha Cadys einnehmendes Lächeln erstirbt in dem Augenblick, als sie begreift, dass ich nicht in die schicke, aber leere Kunstgalerie Lanz auf der noblen Newbury Street gekommen bin, um mir die überteuerten und durchschnittlichen Gemälde anzusehen. Kaum habe ich den Namen Sean Carlyle erwähnt, ist selbst die Erinnerung an ein Lächeln aus ihrem Gesicht verschwunden.

»Ich habe absolut keine Lust, über diesen Mann zu reden«, sagt sie knapp, und ihre akkurate Aussprache passt gut zu den feinen Gesichtszügen.

»Wie ich höre, saßen Sie vor ein paar Monaten mit ihm im Auto, als er festgenommen wurde, weil er unter Drogeneinfluss –«

»Woher zum Teufel –?« Ihr Mund klappt richtiggehend zu. Sie atmet schwer. »Machen Sie, dass Sie hier rauskommen, sonst rufe ich –«

»Sie müssen den ein oder anderen guten Bekannten bei der Polizei haben, Miss Cady. Oder vielleicht Ihre Eltern?« Ich lehne mich ein bisschen weiter über den halbrunden Schreibtisch mit Stahlplatte, hinter dem die junge Brünette sitzt. »Ich habe auch ein paar gute Bekannte bei der Polizei.«

Sie zwinkert rasch, bemüht, nicht verängstigt auszusehen. Vergeblich.

»Sie und Sean kamen an dem Tag von der Joy Street.« Ich beobachte sie genau, um zu sehen, wie nah meine – und Leos – Vermutung an der Wahrheit dran ist. Verdammt nah dran.

»Na und?«

»Joy Street Nummer 1014.«

»Woher –?« Zorn, durchsetzt mit noch etwas anderem – Furcht? –, spiegelt sich in ihrem Gesicht. »Verschwinden Sie!«

»Ich möchte mit Alison Bryant sprechen. Vielleicht könnten Sie ihr das ausrichten. Ich habe nämlich den Eindruck, dass sie mir aus dem Weg geht.«

»Ich kenne keine Alison Bryant«, spuckt sie förmlich aus.

»Was ist mit Genevieve?«

»Nie gehört.«

Die große, geschmeidige Frau steht auf und geht wortlos auf eine Tür im hinteren Bereich der Galerie zu.

»Skye!«, rufe ich.

Sie bleibt wie erstarrt stehen. Als sie sich endlich bewegt, wendet sie nur den Kopf. Sie schaut mich über die Schulter an. Und ich verstehe vollkommen, was Kerry O'Donnell gemeint hat, als sie von dem »Killerblick« der Martha Cady, genannt »Skye«, sprach.

»Ich kann Sie gerne mit dem Auto abholen, Alan.«

»Nein, ist nicht nötig, Superintendent«, sagt er am Telefon. »Mir wäre lieber, meine Mutter erfährt nicht, dass wir uns treffen.«

»Warum denn nicht?«

»Ach wissen Sie, diese ganze Geschichte geht ihr ganz schön an die Nieren. Sie können von Glück sagen, dass Sie überhaupt durchgekommen sind. Sie hatte das Telefon die meiste Zeit ausgestöpselt, aber seit Dad im Krankenhaus ist, will sie wieder erreichbar sein. Ich höre mir immer erst über den Anrufbeantworter an, wer dran ist.«

»Welcher Treffpunkt wäre Ihnen am liebsten?«, frage ich. »Fahren Sie noch Auto?«

»Nicht weit von unserem Haus ist ein Buchladen. Die haben da Sofas und Sessel, und es stört sie nicht, wenn man in Ruhe stöbert und schmökert. Auf jeden Fall stört es sie nicht, wenn ich das tue. Die Inhaberin des Ladens war mal . . . Renée ist eine gute Freundin. Eine alte Freundin.«

Ich nehme einen traurigen Unterton wahr. Ich bin ziemlich sicher, Alan Carlyle wollte sagen, dass die Frau mal seine

Freundin war. Und seine Traurigkeit lässt darauf schließen, dass nicht er die Beziehung beendet hat. Hat Renée sich nach seinem Unfall von ihm getrennt? Hat sie ihn mit dem bewährten und unwahren Wir-können-ja-Freunde-bleiben-Spruch abgespeist?

Alan hat ein Buch über den amerikanischen Bürgerkrieg aufgeschlagen vor sich auf dem Schoß liegen. Er hat sich eine gemütliche Ecke im Buchladen ausgesucht und seinen Rollstuhl zwischen einem verschlissenen grünen Zweiersofa aus Samt und einem Sessel mit einer fadenscheinigen Flickendecke geparkt. Auf einem Tischchen neben ihm stehen zwei Tassen Espresso.

»Ich hab keinen Zucker reingetasn«, sagt er, als ich mich für den Sessel entscheide.

»Ich hab heute schon zu viel Kaffee getrunken«, lüge ich und werfe einen Blick auf den doppelseitigen Sepiadruck in Alans Buch, der ein vom Krieg verwüstetes Schlachtfeld zeigt, mit Leichen übersät.

Er klappt das Buch zu. »Ziemlich schauerlich.«

Ich nicke.

Er legt den schweren Band auf den Tisch. »Sie haben in Ihrem Beruf sicher mit vielen Menschen zu tun, die grauenhafte Dinge getan haben.«

»Ja. Das stimmt.«

Er blickt mich offen an. »Glauben Sie, mein Vater hat diese Frau überfahren?«

»Ich weiß es nicht.«

Er greift nach einem Espresso. »Ich bin sicher, dass er es nicht war.«

»Sicher?«

Er trinkt einen Schluck von dem schwarzen Kaffee. »Oh, beweisen kann ich das nicht. Er hofft, dass Sie es können.«

»Ach ja?«

»Er will nicht zugeben, dass er Ihre Hilfe braucht, aber Dad gibt nie zu, wenn er Hilfe braucht.« Alan lächelt mich an. »Ich bin ihm sehr ähnlich.« Das Lächeln erstirbt. »Das heißt … früher mal.«

»Ist Sean Ihrem Vater auch ähnlich?«

»Sean? Sean ähnelt niemandem in der Familie.«

»Keiner von uns kann den Genen, die wir von unseren Eltern mitbekommen, so ganz entfliehen.« Ich sage das mit Bedauern.

»Da haben Sie bestimmt Recht, Nat. Darf ich Sie Nat nennen?«

»Gern.«

»Aber Sean ist adoptiert.«

»Ach so. Na ja, das erklärt so manches.«

Alan sieht mich bedrückt an. »Ich wünschte, Sie könnten es mir erklären. Ich bin aus Sean nie so richtig schlau geworden.«

»Wie meinen Sie das?«

»Er war schon immer ein Hitzkopf. Und ein ... Heimlichtuer. Hat immer irgendwelche Sachen versteckt. Sich davongeschlichen. Nie eine klare Antwort gegeben. Mein Dad war oft schrecklich enttäuscht von ihm.«

»Und Ihre Mutter?«

»Oh, in Moms Augen konnte Sean gar nichts falsch machen. Als ob sie das Gefühl hätte, ihm gegenüber erst recht loyal sein zu müssen, weil er nicht ihr leibliches Kind ist. Als ob sie sich fast überschlagen müsste, um ihm zu zeigen, dass sie ihn genauso liebt wie mich.«

»Dann hat Sean bestimmt ein besonders enges Verhältnis zu Ihrer Mutter?«

»Ja, das wohl. Aber im Grunde hat Sean sich immer nach Dads Achtung gesehnt.«

»Tatsächlich? Ich hatte eher den Eindruck, dass Sean es Ihrem Vater ziemlich schwer macht.« Im Krankenhaus hatte ich eine kleine Kostprobe davon gesehen.

»Das ist Seans Art. Mom nennt das ›Dads Grenzen austesten‹. Seans ganze Aufmachung, wie er sich anzieht und verhält – das ist alles ein Test.« Er lächelt unbefangen. »Aber Sie wollten sich bestimmt nicht mit mir treffen, um über Sean zu sprechen.«

»Doch, ehrlich gesagt schon.«

Das Lächeln verschwindet. »Warum?«

»Kannten Sie Seans Freundin?«

»Welche? Und warum fragen Sie?« Seine Hände wandern zu den Rädern des Rollstuhls. Als ob er mit dem Gedanken spielt, sich notfalls schnell zu verabschieden.

»Skye.«

Er blickt mich verständnislos an. »Bitte?«

»Ich dachte, Sean wäre mit einer Frau namens Skye zusammen gewesen.«

»Ich kenne Seans Freundinnen nicht. Er hat sie nie mit nach Hause gebracht. Er hat nie über sie gesprochen. Wie gesagt, er war schon immer ein Heimlichtuer.«

»Er hat bis vor wenigen Wochen mit einer Frau zusammengelebt. Martha Cady. Sie haben sich getrennt, und zwar eine Woche bevor Jessica Asher überfahren wurde.«

»Na und?«

»Kannten Sie Martha?«

»Nein.«

»Kannte Ihr Dad sie?«

»Was?« Jetzt umfassen seine Hände die Räder.

»Wussten Sie, dass Ihr Dad eine Affäre mit Jessica Asher hatte, Alan?«

»Erst als . . .«

»Ja?«

»Als ich . . . das Foto auf der Titelseite dieses widerlichen Blattes gesehen habe.«

»Und vorher nicht?«

»Nein. Woher hätte ich das auch –?«

»Einen Tag vor Jessica Ashers Tod waren Sie bei Ihrem Dad im Büro.«

»Ja und? Hören Sie, ich hab mich mit Ihnen getroffen, weil ich dachte, ich könnte Ihnen vielleicht irgendwie helfen, meinen Vater zu entlasten. Jetzt bin ich mir gar nicht mehr so sicher, dass Sie ihn überhaupt entlasten wollen.«

»Doch, Alan, wenn er unschuldig ist.«

»Aber er ist unschuldig.«

»Das sagten Sie schon. Können Sie mir helfen, ihn zu entlasten?«

»Wie denn?«

»An dem Tag bei Ihrem Vater im Büro waren Sie wütend auf ihn.«

»Nein.«

»Alan, seine Sekretärin hat Sie gehört. Sie haben Ihren Dad angeschrien.«

»Nein. Nein . . . hab ich nicht.«

»Warum waren Sie so wütend?«

Er will seinen Rollstuhl vorschieben, aber ich halte eines der Räder fest.

Ein Mann mittleren Alters tritt an ein Bücherregal in unserer Nähe. Offenbar sucht er nach einem speziellen Buch, jedenfalls nimmt er keine Notiz von uns. Augenblicke später kommt eine junge Frau in Jeans und schwarzem T-Shirt mit einer mädchenhaften Pferdeschwanzfrisur hinterher. »Haben Sie gefunden, was Sie suchen?«

Ehe der Mann antwortet, schaut sie in unsere Richtung. »Hallo, Alan. Ich hab dich gar nicht reinkommen sehen.«

»Renée.« Das ist seine einzige Begrüßung.

»Brauchst du irgendwas, Alan? Oder deine Freundin?« Sie sieht mich an, macht aus ihrer Neugier keinen Hehl.

»Vielen Dank«, sage ich höflich.

»Ah, das ist es«, sagt der Kunde und zieht ein Buch aus dem oberen Regal. »Kann ich das bitte gleich bezahlen? Ich bin in Eile.«

Widerwillig folgt Renée dem Mann nach vorn zur Kasse.

Alan starrt auf meine Hand hinunter. »Bitte lassen Sie los.«

»Warum waren Sie an diesem Tag so wütend auf Ihren Vater, Alan?«

Er schließt die Augen und schweigt einen Moment. »Ich bin gegen die Ecke seines Schreibtischs gestoßen, und da ist ein Umschlag runtergefallen. Ein Teil von einem Foto ist rausgerutscht, aber es hat gereicht. Ich konnte sehen, was . . . was drauf war.«

25

Als ich am nächsten Morgen aufwache, passiert es. Ein stechender Schmerz in der Leistengegend. Ich schnappe nach Luft und weiß nicht, ob ich vor Schmerz keuche oder aus Panik, dass irgendwas nicht stimmt. Dass ich eine Fehlgeburt habe. Genau wie ich befürchtet hatte ...

Doch der Schmerz verschwindet so schnell, wie er gekommen war. Ich rede mir ein, dass es nichts zu bedeuten habe. Eine kleine Verdauungsstörung. Oder vielleicht ist es ja auch die Strafe dafür, dass ich ständig eine Magenverstimmung vorschiebe, und ich kriege jetzt wirklich eine.

Aber dann passiert es wieder, als ich unter der Dusche stehe. Oh Gott, ich werde tatsächlich bestraft ...

»Es ist alles in Ordnung.« Dr. Rayburns Stimme klingt fest und beruhigend. »Aber Ihr Blutdruck ist immer noch ein bisschen zu hoch –«

»Und die Schmerzen?«

Sie schaut mich prüfend an. »Könnten Sie nicht mal Urlaub nehmen, Nat?«

Mir bleibt fast das Herz stehen, als ich aus dem Ärztehaus komme und Jack Dwyer an meinem Auto lehnen sehe.

»Jack, was machst du denn hier, verdammt noch mal?«

»Du fluchst immer nur dann, wenn du wegen irgendwas durcheinander bist.« Er schaut zu dem Gebäude hinüber, dann sieht er wieder mich an. »Was stimmt mit dir nicht?«

»Was stimmt mit dir nicht?«, kontere ich. »Wieso bist du mir gefolgt? Was gibt dir das Recht –?«

»Mir liegt was an dir. Ich mache mir Sorgen um dich. Das gibt mir das Recht.«

»Vielleicht solltest du dir lieber Sorgen um dich selbst machen«, zische ich. Diese kleine Begegnung ist gar nicht gut für meinen Blutdruck. Ich mustere Jack prüfend. Ist er mir in das Gebäude gefolgt? Hat er gesehen, in welche Praxis ich gegangen bin? Weiß er Bescheid? Oh Gott.

Ganz ruhig, Nat. Also schön, mal angenommen, er hat gesehen, wie du in eine Gynäkologenpraxis gegangen bist. Frauen gehen aus allen möglichen Gründen zum Gynäkologen. Routineuntersuchung, Vorsorge, Frauenleiden. Wieso sollte er gleich annehmen, dass du schwanger bist? Kein Grund zur Panik. Noch.

»Was soll das heißen? Ich soll mir lieber Sorgen um mich selbst machen?«, will Jack wissen.

»Ich muss zur Arbeit.« Ich will um ihn herum zur Fahrerseite meines Autos gehen und mich schnell davonmachen, doch Jack hält mich am Arm fest.

»Bist du krank, Nat? Wenn ja, kannst du es mir sagen. Ich bin für dich da. Egal, was du hast. Ich kümmere mich um dich. Ich tue alles für dich –«

Ich schüttele seine Hand ab. »Weißt du, was du für mich tun kannst? Du kannst dich um deine eigenen Angelegenheiten kümmern, Jack, mehr will ich gar nicht.« Aber es klingt wie ein verzweifeltes Flehen, nicht wie ein trotziger Befehl.

»Du bist meine Angelegenheit, Nat.«

»Nein, das bin ich nicht. Krieg das endlich in deinen dicken Schädel, Jack. Und wenn du es nicht schaffst, solltest du vielleicht ernsthaft in Erwägung ziehen, dich in ein anderes Zentrum versetzen zu lassen. Weil es mir nämlich langsam reicht.«

»Mannomann, du bist wirklich eine harte Nuss.«

»Ganz genau, Jack. Ich bin hart.«

»Ja, aber nicht so hart, wie du mir gegenüber tust. Kein Mensch ist so hart, Nat.«

Er steht jetzt ganz dicht vor mir. Ich rieche Pfefferminz in seinem Atem.

»Trinkst du wieder, Jack?« Dabei ist es noch keine neun Uhr morgens.

Er lacht bitter auf. »Ist das deine Strategie? Du fühlst dich in die Enge getrieben und schlägst um dich. Ach, das ist jämmerlich, Nat.«

»Nein, jämmerlich ist, dass du mich angelogen hast. Jämmerlich ist, dass du die Finger nicht von der Flasche lassen kannst. Jämmerlich ist, dass du behauptest, du bist für mich da und kannst noch nicht mal für dich selbst da sein.«

»Wie gesagt, Nat. Kein Mensch ist so hart. Jeder versagt mal. Wir alle machen Fehler.«

Ja, denke ich. Und ob wir alle Fehler machen!

»Mensch, Nat, geh nicht gleich auf mich los«, raunzt Hutch. »Das war wirklich alles. Mehr hat sie nicht gesagt.«

Ich starre auf den Notizzettel auf meinem Schreibtisch. Unter ANRUF VON hat mein leitender Vollzugsbeamter in Druckschrift »Alison Bryant« geschrieben. Unter TELEFONNUMMER steht nichts. Und unter NACHRICHT nur fünf Worte: »Will in Ruhe gelassen werden.«

»Sonst nichts? Gar nichts?«

»Doch, sie hat gesagt: ›Sagen Sie Ihrer Chefin, ich . . .‹ – und dann das, was da steht: ›Will in Ruhe gelassen werden.‹«

»Wie hat sie geklungen?«

»Verrennst du dich mal wieder in irgendwas?«

»Hutch, die Fragen stelle ich.«

»Weißt du eigentlich, dass du in letzter Zeit eine Stinklaune hast, Nat?«

Und ob ich das weiß.

»Also, wenn sie Russell wegen dieser Asher-Geschichte am Schlafittchen hätten, dann könnte ich ja noch verstehen, dass dir das nahe geht, aber Carlyle? Oder ist noch was anderes los? Hast du noch andere Sorgen, Nat?«

»Bitte, Hutch. Wir reden jetzt über den Anruf von Alison Bryant.«

»Gut, meinetwegen. Wie sie geklungen hat? Barsch. Dann hat sie einfach aufgelegt. Das fand ich auch ziemlich barsch.«

26

»Ein Mineralwasser, bitte.«

»Für mich auch, Phil«, sagt Tepper. Dann lächelt er mich an. »Versuche gerade, mit dem Alkohol ein bisschen kürzer zu treten.« Er tätschelt seinen beachtlichen Bauch. Jerry Tepper entspricht absolut nicht meinem Bild von einem erfolgreichen Prominentenanwalt. Er ist klein und birnenförmig und versucht, seine beginnende Glatze durch geschicktes Kämmen seiner schütteren, angegrauten Haare zu kaschieren. Sein blauer Anzug hat vermutlich ein Vermögen gekostet, aber zumindest das Jackett könnte bei seiner Leibesfülle ruhig eine Nummer größer sein. Ich schätze ihn auf Ende fünfzig, Anfang sechzig. Und das Alter meint es nicht gut mit ihm.

»Danke, dass Sie Zeit für mich gefunden haben, Superintendent. Liz ist überglücklich, dass ihre Verlegung ins Horizon House genehmigt wurde. Ich kann mir denken, dass Sie Himmel und Hölle in Bewegung setzen mussten, um das zu ermöglichen. Vor allem nach dem Zwischenfall zwischen ihr und dem Vollzugsbeamten.«

»Hat sie Ihnen davon erzählt?«

»Kurz. Ich bin sicher, das war geplant.«

»Ich auch.«

Er mustert mich gründlich und lehnt sich dann auf seinem Stuhl zurück. »Ich bin froh, dass wir uns verstehen.«

Ich bin mir gar nicht so sicher, ob wir das tun, aber den Gedanken behalte ich für mich. »Warum haben Sie um dieses Treffen gebeten, Mr Tepper?«

»Erstens, um Ihnen in Liz' Namen zu danken. Es war bestimmt nicht einfach, ihre Verlegung durchzukriegen.«

»Sie hätten sich auch telefonisch bedanken können. Oder mir eine Karte schicken.«

»Ich bedanke mich gerne persönlich.«

»Was noch?«

Er lacht. »Bin ich so leicht zu durchschauen? Ein schweres Defizit für einen Verteidiger.«

»Ich bin sicher, Sie lassen es sich nur anmerken, wenn es Ihren Zwecken dient.«

Seine Miene wird ernst. »Ich wollte vorschlagen, dass Sie für Liz eine Zeit lang einen Mitarbeiter zu ihrem persönlichen Schutz abstellen. Jemand, den Sie persönlich auswählen.«

»Ein Jammer, dass bei Griffith Sumner niemand da war, um auf ihn aufzupassen.«

Tepper schiebt die Zitronenscheibe, die am Rand seines Glases hängt, in das Mineralwasser. »Ich weiß, Sie werden dafür sorgen, dass man sich um sie kümmert, Superintendent.«

Eine andere Stimme ertönt in meinem Kopf. Die Stimme von Elizabeth Temple. Die fast dieselben Worte sagte: *Sie haben den Ruf, dass Sie sich um Ihre Leute kümmern, Superintendent.*

»Hat Jessica Asher Sie engagiert, dass Sie sich für die Berufung von Griffith Sumner einsetzen?«, frage ich den Anwalt.

Er überlegt kurz, ehe er antwortet. »Ja, sie hat mich engagiert.«

»Hat sie gesagt, warum?«

»Ich bilde mir ein, weil ich ein sehr guter Anwalt bin.«

»Ich meine, warum wollte sie Sumner helfen?«

»Sie hat gesagt, sie sei mit ihm befreundet.«

»Nur befreundet?«

»Wenn mehr zwischen ihnen war, entzieht sich das meiner Kenntnis. Jess hat mich gebeten, den Fall zu übernehmen, sie hat mein Honorar bezahlt, und ich war schon recht zuversichtlich, dass Sumners Urteil abgemildert wird, als –«

»Wie gut kannten Sie Jess?«

»Gut genug. Sie war eine ziemlich konfuse junge Frau. Aber sehr liebenswert. Ich mochte sie.«

»Konfus – inwiefern?«

»Sie war eine Prostituierte, Miss Price. Sie hat für Liz Temple gearbeitet und später dann für Alison Bryant.«

Er lächelt über meinen zweifellos verblüfften Blick angesichts seiner schonungslosen Offenheit. »Dachten Sie, ich würde mich dumm stellen? Ist nicht mein Stil, Superintendent.«

»Sie kennen Alison Bryant?«

»Kennen? Diese kleine Schlange hat mich den Temple-Prozess gekostet.«

»Natürlich. Stimmt. Ich meine, hatten Sie seither mit ihr zu tun? Seit sie den Begleitservice übernommen hat?«

»Nein.«

»Aber Sie wussten, dass sie die Leitung übernommen hat.«

»Ein Punkt für Sie, Superintendent.«

»Ich habe gehört, dass Bryant nicht der alleinige Kopf ist. Dass da noch jemand das Sagen hat. Vielleicht noch mehr zu sagen hat als Bryant.«

»Und wer soll das sein?«

»Ich hatte gehofft, Sie würden mir das sagen.«

»Tut mir Leid, Superintendent. Ich habe keine Ahnung.«

»Ich versuche seit Tagen vergeblich, Kontakt zu Alison Bryant aufzunehmen.«

»Ich würde Ihnen gerne helfen. Ich möchte nichts mehr, als dass dieses Schwein, das Jessie über den Haufen gefahren hat, hinter Schloss und Riegel landet.«

»Aber Sie haben keine Ahnung, wer das Schwein ist?«

»Nein.«

»Waren Sie einer von Jessies Kunden?«

Er lächelt nachsichtig. »Ich habe Ihnen doch schon gesagt, dass ich nichts zu schaffen habe mit Alison –«

»Sie könnten private Absprachen mit Jessie getroffen haben.«

»Könnte ich, hab ich aber nicht.«

»Sie hat Griffith Sumner erzählt, dass sie einen festen Freund hat. Sie waren das nicht?«

Er lächelt traurig. »Sehe ich so aus?«

Mir fehlen einen Moment lang die Worte. Tepper hilft mir

über die Peinlichkeit hinweg. »Über Geschmack lässt sich streiten, also wer weiß? Aber um Ihre Frage zu beantworten, Superintendent, nein. Ich war nicht ihr fester Freund. Und um die Frage zu beantworten, die Sie als Nächstes stellen wollen: Nein, ich weiß auch nicht, wer es war.«

»Wussten Sie, dass Jessie mal mit Eric Landon zusammen war?«

Er runzelt die Stirn. »Das ist lange her, Miss Price. Lange bevor Eric und Deb Asher geheiratet haben.«

»Sind Sie gut mit den Landons befreundet?«

»Wir sind befreundet«, stellt er klar.

»Erinnern Sie sich, dass Sie vor ein paar Monaten auf einem Benefizball waren und an einem Tisch mit den Landons und dem Oberstaatsanwalt gesessen haben? Fran Robie war auch dabei. Und Sie waren in Begleitung einer sehr hübschen rothaarigen Frau.«

»Ich habe eine Schwäche für Brünette.«

»War diese Rothaarige Alison Bryant?«

Er betrachtet mich nachdenklich. »Reine Vermutung, Miss Price? Oder eine Fangfrage?«

»Ein einfaches Ja oder Nein genügt mir, Mr Tepper.«

Er entschließt sich in diesem Moment, seinen ersten Schluck Mineralwasser zu trinken. Irgendwie habe ich das Gefühl, dass er jetzt lieber etwas Stärkeres hätte. Als er das Glas absetzt, hebt er die Serviette an den Mund und tupft sich die Lippen mit einer erstaunlich femininen Geste ab. »Ja. Es war Ali. Und ich versichere Ihnen, sie war nicht meine Begleiterin. Wenn es keine peinliche Szene verursacht hätte, hätte ich das kleine Miststück mit einem Tritt in den Hintern nach draußen befördert.«

»Vorhin haben Sie gesagt, dass sie seit dem Prozess gegen Liz Temple keinen Kontakt mehr zu Alison hatten.«

»Ich habe gesagt, ich hatte mit ihr nichts mehr zu tun. Ich habe bei dem Essen kein Wort mit ihr gesprochen. Und sie nicht mit mir.«

»Mit wem hat sie sich am Tisch unterhalten? Mit den Landons? Mit Robie? Vielleicht mit dem Oberstaatsanwalt? Ich kann mir nicht vorstellen, dass der sie auch am liebsten rausgeschmissen hätte, wo sie doch seine Starzeugin beim Temple-Prozess war.«

»Ich kann mich nicht erinnern, dass sie mit irgendwem geredet hat.«

»Wann haben Sie Alison Bryant das letzte Mal gesehen?«

Tepper sieht aus, als hätte ich ihm gerade eine schmerzhafte Spritze gesetzt. Er trinkt einen weiteren Schluck. »Seit dem Ball habe ich sie nicht mehr gesehen.«

»Sie hat mich heute angerufen.«

Jetzt verzieht der Anwalt das Gesicht – als ob sich das Mittel, das ich ihm gespritzt habe, gerade durch seine Adern brennt. »Was hat sie gesagt? Was wollte sie?«

Ich beuge mich über den Tisch. »Haben Sie etwas gegen Alison Byrant in der Hand, Mr Tepper?«

»Ich weiß nicht, wovon Sie reden.«

»Warum hätte sie es Ihnen sonst erzählt?«

»Was erzählt?« Aber er wartet meine Antwort gar nicht erst ab. Rasch blinzelnd, schaut er hastig auf die Uhr, springt auf und sagt: »Ich muss los. Es war ein Vergnügen, Sie kennen zu lernen, Superintendent.« Er streckt mir eine Hand entgegen.

Ich ergreife sie und halte sie fest. »Sie haben Liz Temple erzählt, dass Alison gesehen hat, wie –«

Jerry Tepper kriegt einen Hustenanfall.

27

Es ist nach acht Uhr, als ich meinen Wagen in der Tiefgarage meines Apartmenthauses abstelle.

Ich steige aus und drücke am Autoschlüssel den Knopf für die Zentralverriegelung.

Heute Abend werde ich meine Nervosität nicht los. Vielleicht macht mich die Schwangerschaft überempfindlich, die Hormone spielen verrückt.

»Hallo, Nat.«

Mir bleibt fast das Herz stehen, als eine Gestalt hinter dem dunklen Van hervortritt, der direkt neben meinem Wagen parkt.

Das Licht in der Garage ist hell genug, dass ich sehen kann, wer mich da begrüßt.

»Sean.«

»Hab ich Sie erschreckt, Nat? Entschuldigung.«

Aber Carlyles Sohn klingt gar nicht so, als täte es ihm Leid.

Und ich bekomme hier unten allmählich ein beängstigendes Déjà-vu-Gefühl. Vor einem Jahr wäre ich in dieser Garage beinahe erschossen worden. Ich habe noch immer die Autoschlüssel in der Hand. Ich drücke auf die Entriegelung. Leider geht sofort das Innenlicht an und verrät meine Fluchtgedanken.

Sean macht einen Satz auf mich zu und stößt mich gegen den Wagen, bevor ich auch nur eine Hand an den Türgriff bekomme. Er starrt mich an, und ich sehe, dass seine Pupillen nur stecknadelkopfgroß sind. Der Kerl ist high.

»Du steckst deine Nase in meine Angelegenheiten, Natty. Und das mag ich nicht. Nimmst meinen Dad in die Mangel, meinen Bruder, meine verfickte Bewährungshelferin, meine Freundin –«

»Ich dachte, Sie und Martha hätten sich getrennt?« Meine Stimme ist heiser vor Angst, aber ich versuche, nicht in Panik zu geraten.

Seine Finger umfassen meine Schultern, drücken fest zu.

»Bitte lassen Sie los, Sean. Sie tun mir weh. Wenn Sie mit mir reden wollen, können wir –«

»Ich will nicht mit dir reden, Nat. Und ich will erst recht nicht, dass du redest. Nicht mit mir. Nicht über mich.«

»Gut.«

»Und wieso kann ich dir nicht richtig glauben?«

»Glauben Sie ihr ruhig, Sean.«

Jack Dwyer schlingt Sean Carlyle von hinten einen Arm um den Hals und zieht ihn zurück. Dann lächelt er mich an. »Ich wette, jetzt bist du nicht mehr sauer, dass ich dich verfolge, Nat.«

»Sean, wenn Sie mit uns kooperieren, rufe ich die Polizei vielleicht doch nicht an.«

Jack wirft mir einen erbosten Blick zu, eindeutig verärgert über mein Angebot. Aber dann konzentriert er sich wieder auf Sean. »Kooperiere, du kleines Schwein, oder ich . . .«

»Immer mit der Ruhe, Jack.« Wir sind oben in meiner Wohnung, wohin Jack Carlyles mittlerweile weinerlichen Sohn förmlich hatte schleifen müssen. Meinen aufgeregten Hund musste ich ins Schlafzimmer sperren. Hannah hat nur einmal kurz an Sean geschnüffelt und wollte direkt auf ihn losgehen.

Sean sitzt auf dem Sofa, das Gesicht in den Händen vergraben. Von dem harten Burschen keine Spur mehr. Ich setze mich neben ihn. Wovon mein Stellvertreter auch nicht gerade begeistert ist.

»Sie kannten Jessica Asher. Vielleicht hat sie sich auch Gen genannt. Oder Genevieve. Genau wie Martha Cady sich in gewissen Situationen gern Skye nennen lässt. Und dann ist da noch Ali. Alison Bryant. Sie sind im Augenblick ziemlich sauer auf Ali. Und ich glaube, das beruht auf Gegenseitigkeit.«

Jack kommt nicht so richtig mit, aber ich sehe ihm an, dass er trotzdem genau zuhört.

Seans Gesicht kann ich nicht sehen, und er sagt nichts, aber ich bin sicher, er hört noch genauer zu.

»Ich hab also darüber nachgedacht, welche Rolle Sie bei dem Ganzen gespielt haben. Ich glaube nicht, dass Sie ein Freier sind. Nicht genug Geld. Und ich vermute mal, Sie müssen nicht bezahlen, um eine Frau ins Bett zu kriegen.«

Er lässt die Hände sinken, dreht das Gesicht in meine Richtung und bringt sogar trotz geröteter Augen und Triefnase einen großspurigen Blick zustande. »Darauf kannst du deinen Arsch verwetten.«

Jack gibt ihm eine schallende Ohrfeige. »Das ist für dein loses Mundwerk.«

Sean schreit auf und sinkt ins Sofa zurück.

»Reiß dich am Riemen, Jack«, schnauze ich ihn an.

Sean versucht, meinem Deputy einen bösen Blick zuzuwerfen, aber es will ihm nicht recht gelingen. Er hat zu viel Angst. Und mit Recht. Ich weiß, wie es ist, wenn Jack Dwyer die Beherrschung verliert. Kein hübscher Anblick.

»Wie ich höre, fotografieren Sie.«

Seine Augen huschen nervös zu mir herüber. »Wer hat Ihnen das erzählt?«

Ich übergehe die Frage. Seine Reaktion erhärtet meine Vermutung. »Wie haben Sie Martha Cady kennen gelernt, Sean? Ich kann mir kaum vorstellen, dass Sie beide in den gleichen Kreisen verkehrt haben.«

»Da liegen Sie aber falsch.«

»Klären Sie mich auf.«

»Wir sind uns in einem Club begegnet.«

»Und was warst du da? Hilfskellner?«, wirft Jack hämisch ein.

Ich sehe, wie sich Seans Hand reflexartig zur Faust ballt. Er würde meinem Deputy liebend gern eine verpassen. Ehrlich gesagt, so ging es mir auch schon einige Male.

»Welcher Club?«, frage ich.

»Das Bombay. Auf der Charles Street. Und ich war kein beschissener Hilfskellner. Ich war zahlender Kunde. Genau wie Martha und ihre Freundin.«

»Wer war die Freundin?«, frage ich rasch, ehe Jack ihn wieder wegen seiner Ausdrucksweise züchtigt. Ich kenne meinen aufbrausenden Stellvertreter, und ich weiß, dass ihm jeder Vorwand recht wäre, den jungen Carlyle in die Mangel zu nehmen.

Sean reibt sich kräftig die Nase. »Hä! Keine Ahnung. Ich war scharf auf Martha und sie auf mich. Doppelt scharf«, brüstet er sich.

»Hatte die Freundin rote Haare?«, hake ich nach. »War sie groß? Sehr attraktiv? Und gut gebaut?«

Alle Anzeichen von Seans Großspurigkeit lösen sich in Luft auf. »Sie sind schuld, wenn die mich fertig machen, Lady.«

»Wer?«

Sean sagt nichts mehr. Wieder wirkt er verängstigt. Aber diesmal nicht wegen Jack, sondern wegen mir.

»Sie meinen, Alison Bryant wird stinksauer auf Sie sein, weil Sie mit mir über sie gesprochen haben.«

»Hab ich ja gar nicht«, sagt er hastig. »Ich hab keinem irgendwas gesagt. Ach Scheiße ... warum können Sie sich nicht einfach um Ihren eigenen Mist kümmern? Wenn Sie so weitermachen, werden wir noch alle beide umgelegt.«

Ich merke, dass Jack mich jetzt forschend betrachtet. Dass er überlegt, was ich mir diesmal eingebrockt habe. Dass er sich Sorgen macht. Schon wieder ...

Ich greife nach dem Telefon. »Vielleicht haben Sie Recht, Sean. Vielleicht ist es für Sie im Augenblick hinter Gittern am sichersten.« Ich beginne zu wählen. »Andererseits, Griffith Sumner war selbst im Knast nicht sicher.«

Seans Hand schnellt vor. »Warten Sie. Nicht. Rufen Sie nicht die Bullen.«

Ich halte in der Bewegung inne, lege aber nicht auf.

»Wenn ich Ihnen sage, was ich weiß, garantieren Sie mir dann, dass sie nichts davon erfährt? Und ... vergessen Sie auch, was heute Abend passiert ist?«

Jack will etwas sagen, aber ich bin schneller.

»Kommt drauf an, was Sie wissen, Sean.«

Jack flucht leise. Aber doch so laut, dass ich es höre.

»Ich weiß jede Menge«, sagt Sean, wobei eine Spur von dem harten Kerl wieder durchscheint.

»Schießen Sie los.«

Er schnieft laut, wischt sich die Nase ab und wischt dann die Hand am Ärmel seiner Lederjacke ab. »Also«, sagt er. »An dem Abend im Club war Ali das andere Mädchen. Als Martha und ich dann zusammen waren, hat sie mir erzählt, dass sie . . . na ja, eben für Ali arbeitet. Ali mochte mich. Sie hat gefragt, ob ich etwas Kohle gebrauchen könnte.« Er lacht. »Wer kann das nicht?«

»Sie hat Sie gebeten, Fotos zu machen –«

»Nicht sofort. Ali war auf der Suche nach weiteren Mädchen. Sie hat mich sozusagen gefragt, ob ich welche ranschaffen könnte. Martha hat mich mit auf Partys genommen, in Clubs und so . . . überallhin, wo die Schönen und die Reichen hingehen. Ich hab echt Talent dafür . . . na ja . . . sie rauszupicken. Mädchen, die Lust auf Abenteuer haben, auf ein bisschen steuerfreie Kohle. Mädchen, die auf ihren Daddy und das Treuhandvermögen, das über ihnen schwebt, pfeifen wollen. Eben Mädchen, die auf mich stehen. Es war also ganz einfach für mich, wissen Sie.«

»Ja, ich weiß. Bis jetzt haben Sie mir nichts erzählt, was ich nicht schon weiß, Sean. Ich will mehr über Jessica Asher wissen – über Genevieve.«

»Ich weiß nicht, wer sie überfahren hat, Ehrenwort.«

»Sie wussten, dass Ihr Dad zu ihr ging. Und zu Martha. Obwohl er Ihre Freundin vermutlich nur unter dem Namen kannte, unter dem sie arbeitete: Skye.«

Seine blutunterlaufenen Augen werden schmal. »Ich wusste nichts von meinem Alten und denen. Ehrenwort. Nicht, bis ich es in der Zeitung gelesen habe.«

»Das Foto ist nicht von ihnen? Sämtliche Fotos?«

Er sieht schockiert aus. Dabei hätte ich nicht gedacht, dass dieser Kerl sich von irgendwas schocken lässt. »Scheiße, nein! Das hätte ich nie im Leben gemacht. Ali muss sich irgendeinen anderen Laufburschen gesucht haben.«

»Hat Martha Ihnen nichts davon erzählt? Auch Jessica nicht?«

»Nein. Und ich glaube nicht, dass die beiden es überhaupt wussten. Mein Alter hat ja nicht seinen richtigen Namen benutzt.«

»Ali wusste, wer er war. Und Jessica auch.«

»Tja, kann sein, aber sie haben mir nichts gesagt.«

»Was ist mit Ihrem Bruder?«

Sean ist wie vom Schlag gerührt. »Alan? Wollen Sie sagen, dass Alan das mit unserem Alten gewusst hat? Nee, nee Lady, völlig ausgeschlossen. Verdammt, wie hätte er –? Sie sollten mal Ihre Informanten überprüfen lassen. Da erzählt Ihnen einer den größten Bockmist.«

Hannah fängt an zu bellen. Ich glaube, es liegt an dem aggressiven Klang von Seans Stimme, oder aber sie spürt die wachsende Wut meines Stellvertreters.

»Jack, könntest du Hannah ein Leckerchen geben? Vielleicht beruhigt sie sich dann.«

»Sie wird sich beruhigen, wenn die Polizei diesen zotigen kleinen Wichser in einen Streifenwagen bugsiert und abkutschiert«, sagt er gepresst.

»Jack . . . bitte.«

Hannah hat sich jetzt darauf verlegt, ihren massigen Körper gegen die Schlafzimmertür zu werfen, und das Bellen wird immer hysterischer.

Ehe er losmarschiert, um meinen tobenden Hund zu beruhigen, wirft Jack noch einen drohenden Blick in Seans Richtung. »Wenn der Hund nicht davon krank würde, würde ich dich an ihn verfüttern.«

»Also, was ist passiert, nachdem Sie die Fotos in der Zeitung gesehen hatten?«, frage ich Sean, sobald Jack ein Leckerchen für den Hund aus der Küche geholt hat und ins Schlafzimmer geht.

»Was passiert ist? Ich war stinksauer, Mensch. Hab Ali zur Rede gestellt und bin ihr richtig aufs Dach gestiegen. Und wissen Sie, was das Flittchen gemacht hat? Gelacht! Sie hat gesagt, sie hätte sich einfach einen kleinen Scherz erlaubt. Sie hätte

Dad auf irgend so einer Wohltätigkeitsparty kennen gelernt, und als er sie angemacht hat, hätte sie der Versuchung nicht widerstehen können und ihm die Nummer von dem Service gegeben. Sie wollte wissen, ob ich es nicht abgefahren finde, dass mein Dad und ich dieselben Frauen vögeln. Sie meinte, ich sollte mich doch freuen, schließlich wäre ich besser dran als er, weil ich es umsonst kriegte. Das Ganze wäre doch zum Schreien komisch. Aber mir war gar nicht nach Lachen zumute. Ich war stocksauer.«

»Ali hat jemandem erzählt, dass sie dabei war, als Jessica Asher überfahren wurde. Und dass sie den Fahrer gesehen hat.«

»Mir hat sie das jedenfalls nicht erzählt. Wir sind zurzeit nicht gerade gut aufeinander zu sprechen.«

»Können Sie sich vielleicht denken, wer –«

»Nein.«

»Jessica hatte einen festen Freund. Waren Sie das?«

»Vielleicht hat sie das gedacht. Das geht einigen so. Ich war scharf auf Genevieve . . . Jessica, das will ich nicht bestreiten. Sie war heiß. Ich meine, hemmungslos. Aber Martha war für mich was ganz Besonderes.«

»Hat Martha Sie deshalb vor die Tür gesetzt? Weil sie von Ihnen und diesen anderen Ladys wusste? Zum Beispiel Genevieve?«

»Wenn Gen die Klappe gehalten hätte, wär ich immer noch mit Martha zusammen. Ich liebe diese Frau wirklich.«

Jack, der inzwischen zurückgekommen ist und an der Tür von meinem Schlafzimmer steht, lacht trocken auf.

»Da müssen Sie ja ganz schön sauer auf Jessica gewesen sein.«

Sean sieht mich misstrauisch an. »Hören Sie, ich hab sie nicht überfahren, ja? Ich war in der Werkstatt, als sie über den Haufen gefahren wurde. Fragen Sie doch meinen Boss, wenn Sie mir nicht glauben.«

»Aber Sie geben zu, dass Sie wütend auf sie waren«, sage ich.

»Ja, na und?«

»Haben Sie sie zur Rede gestellt?«

»Nein.«

»Ich glaube Ihnen nicht.«

Er gibt nach. »Okay, okay. Wir haben uns gestritten. Mehr nicht.«

»Sie sind nicht vielleicht ein bisschen grob geworden?«

Er blickt mich aus zusammengekniffenen Augen an, als wollte er ergründen, ob ich die Antwort auf meine Frage nicht schon weiß. Ich weiß sie zwar nicht, aber ich habe einen Verdacht.

»Ich habe nicht nach ihr gesucht oder so. Es war reiner Zufall, wissen Sie. Ein paar Tage, nachdem Martha mit mir Schluss gemacht hatte, bin ich ihr in einem Park über den Weg gelaufen. Und klar war ich sauer auf sie. Hab sie ein bisschen angeschnauzt. Und sie hat mich weggeschubst. Das hat mich noch saurer gemacht. Ich bin ausgeflippt. Hab ihr eine geknallt. Bloß einmal. Und nicht mal besonders fest. Scheiße, woher hätte ich denn wissen sollen, dass sie mit ihrer Nichte da war? Ich hatte keine Ahnung, bis die Kleine auf der Schaukel auf einmal gebrüllt hat wie am Spieß.«

»Chloe.« Der Alptraum des Kindes. Der böse Mann, der ihre Tante geschlagen hat. Sean Carlyle.

Er zuckt die Achseln. »Ich weiß nicht, wie die Kleine heißt.« Er hält inne, zieht die Nase hoch. »Und dann ist auf einmal dieser durchgeknallte Typ hinter mir her, als wäre ich einer, der dauernd Frauen vermöbelt.«

»Wer?«

Aber Sean merkt, dass er schon mehr gesagt hat, als er wollte. »Keiner. Eben irgendein Typ. Woher zum Geier soll ich wissen –?«

»Eric Landon.«

»Ich hab nicht gesehen, wer es war. Ich bin ... äh ... gerannt. Sie bringen mich in Teufels Küche, Lady. Lassen Sie's doch einfach gut sein.«

»Ich will Ali finden. Können Sie mir dabei helfen, Sean?«

»Nein. Ich meine, ich würde, wenn ich könnte, aber sie ist verschwunden. Ich schwöre, ich hab keine Ahnung, wo sie steckt.«

»War sie es nicht, die Ihnen gesagt hat, Sie sollen mich einschüchtern?«

»Nein. Nein. Es war, wie ich gesagt habe. Es passt mir nun mal nicht, dass Sie andere über mich ausfragen –«

Jack geht mit geballten Fäusten auf Sean zu.

Sean hebt die Hände schützend vors Gesicht und sagt: »Schon gut. Ja. Ja, Ali hat mich von ihrem Handy aus angerufen. Klang so, als säße sie im Auto. Jede Menge Störungen. Sie hat mir erzählt, dass Sie mit meiner Bewährungshelferin geredet haben. Und dann hat mir mein Bruder erzählt, dass Sie sich mit ihm auf ein Pläuschchen getroffen haben.«

Woher weiß Bryant, dass ich mit Seans Bewährungshelferin gesprochen habe? Hat sie mich beschattet – oder mich von einer ihrer Mitarbeiterinnen beschatten lassen? Hat Kerry O'Donnell es irgendwem erzählt, ohne zu ahnen, dass sie mich damit in Gefahr bringt? Mit wem könnte sie gesprochen haben? Mit jemandem von der Polizei?

»Was genau hat Ali gesagt, was Sie tun sollten?«

»Tun?«

»Sie hat Ihnen gesagt, Sie sollen mich abfangen – und dann?«

»Bloß . . . Angst einjagen, mehr nicht. Ich hätte Ihnen nichts getan. Ehrenwort.«

»So wie du auch Jessica Asher nichts getan hast, du kleines Arschloch?«, zischt Jack.

»Aber Sie waren doch sauer auf Ali«, sage ich. »Weil Sie Ihren Dad hinter Ihrem Rücken mit Prostituierten verkuppelt hat. Weil sie zugelassen hat, dass man ihm den Mord an Genevieve in die Schuhe schiebt. Wieso lassen Sie sich dann überhaupt noch was von ihr sagen?«

Sean sieht schlecht aus. »Ich . . . hatte keine Wahl.«

»Bryant erpresst Sie.«

Sean schielt nervös zu Jack hinüber, der ihm noch immer bedrohlich auf die Pelle rückt. »Nein.«

»Hast du die Nutte überfahren, Sean?«, fragt Jack mit dieser tiefen, leisen Stimme, bei der sich einem die Nackenhaare sträuben.

»Nein. Nein, ich schwöre. Ich hab Ihnen doch gesagt, dass ich ein Alibi habe.«

»Und warum tun Sie dann das, was Alison Bryant Ihnen sagt?«, frage ich mit Nachdruck.

Schweiß strömt ihm übers Gesicht. »Sie ... sie hat gesagt, sie könnte meinen Alten entlasten, okay? Klar, er und ich, wir haben so unsere Probleme. Er kann nämlich ein echt mieser Hund sein. Ich meine, manchmal bringt er mich richtig auf die Palme –«

»Sie hat dir also erzählt, dass dein Vater Asher nicht überfahren hat?«, fällt Jack ihm ins Wort.

Sean nickt.

»Aber sie hat dir nicht erzählt –?«

Sean beendet den Satz. »Wer am Steuer saß? Nein.«

»Wie will sie deinen Vater dann entlasten?«

Sean schaut mich unglücklich an. »Ich weiß es nicht. Ich will es gar nicht wissen. Und ich glaube, Sie sollten das auch nicht wissen wollen.« Ein rascher Blick zu Jack. »Das ist keine Drohung. Das ist ein Rat. Ein verdammt guter Rat.«

»Du wirst weich, Nat. Es ist noch gar nicht so lange her, da hättest du so eine Ratte nicht einfach laufen lassen. Liegt es daran, weil er der Sohn vom Deputy Commissioner ist? Hast du deshalb –?«

»Er hat mir nichts getan, Jack.«

»Er hat dir einen Heidenschrecken eingejagt.«

»Hör mal, es ist schon spät. Ich bin geschafft. Fahr nach Hause. Ich muss jetzt schlafen.«

Aber Jack ist noch nicht fertig. »Nimmst du dir seine Warnung zu Herzen? Lässt du von jetzt an die Finger von der Sache?«

»Steven Carlyle hat die Frau nicht überfahren, Jack. Irgendwer will ihn reinlegen.«

»Woher willst du das wissen? Woher willst du wissen, dass Bryant dem Jungen keinen Quatsch erzählt hat? Oder dass diese Ratte *dir* keinen Quatsch erzählt hat?«

»Ich hab jetzt keine Lust auf diese Diskussion, Jack.«

»Ja, klar. In letzter Zeit hast du ja überhaupt keine Lust auf Diskussionen mehr. Jedenfalls nicht mit mir.«

»Das muss aufhören. Aus uns beiden wird nichts, Jack. Es tut mir Leid –«

»Was denn? Dass du mit mir geschlafen hast?«

»Ja. Genau. Dass ich mir dir geschlafen habe«, entfährt es mir.

Wir starren uns wütend an, und Jack ist der Erste, der wieder etwas sagt.

»Weißt du, was du brauchst, Nat –«

»Was ich brauche? Das ahnst du nicht einmal, Jack.« Verdammt, ich merke, wie mir Tränen in die Augen schießen. »Wenn doch, würdest du nämlich jetzt gehen. Du würdest mich nicht bedrängen. Du würdest mich in Ruhe lassen. Weil ich nämlich genau das brauche. Okay?«

28

Fran Robie kommt am Freitagmorgen kurz nach zehn in mein Büro. Sie sieht nicht besonders glücklich aus.

»Wieso haben Sie mir nicht gesagt, dass Elizabeth Temple von Norton hierher verlegt wird?«

»Wieso sollte ich? Ich meine, was geht Sie das an?«

»Sie soll heute hier ankommen. Ist sie schon da?«, fragt Robie und übergeht meine Frage einfach.

Ich wiederum übergehe ihre. »Was für ein Interesse haben Sie an der Insassin?«

Robie seufzt. »Eines verstehe ich nicht, Nat. Warum sind Sie so versessen darauf, allein zu arbeiten? Des Ruhmes wegen?«

»Ruhm? Wohl kaum.«

Robie macht es sich auf meinem Sofa bequem und zupft leicht an ihrem kurzen braungrauen Rock, als sie sich auf das Polster sinken lässt. Sie schlägt ein wohl geformtes Bein über das andere und verschränkt die Hände vor den Knien. »Also schön, ich verrate Ihnen, was für ein Interesse ich habe. Und Sie wahrscheinlich auch. Elizabeth Temple hat einen Callgirlring geleitet, in dem schöne, junge Klassefrauen aus der besseren Gesellschaft gearbeitet haben. Frauen wie Jessica Asher. Wenn ich mal ganz wild herumspekulieren darf, würde ich sagen, Asher hat für Temple gearbeitet.«

Sie betrachtet mich mit herablassender Belustigung. »Aber so ganz wild ist diese Spekulation gar nicht, Nat, oder?«

Manchmal ist keine Antwort die beste Antwort.

»Sie haben Temple in der letzten Woche mehrmals in Norton besucht. Das letzte Mal lag sie auf der Krankenstation, nachdem sie Ärger mit einem Schließer hatte.«

»Vollzugsbeamten«, korrigiere ich förmlich.

»Entschuldigung. Schließer ist ziemlich abfällig.«

Robies Entschuldigung klingt nicht überzeugend. Ich merke, dass ich die Frau immer weniger vertrauenswürdig finde, und immer unsympathischer. Und doch haben wir so viel gemeinsam. Zwei intelligente, starke, entschlusskräftige Frauen Anfang dreißig, die in einem von Männern dominierten Beruf arbeiten. Und beide mussten wir uns jedes bisschen Respekt hart erarbeiten . . .

Ich zumindest musste ihn mir hart erarbeiten. Vielleicht hatte Robie es da leichter.

»Fran, eines würde ich gern wissen. Versuchen Sie und Ihr Exmann eine Wiederannäherung?«

»Warum dieses plötzliche Interesse an meinem Liebesleben?«

»Ich habe Sie und Joe neulich zusammen im Restaurant gesehen.«

»Das war beruflich«, sagt sie knapp, und ihre Miene verrät mir, dass sie nicht vorhat, genauer zu werden.

»Sie und Joe waren letztes Jahr auch gemeinsam auf dem Benefizball des Bürgermeisters.«

»He, nicht jedes geschiedene Paar muss sich gleich spinnefeind sein.«

»Nein, das stimmt. Aber«, so wende ich ein, »die meisten gehen nicht mehr zusammen aus, wenn die Papiere unterschrieben sind. Die Scheidung ist im Januar ausgesprochen worden, richtig?«

»Zusammen ausgehen?« Sie lacht, aber es klingt irgendwie unecht. »Ich wusste nicht mal, dass Joe dort sein würde. Da hat sich irgendwer einen kleinen Scherz erlaubt, indem er uns zusammen an einen Tisch gesetzt hat. Wir haben einfach das Beste draus gemacht.«

»Wer hat sich einen Scherz erlaubt?«, frage ich.

Robie mustert mich prüfend. »Würden Sie mir sagen, was dieses Verhör soll?«

»Ich bin bloß neugierig, mehr nicht. Carlyle kamen Sie bekannt vor, als Sie ihn verhört haben. Dann ist ihm wieder eingefallen, woher. Er war auch auf dem Ball. Sie und Joe Keenan saßen an einem Tisch mit Jerry Tepper und den Landons.«

»Na und?«

»Ach ja, und mit Alison Bryant.«

»Wollen Sie auf irgendwas Bestimmtes hinaus?«

Und ob. Aber plötzlich bin ich mir nicht mehr so sicher, ob ich ihr das auch sagen will.

Als ich nicht antworte, scheint Robie froh, das Thema wechseln zu können.

»Ich würde sagen, wir plaudern ein anderes Mal über unsere Scheidungen. Ich bin lediglich vorbeigekommen, um einen Neuanfang zu machen. Ich wäre ehrlich froh, wenn wir in diesem Fall zusammenarbeiten könnten, Nat. Mir geht es dabei nicht darum, die Lorbeeren einzuheimsen, glauben Sie mir. Ich könnte Ihre Hilfe gebrauchen. Und würde mich über Ihr Vertrauen freuen.« Sie hält inne, wartet auf meine Erwiderung. Als ich nicht reagiere, steht sie auf.

»Wie dem auch sei, ich melde mich später noch mal. Vielleicht könnten wir zusammen essen gehen, ein bisschen entspannen, mal zusammen lachen. Wer immer nur arbeitet und sich nie vergnügt, kriegt Ringe unter den Augen.« Sie zeigt auf mich.

Als ob man mir sagen müsste, wie schlecht ich inzwischen aussehe. Und ich dachte immer, Schwangere hätten ein strahlendes Aussehen.

Kaum zwanzig Minuten nachdem Robie sich verabschiedet hat, trifft Elizabeth Temple im Horizon House ein. Ich bin froh, dass sie sich nicht begegnen, aber das wird über kurz oder lang ganz sicher passieren.

Liz Temple sieht besser aus als noch vor ein paar Tagen auf der Krankenstation. Ihr Haar ist frisch gewaschen und nicht mehr so strähnig. Sie trägt sogar etwas Lippenstift. Dem medizinischen Bericht nach schlägt der neue Medikamentencocktail, auf den sie gesetzt worden ist, gut an, und ihre Symptome sind abgeklungen. Außerdem hat sie sich von der leichten Gehirnerschütterung erholt.

Auch die Garderobe meines neuen Schützlings trägt zu einem verbesserten Gesamtbild bei. In der engen dunklen Hose und dem aquamarinblauen Pullover sieht Temple erheblich attraktiver aus als in der tristen, schlecht sitzenden Gefängniskluft, die sie im CCI Grafton tragen musste. Ich frage mich, wer ihr dieses neue, teure Outfit besorgt hat. Jemand mit einem dicken Portemonnaie. Man sieht auf Anhieb, dass es Designerklamotten sind. Vielleicht sind sie ein Geschenk ihres Anwalts Jerry Tepper. Nach unserem spannungsgeladenen Gespräch habe ich versucht, ihn zu erreichen, aber angeblich ist er verreist. Ich habe so das Gefühl, dass er ziemlich viel *verreist* sein wird, wenn es um mich geht.

»Bitte nehmen Sie Platz, Miss Temple.« Ich deute auf einen Stuhl vor meinem Schreibtisch.

»Würden Sie mich bitte Liz nennen? Miss Temple klingt so förmlich. Und ich werde ja für Sie arbeiten.«

»Gern, Liz.«

Sie kommt in mein Büro und setzt sich. Ich nehme neben ihr Platz.

»Ich kann gar nicht sagen, wie dankbar ich Ihnen bin, dass Sie meine Verlegung befürwortet haben, Superintendent. Ich werde Sie nicht enttäuschen, versprochen.«

»Hat Jerry Tepper Ihnen erzählt, dass wir uns getroffen haben?«

Sie nickt. »Er hat Sie gebeten, mir besonderen Schutz zukommen zu lassen. Ich vermute, deshalb hat mich einer Ihrer Beamten abgeholt und wartet jetzt auch draußen in Ihrem Vorzimmer. Er soll wohl mein Schutzengel sein, solange ich im Horizon House bin.«

Unbedingt.

»Sie und Ihr Anwalt stehen sich anscheinend sehr nahe.«

Temple scheint die Frage unangenehm zu sein. »Er hat mir in der ganzen schweren Zeit zur Seite gestanden, wenn Sie das meinen.«

»Tepper war es, der Ihnen das von Alison Bryant erzählt hat.« Eine Feststellung, keine Frage.

Die Farbe weicht aus ihrem Gesicht. »Hat er ... Ihnen das gesagt?«

»Warum hat er es Ihnen erzählt, Liz?«

»Er hatte das Gefühl, dass er mir etwas schuldig war. Sie wissen schon ... weil er den Fall verloren hat. Und weil er der Meinung war, dass man mir übel mitgespielt hat. Ich habe nicht mit Drogen gehandelt. Und ich habe nie Waffen besessen. Er hat mir geglaubt. Er hat geglaubt, dass man mich reingelegt hat.«

»Und er war einer Ihrer Kunden.« Auch das formuliere ich als Feststellung. Weil ich ziemlich sicher bin, dass Tepper mich angelogen hat.

Temple nickt bloß.

»Ging er am liebsten zu Genevieve?«

»Er ging nur zu ihr«, sagt sie. »Es war so eine Art Spiel zwischen den beiden. Normalerweise kennen die Kunden die wahre Identität der Mädchen nicht.«

»Aber die Mädchen wissen, wer die Freier in Wirklichkeit sind – selbst wenn sie Decknamen benutzen?«

»Nicht immer. Jedenfalls nicht, als ich noch das Sagen hatte«, erwidert Temple. »Aber viele von meinen Kunden standen im Licht der Öffentlichkeit, deshalb wussten meine Mädchen oft Bescheid. Und man konnte sich darauf verlassen, dass sie den Mund hielten.«

»Alle, außer Alison Bryant.«

Temple runzelt die Stirn. »Richtig. Aber Jerry hat wirklich immer nur Genevieve besucht.«

»Doch er wusste, dass Genevieve in Wirklichkeit Jessie Asher war.«

»Stimmt. Die beiden kannten sich von früher. Jerry war ein enger Freund von ihrem Dad. Ich denke, dass er Jess vielleicht sogar geliebt hat. Doch ohne mehr zu erwarten, als sie hatten.«

»Man kann sich trotzdem etwas sehnlichst wünschen, auch wenn man nicht damit rechnet, dass es geschieht«, sage ich leise.

»Da haben Sie wohl Recht. Ich habe mir jedenfalls sehnlichst gewünscht, dass die Geschworenen mich nicht schuldig sprechen, obwohl ich nicht damit gerechnet habe.«

»Warum hat Alison Bryant Jerry Tepper wohl erzählt, dass sie gesehen hat, wer Jessie überfahren hat? Ich hätte gedacht, er wäre nun wirklich der Letzte, dem sie sich anvertrauen würde.«

Temple beginnt, an ihrer Unterlippe zu nagen. Ein nervöser Tick. »Hat er Ihnen das nicht erzählt?«, fragt sie misstrauisch.

»Er bekam einen Anruf auf sein Handy und musste sofort gehen, deshalb konnte er mir nicht mehr alles berichten.« Ich kann immer besser lügen. Und es macht mir immer weniger aus.

»Jerry war bei Jessica. An dem Tag, als sie getötet wurde. Er war ihr letzter Kunde. Als er aus dem Stadthaus kam, sah er Ali angefahren kommen.«

»In einem weißen Geländewagen?« *Man wird ja wohl noch hoffen dürfen.*

»Das kann ich mir nicht vorstellen. Sie ist eher ein Porsche- oder BMW-Typ.«

»Saß sie allein im Wagen?«

»Das hat Jerry nicht gesagt, und ich hab vergessen, ihn danach zu fragen.« Sie scheint sich über sich selbst zu ärgern, doch dann spricht sie weiter: »Als Jerry losfuhr, merkte er, dass Ali noch immer in ihrem Auto saß. Er wusste, dass ein anderes Mädchen einen Termin im Stadthaus hatte, weil er Jessica gefragt hatte, ob er nicht noch länger bleiben könnte ... Vielleicht wäre sie noch am Leben, wenn sie noch etwas mit ihm hätten zusammenbleiben können.«

»Wollte Ali einen Kontrollbesuch machen? Oder hat sie sich selbst auch mit Kunden getroffen? Ich dachte, sie hätte sich auf ihre Rolle als Chefin beschränkt.«

Temple lacht rau. »Ali doch nicht. Die hat sich gerne mit den Freiern eingelassen. Natürlich war sie immer sehr wählerisch.«

»Mir ist noch immer nicht klar, warum Ali ausgerechnet Tepper erzählt hat, dass sie Zeugin des Mordes war und gesehen hat, wer am Steuer saß.«

Temple zögert. »Sie hat ihm das eigentlich nicht freiwillig erzählt. Jerry ist losgefahren, aber dann hat er gemerkt, dass seine Brieftasche weg war. Dass sie ihm wohl im Stadthaus aus dem Jackett gefallen war. Also ist er zurückgefahren. Und dann hat er ... Jessica gesehen. Auf der Straße. Nachdem ... sie überfahren worden war. Er hat gesagt, es war schrecklich. Und dann sah er Ali. Sie lief gerade ins Stadthaus. Er ist sofort raus aus seinem Wagen und hat sie eingeholt. Er hat mir erzählt, sie war weiß wie eine Wand. Stand unter Schock. Wahrscheinlich ist sie deshalb damit rausgeplatzt ... dass sie gesehen hat, wie Jessica überfahren wurde und so. Sie hat nicht wirklich gesagt, dass sie den Fahrer gesehen hat. Aber Jerry hat es ihrem Gesichtsausdruck abgelesen. Auch, dass sie den Fahrer kannte. Als er sie bedrängte, hätte sie es ihm fast verraten. Doch dann hat sie sich zusammengerissen. Wollte nicht sagen, wer es war. Und sie hat Jerry gewarnt, wenn er nicht vergessen würde, dass er sie gesehen hat, würde es ihm noch Leid tun. Dann hat sie ihn ins Stadthaus gelassen, er hat seine Brieftasche geholt und sich verdrückt, bevor die Polizei kam. Ich vermute, dass Ali zu dem Zeitpunkt auch schon wieder verschwunden war.«

»Sie hat mich angerufen.«

»Ali hat mit Ihnen gesprochen? Was hat sie gesagt?«

»Ich konnte den Anruf nicht entgegennehmen.« Ich sage ihr, was Alison Bryant mir ausrichten ließ.

Schweißtropfen bilden sich auf Liz Temples Oberlippe. »Sie hat sich auch bei Jerry gemeldet.«

»Wann?«

»Gestern Abend. Sehr spät. Sie wusste, dass er sich mit Ihnen getroffen hatte. Und sie hat ihm eingeschärft, das ja nicht wieder zu tun.«

»Im Augenblick möchte ich mich nur mit Alison treffen. Und«, so füge ich nach einer gewichtigen Pause hinzu, »ich fürchte, es gibt lediglich einen Weg, auf dem mir das gelingen kann.«

Temple betrachtet mich prüfend. »Sind Sie sicher?«

»Nein. Die Erfahrung hat mich gelehrt, dass es sehr gefährlich sein kann, sich zu sicher zu sein.«

»Was Sie vorhaben, könnte aber auch gefährlich werden. Das wissen Sie doch«, sagt Temple mit Nachdruck. »Vielleicht sollten Sie es sich übers Wochenende noch mal durch den Kopf gehen lassen. Wenn Sie am Montag immer noch dazu bereit sind, werde ich Ihnen helfen, so gut ich kann.«

29

Als ich am Montagmorgen in mein Sekretariat komme, ist Elizabeth Temple schon da und telefoniert gerade. Sie blickt auf. »Ja. Gerade kommt Sie herein, einen Moment bitte.« Sie legt eine Hand auf die Sprechmuschel. »Das Büro des Bürgermeisters.«

Ich bin nie entzückt, wenn das Büro des Bürgermeisters anruft. Paul Lamotte hätte das gewusst. Er hätte Milburnes Sekretärin gesagt, dass er mir Bescheid geben und ich dann zurückrufen würde. Ich bin verärgert, dass Temple sich nicht an das Protokoll gehalten hat. Aber wie sollte sie auch, wo sie das Protokoll noch gar nicht kennt?

»Stimmt was nicht?«, fragt Temple verunsichert.

»Nächstes Mal sagen Sie einfach –«

Sie beugt sich vor, die Lippen aufeinander gepresst, die Augen vor Nervosität ganz groß.

»Schon gut. Stellen Sie durch.«

Als ich mein Büro betrete, atme ich zur Beruhigung ein paar Mal tief ein. Meine Frauenärztin ist der Meinung, ich sei zu gestresst. Wie soll ich denn meinen hohen Blutdruck in den Griff bekommen, wenn ich mich schon bei Kleinigkeiten so aufrege?

»Superintendent Price am Apparat.« Ich sehe etliche rosa Notizzettel auf meinem Schreibtisch liegen. Anrufe von Commissioner Miller und Leo – beide mit der Bitte um Rückruf. Leo hat es bereits am Wochenende mehrmals bei mir zu Hause und auf meinem Handy versucht. Ebenso wie Jack. Aber ich habe immer nur meinen Anrufbeantworter laufen lassen. Und nicht zurückgerufen.

»Einen Moment bitte, Superintendent. Ich verbinde Sie mit dem Bürgermeister.«

Ich komme noch immer nicht darüber weg, dass Daniel Milburne die Bürgermeisterwahl gewonnen hat.

»Hallo, Nat.«

Ich beiße die Zähne zusammen. Es geht mir nämlich auch auf die Nerven, dass Milburne mich so plump vertraulich anredet. Und er weiß hundertprozentig, dass es mir auf die Nerven geht. Genau deshalb tut er's wohl.

»Was möchten Sie, Dan?«

»Wie ich höre, engagieren Sie sich bei den Ermittlungen im Fall Asher.«

»Ach ja?«

»Ich halte das für keine gute Idee, Nat.«

»Ach nein? Und warum nicht, Dan?«

Milburne räuspert sich. »Ich dachte, ich warne Sie vor. Der Oberstaatsanwalt stellt just in diesem Moment einen Haftbefehl für Steven Carlyle aus.«

»Was? Aber ich –«

»Es sind neue Beweise aufgetaucht.« Milburne lacht leise. »'tschuldigung. Kleines Wortspiel.«

Ich kapiere nicht, was er meint. Aber selbst wenn, könnte ich wohl kaum mitlachen.

Milburne wird sofort wieder ernst. »Glauben Sie mir, Nat, Carlyles Aussichten, nicht wegen des Mordes an Asher verurteilt zu werden, sind alles andere als rosig. Kleiner Tipp gefällig? Sie sollten da möglichst schnell auf Distanz gehen.«

»Was für Beweise?«, frage ich, ohne auf seinen »Tipp« einzugehen.

Milburne wiederum geht nicht auf meine Frage ein. »Der Commissioner wird Sie in Kürze anrufen. Auch er wird Ihnen nahe legen, sich aus dem Fall zurückzuziehen. Machen Sie's gut, Nat.« Die Eindringlichkeit in seiner Stimme ist nicht zu überhören. Er legt auf, ohne meine Antwort abzuwarten.

»He, darf ich vielleicht auch mal was sagen?«, fällt Fran Robie mir ins Wort, als ich kurz Luft holen muss, den Hörer fest ans

Ohr gepresst. »Ich hab Ihnen nichts verschwiegen. Ich hab's selbst erst heute Morgen erfahren. Joe war gerade bei mir ... und nein, wir hatten kein Date. Er wollte mit mir ausgerechnet über den Fall Asher sprechen und sich erkundigen, wie weit wir mit den Ermittlungen sind.«

Ich habe trotzdem das Gefühl, dass Robie und ihr Ex ungewöhnlich freundschaftlich miteinander umgehen.

»Und was ist nun der angebliche Nagel zu Carlyles Sarg?«, frage ich.

»Ein weißer Ford Explorer.«

Ich bin wie vom Donner gerührt. Sie meint offenbar den Geländewagen, mit dem Asher überfahren wurde. »Carlyle hatte einen Mietwagen –?«

»Nein, er musste ihn nicht mieten. Nur ausleihen.«

»Von wem?«

»Von seinem querschnittsgelähmten Sohn. Der arme Junge kann nicht mehr fahren. Er hatte den Wagen seit seinem Unfall bei einem Freund in der Garage untergestellt. Wahrscheinlich konnte er es nicht gut aushalten, ihn zu Hause immer vor Augen zu haben, aber nach Aussage des Freundes konnte Alan sich auch nicht dazu durchringen, den Wagen zu verkaufen.«

»Dann war das nicht das Auto, mit dem er verunglückt ist?«

»Nein. Der Freund hat mir erzählt, dass der Geländewagen am Tag des Unfalls gerade zur Inspektion war, deshalb hat Alan den kleinen Miata seines Bruders genommen. Wer weiß? Vielleicht wäre er in dem Ford Explorer nicht so schwer verletzt worden.«

»Und dieser Freund behauptet, dass Alans Vater den Wagen am 17. Oktober bei ihm abgeholt hat?«

»Nein. Nein, der Freund sagt, dass der Wagen am 16. Oktober gestohlen wurde. Aber er hat Alan Carlyle nichts davon gesagt, er hatte Angst, der Junge würde sich zu sehr aufregen. Also hat er Alans Vater im Büro angerufen. Und Carlyle hat ihm gesagt, er solle sich keine Sorgen machen und den Diebstahl nicht melden. Dass so was eben passiert. Ach ja, und dass es vielleicht so am besten ist.«

Ich höre ein trockenes Lachen am anderen Ende. Und dann sagt Robie: »Ich glaube nicht, dass er damit Recht hatte. Sie etwa, Nat?«

»Ich muss sie finden, Liz.«

»Ein Jammer, dass Sie in der Galerie diese kleine Auseinandersetzung mit Skye hatten – ich meine, mit Martha Cady. Sie wäre wahrscheinlich der einfachste Weg zu Alison gewesen. Aber ich kann Sie mit einem Mann bekannt machen, der mir noch einen Gefallen schuldet und der viele von den Mädchen kennt, die jetzt für Ali arbeiten. Falls eine von ihnen weiß, wo Ali sich versteckt hält, so wird sie das allerdings ganz sicher nicht ausgerechnet Superintendent Price verraten.«

»Genau.«

In dem Augenblick kommt Jack ins Sekretariat. Ich werfe ihm einen mahnenden Blick zu, der ihm hoffentlich klar macht, dass ich nicht schon wieder ein Streitgespräch mit ihm führen will. Aber als ich mich umdrehe und in mein Büro gehe, folgt er mir und zieht die Tür fest hinter sich zu.

Ich gehe resolut zu meinem Schreibtisch. »Jetzt nicht, Jack. Es wird ernst. Carlyle wird wegen Mordes an Jessica Asher verhaftet.« Ich erzähle ihm von den neuen Beweisen. »Der Commissioner hat angerufen, und ich muss ihn zurückrufen. Wahrscheinlich ist er mit seinem Latein am Ende.«

»Ich hab doch gewusst, dass dieser kleine Scheißer dir einen vom Pferd erzählt hat. Ich will bloß hoffen, dass du ihn dir jetzt vorknöpfst. Lass ihn einbuchten.«

Ich werde mir jemanden vorknöpfen, aber nicht Sean Carlyle.

Ich greife zum Hörer. »Später, Jack.«

Er kennt mich zu gut. »Du glaubst noch immer nicht, dass er's war.«

Ich lasse meine Hand auf dem Telefon ruhen. Jack starrt mich über den Schreibtisch hinweg an.

»Es war der Wagen von Carlyles Sohn, Nat. Wie viele Leute haben überhaupt von dem Auto gewusst, geschweige denn, wo es untergestellt war?«

Das ist eine verdammt gute Frage.

Liz Temples Stimme ertönt aus der Sprechanlage. »Superintendent, ich habe Detective Coscarelli am Telefon. Soll ich sagen, dass Sie da sind?« Aha, sie hat also meine unausgesprochene Botschaft von heute Morgen verstanden.

»Ich nehme das Gespräch an«, sage ich.

Sobald ich Leo begrüße, verlässt Jack das Büro. Das ist immer eine todsichere Methode, meinen Stellvertreter zum Rückzug zu bringen.

»Montags haben sie geschlossen. Es müsste morgen Abend sein. Aber falls Sie mehr Zeit brauchen –«

Ich falle Temple ins Wort. »Morgen Abend ist in Ordnung.« Für heute Abend habe ich ohnehin schon was vor.

»Aber Sie werden Zeit brauchen, um ... alles zu organisieren.«

»Sie haben doch gesagt, alles, was ich brauche, befindet sich in Ihrem gemieteten Lagerraum in Framingham. Und dass Jerry Tepper den Schlüssel hat. Rufen Sie ihn an!« Ich bin mir sicher, für Liz Temple wird der Anwalt erreichbar sein. »Sagen Sie ihm –«

»Ich hab ihn schon angerufen. Er lässt den Schlüssel per Boten rüberbringen. Müsste in einer Stunde da sein.«

»Glauben Sie, man nimmt mir das ab?«

Meine Sekretärin blickt mich abschätzend an und lächelt dann. »Ich hätte Sie vom Fleck weg engagiert.«

Ich mustere mich noch einmal prüfend im Spiegel. Das ist nur eine Kostümprobe, aber ich bin tatsächlich erstaunlich zuversichtlich. Mit dieser ungemein guten blonden Perücke, den blauen Kontaktlinsen und dem fachmännisch aufgetragenen Make-up erkenne ich mich selbst kaum wieder. Und nicht nur oberhalb des Halses sehe ich anders aus, auch unterhalb davon. Meine BH-Größe 32B hat einem Pushup-BH in Größe 34D Platz gemacht, dessen Polsterung völlig echt wirkt. Die ehemaligen Kleidungsstücke von Elizabeth Temple hätten mir nicht gepasst, aber sie hatte eine ganze Sammlung von hinreißenden

Designersachen in unterschiedlichen Größen eingelagert. Ich habe mir etliche in meiner Größe ausgesucht, da ich nicht weiß, wie viele Outfits ich brauchen werde.

Liz betrachtet mein Spiegelbild mit einer Mischung aus Bewunderung und Staunen. »Wissen Sie was? Ich wette, selbst Martha Cady würde Sie so nicht wiedererkennen.«

Unsere Blicke treffen sich im Spiegel. »Genau das habe ich auch gerade gedacht.«

Als ich das Horizon House verlasse, stoße ich vor der Tür beinahe mit Bill Walker zusammen.

Er grinst. »Wir müssen aufhören, uns gegenseitig anzurempeln, Nat.« Er wirft einen Blick auf den schwarzen Kleidersack, den ich über einem Arm trage. »Wo soll's denn hingehen?«

»Verabredung zum Abendessen.«

»Und, wie läuft's so?«

Eine vielschichtige Frage.

»Noch immer keine Neuigkeiten für Ihre Sendung, Bill.«

»Ach, Nat. Sie hätten mich doch wenigstens vorwarnen können, dass Carlyle verhaftet wird.«

»Die Vorwarnung hätte ich selbst gut gebrauchen können«, sage ich leise.

»Und Sie hätten mir von dem Wagen erzählen können.«

»Woher wissen Sie denn von dem Auto?« Soweit ich weiß, ist die Entdeckung des angeblichen Tatfahrzeugs noch nicht an die Öffentlichkeit gedrungen.

»Jedenfalls nicht von Ihnen«, sagt er und droht mir mit erhobenem Zeigefinger. »Und ich dachte, wir hätten eine Abmachung.«

»Anscheinend brauchen Sie mich ja gar nicht, um an die neuesten Informationen zu kommen.« Ich verlagere den Kleidersack von einem Arm auf den anderen. »Bill, ich habe wirklich eine Verabredung –«

»Coscarelli?«

Ich sehe ihn verkniffen an. »Ja. Leo. Und nein – ich hab's ihm noch nicht gesagt.« Ich gehe an ihm vorbei. Er kommt hinter mir her.

»Der Oberstaatsanwalt meint, der Prozess gegen Carlyle wäre nur noch eine reine Formsache.«

Ich bleibe abrupt sehen, fahre herum und schaue Walker an. »Keenan hat Ihnen gegenüber eine Stellungnahme abgegeben?«

»Wollen Sie das nicht auch tun, Nat?«

»Oh ja, allerdings, Bill. Dieser Fall ist alles andere als abgeschlossen. Noch lange nicht. Und Sie können mich ruhig zitieren.«

30

»Seit wann greifst du denn bei meiner Lasagne nicht zweimal zu?« Unter Anna Coscarellis prüfendem Blick fühle ich mich furchtbar leicht durchschaubar. Ich wusste, ich hätte mich nicht auf dieses Familienessen einlassen sollen. Aber Leo hat mich richtig bedrängt und wie so oft seine Trumpfkarte ausgespielt – Jakey. Jakey vermisst dich. Jakey fragt andauernd, wann du denn mal wieder kommst. Jakey will wissen, wann Leo und du mal wieder mit ihm in den Zoo gehen. Jakey hat im Kindergarten ein Bild für dich gemalt. Ich habe nachgegeben.

Jetzt bereue ich es. Jedes Mal, wenn ich Jakey ansehe, frage ich mich, ob das Baby, das ich in mir trage, Ähnlichkeit mit diesem entzückenden Kind haben wird. Jedes Mal, wenn ich Leo ansehe, frage ich mich, ob er der Vater ist. Und gleich darauf kommt die nächste Frage – wenn er es ist, was passiert dann?

Und was passiert, wenn Leo nicht der Vater ist?

»Lass gut sein, Mom«, sagt Leo in seiner sanften, aber bestimmten Art. »Sie hat viel um die Ohren.«

Jakey kichert. »Stimmt doch gar nicht, Daddy. Natalies Ohren sind ganz leer.«

Leo schmunzelt, zerzaust dem Jungen die Haare. »Und was ist mit dir, Kleiner? Der Broccoli auf deinem Teller wartet nur drauf, gegessen zu werden.« Jakey schaufelt sich schnell das restliche Gemüse in den Mund und fragt, noch während er kaut, nach dem Nachtisch.

»Später«, sagt seine Großmutter.

»Kann ich mir einen Zeichentrickfilm ansehen?«

»Abends laufen keine Zeichentrickfilme«, sagt Leo.

»Doch. ›Die Simpsons‹ ist ein Zeichentrickfilm.«

Leo droht ihm mit dem Finger. »Du weißt ganz genau, dass das nichts für Kinder ist, Jakey.«

Der Kleine zuckt die Achseln, als wollte er sagen, versuchen kann man's ja mal. »Na schön. Dann male ich Natalie jetzt ein neues Bild für ihren Kühlschrank. Einen Dino, wie der für Mommy.«

»Das wäre toll«, sage ich und versuche, strahlend zu lächeln, aber ich bin sicher, es gelingt mir nicht.

Anna Coscarelli räumt meinen Teller ab. »Kein Wunder, dass du keinen Appetit hast«, sagt sie. »Leo hat mir erzählt, dass dein Deputy Commissioner heute Nachmittag verhaftet worden ist. Außerdem waren die Nachrichten voll davon. Die Polizei scheint ja ziemlich sicher zu sein, den Richtigen zu haben.«

Leo lässt mich nicht aus den Augen. »Natalie ist da gar nicht so sicher.«

Anna legt die Stirn in Falten. »Du willst doch nicht etwa schon wieder auf eigene Faust aktiv werden, oder?«

»Na ja, die Hände in den Schoß legen ist nun mal nicht meine Art«, sage ich bemüht heiter.

Mutter und Sohn betrachten mich beide mit unverhohlener Bestürzung. Ihnen gefällt der Gedanke nicht, dass ich mich weiter mit dem Fall beschäftigen könnte.

»Sie haben den Wagen gefunden, Natalie«, ruft Leo mir in Erinnerung. Als ob das nötig wäre. Der Wagen wird noch untersucht, aber ich bezweifle, dass Keenan bereits vor die Presse getreten wäre, wenn er nicht schon genau wüsste, dass Alan Carlyles weißer Ford Explorer das Fahrzeug ist, mit dem Jessica Asher überfahren wurde.

Das Auto wurde dank eines anonymen Anrufs gefunden – zumindest hat Robie mir das gesagt. Man hat den Geländewagen in den frühen Morgenstunden aus einem See in Plymouth gezogen. Der See liegt keine zwei Meilen vom Pflegeheim Maple Hill entfernt, in dem Steven Carlyles Mutter untergebracht ist.

Robie und Keenan haben zwei Theorien entwickelt. Die eine ist, dass Carlyle nach dem Mord mit dem Geländewagen nach Plymouth gefahren ist, ihn dort im See versenkt hat, dann zu Fuß zum Pflegeheim gegangen ist, um seine Mutter zu besuchen, und anschließend einen Bus zurück nach Hause genommen hat. Ihre zweite Theorie ist, dass ein möglicher Komplize Carlyle zurückgefahren hat.

Sowohl Robie als auch Keenan haben noch viele Fragen, die beantwortet werden müssen. Aber dabei geht es nur noch um das Wie und Warum, nicht mehr um das Wer.

»Wie wär's mit einem kleinen Nachtisch, Liebes?«, fragt Anna mich, als sie die letzten Teller abräumt. »Ich hab Cannoli gemacht. Die isst du doch so gerne.«

»Nein, danke.« Schon bei dem Gedanken, etwas Süßes zu essen, dreht sich mir der Magen um. »Ich muss wirklich nach Hause. Da wartet noch ein Riesenberg Papierkram auf mich.«

Anna Coscarelli setzt sich wieder an den Tisch. »Also schön, wer hat denn deiner Meinung nach das arme Mädchen getötet, wenn es nicht euer Deputy Commissioner war?«

»Ich wünschte, ich wüsste es.«

Leo knurrt: »Und ich wünschte, du wärst nicht so verdammt neugierig.«

31

Am Dienstagmorgen nehme ich an Carlyles Anklageerhebung teil. Ebenso wie der Commissioner und Fran Robie. Dagegen glänzen Carlyles Frau und seine beiden Söhne durch Abwesenheit. Nachdem Carlyles Anwalt Henry Fisher und Oberstaatsanwalt Joe Keenan lang und breit dargelegt haben, ob Carlyle eine mögliche Gefahr für die Allgemeinheit darstellt oder nicht, setzt Richterin Gwen Mossier die astronomisch hohe Summe von achthunderttausend Dollar als Kaution fest.

Während Carlyle, der schwer angeschlagen wirkt, in Handschellen aus dem Gerichtssaal geführt wird, starrt er stur vor sich auf den Boden. Er wird ins Bezirksgefängnis gebracht, wo er bis zu seinem Prozess bleiben muss, falls es nicht gelingt, die Kaution für ihn aufzubringen.

Joe Keenan scheint bestens aufgelegt. Fran Robie ebenfalls. Ich bin mir sicher, die beiden blicken überaus optimistisch in die Zukunft. Vielleicht macht Robie sich Hoffnungen, irgendwann in die Schuhe ihres Exgatten zu treten. Und schon jetzt wird gemunkelt, dass Keenan mit einem Karrieresprung zum Generalstaatsanwalt von Massachusetts liebäugelt.

Um der Pressemeute aus dem Weg zu gehen, die vor dem Gerichtsgebäude auf der Lauer liegt, werden Miller und ich von einem Gerichtsdiener zum Hinterausgang geführt. Sobald wir draußen sind, streckt mir der Commissioner die Hand entgegen. »Danke, Nat. Sie haben alles getan, was in Ihrer Macht stand. Jetzt liegt die Sache in den Händen der Justiz.«

Miller sagt mir also durch die Blume, dass meine Hilfe nicht länger erforderlich ist. Oder erwünscht.

»Ehrlich gesagt, ich denke, Sie haben sich ein paar Tage Urlaub verdient, Nat. Machen Sie doch den Rest der Woche frei. Fahren Sie in die Berge oder vielleicht nach Cape Cod. Um diese Jahreszeit ist es dort wunderschön ruhig.«

Ich habe keineswegs vor zu verreisen. Aber ein bisschen Zeit für mich kommt mir sehr entgegen.

Eine gertenschlanke Brünette lächelt mich an, als ich die Galerie betrete. Ich muss zugeben, dass ich erleichtert aufatme, weil diesmal nicht Martha Cady an dem halbrunden Stahlschreibtisch sitzt. Mein Vertrauen in meine Verkleidung ist jetzt deutlich schwächer als noch bei der Kostümprobe.

»Guten Tag. Kann ich Ihnen helfen oder möchten Sie sich einfach mal in Ruhe umsehen? Wir haben gerade ein paar sehr schöne Ölbilder von Clifford West reinbeko-«

»Ich wollte zu Martha Cady. Eine Freundin hat mir gesagt, ich sollte mich bei ihr melden, wenn ich nach Boston komme.«

»Tut mir Leid. Martha ist heute nicht da.«

»Ach, arbeitet sie dienstags nicht?«

Die Frau zögert. »Na ja, eigentlich schon, aber heute ist sie einfach nicht erschienen. Gestern musste ich auch schon für sie einspringen. Dabei arbeite ich normalerweise nur an den Wochenenden.«

»Gestern war Martha auch nicht da?«

Ich bekomme so ein flaues Gefühl in der Magengrube, das aber diesmal nichts mit meiner Schwangerschaftsübelkeit zu tun hat.

»War sie denn letzten Freitag da?«

Eine Glocke über der Tür läutet. Ein elegantes Paar betritt die Galerie. Die hübsche Brünette kommt mit ausgestreckten Armen um ihren Schreibtisch herumgeeilt und strahlt die beiden an. »Mr und Mrs Nicholson. Schön, dass Sie wieder mal bei uns sind. Ich hab mir schon gedacht, dass Sie reinschauen würden, wenn Sie hören, dass wir ein paar Wests da haben.«

Sie würdigt mich keines Blickes mehr und widmet sich voll und ganz den potenziellen Kunden. Mr Nicholson dagegen schielt durchaus in meine Richtung. Bis seine Gattin ihn mit einem energischen Rippenstoß zur Ordnung ruft.

Als ich die Galerie verlasse, habe ich mehr Vertrauen zu meinem neuen Look.

Und mache mir Sorgen wegen Martha Cady.

Leo ruft mich auf dem Handy an, als ich gerade auf dem Weg zu Marthas Wohnung bin.

»Geht's dir gut?« Er klingt ein bisschen besorgt. Und sehr gereizt.

»Ja. Tut mir Leid, dass ich gestern Abend so früh gegangen bin, aber –«

»Ich weiß. Berge von Arbeit. Und letztes Wochenende –«

»Ich hab mal Zeit für mich allein gebraucht, Leo.«

»Was ist eigentlich los, Natalie? Wenn du aus irgendeinem Grund sauer auf mich bist . . . wenn es um Nicki geht . . .«

»Bin ich nicht. Geht es nicht.« Ich überfahre um ein Haar eine rote Ampel und muss auf die Bremse steigen. Der Fahrer hinter mit hupt.

»Wo bist du?«

»Im Auto.«

»Das hatte ich mir fast gedacht.«

»Ich mach ein paar Tage frei, Leo. Mit Erlaubnis des Commissioner. Vielleicht fahre ich nach Cape Cod.«

»Ich weiß, dass du mir nicht alles erzählst, Natalie. Aber ich hab nicht gedacht, dass du mich anlügen würdest.«

»Leo, ich kann nicht Auto fahren und dabei telefonieren.«

»Wohin fährst du denn?«

Ich habe Angst, es ihm zu sagen. Vielleicht will er sich dann vor Martha Cadys Wohnung mit mir treffen. Ich frage mich, ob selbst Leo mich nicht erkennen würde.

Aber ich will kein Risiko eingehen. Und ich will ihn nicht wieder belügen.

»Das kann ich dir nicht sagen, Leo.«

»Du machst mir Sorgen, Natalie.«

Ich lächle. »Ganz wie gehabt.«

»Hi.«

Martha Cady öffnet die Tür so weit, wie es die Sicherheitskette erlaubt, und begutachtet mich vom Scheitel meiner blonden Perücke bis zur Sohle meiner schwarzen Manolo-Blahnik-Stiefel. Mein verändertes Erscheinungsbild besteht offenbar die Prüfung, denn sie knallt mir nicht die Tür vor der Nase zu. Meine Zuversicht wächst.

Es ist fast zwei Uhr nachmittags, aber Martha trägt einen Morgenrock. Die Art, wie ihre Hände den Kragen hoch am Hals zusammenhalten, deutet darauf hin, dass sie nichts darunter trägt.

»Was wollen Sie?«

»Ich bin Samantha Mills –«

»Das hat mir mein Portier bereits gesagt«, unterbricht sie mich bissig. »Und dass Sean ein gemeinsamer Bekannter von uns ist. Sean wohnt nicht mehr hier.« Sie gibt sich keine Mühe, die Bitterkeit in ihrer Stimme zu verbergen. Und doch hat mir der Name ihres Exfreundes geholfen, um an dem Portier vorbeizukommen.

»Eigentlich wollte ich Sie nicht zu Hause stören. Ich war schon in der Galerie Lanz –«

»Ja, ja, ich bin krank.«

»Das tut mir Leid. Hoffentlich nichts Schlimmes.«

»Hören Sie, kommen Sie zur Sache. Ich will wieder ins Bett.«

Das kann ich mir vorstellen.

»Tja also, wie ich Sean schon gesagt habe, ich bin gerade aus Florenz zurück, hab da ein Jahr Bildhauerei studiert. Ich wäre gern noch ein paar Monate länger geblieben, aber Daddy hatte keine Lust mehr, meine künstlerischen Ambitionen zu finanzieren. Meinte, ich soll nach Hause kommen und mir einen Job suchen. Endlich mal lernen, wie es ist, für sein Geld arbeiten zu müssen.« Ich verdrehe die Augen, als hätte ich noch nie etwas dermaßen Lächerliches gehört.

Martha wird immer ungeduldger, während ich weiterplappere.

»Jedenfalls, ein paar Tage nach meiner Ankunft war ich in so einem Club, dem Bombay, und da bin ich Sean über den Weg gelaufen. Wir sind ins Gespräch gekommen, und er hat gesagt, seine Freundin, Martha – da waren Sie beide wohl noch zusammen – egal, er hat jedenfalls gesagt, dass Sie mir helfen könnten, eine Arbeit zu finden, wo ich richtig gut Geld verdiene und auch noch Spaß dabei habe.« Ich beobachte sie genau. Und ich sehe, dass sie begreift, worauf ich hinauswill.

Ich seufze. »Nur, die Sache ist die: Ich bin ziemlich unter Druck. Ich wohne nun schon eine Weile bei einer Bekannten, aber die ist reichlich bescheuert, Sie wissen schon.«

Aus der Wohnung dringt gedämpftes Husten. Martha schaut kurz nach hinten. »Geben Sie mir am besten eine Telefonnummer, unter der ich Sie erreichen kann –«

»Könnten Sie mich nicht vielleicht gleich mit Ihrer Chefin in Kontakt bringen? Sean meinte, sie würde sich auf jeden Fall mit mir unterhalten wollen. Ich würde furchtbar gern sofort anfangen –«

»Ich werde sehen, was ich tun kann. Wie ist die Nummer?«

Frustriert nenne ich ihr meine geheime Privatnummer. »Können Sie sich die auch merken?«

Sie nickt und schließt langsam die Tür. Dabei hält sie den Morgenmantel nicht mehr ganz so fest geschlossen, und ich bemerke die dunklen Blutergüsse an ihrem Hals. Sie sehen übel aus. Und ganz frisch.

»Entschuldigen Sie, hätten Sie vielleicht noch rasch ein Glas Wasser für mich?«

»Direkt gegenüber ist ein Coffee Shop.«

Wieder ist ein Husten zu hören, und sie schließt die Tür.

Ich setze mich an einen Fenstertisch, von wo ich den Eingang von Matha Cadys Apartmenthaus gut beobachten kann. Ich bestelle mir eine große Kanne Tee und richte mich auf eine lange Wartezeit ein.

Zwanzig Minuten später, ich habe meine zweite Tasse Tee kaum zur Hälfte getrunken, kommt eine Gestalt aus dem Haus gelaufen. Doch wegen einer tief ins Gesicht gezogenen Baseballkappe und eines weiten, offenen Trenchcoats, der keine

Rückschlüsse auf die Statur erlaubt, kann ich den fliehenden Mann nicht erkennen. Ich weiß ja nicht mal, ob er tatsächlich der Mann ist, der in Marthas Wohnung gehustet hat, obwohl die verstohlene und hastige Art, in der er sich davonmacht, den Verdacht nahe legt.

Bevor ich etwas Geld auf den Tisch werfen kann und aus dem Coffee Shop herauskomme, ist der mysteriöse Mann schon um die nächste Ecke verschwunden.

Als ich die Kreuzung erreiche, ist er nirgends zu sehen.

32

Das Nippon ist eine teure Sushi-Bar gleich neben der Lobby des Hotels Boston Regency. Hier treffen sich Menschen aus den Chefetagen dieser Welt und treiben ihre Spesenrechnungen in die Höhe. Es ist kurz nach acht Uhr abends, und an der langen, niedrigen Bar sitzen etliche Gäste, die kleine Happen Sashimi und Sushi mit Stäbchen geschickt in den Mund befördern.

Es sind zwar noch einige Tische frei, aber ich entscheide mich bewusst für einen Sitzplatz am hinteren Ende der Bar. Eine sehr hübsche, junge asiatische Empfangsdame in der traditionellen Kleidung einer Geisha geleitet mich dorthin. Wenige Augenblicke später reicht mir eine zierliche asiatische Kellnerin in blütenweißer Bluse und schwarzer Hose einen dampfend warmen Waschlappen auf einem Tablett. Sie wartet, während ich mir die Hände damit abwische und dann den Waschlappen zurück auf ihr lackiertes Tablett lege.

Augenblicke später reicht sie mir die Speisekarte. »Darf ich Ihnen schon was zu trinken bringen?«, fragt sie. »Vielleicht einen Sake?«

»Tee bitte.« Ich beobachte die beiden Asiaten hinter der Bar, die das Sushi zubereiten. Beide sind ganz auf ihre Kreationen konzentriert, aber der ältere von ihnen hebt die Augen und schaut in meine Richtung. Unsere Blicke treffen sich ganz kurz, doch alles was gesagt werden muss, ist bereits gesagt. Liz Temple hat Wort gehalten und den Kontakt hergestellt.

Die Kellnerin kommt mit einer Kanne dampfendem Tee und gießt mir eine hübsche Steinguttasse ein. »Haben Sie sich inzwischen entschieden?«

»Ich nehme eine California Roll.«

Sie verneigt sich höflich, und ich sehe, wie sie dem älteren Japaner hinter der Bar den Bestellzettel hinschiebt. Er blickt kurz auf den Zettel, dann schaut er die Kellnerin an, aber er sieht nicht wieder in meine Richtung.

Dafür sieht mich jemand anderes an: der Mann, der zwei Hocker weiter sitzt. Als ich seinen Blick erwidere, lächelt er, als würden wir uns kennen.

»Hallo«, sagt er. Mir fällt die goldglänzende Rolex an seinem Handgelenk auf. Sie passt zu dem perfekt sitzenden Anzug, der mit Brillanten besetzten Krawattennadel, dem erstklassigen Haarschnitt, der die Geheimratsecken geschickt tarnt. Der Mann hat nichts an sich, was sonderlich attraktiv wäre. Außer seinem Geld.

Ich nicke ihm kurz zu. Und sehe, dass der ältere Sushi-Koch die Stirn runzelt.

»Entschuldigen Sie, dass ich Sie angestarrt habe. Aber bei schönen blonden Frauen kann ich einfach nicht widerstehen.« Ein Mann, der keinen Wink versteht. Auch nicht, als der Sushi-Koch zu ihm geht und ihm die Rechnung neben den Teller klatscht.

»Stimmt doch, Kazuo, oder?« Er lächelt weiter, die Augen starr auf mich gerichtet, als wäre ich genau das, was er sich zum Nachtisch wünscht. Ist das einfach seine übliche Masche, oder geht der Kerl tatsächlich davon aus, dass ich käuflich bin? Liz Temple hat mir erzählt, dass die Sushi-Bar so etwas wie das Stammlokal für einige von Alis Mädchen ist und dass sie sich häufig mit ihren Freiern hier treffen. Kazuo Shindo achtet im Auftrag von Alison Bryant darauf, dass die Verabredungen komplikationslos verlaufen. Er hat Erfahrung auf dem Gebiet, weil er schon für Bryants ehemalige Chefin tätig war, als er noch in einer Sushi-Bar in Weston arbeitete. Aber Bryant weiß nicht, dass Kazuo noch Kontakt zu Liz Temple hat. Loyalität ist in seinen Augen ein hohes Gut. Natürlich hat ihn das nicht davon abgehalten, die großzügige Vergütung auszuschlagen, die seine derzeitige Chefin ihm zahlt. Erheblich mehr, als er als Sushi-Koch verdient.

»Stell mich der Lady vor, Kazuo«, sagt der Mann neben mir und zwinkert mir zu.

»Die Lady ist heute Abend schon anderweitig verabredet, Mr Adams«, sagt der Koch mit Nachdruck.

Auf dem Gesicht des Mannes spiegelt sich offene Enttäuschung. Aber er ist ein guter Verlierer. »Tja, dann eben ein anderes Mal. Dürfte ich um Ihren Namen bitten, Sie schöne Blonde?«

»Samantha.«

»Ein schöner Name.« Er schiebt sich ein letztes Sushi in den Mund, notiert dann den Namen auf seiner Rechnung. Mr Adams lässt offenbar anschreiben.

Als er fort ist, atme ich erleichtert auf. Und ich kann es kaum erwarten, hier endlich zu Potte zu kommen, bevor wieder jemand ein Auge auf mich wirft. Blondinen haben's gar nicht so leicht, stelle ich fest.

Kazuo serviert mir meine California Roll und legt einen Zettel daneben auf die Bar. Ich schaue mich rasch um, ehe ich das Stück Papier umdrehe. Da steht eine Zahl: 1435.

Ich blicke Kazuo fragend an, und er deutet unauffällig nach oben. Dann wendet er sich ab und geht ans andere Ende der Bar.

Gerade als ich von meinem Hocker aufstehen will, sehe ich entsetzt, dass ausgerechnet Bürgermeister Daniel Milburne die Sushi-Bar betritt. Ich setze mich rasch wieder hin. Ich möchte auf keinen Fall an ihm vorbeigehen, das Risiko ist einfach zu groß, dass er mich trotz meiner Verkleidung erkennt.

Auch der Sushi-Koch scheint etwas beunruhigt. Er winkt der Empfangsdame, die sofort zu ihm eilt. Ich kann nicht hören, was Kazuo zu ihr sagt, aber die Frau nickt verstehend.

Milburne steht allein im Eingang. Es geht das Gerücht, dass es in seiner Ehe kriselt. Da ich seine Frau Beth kenne – und mag –, wundert es mich nicht, dass sie Beziehungsprobleme haben.

Aber vielleicht ist er ja hier mit Beth verabredet. Oder mit jemand anderem. Zum Beispiel einer Edelnutte.

Verstohlen beobachte ich, wie die Empfangsdame auf ihn zugeht.

»Guten Abend, Mr Milburne. Wie schön, dass Sie wieder mal hier sind. Ihr Lieblingstisch ist frei.«

»Heute Abend kommen noch ein paar Bekannte, Takasha. Ich brauche einen Tisch für vier Personen.«

»Kein Problem, Mr Milburne.«

Sie führt ihn zu einem runden Tisch vorn im Restaurant, wo er meinen Abgang nicht mitbekommen würde. Leider gefällt er Milburne nicht.

»Lieber weiter hinten, Takasha.«

Ich trinke einen Schluck Tee, als er ganz nah an mir vorbeikommt.

Aus den Augenwinkeln entdecke ich einige Neuankömmlinge in der Eingangstür. Ich kenne sie alle drei: der Möchtegernsenator Eric Landon, seine Frau Debra und Oberstaatsanwalt Joe Keenan.

Ich höre, wie Milburne sie ruft, und sie gehen in seine Richtung – und meine.

Ich halte mir die Speisekarte vors Gesicht, als wollte ich mir ein Dessert aussuchen.

Hinter mir hustet jemand ...

Leider weiß ich nicht, wer von den drei Männern gehustet hat. Vielleicht war es sogar der Bürgermeister. Dabei wäre es ja noch längst kein Beweis, wenn ich den Hustenden identifizieren könnte. Schließlich ist der hustende Mann in Cadys Wohnung nun wirklich nicht der einzige Mensch mit einer Erkältung oder Allergie. Trotzdem, bei dem Gedanken, dass einer der Leute am Tisch des Bürgermeisters der Mann mit der Baseballkappe und dem Trenchcoat sein könnte, wird mir ganz anders.

Und es läuft mir kalt den Rücken runter.

Nachdem ich die Sushi-Theke verlassen habe, husche ich noch schnell zur Damentoilette am Ende des Ganges, um mein Make-up aufzufrischen – Lippenstift, Gloss, noch ein bisschen Rouge, weil ich doch leicht blass geworden bin. Es irritiert mich noch immer, wenn ich mich als Blondine im Spiegel sehe, aber die Perücke ist von hervorragender Qualität, und selbst ich kann kaum erkennen, dass es nicht mein echtes Haar ist. Ich überprüfe auch noch mal mein Designer-Outfit – das ärmellose, türkisfarbene Seidentop mit dem tiefen V-Ausschnit und dem Versace-Label, den engen, schwarzen Rock von Dior, der zwar wadenlang ist, aber auf beiden Seiten bis zur Mitte der Oberschenkel geschlitzt, die edlen, hochhackigen fersenfreien Pumps von Dolce & Gabbana, die mich nicht nur größer erscheinen lassen, sondern irgendwie auch meinen Beinen eine elegantere Form geben. Was durch die Schlitze in meinem Rock noch mehr auffällt.

Leider Gottes fällt das auch jemand anderem auf, als ich wieder hinaus auf den Gang trete.

»Irgendwie kommen Sie mir bekannt vor. Kennen wir uns?« Sein Blick gleitet langsam von meinen Beinen hinauf zu meinem Gesicht.

»Nein. Ich glaube nicht.« Ich will um ihn herumgehen, aber der Gang ist schmal, und er verstellt mir den Weg.

»Eric Landon. Und Sie sind –?«

»Spät dran«, sage ich schroff.

»Eric?«, ruft eine Stimme. »Bist du fertig mit deinem Anruf?«

»Ja, Schatz.«

»Dein Essen ist auf dem Tisch.«

»Ich komme, Schatz.« Landon setzt sein öliges Wahlkampflächeln auf, als er sich zu seiner Frau umdreht. Aber Debra Landons finstere Miene signalisiert, dass er mehr als nur sein Lächeln einsetzen muss, um ihre Stimme zu bekommen.

33

Ich klopfe an die Tür von Suite Nummer 1435.

Keine Antwort.

Ich klopfe etwas fester.

Die Tür gibt nach und öffnet sich einen Spalt.

Ich bin schlagartig in Alarmbereitschaft, und das Herz schlägt mir bis zum Hals. Gar nicht gut für meinen Blutdruck. Ich atme ein paarmal tief durch, um mich zu beruhigen, aber die erwünschte Wirkung bleibt aus.

Ich bleibe im Flur stehen und drücke die Tür so weit auf, dass ich in die Suite hineinsehen kann. Der Raum ist dunkel, aber das Licht vom Gang reicht aus, um einen schön eingerichteten Salon zu erkennen.

»Hallo?«, rufe ich.

Und bekomme keine Antwort.

Ich greife hinein, taste nach dem Lichtschalter und betätige ihn. Ein mächtiger Kristallleuchter überflutet das Zimmer mit Licht. An der Fensterwand sind dunkelblaue Samtvorhänge zugezogen. Zwei Brokatsofas stehen sich gegenüber, dazwischen ein gläserner Couchtisch, der mit Blattgold verziert ist. Ich wusste ja, dass das Boston Regency ein teures Hotel ist, aber das hier muss eine von den Luxussuiten sein.

Mein Blick fällt auf eine umgedrehte Champagnerflasche in einem silbernen Eiskühler auf dem Couchtisch. Neben dem Kühler stehen zwei Kristallgläser. Auch die sind leer.

Auf der linken Seite befindet sich eine Tür, die vermutlich ins Schlafzimmer führt. Steven Carlyle hat mir erzählt, dass er sich hier im Hotel mit Martha Cady – oder Skye, wie sie für ihn hieß – getroffen hat. Vielleicht in genau dieser Suite.

Ich bleibe mucksmäuschenstill stehen und lausche, ob durch die Schlafzimmertür irgendwelche Geräusche dringen. Das Einzige, was ich höre, ist mein eigener dröhnender Pulsschlag.

»Hallo?«, rufe ich wieder. Diesmal lauter.

Falls jemand im Schlafzimmer ist, dann muss er entweder taub oder tot sein.

Kaum habe ich den Gedanken zu Ende gedacht, durchläuft mich ein Frösteln. Und was meinen Blutdruck angeht . . . Ich will nicht mal dran denken, wie hoch er im Augenblick sein könnte.

Ich stehe noch immer in der Tür und überlege, was ich machen soll, als ich ein schwaches Quietschen höre und sehe, wie die Schlafzimmertür langsam aufgeht.

»Alison?« Meine Stimme ist kratzig.

Die Tür öffnet sich noch weiter. Ich merke, dass mein Mund vor Anspannung trocken wird. Und vor Angst.

Bis ich die Gestalt sehe.

Das kleine Mädchen – höchstens sieben oder acht – trägt ein mit Herzchen bedrucktes Flanellnachthemd. Ihr Haar sieht aus wie fein gesponnenes Gold, so blond, dass es in diesem Licht fast weiß schimmert. Sie hat ein Engelsgesicht, anders kann ich es nicht beschreiben. Ich glaube, ich habe noch nie ein schöneres Kind gesehen als diese Kleine.

»Ist Alison da?«

»Sie schläft.«

Schläft? Es ist noch keine neun Uhr.

Ich trete in den Raum. »Sie wird bestimmt nicht böse sein, wenn ich sie aufwecke.«

»Doch, das wird sie«, sagt das Kind voller Überzeugung.

»Tja, wie wär's dann, wenn du sie weckst?«

»Nie im Leben. Dann geht sie an die Decke.«

»Sieh doch einfach mal nach. Vielleicht hat sie uns reden gehört und ist schon von alleine wach geworden.« Ich spreche absichtlich lauter, um diese Wirkung zu erzielen.

Das Kind schaut nach hinten in das dunkle Schlafzimmer. »Nee. Sie schläft noch.«

»Kannst du das denn im Dunkeln sehen?«

»Wenn sie wach wäre, würde sie sich melden.«

Ich werfe einen Blick auf die umgedrehte Champagnerflasche. Gut möglich, dass sie betrunken ist und gar nichts mehr mitbekommt. Aber da stehen zwei Gläser. Was ist mit dem anderen?

»Ist Ali allein?«

»Nein. Ich bin doch bei ihr«, sagt das Kind, als wäre ich entweder blind oder blöd oder beides.

»Bist du Alis kleine Tochter?«

Sie kichert. »Nee. Sie ist die Freundin von meiner Mom. Aber Ali ist nett. Ich bin oft bei ihr, wenn Mom weg ist.«

»Wo ist denn deine Mom?«

»Auf Entzug. Mal wieder.«

Eine so traurige Bemerkung hätte ich höchstens von einem wesentlich älteren Kind erwartet. Habe ich mich vielleicht verschätzt? Oder ist die Kleine einfach weit für ihr Alter?

»Wie heißt du?«

Sie beäugt mich misstrauisch und neugierig zugleich: »Wie heißen Sie denn?«

Um ein Haar hätte ich Nat gesagt. »Sam.«

»Das ist doch ein Jungenname.«

»Nein, das ist eine Kurzform von Samantha. So wie Ali die Kurzform von Alison ist. Benutzt du deinen ganzen Namen oder hast du auch einen Spitznamen?«

»Daisy. Bloß Daisy.«

»Ein hübscher Name.«

»Finde ich nicht.«

»Wie alt bist du, Daisy?«

Sie lächelt. »Alt genug.« Sie kichert los. »Immer wenn ich das sage, kucken alle so wie Sie jetzt. Ali und ich lachen uns immer halb tot.«

Mir steigt ein bitterer Geschmack in die Kehle. Irgendwas stimmt hier ganz und gar nicht. Diese Babysitter-Kind-Beziehung hat etwas Beunruhigendes an sich. Und wenn ich mich mit irgendwas auskenne, dann mit anormalen Beziehungen zwischen Erwachsenen und Kindern.

»Wen hatte Ali denn heute Abend zu Besuch?«

Sie zuckt die Achseln. »Ich weiß nicht. Ich hab geschlafen.« Sie zeigt auf einen der beiden Brokatzweisitzer. »Da drüben bin ich eingeschlafen.«

»Aber gerade warst du im Schlafzimmer.«

Wieder ein Achselzucken. »Bestimmt hat mich einer von ihnen ins Bett getragen.«

»Wahrscheinlich der Mann.«

»Wahrscheinlich.«

»Hast du Alis Freund überhaupt nicht gesehen, Daisy?«

Obwohl ich versuche, möglichst unbekümmert zu klingen, blickt das Kind finster. »Ich hab doch gesagt, ich war eingeschlafen.«

Unvermittelt macht die Kleine einen Schritt nach hinten ins Schlafzimmer. Mit gerunzelter Stirn sagt sie: »Sie müssen jetzt gehen. Ali braucht ihren Schönheitsschlaf.«

Und mit diesen Worten knallt sie die Tür so laut zu, dass sie Tote damit aufwecken könnte –

Mein Hals wird ganz trocken. »Daisy?«, rufe ich.

»Gehen Sie weg«, ruft das Kind zurück.

Ich laufe durch den Salon zu der verschlossenen Schlafzimmertür. »Bitte lass mich rein, Daisy. Weißt du, Ali ist vielleicht . . . krank.« Ich versuche den Türknauf zu drehen, aber er ist blockiert. Das Kind hat ihn von innen verriegelt.

»Nein, ist sie nicht. Sie schläft ganz fest. Gehen Sie weg. Wenn Sie jetzt nicht gehen, bekommen Sie Ärger. Dann ruf ich nämlich Tommy an, und der kommt dann hoch und . . . wirft Sie raus.«

»Tommy?«

»Er ist bei der Polizei, deswegen gehen Sie lieber, sonst . . .«

Ein Polizist?

»Tommy kann Sie verhaften, jawohl!« Sie will mir Angst einjagen, aber ich höre ihr an der Stimme an, dass sie selbst Angst hat. Angst vor Tommy?

»Man kann nicht verhaftet werden, wenn man nichts Böses getan hat, Daisy.« Okay, so ganz wahr ist das nicht, zugegeben.

»Doch«, sagt sie mit absoluter Sicherheit. »Tommy kann Sie ins Gefängnis stecken. Und das würde Ihnen nicht gefallen, oder?«

»Nein. Nein, da hast du Recht. Aber ich will doch jetzt nur reinkommen und nachsehen, ob es Ali gut geht –«

»Wer zum Teufel sind Sie?«

Ich fahre herum. Ein großer Mann im schwarzen Anzug, dessen Stoff sich über dicken Muskelpaketen spannt, steht in der offenen Tür und starrt mich wütend an.

»Und wer sind Sie?«, frage ich, bemüht, nicht allzu eingeschüchtert zu klingen. Oder verängstigt.

»Ich stelle hier die Fragen.«

Ich bringe ein Lächeln zuwege. »Lassen Sie mich raten. Tommy?«

»Woher wissen Sie meinen Namen?«

»Steck sie nicht ins Gefängnis, Tommy.« Die zaghafte Stimme dringt durch die verschlossene Schlafzimmertür. »Sie hat Ali nicht aufgeweckt. Die schläft noch fest.«

Tommy ist vorübergehend abgelenkt. »Wieso bist du so spät noch auf, Daisy?« Die Stimme des Schlägertyps klingt spürbar weicher.

»Ich musste mal, Tommy.«

»Gut, aber jetzt marsch ins Bett.«

»Na gut. Nacht, Tommy.«

Sogleich richtet Tommy seine volle Aufmerksamkeit wieder auf mich. »Ich warte noch immer auf die Antwort auf meine Frage, Lady. Wer zum Teufel sind Sie, und was haben Sie hier zu suchen?«

Alles an dem Kerl – wie er spricht, sein Aussehen, sogar seine Körperhaltung – sagt mir, dass er kein Polizist ist. Es sagt mir: ein Krimineller. Ich habe schon viele solcher Typen in Gefängnissen gesehen. Und die meisten saßen wegen eines Gewaltverbrechens.

»Ich wollte mit Ali reden.«

»Nur ihre Freunde nennen sie Ali. Sie sind keine Freundin.«

»Woher wollen Sie das wissen?«

»Weil ich sämtliche Freundinnen von Ali kenne.«

»Ehrlich gesagt, ich hoffe, dass ich Alis *Freundin* werden kann.«

Er stutzt. »Stimmt das?«

»Ich bin eine Bekannte von Skye. Sie hat gesagt, ich soll mal hier vorbeischauen. Ich hab aber nicht damit gerechnet, dass Ali schon so früh schläft.«

»Tja, das kommt schon mal vor.«

»Verstehe.«

Mit einem anzüglichen Grinsen kommt er auf mich zu. »Normalerweise lässt Ali die Ladys, die ihre Freundin werden wollen, von mir testen. Wenn du also noch was bleiben willst –«

Das ist so ziemlich das Allerletzte, was ich will.

Ich will jetzt nur noch schleunigst hier weg. Aber mir ist nicht wohl dabei, Daisy hier allein zu lassen. Oder schlimmer noch, sie mit diesem Schläger und Ali, die angeblich im Tiefschlaf liegt, allein zu lassen.

Tommy handelt schnell. Ehe ich auch nur daran denken kann, ihm auszuweichen, liegen seine schweißfeuchten Pranken schon auf meinen Schultern.

»Du bist nicht schlecht«, sagt er lüstern. »Vielleicht ein bisschen alt –«

»Vielen Dank«, sage ich kühl und hoffe verzweifelt, dass er nicht merkt, wie mein Körper anfängt zu zittern.

Das Ganze war eine schlechte Idee.

»Macht ja nichts. Ein paar Typen stehen drauf, wenn die Frauen nicht mehr ganz taufrisch sind.« Er lässt eine Hand verführerisch an meinem Arm herabgleiten.

Ich bewahre Haltung – was nicht leicht ist, weil meine Knie butterweich geworden sind. »Wer spielen will, muss zahlen, Tommy. Meine Mom hat mir beigebracht, dass man nichts im Leben verschenken soll. Selbst Testläufe gibt's bei mir nicht umsonst.«

»Doch, wenn du mit den Besten in der Branche ins Geschäft kommen willst.« Er schiebt mir eine Hand in den Nacken. Sein Griff ist eisenhart.

»Redest du von Ali oder von ihrem Boss?«

Das bringt ihn aus dem Konzept. Zumindest einen Moment

lang. »Weißt du was? Skye ist ein Großmaul. Und ein Spatzenhirn.«

»He, Skye hat mir kein Wort erzählt«, beteure ich rasch, weil ich nicht will, dass das Callgirl Scherereien mit diesem Schläger bekommt.

»Wer dann?«, will er wissen. Jetzt hat er beide Hände an meinem Hals. Vor einigen Sekunden hatte ich Angst, vergewaltigt zu werden. Jetzt habe ich Angst zu sterben ...

»Ich hab 'ne Menge einflussreicher Freunde, Tommy. Freunde, die es nicht gern sähen, wenn mich jemand schlecht behandelt.«

»Ach ja? Was denn für Freunde?«

»Wenn ich dir ihre Namen verraten würde, wären sie nicht mehr meine Freunde.« Ich weiß, dass ich eine ziemlich jämmerliche Vorstellung abliefere, aber sie scheint die gewünschte Wirkung zu erzielen. Tommy sieht ein wenig verunsichert aus.

»Wie viel?«

»Was?«

»Deine Mom hat Recht. Du solltest nichts verschenken. Ich hab reichlich Bares dabei –«

»Da ist ein Kind im Nebenzimmer!« Und möglicherweise eine tote Frau. Oder zumindest eine sehr betrunkene.

»Daisy? Die kommt nicht raus. Die tut nichts, was sie nicht tun soll.«

Und was ist mit den Sachen, die sie tun soll? Gehorcht sie da aufs Wort?

Mir steigt tatsächlich die Galle hoch.

»Pass mal auf, meine Hübsche. Ich teste jetzt mal, wie gut du bist, und dann zahle ich dementsprechend«, grinst Tommy.

»Ich glaube, mir wird ...«

Seine dicken, nassen Lippen sind nur wenige Zentimeter von meinen entfernt, als ich ihm mitten in sein hässliches Gesicht kotze.

Zum Glück ist seine erste Reaktion Schreck und Ekel, bevor die Wut ihn packt. Und diese kurze Zeitspanne nutze ich, um aus der Suite zu rennen.

»Warten Sie«, rufe ich, als ich zwei Männer sehe, die gerade in den Fahrstuhl am Ende des Ganges steigen.

Ich stürme aus dem Hotel, als Francine Robie es betritt. Ich halte die Luft an, aber sie schaut glatt durch mich – durch Samantha – hindurch, als wir direkt vor dem Eingang aneinander vorbeigehen.

»Danny«, sagt sie geistesabwesend, als sie den Portier begrüßt, der ihr die Tür aufhält.

»Captain.« Danny ist diensteifrig, obwohl er kaum eines Blickes gewürdigt wird. Und dabei ist der Portier mit seinen dunklen, lockigen Haaren, den blauen Schlafzimmeraugen und dem sexy Aussehen durchaus ein Mann, der Blicke auf sich ziehen könnte.

Nachdem Robie das Hotel betreten hat, nimmt Danny von mir Notiz und lächelt anerkennend. Eines ist klar, Blondinen bekommen auf jeden Fall mehr Aufmerksamkeit als Brünette.

»Soll ich Ihnen ein Taxi rufen, Miss?«

»Nein, danke.« Ich spähe in die Lobby und sehe Robie schnurstracks Richtung Sushi-Bar streben. Ich schaue den Portier an und zeige in ihre Richtung. »Captain? Wie bei den Soldaten?«

Er schmunzelt. »Wie bei der Bostoner Polizei.«

»Und ich hab gedacht, der Laden hier wäre erstklassig«, sage ich im Spaß.

Sein Lächeln wird breiter. »Ist er ja auch. Hier gibt's nie Ärger. Captain Robie hat einfach eine Schwäche für Sushi. Und bei uns kriegt man das beste.«

»Ach so, dann kommt sie wohl einfach mal auf einen Happen rein, wenn sie zufällig in der Nähe ist?«, frage ich mit unbeschwertem Tonfall.

»Nein, meistens sind sie zu mehreren da. Eine ganz feine Truppe.«

»Ich wette, zu der feinen Truppe gehört auch meine Freundin. Ali Bryant? Die ist hier ja fast schon zu Hause.«

»Miss Bryant ist eine Freundin von Ihnen?« Das Interesse des Portiers ist geweckt.

Ich zwinkere ihm zu. »Ist sie eine Freundin von Ihnen?«
»Schön wär's.«
Ich würde dem redseligen Danny gerne noch ein paar Fragen stellen, doch da kommt ein sehr aufgebrachter Tommy durch die Lobby auf den Ausgang zugestürmt. Der Schläger ist auf hundertachtzig.

34

»Was soll das heißen, sie waren nicht da?«

»Die Suite war leer«, teilt Leo mir am Telefon mit. Sobald ich das Hotel verlassen hatte und in meinem Auto saß, rief ich ihn per Handy an und erzählte ihm von Alison Bryant und Daisy. Und von Tommy – allerdings verschwieg ich ihm, wie ich dem Muskelmann entkommen war. Dieses eine Mal war ich wahrlich dankbar für meine Schwangerschaftsübelkeit.

»Was ist mit den Sektgläsern?« Wenn die noch da waren, bestand eine Chance, die Identität des Mannes herauszufinden, der mit Ali zusammen gewesen war, bevor sie ...

»Keine Sektgläser. Nicht mal ein Kleenex im Mülleimer.«

»Mist.«

»Das ist noch nicht alles«, sagt Leo nach einer Pause.

»Was denn noch?« Ich wappne mich innerlich.

»Nach Aussage des Empfangschefs ist die Suite schon seit einigen Tagen leer. Die nächsten Gäste werden erst morgen erwartet.«

»Dann ist der Mann bestochen worden. Alison Bryant war heute Abend da, Leo. Sie war in dem Schlafzimmer, entweder sturzbetrunken oder auf Drogen oder tot. Und das kleine Mädchen war bei ihr und dachte, sie würde nur schlafen. Und früher am Abend muss auch noch ein Mann da gewesen sein ...« Meine Stimme klingt aufgeregt. Ich habe ein Pochen in den Schläfen. Was bedeutet, dass mein Blutdruck mal wieder im roten Bereich ist.

Aber ich bekomme einfach das Bild von Daisy nicht aus dem Kopf, so jung und verletzlich. Und ich kann die Panik in ihrer Stimme nicht vergessen, als Tommy auftauchte.

»Und was ist mit diesem Tommy?«, frage ich.

»Im Hotel arbeitet niemand, der Tommy oder Thomas heißt.«

»Das hab ich auch nicht behauptet. Ich hab dir erzählt, dass Daisy gesagt hat, er ist Polizist.«

»Er könnte ja auch ein Hoteldetektiv sein. Wie dem auch sei, ich habe mich umgehört und Leute nach einem Mann gefragt, auf den deine Beschreibung passt, und das Ergebnis war gleich null. Keiner kennt diesen Tommy. Keiner hat ihn gesehen –«

»Er war doch nicht nur in der Suite, Leo. Ich habe gesehen, wie er durch die dämliche Hotellobby gefegt ist.«

»Ich hab am Empfang nachgefragt. Da hat keiner jemanden gesehen, auf den Tommys Beschreibung passt. Ich hab mir auch den Portier vor dem Hotel vorgenommen, Natalie. Er erinnert sich nicht mal, mit dir gesprochen zu haben, und an diese Schlägertype schon gar nicht.«

»Er kennt Alison Bryant, Leo –«

»Jetzt behauptet er, der Name sage ihm gar nichts.«

»Vielleicht war es ein anderer Portier.«

»Er heißt Danny. Und seine Schicht hat um sechs Uhr abends angefangen.«

»Er lügt. Er hat mir ins Gesicht gesagt –« Aber eigentlich war es ja nicht *mein* Gesicht ... »Was ist mit Daisy? Kennt er die auch nicht? Er hat nicht gesehen, wie ein hübsches, blondes Mädchen das Hotel verlassen hat?« Ich merke selbst, dass meine Stimme immer verstörter klingt.

»Nein. Kein Mensch hat das Kind gesehen«, sagt Leo. »Was nicht heißen muss –«

»Ich fahre noch mal hin –«

»Oh nein. Das lässt du schön bleiben, Natalie.«

Leo hat jetzt seinen Befehlston. Im Laufe der Zeit habe ich gelernt, dass es besser ist, ihm nicht direkt zu widersprechen, wenn er diesen Ton an den Tag legt.

»Sag mir, ob Danny Fran Robie gesehen hat.«

»Hat er. Ich übrigens auch.«

»In der Sushi-Bar? Mit Milburne und seiner Promiclique?«

»Der Bürgermeister war schon weg. Joe Keenan auch.«

»Dann waren nur noch Robie und Eric Landon da?«

»Und Debra.«

»Bestimmt haben sie die Festnahme des Deputy Commissioner gefeiert.«

»Hör mal«, sagt Leo leicht trotzig. »Du kannst es Debra doch nicht übel nehmen, dass sie froh ist, wenn der Mann, der ihre Schwester überfahren hat, hinter Gittern sitzt.«

»Der Mann, der sie *angeblich* überfahren hat«, verbessere ich ihn bissig.

»Entschuldigung, du hast Recht, Natalie.«

Ich höre seine Entschuldigung, aber meine Gedanken sind schon woanders. »Mich würde interessieren, wohin der Bürgermeister gegangen ist. Vielleicht hat er das Hotel gar nicht verlassen. Vielleicht ist er rauf in die Suite –« Vielleicht, so denke ich, war er auch vorher schon dort. Und hat mit Alison Bryant Champagner getrunken . . .

»Milburne hat das Hotel verlassen«, unterbricht mich Leo. »Danny sagt, er hat gesehen, wie er von seinem Chauffeur abgeholt wurde.«

»Und Keenan?«

»Hat sich ein Taxi genommen.«

»Was ist mit dem Sushi-Koch – Kazuo? Der Mann, der mir die Zimmernummer gegeben hat? Er wusste, dass Bryant oben war.«

»Behauptet, er hat dich nie gesehen.«

»Der wird einem Polizisten gar nichts erzählen, Leo. Aber ich hab den Beweis. Ich hab den Zettel, auf den er hinten die Nummer der Suite geschrieben hat.«

»Gib ihn mir später. Ich versuche es dann morgen noch mal bei ihm.«

»Das gefällt mir nicht, Leo. Menschen sterben und verschwinden. Schlimm genug, wenn es sich um Erwachsene handelt, aber jetzt auch noch das kleine Mädchen –«

»Wir können nicht sagen, ob das Kind vermisst wird, Natalie. Wir wissen bloß, dass es nicht in Suite 1435 im Boston Regency ist. Vielleicht ist Ali aufgewacht und hat die Kleine nach Hause gebracht«, sagt Leo.

»Stimmt. Oder Tommy hat die beiden gefahren.«

»Ich begleite dich zu Bryants Wohnung, Natalie.« Leo kann sich denken, was ich als Nächstes vorhabe. Kein Wunder, dass er dabei sein will. »Wo steckst du?«

»Auf dem Weg nach Hause«, sage ich und fahre aus der Parklücke, einige Häuserblocks vom Hotel entfernt. Wenn Leo mitkommt, muss ich mich vorher rasch zu Hause von der Superfrau wieder in einen normalen Menschen verwandeln. »Ich warte dann vor Bryants Haus auf dich.«

»Nein. Ich hole dich bei dir ab.«

Sein Befehlston ärgert mich, aber ich widerspreche ihm nicht, weil mir wieder einfällt, was für eine Angst ich im Hotel hatte. Wenn Leo dabei ist, bleibt mein Blutdruck vielleicht unter Kontrolle. Außerdem hat er als Polizist mehr Durchsetzungskraft als ich. Und die können wir möglicherweise brauchen. Weil ich nämlich fest entschlossen bin, mir Zugang zu Alison Bryants Wohnung zu verschaffen, egal wie.

Sobald ich auf dem Beifahrersitz seines Wagens Platz genommen habe, beugt Leo sich zu mir und küsst mich auf den Mund. Dieser Kuss, kurz aber intensiv, bringt mich aus der Fassung.

»Wo kam das denn her?«, frage ich ein bisschen atemlos.

Er legt eine Hand aufs Herz, und auf einmal weiß ich wieder, warum ich so verrückt bin nach diesem Kerl.

Leider wird dieses Gefühl von schlechtem Gewissen und Angst überlagert. Ich werde es ihm sagen müssen. Bald.

35

»Ist wohl sinnlos, dir zu sagen, dass du im Auto warten sollst?«, sagt Leo, als er vor dem eleganten Haus auf der Beacon Street den Motor ausschaltet.

Ich bin schon halb ausgestiegen.

Als wir vor dem Eingang stehen, drückt Leo den Klingelknopf neben Alison Bryants Namen. Wir warten, aber es geschieht nichts. Ich sehe vielleicht besorgter aus als Leo, aber ich weiß, dass auch er extrem angespannt ist. Die Möglichkeit, dass ein Kind in Gefahr sein könnte, macht ihm genauso schwer zu schaffen wie mir.

Er rüttelt an der Tür des viergeschossigen Hauses. Vergeblich. Schließlich drückt er wahllos einen anderen Klingelknopf. Es gibt ohnehin nur vier, also bewohnt vermutlich jede Partei ein ganzes Stockwerk. Geld müsste man haben.

Es ist erst kurz nach zehn Uhr abends, aber eine verschlafene und gereizte Männerstimme antwortet.

»Ja?«

»Polizei. Machen Sie auf«, sagt Leo mit genau dem richtigen Tonfall amtlicher Autorität. Der mürrische Mieter zögert keine Sekunde, und der Türsummer ertönt. Ich drücke die Tür auf.

»Sie wohnt ganz oben«, sage ich und eile Richtung Treppe. Es gibt zwar einen Fahrstuhl, aber auf den will ich nicht warten.

Leo packt meinen Arm und hält mich vor der Treppe fest. Er macht jetzt keinen Hehl mehr aus seiner Sorge. »Natalie, bitte –«

»Ich lass dich vorgehen, Leo«, versichere ich ihm und spüre auf einmal eine ganz neue Verantwortung, weil ich nicht nur auf mich selbst aufpassen muss, sondern auch auf mein ungeborenes Baby.

Leo geht vor, und ich folge ihm die Treppe hinauf. Ein junger Mann in Jeans und mit nacktem Oberkörper steht in der offenen Tür der Wohnung im ersten Stock. Offensichtlich ist er der mürrische und jetzt nervöse Mieter, der uns die Haustür geöffnet hat. Als er sieht, dass wir weiter nach oben gehen, sehe ich Erleichterung über sein Gesicht huschen, dann verschwindet er schnell wieder in seiner Wohnung und schließt die Tür. Wahrscheinlich hat er kein reines Gewissen.

Ohne dass Leo es mir extra sagen muss, bleibe ich oben an der Treppe stehen, während er allein den Flur hinunter zu der einzigen Wohnungstür geht. Er klingelt, und bevor jemand Zeit hätte aufzumachen, klopft er dröhnend gegen die Tür.

»Polizei, Miss Bryant. Aufmachen.«

Ich sehe, wie Leos Hand auf den Rücken und unter seine Lederjacke wandert. Ich weiß, dass er seine Pistole manchmal hinten im Hosengürtel trägt statt im Halfter. Erleichtert sehe ich, wie er einen Schritt zur Seite macht, damit er nicht in der möglichen Schusslinie steht.

Aber es fällt kein Schuss. Es passiert gar nichts.

Leo rüttelt an der Tür. Abgeschlossen.

Er klopft erneut. Und zwar so laut, dass die ältere Lady aus dem zweiten Stock aus ihrer Wohnung kommt und mich vom Fuße der Treppe aus bestürzt ansieht. »Was geht denn da oben vor?«, will sie wissen. »Ich rufe die Polizei, wenn Sie nicht –«

»Wir sind die Polizei«, erkläre ich ihr. »Gehen Sie bitte wieder in Ihre Wohnung und verriegeln Sie die Tür.«

Die Mieterin mustert mich skeptisch, aber sie tut wie geheißen.

Als ich wieder den Flur hinunterschaue, hat Leo ein Ohr an die Tür gepresst. Ich will näher kommen, aber kaum habe ich ein paar Schritte getan, da hebt Leo die Hand. Dann legt er einen Finger an die Lippen.

Ich bleibe abrupt stehen.

Leo hat jetzt seine Pistole gezückt. Er drückt den Rücken gegen die Wand links von der Tür und winkt mir hektisch, in Deckung zu gehen. Ich mache auf dem Absatz kehrt und haste einige Stufen die Treppe hinunter, damit ich nicht mehr gesehen werden kann.

Dort kauere ich, eine Hand instinktiv auf meinen Bauch gelegt. Etliche endlose Sekunden lang höre ich gar nichts außer meinem eigenen abgehackten Atmen. Dann ein krachendes Splittern, als würde eine Tür eingetreten. Ich riskiere einen Blick um die Ecke und sehe gerade noch, wie Leo in Bryants Wohnung verschwindet.

Einen Augenblick lang bleibe ich, wo ich bin. Ich habe Angst um Leo, und in mir ringt das Bedürfnis zu erfahren, was los ist, mit meiner Angst davor, mich einer womöglich gefährlichen Situation auszusetzen. Mein Selbsterhaltungstrieb arbeitet tatsächlich auf Hochtouren.

Noch ehe er entscheiden kann, ob ich etwas unternehmen soll oder nicht, höre ich Schritte, die schnell näher kommen, und schon saust Leo an mir vorbei und weiter die Treppe hinunter. Ein Mann auf Verfolgungsjagd. Aber wen verfolgt er? Es war doch sonst niemand auf der Treppe.

Ich höre ihn rufen: »Bleib, wo du bist.«

Sekunden später nehme ich aus der Ferne Sirenengeheul wahr, das immer lauter wird. Hat Leo Verstärkung angefordert? Oder einen Krankenwagen?

Was hat er in Alison Bryants Wohnung entdeckt?

Es läuft mir kalt den Rücken herunter, als ich mir vorstelle, wie Alison tot oder sterbend in einer Blutlache liegt. Und wenn es die kleine Daisy ist, die dort liegt?

Ich presse beide Hände auf den Bauch.

Die Sirenen kommen näher.

Und mein einziger Gedanke ist: Ich will kein Kind in diese Welt setzen. Es ist zu gefährlich. Es gibt so viel Schreckliches. Ich kann das nicht. Ich kann nicht . . .

Zwei uniformierte Polizisten kommen die Treppe heraufgepoltert und bleiben wie angewurzelt stehen, als sie mich sehen.

»Haben Sie uns gerufen?«, fragt der Ältere mit dem Bierbauch. Er ist ziemlich außer Atem.

Ich schüttele den Kopf.

»Wohnen Sie hier?«, schnauzt er mich an, mit einem misstrauischen Unterton in der Stimme.

»Nein«, krächze ich.

»Hören Sie, Lady, Sie kommen jetzt besser mit«, sagt er und nähert sich vorsichtig.

»Ich bin mit einem Detective hier.«

Beide Polizisten sehen sich um. »Wo ist er?«, fragt der Ältere.

»Ich weiß nicht genau. Ich glaube, er hat jemanden in der Wohnung da oben gesehen«, ich zeige die Treppe hinauf, »und jetzt verfolgt er ihn.« Natürlich weiß ich das nicht mit Sicherheit, aber ich denke mir, dass irgendwer in der Wohnung war und durchs Fenster und über die Feuertreppe geflohen ist und dass Leo gehofft hat, ihm den Weg abschneiden zu können. Das scheint mir die einzig plausible Erklärung.

Ich zumindest finde sie plausibel. Die beiden Polizisten blicken mich dagegen ungläubig an.

»Romero, du bleibst hier bei der Lady«, befiehlt der Ältere. »Ich seh mich mal in der Wohnung um.«

Romero scheint nicht glücklich über seine Mission. »Willst du wirklich allein gehen, Pierce?«

Pierce beäugt mich, als wäre ich entweder verrückt oder gefährlich. Auf jeden Fall hält er es für besser, dass sein Partner mich im Auge behält. Romero kapiert. »Ja, schon klar. Aber sei vorsichtig, Pierce.«

Der ältere Cop fixiert mich noch immer misstrauisch, als er antwortet: »Ja, du aber auch, Romero.«

Wenn ich mir nicht so große Sorgen machen würde, was – oder wen – Pierce in Alison Bryants Wohnung finden wird, und überhaupt, wenn ich nicht so ein nervöses Wrack wäre, dann könnte ich fast lachen.

Als Leo wieder zurückkommt, ist Officer Romero gerade dabei, die aufgelöste ältere Lady aus dem dritten Stock zu beruhigen, und Officer Pierce bestürmt mich mit Fragen.

»Was ist hier los?«, erkundigt sich Leo.

Ich verdrehe die Augen. »Deine Kollegen denken, sie hätten

uns beim Einbruch erwischt, und du wärst abgehauen und hättest mich im Regen stehen lassen.« Ich bin nahezu heiter, jetzt wo ich weiß, dass Officer Pierce keinen Toten in der Wohnung gefunden hat. Andererseits hat er auch keine Lebenden dort gefunden, also werden Alison und Daisy noch immer vermisst. Zumindest sind sie unauffindbar.

Leo greift nach seinem Dienstausweis, aber Romero hat mit verblüffender Geschwindigkeit seine Waffe gezückt und auf Leos Brust gerichtet.

Leo hebt beide Hände in die Luft und erklärt gleichzeitig, wer er ist.

»Da hören Sie's«, zischelt die ältere Lady. »Jetzt gibt er sich schon wieder als Polizist aus.«

»Weil er Polizist ist, deshalb«, sage ich.

Romero behält Leo im Visier, während Pierce vorsichtig näher tritt. »So ist's brav. Immer schön die Arme oben halten und keinen Ärger machen.«

»Das würde ich nie tun, Officer«, sagt Leo höflich.

Pierce durchsucht Leo gekonnt nach Waffen und scheint sich fast zu freuen, als er fündig wird. »Was haben wir denn da?« Er zieht Leo eine .38er Polizeiwaffe hinten aus dem Gürtel.

Romero runzelt die Stirn, als er die Waffe genauer betrachtet und erkennt, um was es sich handelt. »Moment mal, das ist ja –«

»In meinem Jackett finden Sie meine Brieftasche mit Dienstausweis«, sagt Leo ruhig.

Pierce zögert.

»Nun machen Sie schon«, sage ich ungeduldig. Wir verlieren immer mehr kostbare Zeit. Ich will zurück ins Boston Regency und einige Leute befragen. Vielleicht weiß der Sushi-Koch, wo Bryant und die kleine Daisy zu finden sind.

Pierce blickt mich finster und bewusst lange an, ehe er endlich Leos Brieftasche hervorholt. Er klappt sie langsam auf und studiert Leos Dienstausweis betont gründlich, vergleicht mehrfach das Foto mit dem Mann, der vor ihm steht und noch immer die Hände erhoben hat.

Schließlich gibt er Romero ein Zeichen, die Waffe zu senken, und reicht Leo die Brieftasche zurück.

»Nichts für ungut, Detective«, sagt Pierce. »Ich geh lieber auf Nummer Sicher –«

»Schon gut, kein Problem, Officer.«

»Haben Sie den Kerl erwischt, der da eingebrochen ist?«, erkundigt sich Pierce und zeigt auf die Tür zu Bryants Wohnung.

Leo wirft mir einen kurzen Blick zu. »Nein. Nein, er ist mir entwischt.«

»Bestimmt ein Drogensüchtiger, der was zum Verhökern gesucht hat, was meinen Sie?« Pierce will es genauer wissen.

Leo zuckt die Achseln. »Wahrscheinlich.«

Die Mieterin aus dem dritten Stock schnappt nach Luft und schlägt ihre blau geäderten Hände an die Brust. An einem Finger glitzert ein dicker Brillantring.

Romero, der in ihrer Nähe steht und seine Pistole wieder weggesteckt hat, tätschelt ihr beruhigend die Schulter.

»Haben Sie jemanden kommen oder gehen sehen?«, wendet sich Leo an die Mieterin.

»Das Haus soll ein hervorragendes Sicherheitssystem haben«, faucht sie. »Hier hat es noch nie einen Einbruch gegeben. Ich kann mir gar nicht vorstellen, wie ein Einbrecher überhaupt ins Haus gekommen ist.«

»Haben Sie vielleicht jemandem unten die Haustür aufgedrückt?«

Die Lady wirft mir einen vernichtenden Blick zu. »Ganz sicher nicht. Und ich würde gern mal wissen, wer Sie reingelassen hat.«

»Sollen wir die anderen Mieter befragen?«, wendet Officer Pierce sich jetzt ganz diensteifrig an Leo.

»Es gibt nur noch zwei andere. Christopher Nickerson im ersten und die Brimmers im Erdgeschoss«, erklärt die Frau.

»Stellen Sie fest, ob Mr Nickerson oder die Brimmers jemanden gesehen haben«, weist Leo Pierce an. »Außer mir und Miss Price natürlich«, fügt er mit einem schwachen Lächeln hinzu.

»Alles klar«, sagt Pierce, und sein Partner nickt.

»Falls Sie irgendwas rausfinden, wir sehen uns derweil in der Wohnung um.«

Die beiden Polizisten scheinen froh zu sein, etwas zu tun zu haben, und gehen schnell die Treppe hinunter.

»Sie wissen wohl nicht zufällig, ob außer Miss Bryant noch jemand einen Schlüssel für das Haus und ihre Wohnung hatte?«, will Leo von der Mieterin wissen.

»Ich habe keine Ahnung. Ich kümmere mich um meine Angelegenheiten und hoffe, dass andere es genauso halten.«

»Wann haben Sie Miss Bryant zuletzt gesehen?«, frage ich.

»Warum?«

»Ich war in der vergangenen Woche mehrmals hier, und sie hat nie aufgemacht.«

»Was hat sie angestellt? Geht es um dieses Kind?«

Meine Kehle schnürt sich zusammen. »Daisy?«

»Was ist mit dem Kind?«, fragt Leo ruhig.

»Was mit ihr ist? Das kann ich Ihnen genau sagen. Ich zumindest hätte mich in der Eigentümerversammlung niemals einverstanden erklärt, als diese Frau die Wohnung kaufen wollte, wenn ich gewusst häte, dass ein Kind bei ihr wohnen würde. Sie hat gesagt, sie sei allein stehend, und dass sie die einzige Bewohnerin sein würde –«

»Wie lange ist Daisy schon hier?«, frage ich.

»Seit Anfang Sommer. Ihre Eltern sind auf Weltreise.«

Der Unterschied zwischen einem Drogenentzug und einer Weltreise könnte größer nicht sein. Zumindest Daisys Mom soll in einer Entzugsklinik sein, laut Daisy. Und was ist mit Daisys Dad? Wo ist der, frage ich mich.

Wer ist er, diese Frage interessiert mich noch mehr.

»Ich zumindest schlage drei Kreuze, wenn die Eltern wieder zurückkommen«, sagt die Frau mit Nörgelstimme. »Wissen Sie, diese Bryant lässt das Kind sogar in der Wohnung Rollschuh laufen. Bei mir kommt dabei schon der Putz von der Decke. Und ich hab sie schon hundertmal gebeten, diese grässliche Musik nicht so laut –«

»Wann haben Sie die beiden zuletzt gesehen?«, fragt Leo eindringlich.

»Die ganze Woche schon nicht mehr. Die sind bestimmt verreist. Und naiv, wie ich bin, dachte ich – dem Himmel sei Dank, ein bisschen Ruhe und Frieden. Und was passiert? Sie wird ausgeraubt. Und jetzt schnüffelt hier überall die Polizei herum –«

»Verreist? Ist Daisy denn nicht in der Schule? Es sind doch noch keine Schulferien?«, wundere ich mich.

»Das ist der Bryant doch egal«, höhnt die Frau. »Sie schleppt die arme Kleine überallhin mit, zu jeder Tages- und Nachtzeit. Ich wette, das Kind hat mehr Tage gefehlt, als es in der Schule war. Einmal hab ich der Bryant das auch gesagt, und sie wäre mir fast ins Gesicht gesprungen. Mir ist einfach unbegreiflich, wie Eltern so verantwortungslos sein können, ihr Kind einer derart kapriziösen Person zu überlassen. Ich hab sogar schon gedacht, das Jugendamt einzuschalten.«

»Warum haben Sie's nicht getan?«, frage ich vorwurfsvoll. Dann wäre Daisy jetzt vielleicht wohlbehütet bei einer Pflegefamilie untergebracht. Und nicht . . . und nicht Gott weiß wo.

36

Alison Bryants weitläufige Wohnung, die mit einer Mischung aus geschmackvollen Antiquitäten und italienischer Moderne eingerichtet ist, war gründlich durchsucht worden.

»Glaubst du, die haben gefunden, was sie gesucht haben?«, fragt Leo.

»Die Frage ist, was es war«, murmele ich, während meine Aufmerksamkeit von einem großen Ölgemälde aus der Hudson-River-Schule gefesselt wird, das in einem prunkvollen Goldrahmen über einem eleganten Wildledersofa hängt, dessen Kissen jetzt wahllos auf dem schimmernden Kirschholzboden verstreut liegen.

Leo folgt meinem Blick. »Was ist?«

»Ich hab bloß gerade gedacht, dass das so ein Gemälde ist, wie es möglicherweise über dem Kamin im Wohnzimmer der Landons gehangen hat. Die Größe würde passen, der Stil auch –«

»Das ist ein bisschen weit hergeholt, Natalie.«

Ich nicke. Leo hat Recht.

»Möglicherweise hat es ja nichts mit dem Mord an Jessica zu tun«, sagt er. »Falls Bryant tatsächlich Leute erpresst hat, wie Liz Temple behauptet, dann könnte jemand nach ganz was anderem gesucht haben.«

Ich muss an die obszönen Fotos von Jessica Asher und Carlyle denken. Wie viele andere Kunden sind heimlich fotografiert worden, sozusagen mit heruntergelassener Hose?

Leo geht zu einer offenen Balkontür. »Der Einbrecher ist über den Balkon abgehauen.«

»Der kann doch nicht vier Stockwerke runtergesprungen sein.«

Leo betätigt einen Schalter, und der große Balkon, der eine herrliche Aussicht auf die funkelnden Lichter von Cambridge auf der anderen Flussseite bietet, wird in Licht getaucht. Leo geht hinaus.

»Lass die Tür offen«, warnt er mich, als ich ihm nach draußen folge. »Die hat ein Schnappschloss.«

Er geht zum rechten Geländer.

»Feuerschutzvorschrift«, sagt Leo und zeigt auf die Metalltreppe, die hinunter auf die schmale Straße führt.

»Wahrscheinlich hatte er da seinen Wagen stehen. Vielleicht hat auch ein Komplize am Steuer gewartet, mit laufendem Motor. Von da geht's einfach geradeaus auf die Beacon Street. Als ich unten ankam, war er jedenfalls längst weg.«

Ich gehe wieder hinein, denn mich fröstelt von der kühlen Nachtluft.

»Ist er auch über den Balkon reingekommen?«

Leo überprüft den Riegelmechanismus. »Ich glaube nicht. Keine Spuren für ein gewaltsames Eindringen. Und bei dem Wetter hat die Tür bestimmt nicht offen gestanden.«

Der Wind draußen ist schneidend, und ich bin froh, wieder in der Wohnung zu sein.

»Glaubst du, er hatte einen Schlüssel?«, frage ich Leo, der jetzt ebenfalls zurück ins Wohnzimmer kommt.

»Wir wissen noch nicht, ob es ein Er war«, stellt Leo klar. »Und es ist möglich, dass er oder sie hereingelassen wurde.«

»Du meinst, Bryant hat ihr Erpressungsopfer reingelassen? Weil sie gedacht hat, er oder sie wäre gekommen, um zu bezahlen? Aber wenn Ali tatsächlich hier war – vielleicht mit Daisy ...«

»He, Natalie. Was ist denn los mit dir?«

»Was soll den mit mir los sein?«, frage ich zurück. »Ich versuche nur, jede denkbare Möglichkeit durchzuspielen –«

Leo unterbricht mich, indem er mir eine Hand auf die Schulter legt. »Ich meine nicht, *was* du sagst, sondern *wie* du es sagst, Natalie.«

»Und wie sage ich es?« Aber das muss Leo mir nicht erst erklären. Ich höre selbst die wachsende Aufregung in meiner

Stimme. Mir gehen allmählich die Nerven durch. Meine Gedanken überschlagen sich, und das hilft mir nicht, klarer zu denken. Und meinem Blutdruck tut es auch nicht gut.

»Hör mal, Natalie. Ich mache mir auch Sorgen um das kleine Mädchen. Wir finden sie.«

Ich nicke, möchte ihm nur allzu gern glauben.

Er gibt mir einen Kuss, führt mich dann aus dem Wohnzimmer zurück in die Diele, um den Rest der Wohnung zu untersuchen.

Wir kommen am Badezimmer vorbei. Die Tür steht offen, und das Licht brennt. Der gesamte Inhalt des Medizinschränkchens liegt auf dem Fliesenboden verstreut, und einige Glasfläschchen sind zerbrochen. Es riecht wie in einer Parfümfabrik. Die Jungs von der Spurensicherung werden das alles sichten und katalogisieren.

Wir gehen weiter zu den zwei geräumigen Schlafzimmern, beide mit Blick auf den Fluss. Das erste ist wohl als Gästezimmer gedacht. Ob das Bett zuvor benutzt wurde, ist nicht mehr festzustellen, weil es regelrecht auseinander genommen worden ist. Der Inhalt der Schubladen von Kommode und Schreibtisch ist auf dem burgunderroten Teppichboden verteilt. Überall türmen sich Unterlagen, Bücher, Kleidung – Kinderkleidung. Auch ein paar Stofftiere. Mir schnürt sich die Kehle zu.

Leo nimmt meine Hand. Zieht mich rasch aus dem Raum und weiter zu Alison Bryants Schlafzimmer am Ende der Diele. Auch hier ein einziges Durcheinander. Überwiegend Klamotten. Designersachen, keine Frage. Seide, edle Wolle, Leinen. Sehr viel Schwarz.

Bei dem Chaos muss der Eindringling schon geraume Zeit zugange gewesen sein, als Leo und ich hier eintrafen. Und da er offenbar von Leo gestört wurde, kann es sein, dass er unverrichteter Dinge das Weite gesucht hat. Dann wäre das, was er gesucht hat, noch da. Oder aber es war nie da. Auf jeden Fall müssen wir warten, bis die Spurensicherung die gesamte Wohnung gründlich unter die Lupe genommen hat.

Leo ist schon wieder zurück in die Diele gegangen, und auch

ich will das Schlafzimmer gerade verlassen, als mein Blick an etwas hängen bleibt, das ganz und gar nicht zu Alison Bryants Kleidergeschmack passen will.

»Was ist?«, fragt Leo.

Ich zeige auf ein Stück Stoff, das unter einem Berg überwiegend weißer oder schwarzer Unterwäsche hervorlugt, auf dem Boden neben einer alten japanischen Frisierkommode.

Leo geht hin und hebt es auf. Ich sehe, dass er den Stoff nur ganz behutsam am äußersten Zipfel anfasst. Er hält ihn mir hin. »Ein Tuch. Was –?«

»Das hab ich schon mal gesehen.«

»Schön«, sagt Leo geduldig. »Und wo?«

»Die Sekretärin von Steven Carlyle hat so ein Schultertuch getragen, als ich bei ihr im Büro war.« So ein schrilles Muster vergisst man nicht. Knallrote Rosen und riesige, grüne Bläter auf senffarbenem Hintergrund.

»Carlyles Sekretärin?«

»Grace Lowell. Sie hat mir erzählt, dass sie erst ein paar Wochen da ist. Eine große, übergewichtige, vollbusige Frau mit viel Make-up –« Ich sehe die Frau wieder vor mir und frage mich, wie sie wohl ohne die dicke Schminke im Gesicht aussehen würde. Und während es für eine pummelige, dickbusige Frau schwierig wäre, sich als schlank auszugeben, ist es umgekehrt eigentlich kein Problem. Ein paar Polster hier und da und fertig! Eine totale Verwandlung. Nicht wiederzuerkennen . . .

»Leo, ich glaube, Grace Lowell war Alison Bryant.«

»Aber Carlyle kannte Bryant doch. Wieso hat er sie nicht –?«

»Erkannt? Weil Männer bei Frauen, die aussehen wie Grace Lowell, nicht genau hinsehen. Sie nehmen sie gar nicht richtig wahr. Die Verkleidung dürfte für Bryant ein Kinderspiel gewesen sein.« Wer weiß das besser als ich?

»Warum sollte sie das gemacht haben?«, fragt Leo, doch ich sehe ihm schon im selben Moment an, dass er die vermutliche Antwort ebenso kennt wie ich.

Während ich weiter das Schultertuch anstarre, arbeitet mein Verstand auf Hochtouren. »Grace Lowell hat der Polizei erzählt, Steven Carlyle hätte ihr einen Zettel hingelegt, mit der Nachricht, dass er am nächsten Tag nicht ins Büro kommen würde. Das war der Tag, an dem Jessica Asher überfahren wurde. Die Nachricht lässt den Schluss zu, dass der Mord geplant war. Carlyle hat beteuert, die Nachricht nicht geschrieben zu haben. Und Grace Lowell behauptet, sie hätte den Zettel weggeworfen.«

»Und du denkst, sie hat gelogen.«

»Ich denke, die gesamte Grace Lowell war eine Lüge.« Diese Erkenntnis bringt mich zu einer weiteren. Es geht um eine Frage, die mich seit Tagen beschäftigt. »Das Auto.«

»Welches Auto?«

»Der Geländewagen. Ich konnte mir das nicht erklären. Wer außer den Carlyles wusste überhaupt, dass Alan Carlyle so ein Auto besaß, und dann auch noch, wo es untergestellt war? Grace Lowell alias Alison Bryant könnte das gewusst haben. Auf jeden Fall wusste sie, dass Alan einen Geländewagen besaß. Sie hat einen Vetter erwähnt, der querschnittsgelähmt ist und der auch einen Geländewagen fährt. Und sie hat gesagt, dass sie gelegentlich mit Alan geplaudert hat.«

»Dann sollten wir uns wohl mal mit Miss Lowell unterhalten.«

Ich blicke Leo müde an. »Sie hat mir erzählt, dass sie Ende letzter Woche zurück nach New York gehen würde. Sie ist verschwunden. Genau wie Alison Bryant.«

»Mich würde interessieren«, sagt Leo bedächtig, »wie sie an den Job gekommen ist. Wer hat sie als Carlyles Sekretärin eingestellt? Wenn das Ganze ein abgekartetes Spiel war, wer hat es arrangiert?«

»Meinst du, du könntest deine Beziehungen spielen lassen für ein Gespräch mit Carlyle im Gefängnis? Um ihn direkt zu fragen?«

Leo sieht auf die Uhr. Schon nach zehn. »So spät noch? Lass uns doch bis morgen warten.«

»Ich weiß jemanden, den ich um diese Zeit noch erreichen kann«, sage ich und hole mein Handy hervor. »Alan Carlyle.«

Ich wähle Carlyles Privatnummer. Es klingelt viermal, dann

springt der Anrufbeantworter an. Notgedrungen spreche ich eine Nachricht für Alan auf und bitte ihn, mich sofort zurückzurufen, wenn er nach Hause kommt.

Ich gähne, fühle mich plötzlich erschöpft. Instinktiv streiche ich mir mit einer Hand über den Bauch. Dann bekomme ich Angst, dass Leo die Bewegung bemerkt und sich so seine Gedanken macht, also schiebe ich die Hand in die Jackentasche.

»Ich muss noch auf die Spurensicherung warten, Natalie. Nimm doch mein Auto und fahr nach Hause. Ich lass mich dann von einem unserer Leute absetzen.«

Er sagt nicht, wo er sich absetzen lassen will. Bei sich oder bei mir?

Falls bei mir, dann hoffentlich nicht so bald. Denn obwohl ich hundemüde bin, muss ich doch noch etwas erledigen.

37

Es ist halb elf, und in der Sushi-Bar sind nur noch wenige Gäste – an dem Tisch, an dem Milburne und sein erlesenes Clübchen früher am Abend gesessen haben, sitzen zwei Paare Anfang dreißig, an der langen, niedrigen Bar noch ein paar vereinzelte Nachzügler. Zwei Männer in Anzügen, Aktenkoffer zu ihren Füßen, belegen einen kleinen Tisch nahe am Eingang und arbeiten sich durch eine üppige Sushi-Platte.

Hinter der Bar ist ein junger Asiate dabei, seinen Arbeitsplatz zu säubern. Eine andere Empfangsdame als die von vorher kommt auf mich zu.

»Es tut mir Leid, aber wir schließen gleich. Wir können Sie leider nicht mehr –«

»Ich möchte Kazuo sprechen.«

»Der ist schon weg.«

»Weg?«

»Er fühlte sich nicht gut. Es tut mir Leid.«

Mir auch. Und offenbar ist mir das anzusehen.

Die Empfangsdame betrachtet mich aufmerksam. Und unversehens ändert sich ihr Benehmen. »Hat er Sie erwartet?«

Klar. Warum nicht? »Ja.«

Sie nickt wissend. »Ich glaube, Ihr Bekannter ist oben in der Suite«, sagt sie leise, und ein schwaches Lächeln umspielt ihre Lippen.

Als der derzeitige Bewohner von Suite 1435 die Tür öffnet, blickt er verwundert. »Oh, ich hab eigentlich . . . jemand anderen erwartet.«

Ich auch, denke ich.

Ich setze ein Lächeln auf. »Ali?«

Er macht vorsichtig einen Schritt zurück und will die Tür schließen. Falsch geraten.

»Ali schickt mich«, sage ich rasch, um meinen Fehler wieder gutzumachen. Und hoffe inständig, dass das nicht schon der nächste ist.

Er hält die Tür halb geöffnet, ist aber noch immer misstrauisch. »Was ist mit Skye?«

»Die ist ein bisschen angeschlagen. Wollen Sie mich nicht reinbitten?«

Jerry Tepper, in einen weißen Frotteebademantel des Hotels gehüllt, tritt beiseite und streicht sich über das schüttere Haupthaar.

»Ich hoffe, Sie mussten nicht zu lange warten?«, sage ich, als ich ein zweites Mal an diesem Abend die Suite betrete. Wieder sehe ich eine Flasche Champagner und zwei Gläser auf dem Couchtisch stehen. Nur ist die Flasche diesmal noch ungeöffnet.

»Lange genug«, sagt Tepper, tritt hinter mich und lässt seine Fingerspitzen über meinen Rücken gleiten.

Seine Berührung ist mir so unangenehm, dass mich ein Frösteln überläuft, doch der Staranwalt legt das bestimmt als Erregung aus.

»Ist eins von den Gläsern für mich gedacht?« Ich strebe schnurgerade auf den Couchtisch zu. Gar nicht so einfach in meinen hochhackigen Schuhen.

Jerry Tepper nimmt die Flasche und lässt den Korken knallen. Er gießt beide Gläser voll. Nachdem er mir eins gereicht hat, geht er mit seinem zum Sofa. Als er sich setzt, rutscht der Bademantel auf und seine nackten behaarten Beine kommen zum Vorschein.

Ich will gerade einen großen Schluck Champagner trinken, um meinen wachsenden Ekel zu unterdrücken, als mir einfällt – kein Alkohol in der Schwangerschaft. Ich führe das Glas an die Lippen und tue so, als würde ich dran nippen. Der Anwalt leert sein Glas in einem Zug. Offenbar stört ihn sein dicker Bauch nicht mehr.

»So«, sagt er, als er ausgetrunken hat, »wie soll ich dich nennen?«

»Samantha.«

»Sehr hübscher Name. Sehr hübsches Mädchen. Obwohl du blond bist.«

»Oh? Mögen Sie keine Blondinen?«

»Früher mal. Eine besonders.« Einen Moment lang sieht er traurig aus.

»Genevieve?«

Die Traurigkeit schlägt in Argwohn um. »Hat Ali dir das erzählt?«

Ich zucke nur die Achseln, um möglichst vage zu bleiben.

»Ali redet zu viel«, sagt er verbittert.

»Ehrlich gesagt, als Sie vorhin an der Tür so verblüfft geguckt haben, dachte ich schon, Ali wäre noch da. Sie war vor ein paar Stunden hier. Mit dem Kind.«

»Daisy?«

»Goldig, die Kleine, nicht?«

»Hast du mit Ali gesprochen?«

Tepper klingt eher wie ein Anwalt, nicht wie ein Freier.

»Nein. Sie hat geschlafen. Ich dachte schon, Ali und Daisy würden die Nacht über hier bleiben.«

»Tja, als ich gekommen bin, waren sie weg.«

»Komisch. Zu Hause sind sie aber auch nicht. Ich hab da angerufen, um meinen Termin mit Ihnen zu bestätigen, und es hat sich nur der Anrufbeantworter gemeldet.«

Tepper steht von dem Zweisitzer auf und nimmt mir das volle Champagnerglas aus der Hand. »Ist mir scheißegal, wo Ali steckt. Von mir aus soll sie in der Hölle schmoren.«

»Mannomann«, sage ich trocken, »Sie haben meine Chefin ja richtig gern.«

Er lacht rau auf. »Nichts gegen dich, meine Hübsche. Komm jetzt. Die Zeit läuft. Und egal, was ich von deiner Chefin halte, sie liefert immer nur das Beste vom Besten.« Er legt seine dickliche Hand auf meinen Hintern.

»Das mit Gen ist eine furchtbare Geschichte«, sage ich und weiche etwas zurück, um mich seiner Hand zu entziehen. »Ich hab sie gekannt. Einmal, als ich ein bisschen zu früh im Stadthaus angekommen bin, war sie noch dabei, ihre Sachen zusammenzupacken, und ...« Ich lege die Hand auf den Mund, als hätte ich mich fast verplappert.

»Und was?«

»Gen hat geweint.«

Tepper hebt die Augenbrauen. »Warum hat sie geweint?«

Ich zögere. »Ich sollte nicht aus dem Nähkästchen plaudern.«

»Mir kannst du's ruhig erzählen, Samantha. Ich kann schweigen wie ein Grab.«

»Ich auch.«

Tepper lächelt zu mir hoch. Er ist noch kleiner, als ich geschätzt hatte, als wir uns neulich gegenübersaßen. Höchstens einen Meter dreiundsechzig. Auf meinen hochhackigen Pumps überrage ich ihn ein gutes Stück. Das scheint ihn aber nicht zu stören. Andererseits, ein so erfolgreicher Verteidiger wie Jerry Tepper muss ein wahrer Meister darin sein, seine wahren Gefühle zu verbergen. Sie kamen nur ganz kurz an die Oberfläche, als ich Genevieve erwähnte. Genevieve, seine schwache Stelle.

»Nun sag schon?«, drängt er. »Warum hat Jess ... Genevieve geweint?«

Ich übergehe den Versprecher. »Beziehungsstress, was sonst?«, sage ich kühl.

»Was denn für Stress?«

Ich zucke die Achseln. »Genaueres hat sie nicht gesagt. Bloß, dass ihr Freund ihr das Leben schwer macht.«

Teppers Augen werden schmal. »Ja, das kann ich mir vorstellen.«

Mir wird rasch klar, dass so ziemlich alles gelogen war, was mir der Anwalt bei unserem ersten Treffen erzählt hat.

»Kennen Sie ihn?« Ich versuche, möglichst beiläufig zu klingen, doch Tepper mustert mich misstrauisch.

»Gen war nicht bloß aufgewühlt«, rede ich schnell weiter. »Sie kam mir ... verängstigt vor. Vielleicht ... vielleicht hatte sie so eine Vorahnung. Vielleicht wusste sie, dass ihr was zustoßen würde. Vielleicht hat ihr Freund –«

»Dieser Scheißkerl«, zischt Tepper. »Man sollte den ganzen Sauhaufen aufknüpfen.«

»Bei wem wollen Sie denn anfangen?«

Tepper blickt mich forschend an. Schon wieder die falsche Frage.

»Weißt du, was mir an Genevieve am meisten gefallen hat, Samantha?«

»Was denn?«

»Sie hielt nichts von Geschwafel.« Er schlägt mir klatschend auf den Hintern. »Und jetzt zeig mal, was du kannst, Baby.«

»He! Ich halte nichts von der groben Tour«, fauche ich und werfe meine blonden Locken nach hinten. »Vielleicht hat Ali doch die Falsche geschickt.«

Ich will um ihn herumgehen, aber er versetzt mir einen Stoß, und ich stolpere rückwärts auf das Sofa. Sein Bademantel ist offen. Außer einem roten Damenslip aus Seide ist er nackt.

»Ich muss zum Klo«, stammele ich.

Ich sitze auf dem Badewannenrand, die Arme um den Oberkörper geschlungen. Tepper steht auf der anderen Seite der verschlossenen Badezimmertür.

»He, Samantha, das dauert aber lange.«

Noch ehe mir eine passende Antwort einfällt, nehme ich ein schwaches Klopfen wahr.

»Ich seh mal nach, wer das ist«, sagt Tepper.

Gott, und wenn das Skye ist?

In was hab ich mich da bloß wieder reingeritten?

Ich schließe die Tür auf und spähe hinaus. Das Bad geht direkt vom Schlafzimmer ab, das Tepper gerade verlassen hat. Ich sehe, wie er auf die Tür zum Flur zugeht. Er hat seinen Bademantel wieder übergezogen.

»Ja, ja, immer langsam mit den jungen Pferden«, knurrt er und muss dann kräftig husten.

Bei dem Geräusch gerinnt mir das Blut in den Adern. War Jerry Tepper der Mann in Skyes Wohnung? Der Mann, der Skye die Blutergüsse am Hals zugefügt hat? Harte Sexspiele? Oder etwas Bedrohlicheres?

Ich öffne die Badezimmertür ganz und blicke mich hektisch um, ob von hier noch eine weitere Tür abgeht, durch die ich entkommen könnte.

Aber das Schlafzimmer hat keinen zweiten Ausgang. Ich sitze in der Falle.

Ich weiß nicht, wie lange ich Tepper aus den Augen gelassen habe, auf jeden Fall so lange, dass ich nicht mitbekomme, wie er die Tür öffnet. Mein Blick wird wieder zu ihm hingezogen, als ich ihn wie vor Schreck aufkeuchen höre. Er steht in der offenen Tür –

Ein *Plopp* ertönt. Ähnlich wie das Geräusch eines Schusses aus einer Pistole mit Schalldämpfer ...

Und dann kippt Jerry Tepper nach hinten.

Ein stummer Schrei auf seinen Lippen.

Eine Hand auf den stattlichen Bauch gepresst.

Die andere Hand in die Luft gestreckt, ins Leere greifend.

Als seine über hundertzehn Kilo auf dem Boden aufschlagen, spüre ich die Erschütterung förmlich bis in die Fußsohlen. Sein Körper windet sich in krampfartigen Zuckungen.

Ich taumele rückwärts, verliere fast das Gleichgewicht und falle beinahe selbst hin. Ich muss mich am Knauf der Badezimmertür festhalten.

Mein erster Impuls ist, die Tür zuzuschlagen und mich einzuschließen.

Aber dann könnte ich genauso eine rote Fahne schwenken, wenn der Schütze in die Suite käme, um nachzusehen, ob sonst noch jemand da ist.

Ich verkrieche mich hastig unter dem großen Doppelbett, als ich das zweite *Plopp* höre. Ein zweiter Schuss, um auf Nummer Sicher zu gehen?

Ich habe zu große Angst um mein eigenes Leben – und das Leben meines ungeborenen Kindes –, um jetzt auch nur einen Gedanken an das Leben von Jerry Tepper zu verschwenden. Oder dessen Ende ...

Zusammengerollt liege ich unterm Bett, und es vergehen Minuten, Stunden, Tage? Zeit hat keine Bedeutung mehr. Es kommt mir vor wie eine Ewigkeit.

Schließlich gibt mir die anhaltende Stille doch eine gewisse Zuversicht, dass der Schütze weg ist, und ich krieche ans Fußende des Bettes, um einen Blick zu riskieren. Von meiner Position aus kann ich die Eingangstür nicht sehen. Auch Jerry Tepper nicht.

Aber den Anwalt will ich eigentlich auch gar nicht sehen ...

Ich schiebe mich Zentimeter um Zentimeter aus meinem Versteck, horche dabei angestrengt auf verdächtige Geräusche, während immer mehr von der Suite in mein Blickfeld gerät. Und dann bin ich ganz unter dem Bett hervor.

Ich kann ihn jetzt sehen. Etwa anderthalb Meter von der Eingangstür entfernt, die ich jetzt ebenfalls klar im Blick habe. Die Tür ist geschlossen. Der Schütze ist entweder im Salon und liegt dort reglos auf der Lauer, oder er ist längst weg.

Tepper liegt auf dem Rücken, der Bademantel ist weit aufgeschlagen. Der Seidenslip und das Blut auf seinem Bauch vermischen sich zu einem einzigen tiefen Rot.

Ich kauere eine ganze Weile im Schlafzimmer, wie lange, weiß ich nicht. Dann ziehe ich mir die Schuhe aus. Falls ich fliehen muss, würden die hohen Absätze mich nur behindern.

Ich stehe auf. Schleiche auf Zehenspitzen vorsichtig zur Schlafzimmertür.

Als ich sie fast erreicht habe, klopft es wieder an der Eingangstür.

Ich erstarre.

Erneutes Klopfen. Nein, Hämmern.

Und dann –

»Nat? Nat, mach die verdammte Tür auf!«

»Trink das jetzt. Na los, Nat.« Jack will mich überreden, einen Schluck Champagner zu trinken.

Ich schiebe seine Hand weg. »Ich will nicht.«

Wir sitzen nebeneinander auf dem Bett. Jack hat mich hierher verfrachtet, kaum dass ich ihn hereingelassen hatte. Er ist nur noch einmal kurz in den Salon gegangen und gleich wieder zurückgekommen. Mit dem Champagner. Er hat die Schlafzimmertür geschlossen. Mir den Blick auf den toten Anwalt versperrt.

Jack wollte den Notruf wählen, aber ich habe ihn davon überzeugt, doch direkt Leo zu verständigen. Leo war gerade in der Bryant-Wohnung fertig geworden. Jetzt warten wir auf ihn.

»Woher wusstest du, dass ich hier bin?« Ich hab mir die blonde Perücke vom Kopf gezogen und auf den Boden geworfen.

»Ich bin dir gefolgt«, sagt Jack ohne eine Spur von schlechtem Gewissen.

Und ich werde ihm deswegen keine Standpauke halten.

»Ich bin zu dir gefahren, um nach dir zu schauen, und da hab ich dein Auto auf der Straße parken sehen«, sagt er. »Zuerst hab ich gedacht, du hättest jetzt vielleicht Angst, in die Tiefgarage zu fahren, aber dann hab ich gesehen, dass du im Parkverbot standest. Also hab ich mir gedacht, dass du jeden Moment wieder rauskommen müsstest. Und auf einmal steigt da eine Superblondine in dein Auto. Also bin ich neugierig geworden und hinter der Blondine hergefahren. Bin ihr bis zum Hotel gefolgt. Hab gesehen, wie sie in die Sushi-Bar gegangen ist, wieder rauskam, in den Fahrstuhl stieg. Das muss ich dir lassen, Nat. Du warst wirklich kaum zu erkennen.«

»Kaum? Was hat mich verraten?«

Jack zieht eine Augenbraue hoch. »Fragst du das, damit du es beim nächsten Mal besser machen kannst? Es wird nämlich kein nächstes Mal geben, Nat.«

Ich möchte mir genauso wenig eine Standpauke anhören wie eine halten. »Woher wusstest du, dass ich hier in der Suite bin?«

Jack lächelt mich herausfordernd an. »Ich hab bei der hübschen Empfangsdame unten in der Sushi-Bar meinen unwiderstehlichen Charme spielen lassen.« Sein Lächeln verschwindet. »Ich ärgere mich schwarz, dass ich nicht schneller war. Bevor das hier passiert ist.«

»Ich bin froh«, sage ich lapidar. »Sonst hättest du vielleicht auch noch eine Kugel abgekriegt.«

Sein Lächeln kehrt zurück. »Schön, dass du dir noch um mich Sorgen machst, Nat.«

Er legt einen Arm um mich, und ich lasse zu, dass er meinen Kopf auf seine Schulter zieht.

»Und du hast gar nichts gesehen?«, fragt er.

»Nein. Ich hab nur gehört, wie . . .« Ich muss schlucken.

»Hat dich diese Polizistin, diese Robie, dazu überredet? Ich meine, undercover zu ermitteln?«

»Nein. Das war meine eigene geniale Idee«, sage ich trocken.

Meine sarkastische Antwort bringt Jack augenblicklich in Rage. Er packt energisch mein Kinn und dreht meinen Kopf so, dass ich ihn ansehen muss. »Du weißt, dass du dich heute Abend in Lebensgefahr gebracht hast, Nat. Und du könntest jetzt da draußen liegen, in deiner eigenen Blutlache, neben diesem armen Schwein Tepper.«

Mich schaudert unwillkürlich.

Jack bekommt Mitleid mit mir und lässt mich los. Und nimmt einen kräftigen Schluck von dem Champagner, den ich abgelehnt hatte.

38

Ein historischer Augenblick. Jack Dwyer und Leo Coscarelli sind vereint. In ihrer Fassungslosigkeit, ihrer Wut, ihrer Entrüstung. Und ich bin die Glückliche, die die beiden Männer zusammengebracht hat. Der Katalysator für ihr Bündnis sowie das Objekt ihrer gleich gelagerten Empfindungen.

Doch schon nach kurzer Zeit bricht die Koalition auseinander.

»Bist du übergeschnappt?«, grollt Leo und hält mir vorwurfsvoll die blonde Perücke entgegen. Wir sind noch immer im Schlafzimmer der Suite und warten auf die Ankunft eines weiteren Spurensicherungsteams. Die Jungs haben heute Nacht viel zu tun. Genau wie ihre Kollegen, die bald hier im Hotel von Tür zu Tür gehen werden, um Gäste und Angestellte zu befragen, ob ihnen irgendetwas Verdächtiges aufgefallen ist. Ich hege da keine großen Hoffnungen.

»Klar ist sie übergeschnappt«, sagt Jack. »Wenn Sie sie so gut kennen würden wie ich, bräuchten Sie das nicht erst fragen.«

»Das war rein rhetorisch«, zischt Leo meinen Stellvertreter an. »Ich weiß, dass sie übergeschnappt ist.«

»Vielen Dank. Euch beiden.« Ich erhebe mich vom Bett, entrüstet, zornig, unbeschreiblich müde. »Leo, du hast meine Aussage. Falls du noch weitere Fragen hast, weißt du, wo du mich findest. Ich fahre jetzt nach Hause.«

»Ich fahr dich«, sagen beide wie aus einem Munde.

Ich fahre allein nach Hause.

Als ich bei Tagesanbruch wach werde, habe ich eine unruhige Nacht mit zahllosen Alpträumen voller Tod und Sterben hinter mir, deshalb wundert es mich, dass mir nicht furchtbar schlecht ist. Es tut gut, mal nicht den größten Teil des Morgens mit dem Kopf über der Toilettenschüssel zu verbringen. Meine Erleichterung ist jedoch nur von kurzer Dauer, denn sie findet ein jähes Ende, als eine ziemlich verdrossene Polizistin an meiner Wohnungstür klingelt.

Es ist fünf nach neun. Wenige Minuten später wäre ich aus dem Haus und auf dem Weg zum Horizon House gewesen.

Francine Robie wartet nicht ab, ob ich sie hereinbitte. Als sie in die Diele tritt, läuft Hannah auf sie zu, um sie zu beschnuppern. Robie nimmt keine Notiz von ihr. Keine Hundefreundin, ganz eindeutig. Hannah weicht beleidigt zurück und beäugt Robie argwöhnisch. Meine Hündin mag keine Leute, die sie einfach ignorieren.

»Wir müssen uns unterhalten, Nat.«

»Was wollen Sie, Fran?«

»Sie waren gestern Abend Zeugin eines Mordes.«

»Ich habe der Polizei gegenüber meine Aussage gemacht.«

Ich merke, dass Robie bemüht ist, ihr Temperament zu bändigen. Ich merke außerdem, dass es ihr schwer fällt. Auch Hannah merkt das und knurrt tief in der Kehle. Mein Hund mag nämlich auch keine Leute, die böse sind. Vor allem auf mich.

»Nat, das ist mein Fall, nicht Ihrer. Und auch nicht der von Leo Coscarelli. Ich schätze es nicht, wenn ich erst Stunden später erfahre, dass einer meiner wichtigsten Zeugen erschossen worden ist –«

»Ein wichtiger Zeuge?«

Robie funkelt mich zornig an.

Hannah gibt ein leises, warnendes Grollen von sich.

Robie zieht den Reißverschluss ihrer hellbraunen Lederjacke auf, unter der eine elfenbeinfarbene Seidenbluse in eine figurbetonte schokofarbene Lederhose gesteckt ist, und starrt dabei meinen Hund an. Hannah sieht als Erste weg, und ihr Knurren schlägt in ein Winseln um. *Lässt sich von einem Cop einschüchtern . . . Hannah, ich schäme mich für dich.*

Hannah verdrückt sich die Diele hinunter. Wahrscheinlich

auf der Suche nach einem tröstlichen Kauknochen. Wenn ich doch auch so leicht zu trösten wäre.

Robie zieht die Jacke aus und wirft sie sich über eine Schulter. Was mir sagt, dass sie vorhat, eine Weile zu bleiben. Dabei will ich sie überhaupt nicht hier haben.

»Haben Sie noch Kaffee da?«, fragt sie.

Zufällig habe ich heute Morgen zum ersten Mal seit Wochen in Erwägung gezogen, wieder Kaffee zu trinken. Ich habe mir sogar eine Kanne gemacht. Aber letzten Endes wollte ich das Schicksal dann doch nicht herausfordern und bin bei Tee geblieben.

»Wie trinken Sie ihn?«, frage ich und ergebe mich ins Unvermeidliche.

»Schwarz.«

»Nehmen Sie im Wohnzimmer Platz. Ich bring Ihnen eine Tasse.« Mit ihr gemeinsam am Küchentisch zu sitzen käme mir zu freundschaftlich vor.

Robie folgt mir trotzdem in die Küche. Vielleicht um zu demonstrieren, dass sie sich nichts befehlen lässt. Jedenfalls nicht von mir.

Ich gieße ihr eine große Tasse Kaffee ein. Sie nimmt sie und lehnt sich gegen meine Küchenplatte. Tja, wenn sie stehen bleibt, werde ich mich auf keinen Fall setzen.

»Verraten Sie mir, was letzte Nacht in der Hotelsuite passiert ist, Nat?«

»Das haben Sie doch schon schwarz auf weiß. Ich bin sicher, Sie haben meine Aussage gelesen.«

Sie trinkt einen Schluck. »Da steht aber nicht viel drüber drin, warum Sie überhaupt dort waren.«

»Ich beantworte Ihre Frage, wenn Sie mir auch eine beantworten.«

»Schießen Sie los«, sagt Robie mit einem Augenzwinkern.

Ich finde das gar nicht lustig. »Was haben Sie gestern Abend im Nippon gemacht?«

Falls sie sich wundert, wieso ich weiß, dass sie in dem Restaurant war, so lässt sie es sich nicht anmerken. »Sushi gegessen.« Sie trinkt erneut einen Schluck Kaffee, mustert mich über den Tassenrand hinweg. Als sie die Tasse sinken lässt, sagt sie: »Sie sind dran. Was haben Sie da gemacht?«

»Ich hab mich mit Jerry Tepper unterhalten. Wieso bezeichnen Sie ihn als wichtigen Zeugen?«

Robie lächelt, aber sie gibt sich keine Mühe, das Lächeln echt aussehen zu lassen. »Das können Sie sich doch wohl denken. Ich bin sogar sicher, Sie kennen die Antwort auf die Frage.«

»Sein Name stand in Jessica Ashers Terminkalender für den Mordtag. Ihre letzte Verabredung, bevor sie überfahren wurde.« Ich könnte ihr zeigen, dass ich sogar noch mehr weiß, aber ich bin nicht gewillt, Robie irgendwelche Informationen zu liefern, die sie vermutlich noch nicht hat. Vor allem nach ihrer schnippischen Antwort auf meine Frage, was sie im Nippon gemacht hat.

»Ich würde gern wissen, warum Tepper sich in der Hotelsuite mit Ihnen getroffen hat. Und warum er sich Ihnen anvertraut hat. Damit hat er Ihnen keinen Gefallen getan, Nat.«

So wie sein Wissen um bestimmte Dinge ihm keinen Gefallen getan hat.

»Und Sie haben wirklich nichts von dem Täter gesehen?«, fragt Robie mit Nachdruck.

»Absolut nichts. Haben die Ermittlungen am Tatort was ergeben?«

Sie schüttelt den Kopf. »Keiner hat was gesehen. Keiner hat was gehört. Keiner weiß was.«

»Anscheinend ist das Boston Regency bekannt dafür«, sage ich trocken.

Robie übergeht meinen Kommentar. »Wir vermuten, der Schütze ist über die Feuertreppe geflohen. Wahrscheinlich direkt bis in den Keller, und von dort hat er das Gebäude durch einen Lieferanteneingang verlassen.«

»Klingt nicht unwahrscheinlich«, sage ich.

»Und was meinen Sie, wer unser Schütze gewesen sein könnte?«

»Ich kann Ihnen sagen, wer es nicht war. Steven Carlyle.«

»Ach ja?« Robie grinst, kostet den Augenblick in vollen Zügen aus.

Mir wird ganz flau, als ich eins und eins zusammenzähle. »Ist er raus?«

»Gestern, auf Kaution.«

Scheiße.

»Jetzt ist er wieder drin.« Robie amüsiert sich auf meine Kosten.

»Wegen des Mordes an Tepper?«

»Er wird deswegen vernommen. Vorläufig. Der arme Kerl behauptet, er wäre den ganzen Abend mit seinem gelähmten Sohn zu Hause gewesen.«

»Kann Alan das bestätigen?« Ich muss daran denken, dass ich gestern Abend kurz nach zehn bei Carlyle zu Hause angerufen habe, weil ich Alan sprechen wollte. Aber es ist niemand rangegangen ...

Robie schaut mich mitleidig an. »Klar, Nat. Klar gibt der treue Sohne seinem Daddy ein Alibi.«

»Das heißt also, Sie haben nichts –«

Robie fällt mir ins Wort. »Das heißt, Joe ist ziemlich zuversichtlich, dass wir Carlyle wegen zweifachen Mordes vor Gericht bringen können.«

»Oh, ich wette, Ihr Ex fände das ganz toll. Zwei für den Preis von einem. Und noch dazu nicht bloß irgendwelche langweiligen Durchschnittsopfer – nein, er hat eine Edelnutte und einen Staranwalt zu bieten. Und einen Angeklagten, der eine wichtige Position im Strafvollzug bekleidet. Eine echte Glückssträhne für ihn. Wenn Keenan das Ding nach Hause schaukelt, bringt er es im Handumdrehen zum Generalstaatsanwalt.«

Robie schmunzelt. »Ehrgeiz ist keine Sünde, Nat.«

»Haben Sie Ihren Kaffee getrunken?«, frage ich schroff, nehme ihr die Tasse ab und schütte den Rest in die Spüle. Ich drehe heißes Wasser auf und spüle die Tasse gründlich aus. Als könnte sie kontaminiert sein.

Robie streckt die Hand aus und dreht den Hahn wieder zu. »Wie ich höre, suchen Sie nach Alison Bryant.«

Ich fahre herum. »Wer hat Ihnen das erzählt?«

Robie trommelt sachte mit den Fingern auf meiner Granitarbeitsplatte. »Miss Bryant persönlich.«

Ich brauche einen Moment, um das zu verdauen.

»Wir haben sie, Nat. Und sie ist sicher untergebracht.«

»Seit wann?«, frage ich. Mir ist ganz schwindelig nach dieser verblüffenden Eröffnung. Na, zumindest ist Bryant am Leben.

»Wir hätten auch Tepper in Sicherheit gebracht, wenn er nicht so unternehmungslustig gewesen wäre. Wobei das Wort im allerweitesten Sinne zu verstehen ist. Bryant war dagegen clever. Clever genug, um –«

»Einen Deal zu machen? Oh ja, Alison Bryant versteht sich darauf, Deals zu machen. Hat Ihr Ex ihr Straffreiheit versprochen? Hat sie reinen Tisch gemacht, ihm erzählt, wie das damals war, als sie Elizabeth Temples Begleitservice übernahm? Wobei das Wort Begleitservice im allerweitesten Sinne zu verstehen ist.«

Robie verzieht keine Miene. »Es gibt schlimmere Verbrechen, Nat.«

»Und ob, zum Beispiel Erpressung.«

»Zum Beispiel Mord«, kontert Robie. »Ich werde Ihnen einen Gefallen tun und Ihnen was verraten. Alison Bryant ist unsere Hauptzeugin, Nat. Sie wird in den Zeugenstand treten und Steven Carlyle als den Fahrer des Wagens identifizieren, mit dem Jessica Asher umgebracht wurde. Die einzige Frage ist nur noch: Wird der ehemalige Deputy Commissioner wegen Mordes in einem oder in zwei Fällen verurteilt?«

Inzwischen ist mir richtig schlecht. »Bryant lügt, Fran. Fragen Sie sie nach Grace Lowell. Fragen Sie sie nach Daisy.«

»Nach wem?«

»Dem kleinen Mädchen. Die Kleine haben Sie doch bestimmt auch in Sicherheitsverwahrung, oder? Hat Bryant das Mädchen mitgebracht?«

»Ich weiß nicht, wovon Sie reden, Nat.«

»Gestern Abend so gegen acht. Im Boston Regency. Als Sie unten in der Sushi-Bar waren. Da war Daisy in der Suite. Zusammen mit Alison Bryant.«

»Sie haben Bryant gestern Abend gesehen?«

Ich presse die Hände gegen meine pochenden Schläfen. »Nein. Sie hat geschlafen.«

»Mag ja sein, dass Alison Bryant geschlafen hat, aber das war nicht im Boston Regency, Nat. Darauf gebe ich Ihnen mein Wort. Bryant befindet sich seit Sonntag in der Obhut des Oberstaatsanwalts.«

Ich starre Robie an, und mein Verstand läuft wieder auf Hochtouren. Falls Robie die Wahrheit sagt, dann muss Daisy gelogen haben. Aber warum sollte ein Kind lügen? Irgendwer muss dem Mädchen das gesagt haben. Aber wer?

Ich bin so damit beschäftigt, meine Gedanken zu sortieren, dass ich mein eigenes Telefon erst klingeln höre, als Robie mir anbietet, für mich dranzugehen.

Ich reiße mich zusammen und nehme den Hörer von der Gabel. »Hallo«, sage ich abrupt.

»Spricht da Natalie Price?«

»Wer ist da?«

»Alison Bryant.«

Die Verblüffung steht mir bestimmt ins Gesicht geschrieben, denn Robie betrachtet mich mit einer Neugier, die an Misstrauen grenzt.

»Ach so. ‘tschuldigung. Einen Moment, Sharon.« Ich sehe Robie an. »Das ist meine Berufsberaterin vom Horizon House.« Ich halte ihr den Hörer hin. »Wollen Sie sich selbst davon überzeugen?«

Robie zuckt die Achseln. »Ich melde mich wieder, Nat. Bis dann.«

Ich nicke. »Da bin ich wieder, Sharon. Ich hab mich nur rasch von Captain Robie verabschiedet. Ich komme gleich, aber erzähl mir doch kurz, was Finn angestellt hat, dass sein Boss so sauer auf ihn ist.«

Ich bekomme nur eine Adresse durchgegeben, dann wird aufgelegt.

Als Robie gerade meine Wohnung verlässt, klingelt ihr Handy. Sie geht ran, hört kurz zu und stößt dann eine Reihe von Flüchen aus, die selbst einem Matrosen alle Ehre machen würden.

Die Tür knallt laut hinter ihr ins Schloss.

39

Ich parke mein Auto vor einem asiatischen Lebensmittelladen, der sich zwischen zwei sechsstöckigen Mietshäusern duckt. Es ist kurz vor zehn Uhr morgens, und mehrere Kunden sind im Laden. Alles Frauen. Alles Asiatinnen. Hinter der Theke stehen ein Mann und eine Frau mittleren Alters.

Ich mache den Motor aus, bleibe aber hinterm Lenkrad sitzen und versuche, Ordnung in meine Gedanken zu bringen. Falls das vorhin tatsächlich Alison Bryant am Telefon war und sie jetzt in der Wohnung des Sushi-Kochs aus dem Nippon ist, dann muss es ihr gelungen sein, aus der Sicherheitsverwahrung zu fliehen. Was Fran Robies Schimpfkanonade erklären würde, als sie meine Wohnung verließ.

Andererseits kann ich natürlich nicht wissen, ob die Anruferin wirklich Alison Bryant war, da wir noch nie miteinander geredet haben. Es könnte Gott weiß wer gewesen sein.

Es könnte eine Falle sein.

Mein Handy klingelt. »Nat, wo steckst du?«

»Habt ihr Probleme im Zentrum?«, frage ich sofort. Jack weiß, dass ich den Rest der Woche frei habe.

»Bist du wieder krank? Bist du beim Arzt?«

»Zweimal nein.«

»Temple ist ziemlich am Boden zerstört, Nat. Jerry Tepper scheint doch mehr als nur ihr Anwalt gewesen zu sein.«

»Kann gut sein.« Aber welche Art von Beziehung hatten die beiden? Hat der Anwalt sie genauso angelogen wie mich? Oder haben die beiden gemeinsame Sache gemacht? Allmählich habe ich bei ziemlich vielen Leuten das Gefühl, möglicherweise von ihnen verschaukelt zu werden. Und wenn ich mich schon so fühle, wie muss es dann erst Steven Carlyle ergehen?

Das heißt, wenn er tatsächlich nur ein Sündenbock ist und kein Mörder. Es wäre nicht das erste Mal, dass ich mich irre.

Eine Hupe ertönt hinter mir, und ich winke Leo zu, als er am Straßenrand hält.

»Jack, ich muss los. Ich komme später vorbei und rede mit Temple. Behalt sie bitte gut im Auge.«

Ich lege auf, als Leo aus seinem Auto steigt. Sobald Robie weg war, habe ich Leo angerufen und ihm die ganze Situation geschildert. Leo wollte allein hierher fahren, wusste aber, dass er auf verlorenem Posten stand, und leistete nicht allzu viel Gegenwehr.

Die Haustür des Gebäudes, in dem Alison Bryant sich mit mir verabredet hat, ist unverschlossen, der Flur dunkel und schmal, heruntergekommen, aber nicht schmutzig.

Im Treppenhaus wird der modrige Schimmelgeruch fast von den kräftigen asiatischen Gewürzdüften überdeckt. Alles in allem ist das Haus auffallend sauber. Keine Urinspuren, kein Müll auf der Treppe.

»Sie erwartet mich allein, Leo. Also musst du dich diesmal im Hintergrund halten.«

»Du hast doch keine Ahnung, *wer* dich erwartet, Nat. Und ich muss dich ja wohl nicht daran erinnern, dass Jerry Tepper gestern Abend eine Tür aufgemacht und eine böse Überraschung erlebt hat.«

Der Flur im dritten Stock wird von einer nackten Glühbirne mit höchstens fünfundzwanzig Watt erhellt. Wenn man von erhellen sprechen kann. Ich muss das winzige Lämpchen an meinem Autoschlüssel auf das Türschild richten, um sicherzugehen, dass wir vor Apartment 3C stehen.

Leo und ich stellen uns rechts und links neben die Tür – außerhalb der Schusslinie –, und ich klopfe an. Nach einem Moment klopfe ich erneut.

»Wer da ist?«

Und bevor ich antworten kann, höre ich: »Weggehen. Wir nix wollen.«

Es ist eine Frauenstimme. Sie hat einen deutlich fernöstlichen Akzent. Schwer zu sagen, ob sie bloß verärgert ist oder verängstigt.

»Hier ist Natalie Price. Ich möchte Ali sprechen.«

»Keine Ari. Du gehen.«

»Ist Kazuo zu Hause?«

»Nein. Gehen weg.«

»Sind Sie seine Frau?«

»Ich nix verstehen.«

»Bitte machen Sie die Tür auf. Ich kenne Kazuo aus dem Nippon. Er ist ein guter Bekannter von mir. Ali hat mich vor zwanzig Minuten angerufen und gesagt, ich soll sie hier treffen. Bitte sagen Sie ihr –«

»Sie nix hier. Kazuo nix hier. Du jetzt gehen.«

»Was ist mit dem kleinen Mädchen? Mit Daisy?«

»Nix klein Mädchen.«

»War Ali hier? Bitte, es ist sehr wichtig.«

»Beide gehen.«

»Beide? Ali und Kazuo?«

»Nix wissen.«

Mir wird eng in der Brust. Warum sollte Ali weggehen, wenn sie mir gesagt hat ...? »Hat sie jemand abgeholt? Sind sie mit jemandem weggegangen?«

Schweigen.

Leo schiebt mich beiseite und klopft energisch an die Tür. »Polizei, Ma'am. Machen Sie sofort auf.«

Seine gebieterische Stimme erzielt die gewünschte Wirkung. Die Tür öffnet sich langsam, und eine winzige Asiatin mit dunklem, grau gesträhntem Haar und ängstlicher Miene kommt zum Vorschein. »Bitte. Wir keine Probleme. Mein Mann bekommen Anruf. Beide gehen. Mehr nicht wissen.«

»Wer hat angerufen? Hat Ihr Mann gesagt, wer ihn angerufen hat?«, frage ich.

»Nein.«

»Wann war der Anruf?«, fragt Leo.

»Zehn Minuten. Vielleicht länger. Okay?«

»Mit welchem Auto?«

»Ich nix verstehen. Oh ... oh ... mein Mann Auto. Ja.«
»Was für ein Auto fährt er?«
»Groß Auto. Silber. Zu viel Geld. Sie jetzt gehen, okay?«

Als wir wieder auf die Straße treten, meldet sich Leos Piepser. Er wirft einen Blick auf die Nummer. »Das ist Oates.« Er ruft seinen Partner aus dem Auto an.

»Was ist los?« Leo lauscht aufmerksam, und seine Miene verfinstert sich.

»Eindeutig identifiziert?« Erneutes Zuhören. Noch finsterer Blick.

»Klar, wir sind schon unterwegs.« Kurze Pause, dann ein rascher Blick zu mir. »Ja genau, Natalie.«

»Wer?«, frage ich nervös, als er auflegt und den Motor anlässt.

»Martha Cady.«

»Tot?«

Er nickt.

»Wer hat sie gefunden?«

»Eine Nachbarin aus ihrem Haus.«

»Wieso geht denn eine Nachbarin in Martha Cadys Wohnung?«

»Ist sie nicht.« Er zögert. »Sie hat sie in der Waschküche gefunden.«

»In der Waschkücke?«

»Die Nachbarin wollte Wäsche waschen. An einem der großen Trockner hing ein Schild mit der Aufschrift AUSSER BETRIEB. Die Nachbarin sagt, sie hätte gedacht, es seien noch Kleidungsstücke drin.«

»Mein Gott. Jemand hat sie in den Wäschetrockner gesteckt?« Ein weiteres Mal hat meine Übelkeit nichts mit meiner Schwangerschaft zu tun.

»Was schätzt die Gerichtsmedizin, wie lange sie schon tot ist?« Ich warte im Eingangsbereich von Martha Cadys Apartmenthaus. Der Portier war so nett, mir eine Cola zu holen, die ich schön vorsichtig getrunken habe, dazu ein paar Kräcker, die ich immer in der Handtasche dabei habe, für Notfälle. Und das hier ist ganz sicher einer.

»Mindestens zwölf bis fünfzehn Stunden. Möglicherweise länger.«

Ich habe Martha Cady gestern Nachmittag um zwei gesprochen. War ich die Letzte, die sie lebend gesehen hat?

Nein, natürlich nicht. Der Letzte, der sie lebend gesehen hat, war ihr Mörder.

War es der Mann in ihrer Wohnung, während ich an der Tür mit ihr sprach? Der Mann im Trenchcoat mit der Baseballkappe, der keine zehn Minuten später aus dem Gebäude gelaufen kam?

»Was grübelst du so vor dich hin, Natalie?«

»Wie wurde sie getötet?«

»Schuss in die Brust.«

»Wie Jerry Tepper.«

»Könnte derselbe Täter sein. Die Kugel hat dasselbe Kaliber.«

»Ach verdammt«, murmele ich. »Sogar diesen Mord können sie Steven Carlyle in die Schuhe schieben. Zeitlich hätte er Cady ebenso umbringen können wie Jerry Tepper.« Ich sehe Oberstaatsanwalt Joe Keenan praktisch schon auf dem Grab der armen Martha Cady tanzen. Als wäre es nicht schon Bravourstück genug, Carlyle wegen Mordes an zwei prominenten Opfern vor Gericht zu bringen.

Leo legt mir eine Hand auf die Schulter. »Es wäre mir wirklich lieber, du würdest für ein paar Tage raus nach Cape Cod fahren, Natalie.«

Die Eingangstür fliegt auf, und Fran Robie kommt am Portier vorbei hereingestürmt. Sie starrt mich böse an, dann ist Leo an der Reihe.

»Verdammt noch mal, warum bin ich immer die Letzte, die was erfährt?«

40

»Wo ist sie?«

»Ich weiß es nicht«, antworte ich Robie. »Ich wünschte wirklich, ich wüsste es.«

»So langsam hab ich die Nase voll von Ihnen, Nat.« Sie ist so wütend, dass sich Speichel in ihren Mundwinkeln sammelt. »Sie müssen sich ja heute Morgen köstlich amüsiert haben. Da stehe ich in Ihrer Küche und erzähle Ihnen, dass wir Alison Bryant sicher untergebracht haben, und derweil reden Sie mit ihr am Telefon. Sie wussten schon, bevor ich den Anruf von Joe bekam, dass Bryant abgehauen war. Wissen Sie, wie man das nennt? Behinderung der Justiz. Vielleicht täten Ihnen ein paar Tage in einer Zelle ganz gut, dann bekämen Sie mal einen Vorgeschmack davon, wie –«

»Beruhig dich, Fran«, sagt Leo und schiebt sich wie ein Schiedsrichter zwischen uns.

Sie herrscht ihn an: »Erzähl du mir verdammt noch mal nicht, was ich tun soll, Coscarelli. Dich krieg ich auch noch dran.«

Ein uniformierter Beamter klopft an die offene Waschküchentür. Einer von Robies Männern. Sie ist mit einem ganzen Heer am Tatort eingetroffen. Jetzt wimmeln sie wie Ameisen durchs ganze Haus. »Entschuldigen Sie, Captain. Die Eltern sind oben.«

»Scheiße, bringt sie bloß nicht hier runter«, faucht sie. Dann fährt sie sich hektisch mit einer Hand durchs Haar. »Ich komme gleich rauf«, sagt sie zu dem Mann, und ihre Stimme ist nur ein ganz kleines bisschen weniger scharf. Er nickt und scheint heilfroh zu sein, gleich wieder verschwinden zu können.

Ich beneide ihn. Ich glaube, Robie hat mich mit voller Absicht mit nach unten in die Waschküche geschleift, um mir eins auszuwischen. Zum Glück ist die Leiche von Martha Cady, genannt Skye, inzwischen abtransportiert worden, aber der Geruch des Todes hängt noch immer beißend in der stickigen Luft.

»Ich hätte Ihnen heute Morgen sagen sollen, dass die Frau am Telefon sich als Alison Bryant vorgestellt hat«, sage ich so ruhig wie möglich zu Robie, was angesichts meines körperlichen und psychischen Zustands nicht leicht ist. »Aber Sie hatten mir doch gerade erst eröffnet, dass sie in Sicherheitsverwahrung ist. Und Sie haben meine Wohnung verlassen, ohne mir zu sagen, worum es bei dem Anruf ging, den Sie bekommen hatten. Also hab ich Leo gebeten, sich mit mir bei der angegebenen Adresse zu treffen, für den Fall, dass es nicht Bryant war.«

»Apropos, Sie haben mir auch nicht erzählt, dass der Sushi-Koch im Nippon ein Freund von Bryant ist.«

»Ich hab gedacht, das wüssten Sie längst.«

Robie übergeht meine Spitze, bleibt weiter auf Angriffskurs. »Und nachdem Sie herausgefunden haben, dass Alison bei ihm in der Wohnung war, haben Sie mich auch nicht angerufen, und zwar weil –?« Sie wartet auf meine Erklärung.

Ich sehe ihr in die Augen. »Weil ich Ihnen nicht traue, Fran. Sie pflegen einen ziemlich fragwürdigen Umgang. Leute wie Eric Landon, Daniel Milburne –«

»Ach hören Sie doch auf, Nat. Sie mögen deren Politik nicht, na und? Was soll der Scheiß?«

»Standen die Namen dieser beiden feinen Herren auch in Ashers Kundenkalender, Fran?«

»Das geht Sie überhaupt nichts an, Nat. Und wenn Sie klug sind, nehmen Sie sich das zu Herzen.«

»Ist das eine Drohung?«

»Allerdings, das ist eine Drohung. Und ob das eine ist.«

»Ich fass es noch immer nicht, dass Jerry tot ist«, sagt Elizabeth Temple mit heiserer Stimme. Sie sieht furchtbar aus, fleckige Haut, verweinte Augen, das Haar ungekämmt.

»Haben Sie heute Morgen Ihre Medikamente genommen?«, frage ich, als ich mich in meinem Büro neben ihr auf die Couch setze.

»Ja.«

»Es gibt noch eine schlechte Nachricht, Liz.«

Tränen schießen ihr in die Augen, noch ehe ich weiterspreche.

»Was denn?«, fragt sie und klingt, als wollte sie die Antwort auf keinen Fall hören.

»Martha Cady ist heute Morgen tot aufgefunden worden. Sie wurde erschossen. Das Labor sagt, die Mordwaffe hatte dasselbe Kaliber wie bei Jerry.«

Temple vergräbt das Gesicht in den Händen. »Wann hört das auf? Wann hört das auf?« Ein Klagegesang.

Ich ziehe ihre Hände weg. »Vielleicht hört es auf, wenn Sie aufhören, Dinge zu verschweigen, Liz.«

Sie blickt gequält. »Jerry Tepper hat mir nicht gesagt, wer der Fahrer war, das schwöre ich. Er hat gesagt, Ali hätte es ihm nicht gesagt.«

»Sie hat's aber der Polizei erzählt.«

»Was?«

»Sie hat Steven Carlyle als den Todesfahrer identifiziert. Sie hat gesagt, sie würde das auch unter Eid aussagen. Der Oberstaatsanwalt hat sie in Sicherheitsverwahrung genommen..«

»Dann war es also Carlyle. Aber dann verstehe ich nicht –«

»Bryant hat gelogen. Sie wusste schon lange bevor Jessica überfahren wurde, wer der Mörder war. Sie war daran beteiligt, Carlyle eine Falle zu stellen.«

»Da komme ich nicht mehr mit«, sagt Temple und blickt so verständnislos drein, wie sie klingt.

Ich erzähle ihr von Grace Lowell. Ich erzähle ihr von dem Tuch in Bryants Wohnung. Als ich anfange, meine Theorie zu konstruieren, kann ich förmlich sehen, wie sich der Nebel der Verwirrung auf dem Gesicht meines Schützlings lichtet.

Was nicht heißen soll, dass sie schon alles durchschaut. Das tue ich auch nicht. Noch nicht.

»Warum ausgerechnet der Deputy Commissioner?«, fragt sie schließlich.

»Das weiß ich nicht. Vielleicht hatte Carlyle bloß Pech. War zur falschen Zeit am falschen Ort. Ein leichtes Opfer. Vielleicht hatte Alison Bryant auch noch eine Rechnung mit ihm zu begleichen. Bryant ist die Einzige, die uns das beantworten kann.«

»Haben Sie den Cops das alles erzählt? Werden die Ali deswegen verhören?«

»Sie ist abgehauen.« Ich schildere ihr, dass Bryant mich heute Morgen angerufen hat. Und dass sie, nachdem sie kurz darauf selbst einen Anruf erhalten hatte, zusammen mit Kazuo dessen Wohnung fluchtartig verlassen hat.

»Ich weiß nicht, warum Bryant aus der Obhut der Polizei geflohen ist. Und ich weiß nicht, warum sie und Kazuo aus seiner Wohnung abgehauen sind. Sind sie vor jemandem weggelaufen oder zu jemandem geflüchtet? Wissen Sie das vielleicht, Liz?«

Tränen rinnen ihr lautlos übers Gesicht, aber sie hat die Hände im Schoß gefaltet. Sie antwortet nicht.

»Vier Menschen sind tot, Liz. Jessica Asher, Griffith Sumner, Jerry Tepper und Martha Cady. Und zwei werden vermisst – Alison Bryant und Kazuo Shindo.« Ich ziehe scharf die Luft ein.

»Was haben Sie?«, fragt Temple mich ängstlich.

»Nicht zwei. Drei. Von Daisy fehlt auch jede Spur.« Ich packe Temples Arm, weil ich in ihren Augen ein Wiedererkennen aufflackern sehe. »Sie kennen die Kleine?«

»Sie ist die Tochter eines meiner Mädchen. Charlotte Hamilton. Aber was hat das Kind mit der ganzen Sache zu tun?«

Charlotte Hamilton. Den Namen habe ich schon mal gehört, aber ich weiß nicht mehr wo. Liz Temple hilft mir auf die Sprünge.

»Charlottes Vater ist Lowell Hamilton. Der Geschäftspartner von Eric Landon.«

Immer wieder taucht bei dieser Ermittlung Eric Landon auf, wie ein unverwüstliches Unkraut.

»Charlotte und Jessica waren gut befreundet.« Temple zögert. »Charlotte war es, die Jessica damals sozusagen für mich angeworben hat.«

»Und wo ist Charlotte Hamilton jetzt?«

»Sie ist tot.«

Ich spüre, wie ich blass werde. »Tot?«

»Aber das hat nichts mit diesen Morden zu tun. Sie ist vor über einem Monat gestorben. Überdosis. Ausgerechnet in einer Drogenklinik. Irgendwie ist ihr gepanschtes Dope in die Hände gekommen.«

»Daisy hat mir erzählt, dass ihre Mutter einen Entzug macht. Aber nicht, dass sie tot ist.«

»Wo haben Sie Daisy denn gesehen?«

Ich erzähle Liz Temple von meiner Begegnung mit dem Kind gestern Abend in der Hotelsuite im Boston Regency.

»Vielleicht hat man ihr noch nicht die Wahrheit gesagt«, sagt Temple.

»Und was ist mit Daisys Vater? Weiß er, dass Charlotte tot ist?«

»Keine Ahnung.«

»Liz, wer ist Daisys Vater?«

»Das weiß ich nicht.«

»Hat Charlotte für Sie gearbeitet, als sie schwanger wurde?«

»Ja. Und ich war sehr wütend, als sie es mir gesagt hat. Ich hab immer großen Wert darauf gelegt, dass meine Mädchen vorsichtig sind. Kondome waren Vorschrift. Ich sitze hier mit HIV, weil ich blöd war.«

»Sie haben nicht gefragt, wer der Vater war?«

»Doch. Falls es ein Kunde gewesen wäre, hätte ich dafür gesorgt, dass er nicht wiederkommt. Aber sie hat beteuert, dass es kein Kunde war. Ich habe wirklich versucht, es aus ihr herauszubekommen, Superintendent. Ich fand, der Vater müsste wenigstens seiner Unterhaltspflicht nachkommen. Aber sie hat gesagt, das ginge nur sie etwas an.«

»Hat sie damals schon Drogen genommen?«

»Ja. Sie saß sogar im Gefängnis, als sie mir von der Schwangerschaft erzählt hat. Sie war mit einer größeren Menge Koks erwischt worden.«

»Ist sie verurteilt worden?«

»Nein. Die Anklage wurde fallen gelassen. Sie hat Glück gehabt. Unverschämtes Glück.«

»Liz, könnte Eric Landon vielleicht Daisys Vater sein?«

»Nein. Nein, ganz bestimmt nicht. Charlotte war schließlich die Tochter seines Geschäftspartners.«

»Und Jessie war die Schwester seiner Frau.«

Temple kann mir nicht in die Augen sehen. »Eric und Debra sind gute Freunde von mir. Sie sind seit acht Jahren verheiratet. Sie haben ein Kind. Eric macht sich Hoffnungen auf einen Sitz im Senat. Debra unterstützt ihn dabei nicht nur moralisch, sondern auch mit einem Großteil ihres Erbes. Ich werde mich ihren Plänen nicht in den Weg stellen.«

»Ich denke, das erledigt Eric schon selbst, Liz. Ich halte ihn für einen krankhaften Frauenheld. Ich glaube, es ist ihm egal, ob die Frau nun die Tochter seines Geschäftspartners, die Schwester seiner Frau oder eine Prostituierte ist. Mag ja sein, dass er ein soziales Gewissen hat, aber ein moralisches hat er ganz sicher nicht.«

»Ich sollte nun wirklich nicht den ersten Stein werfen«, flüstert Temple heiser.

»War Jessie noch immer in Eric verliebt?«

Temple schluckt hörbar. »Die erste Liebe stirbt nie so ganz, Superintendent. Auch wenn der Kerl dich am Ende wie ein Stück Dreck behandelt. Auch wenn er am Ende dein Leben zerstört.«

Ich weiß, dass sie nicht nur von Jessica Asher spricht, sondern auch von sich selbst.

»Liz, vorhin haben Sie gesagt, dass Charlotte und Jessie gut befreundet waren. Vielleicht hat Charlotte sich ihrer Freundin ja anvertraut und ihr gesagt, wer der Vater ist.«

»Ein paar Monate vor Charlottes Schwangerschaft haben sich die beiden zerstritten. Sie hatten dann jahrelang keinen Kontakt mehr. Charlotte hat es ihr bestimmt nicht erzählt.« Plötzlich hält Temple inne und hebt die Hände an den Mund.

»Was ist denn?«

»Mir ist eingefallen, dass Eric da was gesagt hat. Als er mich das letzte Mal in Grafton besucht hat. Er hat erwähnt, dass Jessie Charlotte in dem Drogenzentrum besucht hatte, und zwar nur wenige Tage vor Charlottes Tod.«

»Wieso das?«

Temle zögert. »Ich weiß es nicht. Vielleicht hatte Charlotte sie um einen Besuch gebeten.«

Vielleicht hat Charlotte ihr ja verraten, wer Daisys Vater ist. Vielleicht hat Jessica daraufhin Eric zur Rede gestellt. Die ganze Zeit hatte Charlotte ihr Geheimnis gehütet. Und war deshalb am Leben geblieben. Hat sie durch ihr Geständnis einen furchtbaren Dominoeffekt ausgelöst? Mein Herz rast. Steht vielleicht die kleine Daisy im Mittelpunkt des gesamten Falles? Ist sie der Schlüssel zu allem?

41

»Danke, dass Sie sofort gekommen sind. Haben Sie meinen Dad heute schon gesprochen?«, fragt Alan mich nervös, als ich hinter seinem Rollstuhl her ins Wohnzimmer der Carlyles gehe.

»Nein. Ich hab's versucht, aber man hat mir gesagt, er würde vom Oberstaatsanwalt vernommen und dass es noch länger dauern würde. Aber ich kann ihn morgen besuchen.« Ich schaue mich in dem großen, makellos sauberen Raum um. Die rustikale Einrichtung, die zum Kolonialstil des Hauses passt, ist zwar geschmackvoll, aber ein wenig langweilig. Sehr viele Rost-, Beige- und Cremetöne. Auf beiden Seiten des Kamins befinden sich Regale voller Nippes, Büchern und Fotos, akkurat aufgereiht – hier hat alles seine Ordnung.

»Ich mache mir große Sorgen um die Gesundheit meines Vaters, Miss Price.«

»Fran Robie erzählte mir, Sie hätten ausgesagt, dass Sie und Ihr Vater gestern den ganzen Abend zu Hause waren.«

»Ja, das stimmt. Nachdem die Kaution bezahlt war, hat Dads Anwalt ihn vom Gefängnis abgeholt und direkt hierher gefahren.«

»Wer hat denn das Geld aufgebracht?«, frage ich.

»Wir haben eine Hypothek auf das Haus aufgenommen.« Er blickt mich ernst an. »Wir waren zu Hause, das schwöre ich. Sollen die doch ruhig mit Dad einen Lügendetektortest machen. Und mit mir auch.«

»Was ist mit Ihrer Mutter? Ihrem Bruder? Waren die auch zu Hause?«

Alan bewegt den Rollstuhl so, dass er etwas von mir weggedreht ist. Er starrt ins Zimmer. »Nein.«

»Soll ich zwischen den Zeilen lesen, Alan?«, frage ich leise.

»Meine Mutter ist am Sonntag ausgezogen. Sie wohnt erst mal bei meiner Tante in Connecticut. Es war alles zu viel für sie.«

»Hält sie Ihren Vater für schuldig?«

Alan wirft mir einen strafenden Blick zu. »Er ist schuldig. Der ehelichen Untreue.«

»Was ist mit Sean?«

»Gute Frage. Ich hab ihn schon seit Tagen nicht mehr gesehen. Wahrscheinlich hat er wieder eine neue Flamme. Und bestimmt ist sie wieder reich und hübsch.« Alan klingt verbittert.

»Seine Exfreundin wurde gestern ermordet.«

»Ja, Martha. Ich hab's in den Nachrichten gehört. Wahrscheinlich hängen die auch das noch meinem Dad an. Aber ich weiß, dass er Martha oder diesen Anwalt nicht erschossen haben kann. Ich war den ganzen Tag mit ihm zusammen. Und auch abends. Doch die Staatsanwaltschaft glaubt weder meinem Dad noch mir. Diese Captain Robie übrigens auch nicht. Die sind wild entschlossen, meinem Vater alles anzuhängen. Und da spielt es anscheinend keine Rolle, dass er wohl kaum an zwei Orten gleichzeitig gewesen sein kann.«

»Ich habe gestern Abend hier angerufen, Alan. So gegen halb elf. Es hat niemand abgehoben. Deshalb hab ich eine Nachricht hinterlassen.«

»Ja, ich weiß. Ich hab's gehört. Dad hat geschlafen. Und ich . . . mir war einfach nicht nach reden. Gott, wär ich doch bloß rangegangen!« Tränen treten ihm in die Augen. »Hätte ich mich bloß gemeldet, meinen Dad geweckt und ans Telefon geholt. Dann würden sie mir jetzt glauben. Dann würden sie einsehen, dass sie den Falschen haben. Und zwar nicht nur für diesen Mord, sondern auch für den an Jessica Asher.«

»Das Hauptproblem ist der Geländewagen, Alan. Es besteht kein Zweifel, dass Jessica Asher mit diesem Auto überfahren wurde. Wer wusste sonst noch von dem Wagen?«

Alan legt die Stirn in Falten. »Ich. Sean. Meine Mutter. Mein Freund Rob.«

»Rob? Hatten Sie den Wagen bei ihm untergestellt?«

»Ja, aber ich wollte ihn zurückholen. Ihn so umbauen lassen, dass ich wieder damit fahren kann.«

»Hat Ihr Dad Ihnen erzählt, dass das Auto geklaut worden war?«

»Nein. Er wusste nichts davon.«

»Doch, Alan, ich glaube schon. Rob hat der Polizei erzählt, Ihr Vater hätte ihm gesagt, Sie sollten es lieber nicht erfahren, weil es Ihnen zu viel ausmachen würde. Und dass es vielleicht besser so sei.«

»Das stimmt nicht. Rob hat mir erzählt, er habe Dads Sekretärin mitgeteilt, dass mein Wagen verschwunden war. Vielleicht hat Grace ihm den ganzen Quatsch eingeredet von wegen mir nichts zu sagen. Ich hatte ihr nämlich blöderweise mal erzählt, dass ich wieder anfangen wollte, Auto zu fahren, und sie meinte, das sei keine gute Idee. Die Cops müssen das missverstanden haben.«

Nicht die *Cops*. Captain Francine Robie. Und ich glaube nicht, dass es wirklich ein *Missverständnis* war.

»Hier stimmt was nicht, Miss Price«, sagt Alan. »Rob könnte das aufklären, aber der ist mal wieder für eine Woche in Montana. Auf Bergwanderung mit ein paar schwer erziehbaren Teenagern. Da ist er unmöglich zu erreichen. Aber wir könnten mit Grace Lowell reden. Sie kann der Polizei sagen –«

»Kann Grace Lowell gewusst haben, wo Ihr Wagen untergestellt war?«

»Warum?«

»Das könnte sehr wichtig sein.«

Er überlegt kurz. »Ja, ich denke, das wäre durchaus möglich. Mein Vater hat Rob Harris jeden Monat für den Garagenplatz ein bisschen Geld geschickt. Ich weiß genau, dass seine frühere Sekretärin sich darum gekümmert hat. Die Schecks ausgefüllt und verschickt. Wahrscheinlich war Grace auch dafür zuständig.«

Ich lächele. Allmählich fügt sich alles zusammen.

Eric Landon tritt um sieben Uhr abends aus dem Fahrstuhl in die Eingangshalle des Hancock Tower und kommt auf mich zu.

»Komisch, dass wir uns hier wieder begegnen«, sagt er. »Das kann kein Zufall sein.«

Ich lächele. »Schicksal.«

Er blickt kurz verstohlen auf seine goldene Rolex.

»Haben Sie eine Verabredung?«, frage ich.

Er zwinkert mir zu. »Jetzt ja. Einen Moment bitte.«

»Ich hab's nicht eilig.«

Er holt sein Handy hervor und tippt eine Nummer ein, ohne mich dabei aus den Augen zu lassen. Allerdings schaut er mir nicht ins Gesicht, sondern starrt auf mein Dekolleté. Was ein Wonderbra so alles bewirken kann!

»Hallo, Schätzchen ... Ja, ich weiß ... Aber ich muss heute ein bisschen länger arbeiten ... Nein, du musst Mommy nicht ans Telefon holen ... Welche Freundin denn? ... Zum Übernachten? Na schön, aber bleibt nicht zu lange auf ... Also dann, viel Spaß euch beiden ... Küsschen.«

»Wie alt ist sie?«, frage ich, als er auflegt.

Das Lächeln, das er aufgesetzt hat, während er mit seiner Tochter sprach, ist schlagartig verschwunden. Alles klar, schon kapiert. Redet nicht gern über seine Familie. Oder zumindest über sein kleines Mädchen ...

»So, und mit wem habe ich heute Abend das Vergnügen zu dinieren?«, fragt er, ganz der gewandte Wahlkämpfer.

»Samantha.«

Er hustet. »'tschuldigung. Allergie.«

Er muss wohl bemerkt haben, dass sich meine Miene verändert, denn er fügt rasch hinzu: »Ich schwöre, es ist nicht ansteckend, Samantha.«

Ich zwinge mich zu einem Lächeln.

Beruhigt fragt er: »Ich gehe davon aus, dass Sie wissen, wer ich bin.«

»Ali hat mir alles über Sie erzählt.«

Ein leichtes Misstrauen glimmt in seinen Augen.

»Keine Sorge. Es war nur Gutes.«

Sein Misstrauen wächst. Ich mache alles nur noch schlimmer.

»Ich bin hungrig, Eric. Sie nicht?« Ich lasse die Zungenspitze über meine Oberlippe gleiten und gebe mir alle Mühe, so lüstern und erotisch wie nur möglich auszusehen.

Im Wettstreit zwischen Argwohn und Lust setzt sich zumindest bei Eric Landon Letzteres durch. Sein Lächeln kehrt mit Macht zurück. »Was soll's denn sein? Italienisch, Griechisch, Zimmerservice?«

Ich lächele neckisch. »Fangen wir mit Pasta an. Ich kenne da einen wunderbaren Italiener im North End. Über den Nachtisch reden wir später.«

»Was ist denn los? Sie drehen diese paar Linguini jetzt schon eine Minute lang um die Gabel.«

»Ach, es ist bloß . . . na ja, ich hab heute etwas Entsetzliches erfahren. Haben Sie schon gehört, dass Martha Cady ermordet worden ist? Sie kennen Sie wahrscheinlich als Skye.«

Landon lässt das Besteck sinken, mit dem er sich gierig über die Hähnchenbrust mit Parmesan hergemacht hat. Vielleicht wird ihm der Appetit bald vergehen.

»Nicht zu fassen, dass irgendein Dreckskerl sie erschossen und anschließend in der Waschküche ihres Hauses in den Trockner gesteckt hat. Ist das nicht grässlich?«

Seine Miene verdunkelt sich. »Furchtbar. Die Kriminalität in dieser Stadt nimmt langsam überhand.«

»Zuerst Genevieve und jetzt Skye. Allmählich kriege ich selbst ein bisschen Angst. Aber Ali meint –«

Landon schiebt seinen Teller weg. »Ali redet zu viel.«

Ich greife über den Tisch und lege mitfühlend eine Hand auf seine. »Nicht böse sein, bitte. Ich weiß ja, dass Sie um Ihre Schwägerin trauern.«

Er zieht abrupt seine Hand weg. »He, das artet hier ja noch in einen Leichenschmaus aus, Samantha. Das Schwein, das Jessie getötet hat, sitzt im Gefängnis. Und ich weiß aus berufenem Munde, dass Carlyle deswegen verknackt wird. Vielleicht auch wegen des Mordes an Martha Cady.«

»Aus berufenem Munde? Etwa der Bürgermeister?« Ich beuge mich vor, gewähre ihm einen tiefen Einblick in mein Dekolleté.

»Milburne?« Landon lacht hämisch. »Milburne ist nicht berufen, Süße. Der ist verrufen.«

»Aha, also nicht gerade ein Fan unseres Bürgermeisters«, sage ich amüsiert. »Aber wieso waren Sie und Ihre Frau dann neulich Abend im Nippon mit ihm essen?«

»Das eine hat doch mit dem anderen nichts zu tun. Politik und Privatleben muss man immer schön trennen.«

»Na, wer war denn nun der berufene Mund? Vielleicht sollte ich ja auch auf ihn hören.«

»Baby, wenn du auf jemanden hören solltest, dann auf mich.« Schon wieder so ein öliges Wahlkampflächeln. »Vor dir sitzt nämlich der nächste Senator für den wunderbaren Staat Massachusetts.« Mit wiedergewonnenem Appetit zieht er seinen Teller wieder heran, greift zu Messer und Gabel und macht sich weiter über seine Hähnchenbrust her.

»Na, dann tun Sie hoffentlich was gegen die Kriminalität. Und gegen Drogen«, füge ich hinzu.

Er nickt und kaut.

Ich seufze. »Ich selbst hab Charlotte ja nie kennen gelernt, aber es ist doch absurd, in einer Drogenklinik an einer Überdosis zu sterben. Den Laden sollte man dichtmachen. Als Senator können Sie das vielleicht veranlassen. Und was soll jetzt aus Daisy werden, Charlottes kleiner Tochter? So ein hübscher Name! Wenn ich eine Tochter bekommen . . . ich meine, wenn ich mal ein Kind bekommen . . .«

Während ich rede, hört Landon auf zu nicken und zu kauen. Und er scheint Probleme mit dem Schlucken zu haben.

»Alles in Ordnung?«, frage ich besorgt.

Es gelingt ihm, das, was er im Mund hat, herunterzuwürgen und mit einem kräftigen Schluck Chianti nachzuspülen.

Er schlägt nicht vor, den Nachtisch vom Zimmerservice bringen zu lassen. Er schlägt gar keinen Nachtisch mehr vor.

Hannah ist nicht die Einzige, die mich begrüßt, als ich um halb zehn meine Wohnung betrete. Aber mein Hund ist der Einzige, der sich freut, mich zu sehen.

Leo ist alles andere als erfreut, als er mich – genauer gesagt, mein Alter Ego Samantha – von oben bis unten mustert.

»Du bist übergeschnappt, Natalie.«

Ich schiebe mich an ihm vorbei und reiße mir die blonde Perücke vom Kopf. Aus vielerlei Gründen bereue ich es, ihm einen Schlüssel zu meiner Wohnung gegeben zu haben. Aber als ich das vor über einem Jahr tat, war Nicki Holden noch im Gefängnis, ich hatte nicht mit meinem Stellvertreter geschlafen, und ich war nicht schwanger ...

Leo hält mich nicht auf, aber er folgt mir ins Schlafzimmer.

»Fahr nach Hause, Leo. Ich bin geschafft. Ich will nur noch ein schönes warmes Bad nehmen und dann schlafen.«

Er setzt sich aufs Bett. »Früher oder später wirst du mir erzählen müssen, was mit dir los ist. Bringen wir's hinter uns, Natalie.«

»Wartet Nicki zu Hause auf dich, Leo?«

»Da liegt also der Hund begraben – Nicki.« Er lehnt sich gegen das gepolsterte Kopfende. »Ich schlafe nicht mit ihr, Natalie. Das zwischen Nicki und mir ist nichts Sexuelles.«

»Soll mich das etwa beruhigen?«

Und selbst wenn Leo mit Nicki schlafen würde, was wäre anders? Wie Liz Temple gesagt hat: Ich sollte nicht den ersten Stein werfen.

»Ich möchte dir nichts vormachen und behaupten, da wäre nichts.« Leo ist anscheinend auf ein klärendes Gespräch aus.

Ich unterbreche ihn. »Leo, ich will jetzt nicht die Wahrheit hören.« Offenbar ist mir meine Erschöpfung anzusehen, denn er steht vom Bett auf und dreht mich behutsam Richtung Badezimmer.

»Nimm dein Bad«, sagt er sanft.

Ich zögere. »Ich weiß, wer's war, Leo. Ich weiß, wer Jessica und die anderen umgebracht hat. Ich weiß, womit es angefangen hat. Ich weiß, warum –«

Er küsst mich weich auf den Mund. »Erzähl mir das alles, wenn du in der Wanne liegst. Ich wasch dir den Rücken, wenn du willst.«

Ich spüre, dass mir die Tränen kommen. »Ich will«, flüstere ich. Ich will es viel zu sehr.

Nicht das, was ich Leo erzählt habe, lässt mich im Bett hochfahren, sondern das, was ich ihm nicht erzählt habe. Ich wollte es ihm nicht vorenthalten, ich habe es einfach in dem Moment vergessen. Und erst jetzt, wo es mir wieder einfällt, schrillen Alarmglocken in meinem Kopf.

Es war das Gespräch, das Landon am Telefon mit seiner Tochter führte, als wir in der Lobby des Hancock Tower standen. Welche Freundin denn? Zum Übernachten?

Ja, welche Freundin? Die Enkelin seines Geschäftspartners? Charlotte Hamiltons Tochter? Höchstwahrscheinlich Eric Landons Tochter? Weiß Debra Landon, wer Daisys Vater ist? Was würde Debra alles in Kauf nehmen, um zu erleben, dass ihr Mann in den US-Senat einzieht? Eric Landon mag ja ein wasserdichtes Alibi für den Zeitpunkt des Mordes an Jessica Asher haben, aber was ist mit deren Schwester? Und falls Eric und Jessica ihre Affäre wieder aufgenommen hatten, hätte Debra mehr als nur ein Motiv gehabt, ihre Schwester aus dem Weg zu räumen –

Ich schaue auf meinen Wecker. Fast Mitternacht. Mein Blick wandert von der Uhr zu der aufgerissenen Folienverpackung daneben. Dann sehe ich Leo an.

Ich hätte es ihm sagen können – als er die Folie aufriss und das Kondom herausnahm, hätte ich sagen können – *he, weißt du was? In den nächsten acht Monaten brauchen wir keine Kondome mehr. Ich bin nämlich schwanger. Überraschung! Ist das nicht wunderbar, Leo? Die Sache hat nur einen kleinen Haken . . .*

Zum ersten Mal habe ich Leo meinen Orgasmus nur vorgespielt.

Noch ein Grund mehr, mich schuldig zu fühlen.

42

»Leo, das ist sie.«

»Sicher?«

»Ja. Ja, das ist Daisy«, beteuere ich, mit unüberhörbarer Erleichterung in der Stimme. »Fahr ihnen nach.«

Es ist kurz nach neun Uhr morgens. Leo und ich parken seit sieben Uhr auf der Straße vor dem Anwesen der Landons. Er ist voll mit Zuckerkrümeln von seinem Donut und hat seinen doppelten Kaffee schon längst ausgetrunken. In meinem unangerührten Becher Tee schwimmt noch immer der durchweichte Teebeutel.

Es war ein schlimmer Morgen. Ich habe zwanzig Minuten im Bad verbracht, ein paar Kräcker gekaut und etwas Wasser getrunken, um meine morgendliche Übelkeit in den Griff zu bekommen. Am Ende habe ich alles wieder herausgewürgt. Zum Glück stand Leo gerade in meinem Gästebad unter der Dusche. Mittlerweile geht es mir etwas besser.

Nein, erheblich besser, seit ich Daisy gesehen habe und weiß, dass sie wohlauf ist.

Der silberne Audi kommt aus dem Tor gerollt und biegt links ab. Leo und ich können erkennen, dass Debra Landon am Steuer sitzt, Daisy auf dem Beifahrersitz neben ihr. Die Rückbank scheint leer zu sein.

Leo wartet, bis Debras Wagen ein Stück entfernt ist, dann fährt er los.

Nach fünfundzwanzig Minuten durch dichten Verkehr sind wir im Stadtzentrum von Boston angekommen, und Debra schiebt eine Karte in den Automaten, der ihr die Einfahrt in die Tiefgarage des Hancock Tower gewährt. Leo hält gegenüber im Parkverbot und legt eine polizeiliche Sondererlaubnis aufs Armaturenbrett.

Wir drücken uns in eine Nische der Lobby, als Debra und Daisy zu den Fahrstühlen gehen. Daisy plappert munter vor sich hin, aber Debra scheint gar nicht richtig hinzuhören. Ihr Gesichtsausdruck ist angespannt, und als sich einer der Fahrstühle öffnet, scheucht sie Daisy hinein.

»Sie bringt das Kind zu Eric. Wir müssen hinterher«, sage ich, als ein weiterer Fahrstuhl aufgeht.

Leo bleibt stehen. Die Fahrstuhltür gleitet zu. »Was hast du denn vor, Natalie? Daisy ist nicht entführt worden. Sie scheint mir nicht in Gefahr zu sein.«

»Das wissen wir aber nicht mit Sicherheit. Ich will Daisy sehen. Wenn du nicht mit mir hochkommen willst, meinetwegen.«

Er folgt mir in den nächsten Fahrstuhl. Wir quetschen uns in den mit einem runden Dutzend Männer und Frauen gefüllten Aufzug, die auf dem Weg zu ihrem Arbeitsplatz sind. Gleich nach uns kommt noch ein Botenjunge herein. Ich merke gar nicht, dass ich ihn anstarre, bis er mir zuzwinkert, bevor er im dreiundzwanzigsten Stock aussteigt.

Ich beuge mich dichter zu Leo. »Vielleicht hat es gar keinen Boten gegeben.«

»Was?«

»Grace Lowell . . . ich meine, Alison Bryant könnte das Foto mitgebracht haben. Jessica hat vielleicht gar nichts von den Aufnahmen gewusst. Das könnte mit zu der Falle gehört haben, die die Landons sich zusammen mit Alison ausgedacht haben. Wir müssen diese Bryant finden, Leo.«

Die Fahrstuhltür gleitet auf, und wir treten in den weitläufigen Empfangsbereich von DataCom.

Debra, die vor dem Fahrstuhl steht und schon einsteigen will, blickt uns verblüfft an.

»Was machen Sie denn hier?« Ihre Augen huschen von Leo zu mir und dann wieder zurück zu Leo.

»Wir möchten zu –« Aber bevor ich den Satz beenden kann, geht eine Tür auf, und Daisy ruft Debras Namen.

»Ich soll dir das von Pa geben«, sagte sie und läuft mit einem großen Umschlag zu Debra. »Er hat gesagt, ich darf heute wieder bei euch schlafen. Sagst du Chloe Bescheid?«

Debra nickt, scheint aber nicht bei der Sache zu sein. Außerdem hat sie den Fahrstuhl verpasst. Der ist ohne sie nach unten gefahren.

Daisy wirft mir und Leo nur einen flüchtigen Blick zu. Ihn hat sie nie zuvor gesehen und mich nur, als ich Samantha war. Sie dreht sich um und will zu ihrem »Pa« zurück.

»Daisy«, rufe ich.

Das Kind bleibt stehen und dreht sich um. »Woher wissen Sie, wie ich heiße?« Auch Debra scheint sich brennend für die Antwort zu interessieren.

»Dein Pa hat mir von dir erzählt«, lüge ich.

»Sie kennen meinen Pa?«

Debra furcht die Stirn.

»Daisy, wo ist Alison?«, frage ich.

Das Kind zuckt die Achseln. »Weiß nicht.«

»Ich glaub, du hast mich neulich Abend angeflunkert, Daisy. Ali war gar nicht nebenan im Zimmer und hat geschlafen, stimmt's?«

Daisy kichert. »Ich hab Sie reingelegt, was? Ali hat gedacht, ich könnte das nicht, aber ich hab's geschafft, was?«

»Leo, was soll das?«, will Landons Frau wissen.

»Wir müssen mit Ihrem Mann sprechen, Debra«, sagt er ruhig.

»Mit Daisys Pa«, betone ich siegessicher.

Und werde prompt durch Daisys Frage wieder aus dem Konzept gebracht.

»Mit wem denn jetzt? Mit Eric oder meinem Grandpa?«

Die Landons bilden eine geschlossene Front.

»Miss Price, Ihre Unterstellungen sind nicht nur lächerlich, gefühllos und unsensibel, sie sind noch dazu die reinste Verleumdung«, sagt Eric Landon mit mühsam beherrschter Wut, während seine Frau seine Hand umklammert. »Ich hoffe, Sie haben einen guten Anwalt.«

»Ich hätte Jerry Tepper engagiert«, entgegne ich, »aber der ist ja tot.«

»Leo, das verzeihe ich Ihnen nie«, sagt Debra und ihr zunächst verwirrter Blick wird hart. »Dass Sie auch nur die Möglichkeit in Betracht gezogen haben –« Sie beendet den Satz nicht. Sie wendet sich nur von uns beiden ab, die Hand ihres Mannes noch immer fest im Griff.

»Falls auch nur ein Wort von Ihren absurden, völlig haltlosen Vorwürfen gedruckt wird oder über den Äther geht, werden Sie und Ihr Freund das bereuen, das schwöre ich Ihnen, Miss Price«, knurrt Eric Landon.

»Wenn man bedenkt, wie viele Menschen gestorben sind, ehe sie etwas bereuen konnten, dürfen Detective Coscarelli und ich uns ja noch glücklich schätzen«, sage ich.

Landon atmet schwer, kann seine Wut kaum noch beherrschen. Ich bin sicher, wenn nicht der lange Arm des Gesetzes hier im Büro seine schützende Hand über mich hielte, Landon würde mit Fäusten auf mich losgehen. Oder noch schlimmer. Und seine Frau würde ihn wahrscheinlich noch anfeuern. Ach was, sie würde ihm helfen.

»Kennen Sie einen Strafvollzugsbeamten namens Frank Barker?«, frage ich ihn.

»Nein«, faucht er. »Nie gehört.«

»Wie kommt es dann, dass Ihr Name auf einem Notizblock neben dem Telefon bei ihm zu Hause stand?«

»Ich weiß absolut nicht, wovon Sie reden.«

»Wie viel haben Sie Barker bezahlt, damit er behauptet, Liz Temple hätte ihn angegriffen? Hoffentlich nicht zu viel, weil Ihr Plan ja doch nicht so geklappt hat, wie Sie gehofft hatten.«

Landon sieht seine Frau an. »Die ist verrückt. Eine Irre.«

»Frank Barker wird vernommen werden, Mr Landon«, sagt Leo leise.

Landon zuckt die Achseln. »Mir doch egal. Vernehmt den Mann, so viel ihr wollt.«

Debra nickt zustimmend. Sie steht hundertprozentig hinter ihrem Mann. Das war zu erwarten, denn wenn er stürzt, stürzt sie mit.

»Wollen Sie auch abstreiten, dass Sie Alison Bryant kennen? Dass Sie nicht nur stiller Teilhaber an ihrem Callgirlring sind, sondern dass Sie auch sexuelle Beziehungen zu etlichen ihrer Callgirls hatten?«

Er stiert mich an. »Und ob ich das abstreite«, sagt er gepresst.

»Sie haben sich nie mit Skye getroffen? Oder mit Genevieve? Und was ist mit Samantha? Kennen Sie die auch nicht?«

»Selbstverständlich nicht«, grollt er.

Ich lächle mein verführerisches Alter-Ego-Lächeln. »Italienisch, Griechisch oder Zimmerservice?« Bei »Griechisch« hab ich ihn.

Schuldig im Sinne der Anklage.

Selbst seine Frau sieht es. Sie lässt seine Hand los. Taumelt ein paar Schritte nach hinten. Ich sehe Debra Landon an, dass sie ihre ganze Kraft aufbieten muss, um nicht die Fassung zu verlieren.

Landon starrt mich hasserfüllt an. »Du kleines Miststück. Damit kommst du mir nicht durch. Ich schwöre, ich –«

Er verstummt, als er sieht, wie seine Frau zur Tür geht. »Deb. Deb, warte doch.«

Sie bleibt stehen und dreht sich um, würdigt ihren Mann aber keines Blickes. Sie sieht Leo an. »Falls Sie mich vernehmen wollen, wo ich zum Zeitpunkt des Mordes an meiner Schwester war, setzen Sie sich mit meinem Anwalt in Verbindung. Michael Feldman.«

Mit geradem Rücken und hocherhobenem Haupt macht Debra Landon kehrt und verlässt das todschick und teuer eingerichtete Büro – das vermutlich mit ihrem Bankkonto finanziert worden ist.

Landon greift zum Telefon und ruft den Sicherheitsdienst, aber wir verabschieden uns, ehe man uns unsanft nach draußen befördern kann.

43

Frank Barker weigert sich, Platz zu nehmen und bleibt lieber stehen, während Leo ihm erklärt, warum er zur Vernehmung ins Revier bestellt worden ist. Während Barker zuhört, hält er die Arme vor der Brust verschränkt und steht breitbeinig mit zusammengekniffenen Augen da. Dieselbe Haltung wie an dem Tag, als ich bei ihm zu Hause war.

»Bei allem Respekt, aber Superintendent Price muss schlechte Augen haben, wenn sie den Namen Landon auf meinem Telefonblock gesehen haben will. Ich kenne keine Landons. Und erst recht keinen Eric Landon.«

»Sie wissen doch wohl, dass er bei den letzten Wahlen für das Gouverneursamt kandidiert hat«, sage ich.

Barker schüttelt den Kopf. »Von mir aus hätte da auch Bugs Bunny kandidieren können. Ich interessiere mich nicht für Politik. Ich gehe nicht wählen. Spielt doch keine Rolle, welcher Gauner das Rennen macht.«

»Wenn wir also sämtliche Telefonate überprüfen, die Landon im fraglichen Zeitraum getätigt hat, von zu Hause, aus dem Büro und über sein Handy, dann würden wir Ihre Privatnummer nicht darunter finden?«, fragt Leo.

»Vorausgesetzt, meine Frau hat mich nicht mit dem Kerl betrogen«, sagt Barker grinsend. »Und da meine Frau im siebten Monat ist, kann ich mir das kaum vorstellen.«

Der Mann sieht aus, als wäre er in den letzten zwei Wochen um gut zehn Jahre gealtert. Er blickt nicht mal auf, als Leo und ich den kleinen, quadratischen Verhörraum betreten. Mit hängenden Schultern, den Kopf geneigt, in Handschellen und in einem knallig orangefarbenen Overall ist der Deputy Commissioner kaum noch wieder zu erkennen.

»Sind Sie von einem Arzt untersucht worden, Steve?«, frage ich leise, als wir ihm gegenüber an dem rechteckigen Holztisch Platz nehmen.

»Mir geht's gut«, murmelt er matt. Seine ehemals typische Arroganz ist nicht nur überdeckt, sie scheint ihm ausgetrieben worden zu sein.

»Ich hab gestern mit Alan gesprochen.«

Carlyle senkt den Kopf noch tiefer. »Ich möchte, dass er zu seiner Tante zieht.«

»Und zu Ihrer Frau?«

»Dann hat er Ihnen also erzählt, dass sie mich verlassen hat.« Es scheint ihn nicht zu kümmern. Er hat aufgegeben.

Ich würde ihn am liebsten schütteln. Ich will meinen alten unausstehlichen, beleidigenden, fürchterlich nervigen Deputy Commissioner wieder haben.

»Sehen Sie mich an, Steve«, sage ich schneidend. »Ich habe Ihnen viel zu erzählen, und dann muss ich Ihnen einige wichtige Fragen stellen.«

»Weshalb?«, murmelt er verdrossen.

»Weshalb? Weil Sie unschuldig sind, deshalb! Ich weiß das. Leo weiß das. Und das werden wir auch beweisen.«

Er hebt ruckartig den Kopf und starrt mich an, als hätte er nicht richtig gehört. Dann blickt er zu Leo hinüber, der schweigend neben mir sitzt.

»Wir werden versuchen, das zu beweisen«, schränkt Leo ein.

»Aber das scheint Carlyle zu genügen. Er richtet seinen Blick wieder auf mich. Ich stelle erste Lebenszeichen fest.

Eine Viertelstunde später bemerke ich nicht nur erste Lebenszeichen an Carlyle, sondern eine kolossale Wut.

»Alan hat vollkommen Recht. Rob hat nicht mit mir über den Diebstahl des Geländewagens gesprochen. Das muss Grace gewesen sein. *Grace.*« Sein Gesicht ist zornesrot. »Was würde ich darum geben, wenn ich dieses verlogene kleine Miststück in die Finger –«

Aber wir haben keine Zeit dafür, ihn sich abreagieren zu lassen. »Wie kam es dazu, dass Sie Grace Lowell eingestellt haben, Steve?«, unterbreche ich ihn.

Carlyle reißt sich zusammen. Auch ihm ist klar, dass es jezt wichtigere Dinge gibt, auf die er sich konzentrieren muss. »Ich hab sie gar nicht eingestellt. Sie hat mir erzählt, die Personalabteilung hätte sie angefordert, um Lillian zu ersetzen.«

»Was war mit Lillian?«

»Sie kam eines Tages in mein Büro spaziert und hat gesagt, sie wäre zu Geld gekommen und hätten beschlossen . . .« Carlyle verstummt, kneift die Augen zusammen. »Man hat sie dafür bezahlt, dass sie kündigt. Großer Gott, die haben das seit über einem Monat geplant. Warum?«

»Ich hatte gehofft, das könnten Sie beantworten«, sage ich.

»Haben Sie nachgefragt, ob Grace Lowell wirklich von der Personalabteilung geschickt worden war?«, erkundigt sich Leo.

Carlyle blickt finster. »Nein, natürlich nicht. Ich hielt das nicht für nötig. Sie hatte einen Brief von der Personalabteilung dabei, den sie mir vorgelegt hat. Mit dem entsprechenden Briefkopf. Das sah alles völlig korrekt aus. Ich wäre doch . . . nie auf die Idee gekommen . . .«

»Was haben Sie mit dem Brief gemacht?«

Er schüttelt angewidert den Kopf. »Ich hab Grace gebeten, ihn abzuheften.«

»Steve, denken Sie noch mal ganz genau an den Tag vor dem Mord an Jessica«, sage ich. »Haben Sie da Grace gegenüber irgendeine Bemerkung gemacht, dass Sie sich nicht gut fühlen? Konnte sie sich irgendwie denken, dass Sie am nächsten Tag nicht ins Büro kommen würden? Dass Sie somit nicht das Alibi haben würden, im Büro gewesen zu sein, als Jessica überfahren wurde?«

»Ich war nicht krank. Ich war außer mir wegen des Fotos. Da fällt mir ein, Grace hat tatsächlich gesagt, ich würde nicht gut aussehen. Sie hat mir noch eine Tasse Tee reingebracht, bevor sie an dem Tag Feierabend gemacht hat. Hat abgewartet, bis ich ihn getrunken hatte. Was ich nur aus reiner Höflichkeit getan habe, weil er so unheimlich süß war. Als hätte sie ein Pfund Zucker reingeschüttet. Bringt Energie, hat sie gesagt.«

»Zucker«, wiederhole ich und schaue Leo an.

»Haben die Kopfschmerzen am selben Abend angefangen?«, fragt Leo.

Carlyle begreift, worauf Leo hinauswill. »Sie glauben, Sie hat mir irgendwas in den Tee getan. Und dass der Zucker bloß den bitteren Geschmack überdecken sollte.« Er lacht rau. »Sie war so geschmacklos gekleidet und so unattraktiv, dass ich schon überlegt habe, sie in eine andere Abteilung versetzen zu lassen. Aber ich hatte sowieso schon ein schlechtes Gewissen wegen meiner Aktivitäten außerhalb des Büros, und ich wollte es nicht noch schlimmer machen, indem ich eine tüchtige Sekretärin vor die Tür setze, bloß weil sie kein hübscher Anblick ist. Lustig, nicht?«

Aber keiner lacht.

Carlyle blickt uns aus trüben Augen an. »Warum gerade ich? Warum hat sie mich ausgesucht? Was hab ich ihr denn getan?«

»Vielleicht war Alison Bryant nicht die Initiatorin, Steven«, sage ich. »Vielleicht hat sie nur irgendwelche Anweisungen befolgt. Wir glauben, dass Eric Landon hinter allem steckt.« Ich sehe, dass Leo die Stirn runzelt. Na schön, er ist noch nicht ganz so überzeugt von Landons Schuld wie ich. Noch nicht.

»Landon. Ich kenne den Mann doch gar nicht. Scheiße, ich hab ihn sogar gewählt, als er Gouverneur werden wollte. Ich begreife das nicht. Was soll der gegen mich haben?«

»Wer könnte denn vielleicht etwas gegen Sie haben, Mr Carlyle?«, fragt Leo.

»Keiner. Ich wüsste keinen –«

»Was ist mit Ihrem Sohn?«

»Alan? Alan würde nie im Leben ... er brächte es niemals fertig ...«

»Ich meine Sean«, sagt Leo leise.

Aber seine Worte dröhnen mir im Kopf. Bin ich auf der falschen Spur? Habe ich jemanden übersehen, der als Verdächtiger noch eher in Frage kommt als Eric Landon?

Carlyle seufzt. »Ich schäme mich, aber ich muss zugeben, dass ich auch schon an Sean gedacht habe. Ich weiß, der Junge hat mit Drogen und Gott weiß was zu tun. Alan hat zwar geschworen, dass er seinem Bruder nichts von dem Foto mit mir und Genevieve erzählt hat, aber ganz sicher konnte ich mir da nicht sein. Sean und seine Mutter haben ein sehr enges Verhältnis. Klar, dass er über meine Untreue empört war. Und wenn er dann auch noch auf Drogen war ...« Er reibt sich kräftig das Gesicht. »Der Junge wusste, wo Alans Geländewagen untergestellt war. Er wusste, dass ich an dem Tag zu Hause geblieben bin, weil es mir nicht gut ging. Eigentlich erstaunlich, dass bis heute keiner außer mir an die Möglichkeit gedacht hat.«

Carlyle schweigt kurz, starrt nach unten auf seine Handschellen. »Ich hab mir gesagt, falls es Sean war, dann halte ich für ihn den Kopf hin. Ich liebe ihn. Ich liebe meine Familie. Ich habe sie alle betrogen. Da kann ich doch zumindest etwas Anständiges tun, um das wieder gutzumachen.« Er zwinkert ein paar Tränen weg. »Aber es war nicht Sean. Ich habe Hal Thomas angerufen, Seans Boss in der Werkstatt. Ich wusste, dass Sean an dem Freitag um halb neun zur Arbeit gefahren ist, und die Polizei hatte überprüft, dass er um neun dort war, aber ... er hätte ja später wieder verschwinden können. Ich musste es wissen. Nur für mich selbst. Hal Thomas hat sich für Sean verbürgt. Sie haben den ganzen Tag zusammen gearbeitet, einen neuen Motor in einen Mercedes eingebaut. Der Junge hat die Werkstatt nicht verlassen.« Seine Stimme bebt. »Ich hätte Hal bitten sollen, Sean nichts von meinem Anruf zu erzählen. Für den Jungen war es ein vernichtender Schlag, als er erfahren hat, dass ich ihn verdächtigt habe. Der ultimative Vertrauensbruch. Er hat gesagt, er will mich nie wieder sehen. Und ... dass ich von ihm aus hier verrotten könnte.«

So viel er auch zwinkert, der Tränenstrom ist nicht mehr zu stoppen. Er rinnt über Carlyles Gesicht, eine Flut aus Schuld, Reue und Verzweiflung.

Ich kenne den Polizisten in Zivil, der Leo und mich vor dem Gefängnis anspricht. Es ist Norman Wilson, der Detective, der das erste Verhör von Carlyle geleitet hat.

»Natalie Price?«

Ich nicke.

»Ich habe einen Haftbefehl gegen Sie, Miss Price.«
»Weswegen? Was soll der Quatsch?«
»Behinderung der Justiz, Unterschlagen von Beweisen, Zeugenbeeinflussung . . .«

44

Fran Robie könnte durchaus selbstzufrieden wirken, aber sie tut es nicht. »Ich hab ehrlich gehofft, dass es nicht so weit kommen müsste, Nat.«

»Es macht Ihr Leben nicht einfacher.«

»Mein Leben? Ja, vermutlich macht es auch mein Leben nicht einfacher.«

»Also, wie geht's jetzt weiter?«

»Ich möchte Ihnen etwas zeigen.« Sie zieht ein Blatt Papier aus einer Mappe und schiebt es über den Tisch des Verhörraumes, an dem ich sitze, diesmal auf der falschen Seite.

Ich sehe eine unterschriebene Zeugenaussage vor mir. Die Unterschrift gehört Debra Landon. Ich überfliege ihre Aussage, mit der sie sich ein praktisch wasserdichtes Alibi für Freitag, den 17. Oktober, verschafft. Kurz gesagt, sie war als Begleitperson auf einem Klassenausflug ihrer Tochter Chloe zum Museumsdorf »Plymouth Plantation«. Die Gruppe war um acht Uhr morgens aufgebrochen und nachmittags um vier erst wieder zurück.

»Sie hat die Aussage von sich aus gemacht«, sagt Robie. »Und sie will Sie anzeigen, wegen Belästigung.«

»Haben Sie ihr gesagt, sie soll sich hinten anstellen?«

Sie lächelt schwach. »So ungefähr.«

»War das hier Eric Landons Idee? Wahrscheinlich sollte ich dankbar sein, dass er mich nur ins Gefängnis bringen will. Aber andererseits werden es langsam wohl zu viele Tote. Irgendwann mal wird jedem das Risiko zu hoch. Außerdem hätte Steven Carlyle diesmal nun wirklich ein bombensicheres Alibi. Natürlich könnte Landon es ja jemand anderem in die Schuhe schieben.«

»Landon hat ein Alibi. Ebenso wie seine Frau.«

»Er könnte auch diese Schlägertype Tommy damit beauftragt haben.«

»Tommy?«

»Alison Bryants Bodyguard, Zuhälter, Rausschmeißer. Ganz wie Sie wollen.«

»Sie lassen aber auch nie locker, was?«, sagt Fran entnervt, aber ich höre auch einen Hauch Bewunderung heraus.

»Sie halten sich auch ganz gut fest, Fran. Aber da draußen sind zwei Menschen, die Ihr Rettungsseil kappen könnten.«

»Wovon reden Sie eigentlich, Nat?«

»Ich rede zum einen von Alison Bryant.«

Robies Mund wird schmallippig. »Wissen Sie, wo sie ist?«

»Ich weiß, dass sie Angst hat. Ich weiß, dass sie sich das mit Carlyle zusammengelogen hat. Ich weiß, dass sie die Wahrheit weiß. Die ganze Wahrheit. Und wenn die Wahrheit erst ans Licht kommt, Fran, dann werden einige Leute ihren guten Ruf verlieren. Und das ist erst der Anfang.«

Robie beißt nicht an. »Sie haben gesagt, zwei Leute.«

»Stimmt. Da wäre auch noch Rob Harris.«

»Wer?«

»Der junge Mann, von dem Sie behauptet haben, er hätte Ihnen erzählt, dass er Steven Carlyle wenige Tage vor dem Mord an Jessica davon in Kenntnis gesetzt hat, dass der Geländewagen seines Sohnes gestohlen worden war. Rob Harris hat überhaupt nicht mit dem Deputy Commissioner gesprochen. Er hat nur mit Carlyles Sekretärin gesprochen, mit Grace Lowell. Jedenfalls dachte er, er spräche mit Miss Lowell. In Wahrheit sprach er mit Alison Bryant, die sich als Sekretärin namens Grace Lowell ausgab.«

»Wissen Sie das genau?« Robie spuckt mir die Frage förmlich entgegen.

»Ganz genau«, sage ich. Ein bisschen selbstzufrieden, das gebe ich zu.

Fran Robie verzieht das Gesicht, als hätte sie einen Schlag in die Magengrube bekommen. »Ach du Scheiße. Scheiße, Scheiße, Scheiße.«

Und sie geht ohne ein weiteres Wort.

Ein uniformierter Beamter kommt herein und führt mich zurück in eine Arrestzelle.

Vierzig Minuten später kann ich das Revier auf Kaution verlassen. Leo und meine Anwältin Laurie Belson erwarten mich draußen.

»Alles in Ordnung?«, fragt Laurie.

Ich nicke.

Leo greift entschlossen nach meinem Arm. »Komm, ich fahr dich nach Hause.«

»Ich möchte nicht nach Hause. Ich muss zurück ins Horizon House und mit Liz Temple sprechen.«

Sein Griff wird fester. »Was willst du, Natalie? Noch mal festgenommen werden? Und übrigens, Fran hat mir die Aussage von Debra Landon gezeigt. Damit löst sich deine Theorie in Luft auf. Und jetzt komm. Steig in den Wagen.«

»Lass mich los, Leo.« Diesen Tonfall verwende ich nicht oft. Und ich glaube, bei Leo Coscarelli ist es das erste Mal.

Er lässt meinen Arm los, als hätte er sich verbrannt. Was in gewisser Weise auch der Fall ist.

»Das muss Gedankenübertragung sein«, sagt Liz, als sie mich hereinkommen sieht. »Ich wollte Sie gerade anrufen.«

»Warum?«

»Mir ist was eingefallen.«

»Zu Alison Bryant?«

»Ja. Nichts Aktuelles. Etwas, das etwa einen Monat vor meiner Festnahme passiert ist. Aber es könnte mit den jetzigen Geschehnissen zu tun haben.«

»Was denn?«

»Ali ist eines Tages zu mir nach Hause gekommen und hatte eine Gesichtshälfte ganz dick geschwollen. Ein Auge war grün und blau. Ich dachte, ein Freier hätte sie verprügelt, und den wollte ich mir natürlich vorknöpfen, aber Ali hat geschworen, dass es kein Kunde war. Sie hat gesagt, es wäre ein Mann gewesen, mit dem sie seit ein paar Wochen zusammen war. Dass sie ihn auf Cape Cod kennen gelernt hatte. Ich hab gesagt, sie sollte sich lieber einen neuen Freund suchen. Aber sie entgegnete was in der Art wie ›Na ja, er rastet schon mal aus, aber wer tut das nicht?‹ Ich hab gesagt, er hätte jedenfalls wohl kaum das Zeug zum Ehemann. Das war als Witz gemeint, verstehen Sie. Weil Ali immer behauptet hat, sie würde niemals heiraten. Da hat sie gesagt, kein Problem. Er ist schon verheiratet. Und dass er ein ziemlich hohes Tier ist.«

»Eric Landon?«

»Sie wollte nicht sagen, wer.«

»Fahren die Landons schon mal nach Cape Cod?«

»Sie haben ein Haus in Falmouth. Aber Eric war in dem Sommer nicht oft da. Er war mit Debra in Wellesley. Sie war im achten Monat mit Chloe schwanger. Deshalb wollte sie lieber in der Stadt bleiben, in der Nähe vom Krankenhaus.«

Temple zögert, lächelt dann unsicher. »In welchem Monat sind Sie, Superintendent?«

Mir klappt der Unterkiefer herunter. »Woher wissen Sie es?«

»Ich war neulich auf Ihrer Toilette, hier im Büro. Ich hab nicht um Erlaubnis gefragt, Entschuldigung, aber Sie waren nicht da . . .«

»Wie sind Sie drauf gekommen?«

»Das Informationsblatt für den Schwangerschaftstest. Es lag auf dem Boden hinter der Toilette. Außerdem hab ich ein paarmal morgens gehört, wie Sie sich übergeben haben . . . Tja, da muss man kein Meisterdetektiv sein, um eins und eins zusammenzuzählen.«

»Haben Sie es irgendjemandem erzählt?«

»Nein, Ehrenwort. Ich habe kein Wort gesagt. Und das werde ich auch nicht.«

»Schön, Thema beendet«, sage ich brüsk. »Erzählen Sie mir, warum Sie mich anrufen wollten. Bestimmt nicht nur, um mir zu sagen, dass Bryant vor fünf Jahren eine Beziehung zu einem verheirateten Mann in hoher Position hatte, der gelegentlich brutal werden konnte. Und dass es nicht Eric Landon war.«

»Nein.«

»Sie wissen, wer es war?«

»Ich weiß, wie Sie es rausfinden können.«

»Wenn das wieder so eine vergebliche Sucherei wird wie meine Jagd nach Alison Bryant –«

»Das hier wird ein Kinderspiel.«

Kinderspiel war ziemlich übertrieben.

Es erforderte einige Überredungskunst, um schließlich einen Termin bei Dr. Henry Temple zu bekommen, der seine Praxis auf der Charles Street in Beacon Hill hat. Erst nachdem ich den Psychoanalytiker davon überzeugt hatte, dass es um Leben und Tod ging, gab er schließlich nach. Er könne mich zwischen zwei Terminen einschieben. Das bedeutete, nicht mehr als zehn Minuten, sagte er.

Also komme ich sofort zu Sache. »Liz sagt, Sie bewahren sämtliche Unterlagen auf, berufliche und private. Sie haben ein Cottage in Truro auf Cape Cod. Vor ihrer Verhaftung hat Liz dort im Sommer oft Urlaub mit einer Freundin gemacht.« Ich sehe, wie Dr. Temple das Gesicht verzieht, aber er bringt seine Miene rasch wieder unter Kontrolle. »Ich brauche eine Kopie von den Telefonrechnungen aus diesem Zeitraum.«

»Warum?«

»Weil jemand, den diese Freundin ziemlich häufig aus dem Cottage angerufen hat, ein Mörder sein könnte. Falls dem so ist, muss ich verhindern, dass er wieder tötet. Ein Kind ist in Gefahr. Und auch Ihre Tochter.«

Tochter. Wieder zuckt ein Muskel in seinem Gesicht.

»Liz bekommt jetzt einen neuen Medikamentencocktail. Es geht ihr gut, Dr. Temple. Ich möchte Ihnen gern sagen, wie Liz sich infiziert –«

»Ich werde Ihnen die Telefonrechnungen zusenden, Superintendent. Morgen haben Sie sie. Hinterlassen Sie Ihre Anschrift bei meiner Sekretärin. Mein nächster Patient wartet.«

Als ich nach Hause komme, gehe ich zuerst mit Hannah Gassi und rufe dann Leo an. Ich weiß noch nicht, ob ich mich dafür entschuldigen möchte, dass ich ihn so angefahren habe. Ich weiß, er möchte mich aus der Gefahrenzone wissen. Er will, dass es mir gut geht. Er sorgt sich um mich. Ich glaube, er liebt mich. Aber keiner hat je behauptet, dass Liebe einfach ist.

Es ist fast sieben Uhr abends, als ich ihn anrufe.

Jakey meldet sich. Der Kleine geht unheimlich gern ans Telefon. Er fühlt sich dann so erwachsen. Ich muss schmunzeln, als er mit seiner Kinderstimme sagt: »Jakey Coscarelli. Wer ist da bitte?«

»Hi Jakey, ich bin's, Natalie.«

»Hi Natalie. Kommst du zu uns?«

»Nicht heute Abend. Du musst ja auch bald ins Bett.«

»Och, ich darf länger aufbleiben. Nanna lässt mich. Daddy sagt, sie geht mir immer in den Leim.«

Ich lache. »Ich glaube, das heißt *auf* den Leim.«

»Kann sein. Also, kommst du jetzt? Ich hab ein neues Puzzle. Hundert Teile. Mommy und ich haben erst zweiundzwanzig ... äh, dreiundzwanzig Stücke zusammen. Da sind noch ganz viele übrig.«

»Ist deine ... Mommy da?«

»Nein. Sie und Daddy sind zusammen essen gegangen. Ich hab gesagt, sie könnten doch auch hier essen, aber Mommy hat gesagt, nein, bei uns gibt's keinen rohen Fisch, und sie würden gern rohen Fisch essen. Baah. Ist das nicht ekelig, Natalie?«

Ich versuche zu lachen, aber es klingt falsch. »Ja. Ja, das ist wirklich ekelig, Jakey.«

Kurz vor acht am nächsten Morgen klingelt es unten an der Haustür. Als ich mich über die Sprechanlage melde, erklärt eine Frauenstimme, sie wolle mir das Päckchen bringen, auf das ich warte. Ich drücke den Türöffner und sage, dass ich runterkomme und es abhole. Sie soll es unten im Eingang auf den Tisch legen.

Als ich wenige Minuten später aus dem Fahrstuhl trete, sehe ich zu meiner Überraschung, dass die Frau auf mich gewartet hat.

»Superintendent Price?«

Ich nicke und betrachte die kleine, zarte Frau, die unverkennbar eine ältere und gesündere Ausgabe von Liz Temple ist. Mir ist sofort klar, dass ich Liz' Mutter vor mir habe.

Ich strecke meine Hand aus. »Natalie.«

Ihre Reaktion kommt verzögert, aber dann schüttelt sie meine Hand mit festem Griff. »Miriam.« Sie reicht mir den Umschlag. Er ist dick.

»Die Mädchen haben viel telefoniert.«

»Möchten Sie auf eine Tasse Kaffee mit raufkommen? Oder vielleicht einen Tee?«

»Ja«, sagt sie. »Sehr gern.«

Auf dem Weg zu meiner Wohnung machen wir keine Konversation, aber das Schweigen ist nicht unangenehm. Als wir in die Diele treten, inspiziert Hannah den Neuankömmling sofort. Miriam hält ihr die flache Hand hin, damit Hannah ordentlich schnüffeln kann. Hannah mag Miriam Temples Geruch. Noch mehr gefällt ihr, wie Miriam ihr den Kopf krault. Mein Hund hat eine neue Freundin gefunden.

Erst als Miriam sich an meinen Küchentisch setzt, sehe ich, dass ich neben meiner Teetasse eine Packung Kräcker liegen gelassen habe.

Ich weiß nicht, ob es daran liegt, dass jede Frau, die jemals schwanger war, diese Kräcker als deutliches Erkennungszeichen betrachtet – schließlich essen auch viele Männer und nicht schwangere Frauen Kräcker –, vielleicht liegt es aber auch an der Röte, die mir in die Wangen steigt, als Miriams Blick von den Kräckern zu mir wandert. Wie dem auch sei, ich bin sicher, sie weiß Bescheid.

»Zweiter Monat«, sage ich, als ich Wasser aufsetze.

Miriam lächelt. »Ich hab mich bis zum sechsten Monat von Kräckern ernährt. Als Lizzie zur Welt kam, hätte sie eigentlich quadratisch sein müssen.«

Ich lache.

»Nehmen Sie Vitamine?«

Ich nicke. Der Kessel pfeift, und ich brühe für Miriam Tee auf und stelle ihn auf den Tisch. »Ich hab Bagels da und Toast.«

»Machen Sie sich keine Mühe.«

Ich setze mich, würde gerne die Telefonrechnungen durchsehen, möchte aber gleichzeitig noch etwas warten. »Abgesehen von meiner Frauenärztin wissen nur Sie, ein Reporter und Ihre Tochter, dass ich schwanger bin.«

»Ich verstehe.«

Und ich sehe ihr an, dass sie wirklich versteht.

Und auf einmal erzähle ich dieser Frau, die ich nie im Leben gesehen habe, von meiner schwierigen Lage. Ich habe wohl ziemlich lange geredet, denn als ich schließlich einen Schluck von meinem Tee trinke, ist er kalt. Ich fühle mich seltsam gestärkt, obwohl ich noch immer nicht die leiseste Ahnung habe, was ich tun soll.

»Sie könnten es noch vor der Geburt feststellen lassen«, sagt sie. »Es gibt Tests, die im Uterus gemacht werden. Dazu müssten allerdings sowohl Jack als auch Leo eine Blutprobe abgeben.«

»Was bedeutet, dass ich es ihnen sagen muss.«

Sie lächelt. »Ja.«

»Ja«, wiederhole ich. Und dann kräftiger: »Ja.«

Ich betrachte den dicken Umschlag auf dem Tisch. »Kann ich Ihnen helfen?«, fragt Miriam Temple. Ich spüre, ihr Angebot ist ernst gemeint.

»Ich interessiere mich vor allem für Anrufe bei anderen Nummern auf Cape Cod, und zwar von Mitte Juli bis Ende August. Besonders interessant ist die Woche vom 14. bis 21. August. In der Woche hat Liz ihrer Freundin Alison Bryant das Cottage überlassen, und –«

»Alison Bryant ist nicht Liz' Freundin«, stößt Miriam mit einer Heftigkeit hervor, die man ihr gar nicht zutrauen würde.

»Nein. Sie haben Recht. Aber damals dachte Liz, sie sei ihre Freundin. Und Ali hat sich regelmäßig mit einem Mann getroffen, der auch auf Cape Cod war. Er war verheiratet, deshalb haben sie sich vielleicht nicht so oft gesehen. Ich vermute, sie haben ziemlich viel telefoniert.«

Die Suche dauert nicht sehr lange, da ich die Nummern ausschließen kann, die in der fraglichen Woche gar nicht auftauchen.

Am Ende bleibt nur eine Telefonnummer übrig, auf die alle Kriterien zutreffen.

»So, jetzt muss ich nur noch rausfinden, wessen Nummer das ist«, sage ich und habe das Gefühl, endlich Licht am Ende des Tunnels zu sehen.

Miriam Temple starrt mit finsterem Gesicht den Zettel an, auf dem ich die Nummer notiert habe. »Das wird nicht nötig sein«, sagt sie mit tonloser Stimme. »Ich weiß, wessen Nummer das ist.«

45

Jakey hat ein Puzzle mit hundert Teilen. Nicki hat ihm geholfen, ein Viertel davon zusammenzusetzen.

Genauso hat Miriam mir mit meinem Puzzle geholfen. Ja, sie hat mir das entscheidende Puzzleteilchen gegeben, das es mir ermöglicht, das gesamte Bild zu erkennen und viele andere Teile einzufügen. Aber es bleiben noch immer einige Teile übrig, die fehlen, damit das Bild komplett ist.

Ich setze mich an meinen Computer und recherchiere ein bisschen im Internet. Jetzt, da ich eine genaue Vorstellung davon habe, wonach ich suche, werde ich relativ leicht fündig.

Ich würde gern noch einmal mit Steve Carlyle reden, aber da mir jetzt eine Straftat zur Last gelegt wird, würde ich nicht als Besucherin ins Gefängnis gelassen. Also mache ich mich auf den Weg zur Strafvollzugsbhörde.

Der Commissioner sieht überarbeitet aus und scheint nicht sonderlich erfreut, mich zu sehen.

»Wenn Sie doch nur die Finger davon gelassen hätten, Nat –«

»Ich hab jetzt keine Zeit, mit Ihnen zu diskutieren. Ich muss unbedingt mit Carol Nelson sprechen.«

»Die Vorsitzende des Bewährungsausschusses?«

»Ja.«

»Würden Sie mir erklären, warum?«

Als ich es dem Commissioner erkläre, braucht er ein paar Minunten, um die Information zu verarbeiten. Zuerst scheint er auf meinen Worten herumzukauen, als seien sie absolut unverdaulich, wie Gummi. Doch dann ruft er persönlich Carol Nelson an und reicht mir den Hörer.

Nachdem mir die Vorsitzende des Bewährungsausschusses die Auskunft liefert, die ich brauche, findet auch das letzte Puzzleteilchen seinen richtigen Platz. Jetzt kenne ich den eigentlichen Grund, warum Steven Carlyle als Opfer der Intrige ausgesucht wurde. Nicht nur, weil er leicht mit Jessica Asher in Verbindung gebracht werden konnte. Oder weil es relativ leicht war, ihn in die Falle zu locken. Oder weil der Skandal der Verhaftung eines Deputy Commissioner die Aufmerksamkeit von anderen Verdächtigen ablenken würde.

Der Hauptgrund, warum Carlyle aufs Korn genommen wurde, war Rache.

Steven Carlyle wusste es nicht, aber er hat ganz offensichtlich einen Feind. Einen sehr mächtigen und gefährlichen Feind.

Ich bin beim Packen, als Leo anruft. Ich teile ihm mit, dass ich für ein paar Tage verreise.

»Wohin?«

»Cape Cod.«

Ich sehe förmlich, wie er die Augen verdreht, weil er annimmt, dass ich schon wieder lüge.

»Nein, ehrlich, Leo. Ich fahre wirklich hin.« Es klingelt an der Tür. Hannah bellt und stürmt durch die Diele. »Das ist bestimmt Ines, die Nachbarin. Sie passt auf Hannah auf, während ich weg bin.«

»Wo wirst du wohnen? Heute komme ich hier nicht weg, aber ich kann versuchen, mir morgen Zeit frei zu schaufeln und dich zu besuchen.«

Ich bin auf dem Weg zur Tür. »Ich weiß noch nicht, wo ich wohnen werde, Leo. Ich ruf dich an, wenn ich was gefunden hab.«

Ich öffne die Tür und rechne mit Ines. Mein Hund auch. Aber Hannah freut sich unbändig, als sie sieht, wer tatsächlich da steht. Ich mich nicht.

»Leo, ich muss Schluss machen.«

»Ruf mich an.«

»Mach ich.«

Sobald ich aufgelegt habe, sagt Jack: »Wohin soll's denn gehen?«

»Cape Cod.«

»Im November! Da ist dort keine Menschenseele.«

Ich hoffe doch. »Es wird ruhig sein. Und genau das brauche ich jetzt.«

»Robie hat im Büro angerufen. Hat sie dich erreicht?«

»Nein«, sage ich und bin augenblicklich auf der Hut.

»Sie hat gute Neuigkeiten für dich.«

»Das wäre mal eine nette Abwechslung.«

»Sämtliche Vorwürfe gegen dich sind fallen gelassen worden. Du bist wieder ein freier Mensch, Nat.«

Ich bin erleichtert, keine Frage, aber ich denke, kein Mensch ist je wirklich frei.

»Ich komme mit«, sagt Jack.

»Ich hab dir doch gerade gesagt, dass ich Ruhe brauche.«

»Ruhe kannst du morgen haben. Morgen früh fahre ich wieder zurück.«

»Jack –«

»Keine Widerrede. Wir können in getrennten Räumen schlafen, wenn du dir deswegen Sorgen machst.«

»Das würde mich nur am Rande beunruhigen.«

»Was denn dann, Nat? Hast du Angst, dass ich trinke?« Er haucht mir ins Gesicht. »Seit dem Tag vor dem Haus deiner Frauenärztin bin ich wieder nüchtern.«

Mir stockt der Atem.

»Ich komme mir vor wie ein Volltrottel, dass ich es nicht schon früher gemerkt habe. Erst als ich gestern ein paar Brocken deines Gesprächs mit Liz Temple aufgeschnappt habe –«

»Du hast uns belauscht, du Mistkerl!«

»Wer im Glashaus sitzt, sollte nicht mit Steinen werfen.«

Mit Steinen werfen? Im Augenblick habe ich das Gefühl, nicht mal ein Steinchen heben zu können, so schwach fühle ich mich.

»Ist es von mir, Nat?«

»Könnte sein.«

Er nickt. »Steht dein Koffer im Schlafzimmer?«
»Ja.«

In der Hochsaison, wenn die Straßen überfüllt sind, kann die Fahrt zu dem malerischen Hafenstädtchen, das fast an der äußersten Spitze von Cape Cod liegt, über vier Stunden dauern. An einem kalten, regnerischen Novembertag nur halb so lang.

Dennoch, zwei Stunden mit Jack allein im Auto sind eine lange Zeit. Er spricht meine Schwangerschaft kein einziges Mal an. Ich bin sicher, er hat Hunderte von Fragen, die ihm auf der Seele brennen, aber er stellt keine einzige. Vielleicht weiß er, dass ich noch keine Antworten gefunden habe. Vielleicht will er sie nicht hören, falls ich doch welche habe.

Jack fährt, und ich fülle die Zeit, indem ich ihm alles erzähle, was ich über die Morde herausgefunden habe. Er hört aufmerksam zu, ohne mich zu unterbrechen. Als ich fertig bin, sind auch ihm die Zusammenhänge klar.

»Und wenn sie nicht da ist, wie geht's dann weiter?«, fragt Jack, als wir auf die Hedgehog Lane einbiegen.

Ich würde lieber wissen, wie es weitergehen soll, falls Alison Bryant sich tatsächlich im Cottage der Familie Temple versteckt hält. Wird sie mit uns kommen? Eine neue Aussage machen? Die Wahrheit sagen? Die Person nennen, die wirklich hinterm Steuer des Geländewagens saß? Damit würde sie sich selbst schwer belasten. Und diesmal würde es nicht mehr so leicht werden, mit der Staatsanwaltschaft einen Deal zu machen, wie damals, als sie Elizabeth Temple hinter Gitter gebracht hat.

Die wenigen Sommerhäuser entlang der Hedgehog Lane sind für den Winter verrammelt und verriegelt. Das kleine verwitterte Cottage der Temples liegt ganze am Ende der Straße. Enttäuscht stelle ich fest, dass bei allen Fenstern, die zur Einfahrt hin liegen, die hölzernen Fensterläden geschlossen sind.

»Sieh mal«, sagt Jack, als wir rechts neben dem Haus halten. Er zeigt auf ein Seitenfenster im ersten Stock. Dort sind die Läden geöffnet.

»Bleib im Auto«, sagt Jack.

Ich muss nicht lange überredet werden. Ich packe seinen Arm. »Sei vorsichtig.«

Sein seltenes, dafür umso liebenswerteres Lächeln huscht über sein Gesicht. »Keine Bange. Ich hab so viel, wofür es sich zu leben lohnt.«

Als er geht, habe ich nach diesem Lächeln und diesem Satz auf einmal einen dicken Kloß im Hals.

Der Kloß ist noch immer da, als Jack kurz darauf zurückkommt. »Alles leer. Aber sie waren hier. Hundertprozentig. Vielleicht machen sie nur einen kleinen Ausflug. In dem düsteren Haus kann man ja einen Koller kriegen.«

Ich will aussteigen, um auf die hoffentlich baldige Rückkehr von Alison Bryant und dem Sushi-Koch zu warten.

»Moment«, sagt Jack und setzt sich wieder hinters Lenkrad. »Ich fahr den Wagen ein Stück in die Büsche. Der Überraschungsfaktor könnte für uns von Vorteil sein.«

46

Ich habe vier Nachrichten auf meiner Mailbox. Das Handy hat nicht geklingelt, weil es hier draußen im Hinterland von Truro keinen Empfang hat. Die eine Nachricht ist von Fran Robie, die mir mitteilt, was ich bereits weiß – dass die Vorwürfe gegen mich fallen gelassen worden sind. Die anderen drei sind von Leo. Der wissen will, wo ich bin. Der mich bittet, ihn zurückzurufen. Und der mir in der letzten Nachricht, die erst vor zwanzig Minuten eingegangan ist, sagt, dass er mich liebt. Liebe ist kein Wort, mit dem Leo Coscarelli hausieren geht. Er nimmt es ernst. Es bedeutet etwas Wichtiges.

Jack beobachtet mich genau, als ich die letzte Nachricht erneut abhöre.

»Leo«, sagt er.

»Ja.«

»Weiß er es?«

»Noch nicht. Aber bald.«

Das knarrende Geräusch hören wir beide gleichzeitig. Ein loses Dielenbrett auf der vorderen Veranda. Es hat auch geknarrt, als wir vor fünfundvierzig Minuten darüber gegangen sind. Jack gestikuliert hektisch, dass ich mich verstecken soll. Was mir leicht fällt, da ich direkt neben der Tür zur kleinen Gästetoilette stehe.

Aber Jack –

Jack steht mitten im Zimmer. Er kann nicht in Deckung gehen. Ihm bleibt keine Zeit mehr.

Ein Déjà-vu-Erlebnis der denkbar schrecklichsten Art spielt sich ab, während ich in meinem Versteck kauere.

Das verblüffte Keuchen. Das Plopp. Das Stöhnen. Der Körper, der nach hinten fällt. Stolpert. So hart auf den Boden schlägt, dass die Fliesen unter meinen Füßen erbeben. Und das Blut. So viel Blut.

Nur der Schrei ist neu. Mein Schrei. Als ich blindlings zu Jack Dwyer fliege.

Oberstaatsanwalt Joe Keenan sieht aus, als sei er lediglich verärgert, eine Kugel an das falsche Ziel vergeudet zu haben. Er tritt auf mich zu, hat nur einen flüchtigen Blick für den reglosen Mann zu seinen Füßen übrig.

Keenan betrachtet mich ruhig, wie ich Jack in meinen Armen wiege.

Diesmal richtet er die Pistole mit dem Schalldämpfer auf sein eigentliches Ziel.

»Tu's nicht, Joe.«

Meine Augen huschen an ihm vorbei zu der bewaffneten Frau, die in der offenen Tür des Cottage steht. Keenan lächelt, sieht mich aber weiter unverwandt an. »Hab ich mir doch gedacht, dass du das bist, Fran, die mir gefolgt ist.«

»Es ist aus, Joe. Leg die Waffe weg.«

»Bitte«, flehe ich. »Jack lebt noch. Er muss ins Krankenhaus. Bitte, Joe.«

»Sie hätten sich aus der Sache raushalten sollen, Price. Es lief alles wunderbar nach Plan, bis Sie angefangen haben, überall rumzuschnüffeln.«

Ich bin vor Angst ganz krank. »Wunderbar nach Plan? War der Mord an Charlotte Hamilton wunderbar nach Plan, Keenan? Sie haben die Mutter Ihres Kindes ermordet.«

Seine Augen hellen sich tatsächlich auf. »Daisy ist ein goldiges Kind, nicht wahr?« Er schaut rasch über die Schulter zu seiner Exfrau hinüber. »Hat mich letztlich meine Ehe mit Frannie gekostet. Was nicht heißen soll, dass sie damals schon die ganze Wahrheit kannte.«

»Aber jetzt kenne ich sie«, sagt Fran düster. »Alison Bryant hat sich heute Morgen gestellt. Sie hat mir die ganze traurige, üble Geschichte erzählt. Von dir und Charlotte Hamilton. Von Daisy. Dass du vor fünf Jahren eine Affäre mit Alison angefangen hast, als wir hier auf Cape Cod waren, um unsere Ehe zu retten. Dass ihr beide euch das Ganze ausgeheckt habt. Sie würde Elizabeth Temple ans Messer liefern, und du würdest mit ihr einen Deal machen. Anschließend würde Alison da weitermachen, wo Temple aufgehört hatte. Aber im Grunde warst du der eigentliche Boss. Prostitution, Drogen, Erpressung. Und jetzt Mord. Mehrfacher Mord.«

»Es ging nicht anders, Fran. Das mit den Morden, meine ich. Charlotte hat Jessica von dem Kind erzählt. Es war pure Rachsucht. Weil man ihr irgendwie gesteckt hatte, dass ich und Jessie was laufen hatten. Ali hat das gut verkraftet, aber Charlotte ...« Er zuckt die Achseln. »Ich musste sie loswerden, ehe sie es noch wer weiß wem erzählen konnte. Nicht bloß das mit dem Kind – schlimm genug, wenn bekannt geworden wäre, dass der Oberstaatsanwalt mit einer drogensüchtigen Prostituierten ein Kind hat. Aber Charlotte wusste auch, dass ich mit Ali einen Deal gemacht hatte. Sie wusste, dass ich hinter dem ganzen Laden steckte. Ich konnte kein Risiko eingehen. Und dann fing Jessie an, Ärger zu machen. Sie wollte auch ein Kind.« Er lacht rau. »Das hatte mir gerade noch gefehlt. Aber ich konnte sie erst mal vertrösten. Das Probelm war bloß, dass auch die schöne Jessica das Herz auf der Zunge hatte. Sie hat ihrem Schwager erzählt, dass sie bald in den Hafen der Ehe einlaufen würde, obwohl ich der dummen Kuh eingebläut hatte, das müsste noch eine Weile unser kleines Geheimnis bleiben.« Er reibt sich das Kinn. »Es lief alles irgendwie aus dem Ruder.« Joe Keenan klingt müde, aber von schlechtem Gewissen oder gar Reue nicht die Spur. »Ich hätte mich gleich am Anfang um Ali kümmern sollen. Das war mein größter Fehler. Aber ich dachte wirklich, ich hätte sie unter Kontrolle.«

»Und du hast fest damit gerechnet, dass sie Carlyle mit ihrer Aussage den Rest gibt«, sagt Fran mit müder Stimme, als trüge sie eine schwere Last. »Aber sie hat die Nerven verloren. Du hast zu viele Leute ausgeschaltet, Joe. Und ihr ist klar geworden, dass du keinen Grund hast, sie am Leben zu lassen, sobald sie ihren Zweck erfüllt hätte.«

Jack stöhnt vor Schmerzen. Seine Augenlider flattern.

»Halte durch, Baby. Wir bringen dich ins Krankenhaus«, sage ich, die Augen starr auf Keenan gerichtet. »Ich brauche Hilfe, um ihn in mein Auto zu schaffen.«

»Wilson!«, ruft Fran.

Der ungepflegt wirkende Detective erscheint in der offenen Tür. Auch er hält seine Waffe in der Hand. »Helfen Sie Miss Price«, befiehlt Robie. »Bringen sie ihn in unseren Wagen und verständigen Sie das Cape Code Hospital, dass Sie mit einer angeschossenen Person kommen.«

Wilson zögert. Joe Keenan hat seine .38er noch immer auf meinen Kopf gerichtet.

»Tun Sie, was sie sagt«, zische ich. Jacks Augen sind wieder geschlossen. Sein Atem geht flach und unregelmäßig. Sein Blut sickert mir durch den Pullover auf die Haut. Es fühlt sich an, als würde es in mein Innerstes dringen. Ich verliere ihn.

Als Wilson zu uns tritt, habe ich Jack schon halb hochgehoben.

Keenan lässt seine Waffe nicht sinken. Sie bleibt auf mich gerichtet wie ein Radarstrahl, als der Detective und ich Jack zur Tür tragen. Mein Blick trifft den von Fran Robie. Sie lächelt, aber noch nie habe ich ein Lächeln gesehen, in dem so viel Schmerz und Trauer liegt.

Das zweite Plopp ertönt genau in dem Moment, als Wilson und ich mit Jack in der Mitte auf die Veranda treten. Ich schaue zurück ins Zimmer.

Joe Keenan liegt auf dem Boden, und Blut strömt aus der Schusswunde mitten auf seiner Stirn, die er sich selbst zugefügt hat. Francine Robie hat sich nicht von der Stelle gerührt. Sie hat noch immer die Waffe auf ihren Exmann gerichtet, den Finger noch immer ruhig – oder erstarrt? – am Abzug. Obwohl sie doch genauso gut wie ich wissen muss, dass sie auf einen Toten zielt.

Zuerst denke ich, es ist Jacks Blut, aber nachdem er auf einer Trage hastig über den Krankenhauskorridor davongerollt wurde, merke ich, dass es mein eigenes ist. Es läuft mir die Beine hinunter. Bildet auf dem Boden eine Lache. Und im selben Augenblick holt mich der körperliche Schmerz ein. Ich taumele. Wilson hält mich fest.

»Ganz ruhig.«

Ich beginne zu weinen.

»Nicht die Nerven verlieren, Miss Price«, sagt der Detective beruhigend. »Er kommt bestimmt durch. Sie werden sehen.«

Aber Wilson versteht nicht, was los ist.

Ich klammere mich an seinem Ärmel fest. Mir dreht sich alles. »Holen Sie Leo«, keuche ich, ehe ich das Bewusstsein verliere.

Ich bin in einer brennenden Wohnung gefangen. Ein immer wiederkehrender Alptraum. Spuren eines traumatischen Erlebnisses. Wie ein Film, den ich schon so oft gesehen habe, dass ich ihn auswendig kenne, Bild für Bild.

Aber diesmal verändert er sich plötzlich auf halber Strecke. Die Flammen werden zu Blut. So viel Blut. Und Hektik bricht los. Überall Menschen. Die mich anfassen, an mir ziehen und zerren. Ich kriege keine Luft. Sie ersticken mich. Peinigen mich.

Tut mir nicht weh. Tut meinem Baby nichts.

»Schsch. Alles wird gut, Natalie. Alles wird wieder gut.«

Leos Stimme. So weich. So beruhigend. Ich will nicht, dass sie zu meinem Alptraum gehört. In meinem Alptraum verlassen mich alle. Alle sterben. Ich will ihn nicht auch noch verlieren.

Seine Hand – kühl und stark auf meiner Stirn. Wie kann er nur die Hitze meiner Haut aushalten?

Ich kann jetzt die Augen öffnen. Ich weiß, dass ich wach bin. Aber ich habe Angst. Angst, dass mir ein einziger Blick auf Leo die Antworten auf die Fragen liefern wird, die ich kaum zu stellen wage.

Leo lächelt unsicher, als er mein Zimmer im Krankenhaus betritt. In einer Hand hat er eine zarte Orchidee, in der anderen einen großen Bogen Plakatpappe. Er dreht ihn um, sodass ich das Bild sehen kann.

In der oberen rechten Ecke ist eine fette gelbe Sonne, von der rundum dicke gelbe Strahlen ausgehen. Die Sonne hat ein lächelndes Gesicht. In dem Schäfchenwolkenhimmel flattern zahllose Vögel. Und unter dem Himmel steht ein kleiner Junge mit ausgestreckten Armen, und um ihn herum sind lauter Xe gezeichnet – Küsse.

Am unteren Rand steht in Kinderschrift – NATALIE, ICH DRÜCK DICH GANZ FEST MIT TAUSEND KÜSSEN DAMIT DU SCHNELL GESUND WIRST. ICH HAB DICH LIEB. DEIN KLEINER JUNGE JAKEY.

Die Tränen kommen. Ich wehre mich nicht dagegen. Ich habe reichlich Grund zu weinen.

Leo setzt sich auf mein Bett, nimmt mich in die Arme, küsst mein Haar, meine Augen, meinen Hals. Umarmungen und Küsse von meinem großen Jungen.

Wir sind nur zu dritt. In der Krankenhauskapelle. Wir weinen alle. Jeder spricht sein stummes Gebet. Sein stummes Adieu.

Ich habe beschlossen, die Vaterschaft nicht feststellen zu lassen. Für mich sind sie beide – Leo und Jack – der Vater des Kindes, das ich verloren habe.

»Bist du so weit?«, fragt Leo sanft.

»Ja.«

Er hilft mir aus der Kirchenbank. Mein Körper fühlt sich noch immer leer an. Ich sage mir jeden Tag, dass ich allmählich genese. Aber das ist gelogen. Ich weiß nicht, ob ich je wieder genese.

Ich lege beide Hände auf die Griffe des Rollstuhls. »Bist du auch so weit, Jack?«

»So weit ich kann.«

EPILOG

So unwahrscheinlich es auch klingt, Fran Robie und ich haben uns angefreundet. Während der Wochen, in denen ich zu Hause war und mich erholte – körperlich und emotional –, hat sie mich öfter besucht. Bei einem ihrer ersten Besuche erzählte sie mir, dass auch sie vor einigen Jahren eine Fehlgeburt hatte. Wie ich, litt auch sie unter Schuldgefühlen und Selbstvorwürfen. Ihre Gynäkologin versicherte Fran damals – so wie meine es mir versichert –, dass sie nichts hätte tun oder unterlassen können, um das zu verhindern. Zuerst fand ich es ungewöhnlich, dass ihre und auch meine Fehlgeburt durch eine so gennante Chromosomenanomalie ausgelöst wurde, doch mittlerweile habe ich gelernt, dass das die häufigste Ursache für eine Fehlgeburt in den ersten drei Schwangerschaftsmonaten ist. Tröstlich ist, dass die Diagnose bei den betroffenen Frauen eine zweite Fehlgeburt keineswegs wahrscheinlicher macht. Aber im Augenblick bin ich weit davon entfernt, überhaupt zu entscheiden, ob ich je wieder schwanger werden will. Ich kann mich ja morgens nicht mal entscheiden, was ich anziehen soll.

Heute bringt Fran etwas vom Chinesen mit und ein Video. Wir beide machen uns einen gemütlichen Frauenabend. So etwas habe ich nicht mehr erlebt, seit meine Freundin Maggie Austin gestorben ist. Ich rieche den Duft von Schweinefleisch süßsauer schon, bevor Fran meine Wohnungstür erreicht. Hannah ebenso. Sie steht bereits hechelnd an der Tür, als ich aufmache.

Fran hat nicht ihre Blickfanggarderobe an. Sie trägt Jeans und Sweatshirt unter einem Daunenparka, der mit Schneeflocken übersät ist. Der erste Schnee in diesem Winter. Auch ihre Haare, die sie zum Pferdeschwanz gebunden hat, sind weiß gesprenkelt. Sie trägt keine Spur Make-up. Sie sieht hinreißend aus.

»Ich hab heute Steven Carlyle gesehen«, sagt sie, als wir uns auf meinem Sofa niedergelassen haben, die Schachteln mit dem chinesischen Essen geöffnet, Essstäbchen darin griffbereit.

»Wie geht's ihm?«

»Ganz gut, unter den Umständen«, sagt Fran.

»Du meinst, wenn man bedenkt, dass seine Frau die Scheidung eingereicht hat und seine beiden Söhne ausgezogen sind?«

»Und wenn man bedenkt, dass er gestern beim Commissioner offiziell seine Kündigung eingereicht hat.«

Ich blicke Fran verblüfft an. »Ehrlich?«

»In seinem Kündigungsschreiben hat er zugegeben, dass er im Laufe der Jahre ein paarmal Schmiergelder angenommen hat. Dafür hat er etwas nachgeholfen, wenn bei gewissen Häftlingen über die Bewährung entschieden wurde.«

»Einer von diesen Häftlingen war Peter Grayson.«

»Die Verurteilung von Grayson war Joes erster richtig großer Erfolg«, sagt Fran. »Er hat es als persönliche Beleidigung aufgefasst, dass der Mann gleich bei der ersten Bewährungsverhandlung wieder auf freien Fuß kam.«

»Schlimmer als eine persönliche Beleidigung«, sage ich. »Carol Nelson, die Vorsitzende des Bewährungsausschusses, hat mir erzählt, dass Steven Carlyle eine entscheidende Rolle dabei gespielt hat, dass Grayson Bewährung bekam. Das hat sie auch Joe Keenan erzählt. Joe wusste also, dass Carlyle dahinter steckte. Carol hat gesagt, er war außer sich vor Zorn.«

Fran seufzt. »Komisch, was einem im Nachhinein so alles auffällt. Weißt du noch, als du mich nach dem Wohltätigkeitsball gefragt hast, auf dem Joe und ich Anfang letzten Jahres waren?«

»Ja, klar.«

»An dem Abend hat Joe Carlyle an einem anderen Tisch gesehen, und er hat zu mir gesagt, er sei sich ziemlich sicher, dass der Deputy Commissioner Schmiergeld kassiert und dass er den Mistkerl schon noch kriegen würde.«

Ich blicke Fran an. »Hätte er ja auch fast.«

»Dich auch, Nat.« Sie hat wohl gesehen, dass ich zusammenzucke, denn sie drückt mir beruhigend die Schulter.

»Ich habe Jack heute in der Rehaklinik besucht«, sage ich leise.

»Wie geht's ihm?«

»Allmählich besser, aber es dauert alles seine Zeit. Und Jack Dwyer ist kein geduldiger Mensch. Es ist alles sehr hart für ihn.«

»Und für dich auch«, sagt Fran sanft.

»Für viele«, sage ich. Aber ich bin sicher, Fran weiß, dass ich Leo meine. Zwischen uns hat sich etwas verändert. Ich spüre es eher, als dass ich es benennen könnte. Er kommt häufig vorbei. Er ruft an. Sein Interesse und seine Fürsorge sind ungebrochen. Aber ich weiß, ich habe Leos Vertrauen verloren. Und ich weiß absolut nicht, wie ich es zurückbekommen soll. Ich weiß nicht mal, ob ich das noch will.

Nein, das ist gelogen. Und ich will nicht mehr lügen.

Ich schaue zu Fran hinüber. »Hast du irgendwas von Daisy gehört?«

Ein trauriger Schatten huscht über ihr Gesicht. Ich frage schließlich nach der Tochter ihres Exmannes. »Sie bleibt jetzt bei ihrem Großvater. Er will das alleinige Sorgerecht beantragen. Ich denke, so ist es am besten für sie.« In ihrem letzten Satz liegt zwar Hoffnung, aber auch Unsicherheit.

»Hattest du Joe schon unter Verdacht, bevor Alison Bryant ihn verpfiffen hat?«, frage ich sie.

Sie nickt bedächtig. »Als du mir vorgeworfen hast, ich hätte die Aussage von Rob Harris falsch wiedergegeben . . . da wusste ich Bescheid.«

»Warum hast du nicht gleich gesagt, dass Joe es war, der diese angebliche Aussage über Alan Carlyles Geländewagen aufgenommen hat?«

»Ich war immerhin mal mit ihm verheiratet. Ich habe gedacht . . . gehofft . . . dass es irgendeine Erklärung dafür gab.

Ich bin nicht mal mehr dazu gekommen, ihn deswegen zur Rede zu stellen. Alison Bryant hat alles geklärt, als sie sich gestellt und endlich reinen Tisch gemacht hat.«

»Meinst du, die Staatsanwaltschaft lässt sich auf einen Deal ein?«

»Kann ich mir nicht vorstellen.« Sie greift nach einer Packung mit gebratenem Reis, ich nehme mein Schweinefleisch süßsauer und drücke den Startknopf an der Fernbedienung meines Videorecorders.

»Ein Gutes hat die Sache immerhin«, sagt Fran, als der Film anfängt. »Eric Landon hat beschlossen, doch nicht für den US-Senat zu kandidieren.«

Ich lächele. Ich glaube, das ist mein erstes echtes Lächeln seit Wochen. Vielleicht beginnt mein Heilungsprozess ja doch endlich.

Der Titel des Films wird eingeblendet: *Comeback der Liebe*.

Ich schiele zu Fran hinüber. »Eine gute Wahl«, sage ich leise.

Elise Title

Amnesia

Thriller

Aus dem Englischen von

Ulrike Wasel und Klaus Timmermann

Band 16597

Superintendent Natalie Price hat einen gefährlichen Job: Sie betreut Schwerverbrecher am Ende ihrer Haft. Sie ist es, die über Urlaub und Freigang entscheidet. Diesmal muss sie jedoch nicht ein weiteres Verbrechen verhindern, sondern eine Insassin vor einem brutalen, gesichtslosen Angreifer schützen. Und dann wird auch noch der kleine Sohn ihres Kollegen entführt. Für Natalie beginnt ein Wettlauf mit der Zeit ...

»Elise Title zieht alle Register der Spannungsorgel,
dass einem fast Hören und Sehen vergeht.«
Die Welt

Fischer Taschenbuch Verlag

fi 16597 / 1